傑里科的書籍裝訂工

The Bookbinder of Jericho

PIP WILLIAMS

琵璞·威廉斯——著　聞若婷——譯

獻給我的妹妹Nicola

「宙斯之女啊，女神，為當今的我們述說古老的故事吧。從頭說起。」

——荷馬《奧德賽》（艾蜜莉·威爾森*譯）

* 譯註：艾蜜莉·威爾森（Emily Wilson, 1971-）為賓夕法尼亞大學教授，研究古典文學，二〇一七年出版荷馬《奧德賽》英譯版，成為此作品的第一位女性英文譯者。

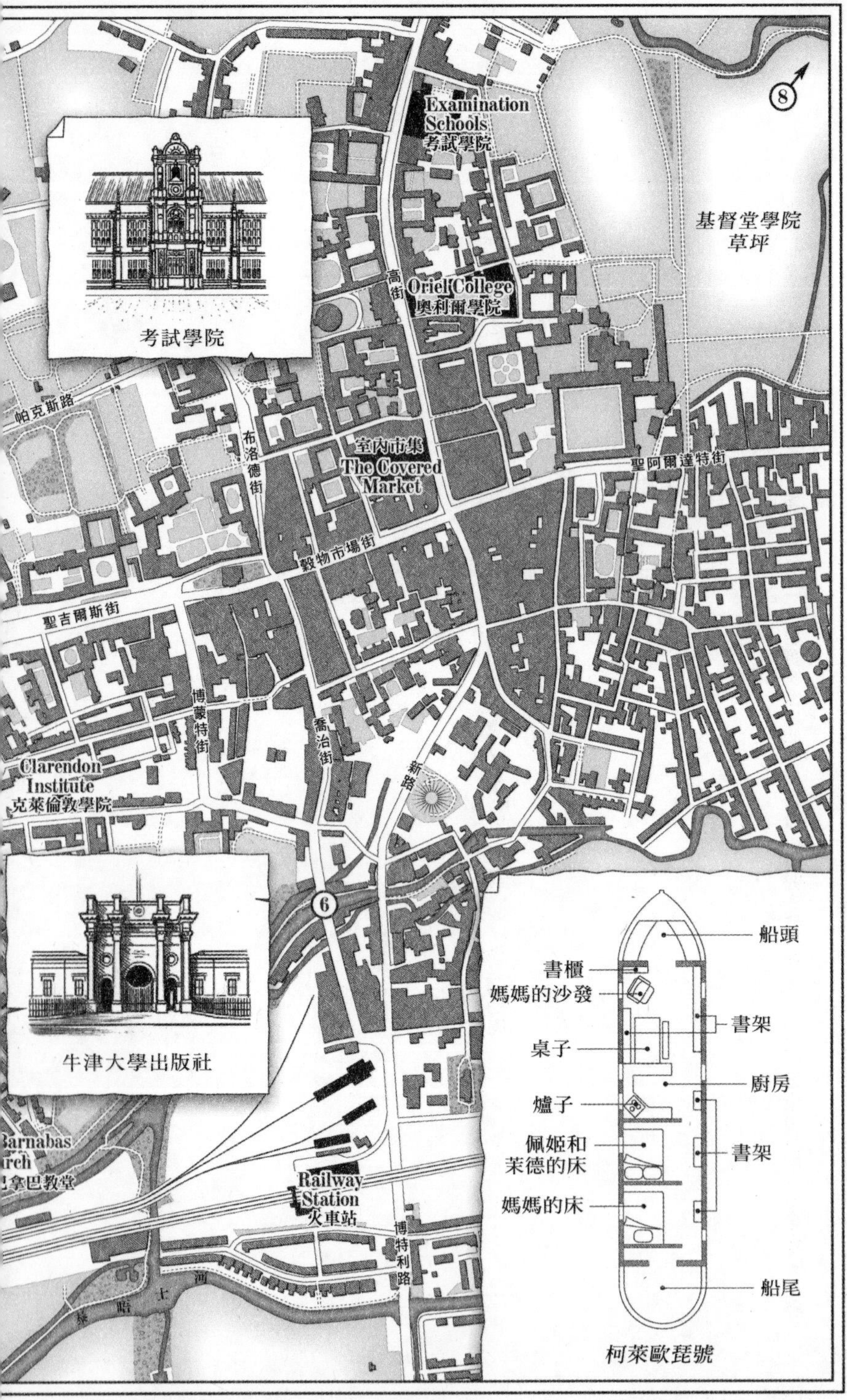
Examination
Schools
考試學院
8
基督堂學院
草坪
考試學院
高街
Oriel College
奧利爾學院
帕克斯路
布洛德街
室內市集
The Covered
Market
聖阿爾達特街
穀物市場街
聖吉爾斯街
博蒙特街
喬治街
新路
Clarendon
Institute
克萊倫教學院
6
牛津大學出版社
船頭
書櫃
媽媽的沙發
書架
桌子
廚房
爐子
佩姬和
茱德的床
書架
媽媽的床
船尾
柯萊歐琵號
Barnabas
rch
巴拿巴教堂
Railway
Station
火車站
博特利路

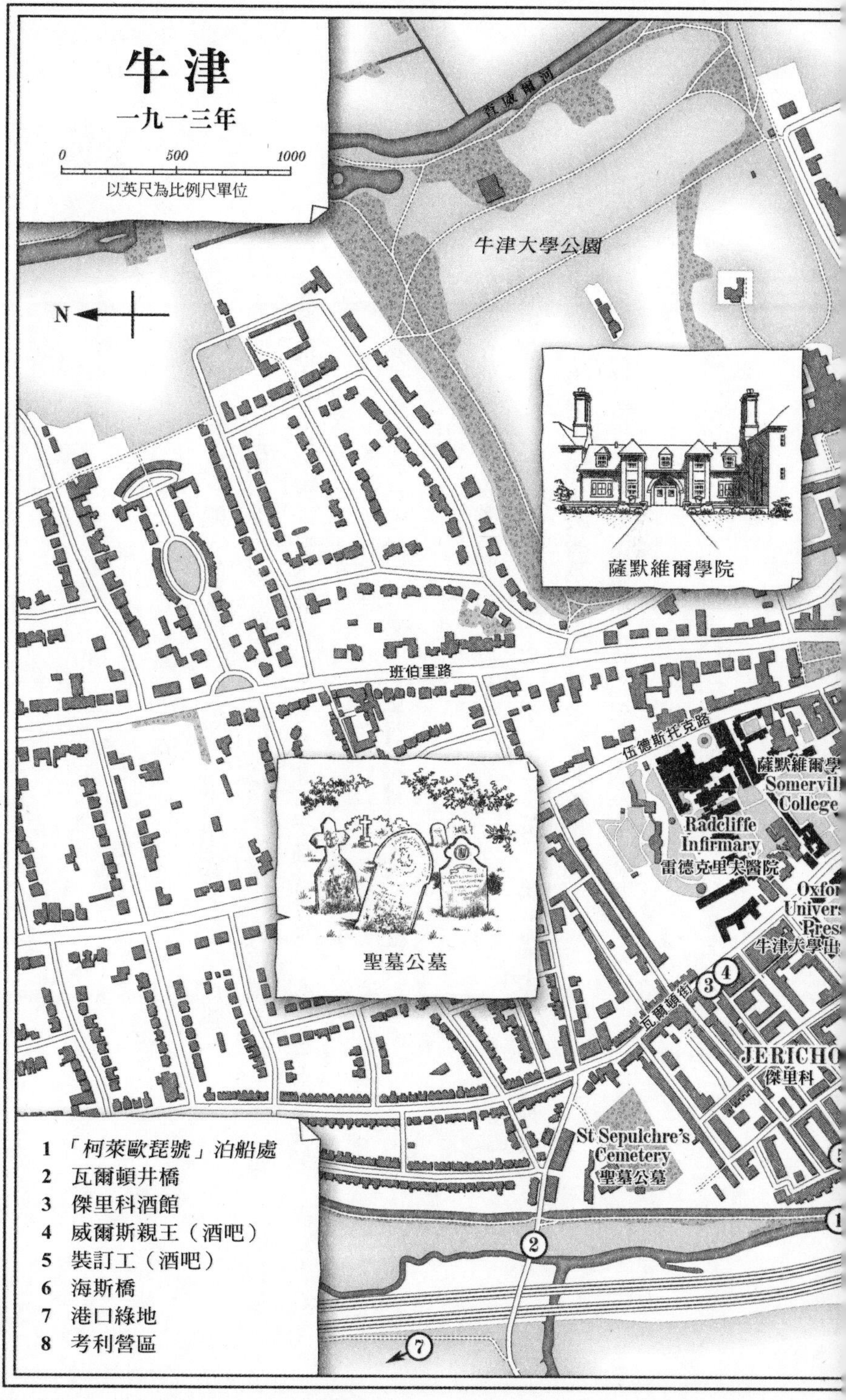

牛津
一九一三年
0 500 1000
以英尺為比例尺單位
N
查威爾河
牛津大學公園
薩默維爾學院
班伯里路
伍德斯托克路
薩默維爾學
Somervil
College
Radcliffe
Infirmary
雷德克里夫醫院
Oxfo
Univers
Pres
牛津大學出
聖墓公墓
瓦爾頓街
JERICHO
傑里科
St Sepulchre's
Cemetery
聖墓公墓
1 「柯萊歐琵號」泊船處
2 瓦爾頓井橋
3 傑里科酒館
4 威爾斯親王（酒吧）
5 裝訂工（酒吧）
6 海斯橋
7 港口綠地
8 考利營區

之前

斷簡殘篇，這是我僅有的。缺少前言或後語而不成意義的隻字片語。

我們正在摺《莎士比亞全集》，而我已經把編輯序的第一頁略讀上百次了。這一頁的最後一行字在我腦海中迴盪，逗弄般地斷在一半。唯有在一個前提下，我才敢大膽偏違，那就是我認為……

才敢大膽偏違。每次我摺好一台時，目光就會被這句話勾住。

那就是我認為……

認為什麼？我心想。接著我又得開始摺另一張紙了。

第一摺：莎士比亞全集。第二摺：W．J．克雷格。*第三摺：才敢該死地大膽偏違。

我的手停在半空，讀著最後那行字，努力揣測後半句話。

W．J．克雷格改了莎士比亞耶，我心想。因為他認為……

我實在太想知道了。

我朝裝訂廠內望去，目光順著堆滿一刀刀的散紙以及一台台摺好的紙的摺紙檯，掃向茉德。

她對紙上寫了什麼漠不關心。我聽得到她輕哼著小調，每一摺都像秒針一樣規律地記錄著時間的流逝。摺紙是她最愛的工作，她也能摺得比任何人都好，但那不表示她不會犯錯。媽媽以前稱之為「突發奇摺」，指的是茱德自己發明的摺法和成品。我可以用眼角餘光察覺她的節奏出現變化，並且不動聲色地伸手過去按住她的手。她懂，她並不像別人以為的那麼遲鈍。要是我一時疏忽沒注意到徵兆呢？嗯，一台書稿就這麼毀了。我們任何一個人若是使用摺紙棒時手滑了，都可能毀掉一台紙。差別在於我們自己知道要把弄壞的那台紙擱到一邊。我妹妹從不這麼做，所以我只好代勞。

盯著她。

照顧她。

深呼吸。

親愛的茱德，我愛妳，真的愛妳，但有時候……我的腦中充斥著這樣的念頭。

我已經看得出茱德那一疊裡有一台摺好的紙沒摺成直角了，晚點我會把它抽出來。她不會

---

* 譯註：威廉・詹姆斯・克雷格（William James Craig, 1843-1906）為莎劇編輯，為牛津大學出版社（Oxford University Press）編製出第一版的「牛津莎士比亞」（*Oxford Shakespeare*）。

知道的，霍格太太也不會知道。沒必要惹她發出不滿的嘖聲。

此刻唯一會擾亂安寧的人就是我。

要是我沒搞清楚W．J．克雷格到底為什麼改了莎士比亞，我可能會忍不住尖叫。我舉起手。

「我想上廁所，霍格太太。」

「瓊斯小姐，什麼事？」

她點頭。

我把手上那台紙摺完，等著霍格太太晃遠一點。霍格太太是隻長滿雀斑的青蛙。有一回茉德大聲說出這句話，而我始終未獲得寬恕。霍格太太完全能分辨我們兩個人，不過在她心裡，茉德和我是一體的。

「小茉，去去就回。」

「去去就回。」她說。

小露正在摺第二台。我從她椅子後頭經過時，越過她肩膀張望。「妳能暫停一下嗎？」我說。

「妳不是急著上廁所？」

「當然不是，我只是非知道它說了什麼不可。」

她暫停到讓我讀完那一句的後半部。我將它接到已知的前半句後頭，小聲地喃喃自語：

「唯有在一個前提下，我才敢大膽偏違，那就是我認為抄寫員或印刷工的粗心，令某詞彙或某句子失去意義。」

「佩姬，我可以繼續摺了嗎？」小露問。

「可以了，露意絲。」霍格太太說。

小露漲紅臉，狠狠瞪我。

「瓊斯小姐……」

霍格太太跟媽媽是同學，可說是看著茱德和我長大的。但她還是叫我「瓊斯」小姐，特地強調媽媽的本姓，以免裝訂廠有人忘了她不潔身自愛。

「妳的職責是裝訂書本，不是讀書……」

她仍在絮絮叨叨，但我已充耳不聞。這些話我早就聽過上百遍了。那些紙張是拿來摺而不是拿來讀的，碼好的一台台書稿不是拿來讀的，縫好的毛本不是拿來讀的——而我也重複第一百次地心想：閱讀這些頁面是讓其餘部分勉堪忍受的唯一方法。唯有在一個前提下，我才敢大膽偏違，那就是我認為抄寫員或印刷工的粗心，令某詞彙或某句子失去意義。

霍格太太舉起一根手指，我好奇自己對她提的什麼問題缺乏反應。她的臉漲紅了，每次都會有這種結局。這時我們的女領班過來打圓場。

「佩姬，既然妳起來了，可以幫我跑個腿嗎？」斯多陶德太太朝監工微笑，「霍格太太，妳應該可以讓她離開十分鐘吧？」

雀斑青蛙點點頭，沒再看我一眼便沿著整排女工繼續往前走。我望向妹妹。

「茉德不會有事的。」斯多陶德太太說。

我們穿過長長的裝訂廠，斯多陶德太太偶爾會停下腳步勉勵某個年紀小的女工，或是看到有人坐姿不良時出言糾正。等我們走到她的辦公室，她拿起一本新裝訂好的書，上頭的金字亮到看起來還是濕的。

《牛津英詩選集》（一二五〇至一九〇〇年）。我們幾乎每年都在印這本書。

「一九〇〇年之後都沒人寫詩了嗎？」我問。

斯多陶德太太忍住笑意。「大總管會想看看最新這一刷印得怎麼樣。」她將書遞給我。「去他辦公室走一趟應該可以為妳解解悶。」

我把書湊到鼻前：乾淨的皮革味和淡淡的油墨與黏膠味，這氣味我永遠聞不膩。它是有如薄荷般清新醒腦的氣味，代表著新想法、老故事或是令人不安的詩歌。我知道不出一個月，這本書的氣味就會散逸無蹤，因此我用力地吸，彷彿能夠吸收印在內頁中的文字。

我從堆滿攤平的印張與摺好的書帖的兩排工作檯之間慢慢往回走。年齡各異的女工個個俯著身，將前者轉換為後者，而我獲得暫時喘息的機會。我正打算翻開手中的書，一隻滿是雀斑的手蓋住我的手，又將書闔起來。

「別把書背弄出摺痕，」霍格太太說，「妳這類的人沒有資格，瓊斯小姐。」

✦✦✦

我刻意慢條斯理地穿過克萊倫敦出版社。

哈特先生有位訪客：她的話語從他們的私人對話中傳到外頭來。她很年輕，口齒伶俐，微帶中部地區的口音。我放輕腳步以免驚擾到她而使她停止說話。

「那妳父親的想法呢？」哈特先生問。

我在辦公室外停步。房門半掩，我看得到那位女客時尚的鞋子與纖細的腳踝，往上是淡紫色直筒裙搭配同色系的長外套。

「他不太情願，但最後被說服了。」

「他是個生意人，實事求是。他不需要有學位也能靠造紙廠大發利市。他大概難以理解這對年輕小姐來說有什麼意義吧。」

「確實無法理解。」她說，我感覺得出她很有挫折感，「所以我要讓這件事發揮價值，才能證明給他看。」

「妳什麼時候要搬來牛津？」

「九月，就在秋季學期開始前。我要來讀薩默維爾學院，所以我們要當鄰居了。」

薩默維爾學院。我每天早上都會幻想將茉德留在出版社門口，自己過馬路到對街薩默維爾學院的警衛室。我會想像校區中的方院、圖書館以及俯瞰瓦爾頓街其中一個房間的書桌。我想像自己的日常生活是閱讀書籍而不是裝訂書本。我會暫時幻想自己不需要賺錢，而茉德也有能力自理。

「妳要主修什麼？」

我的舌尖有個現成的答案，但被那年輕女人搶先一步說出。

「英國文學。我想成為作家。」

「嗯，或許有朝一日我們有榮幸能印妳的作品呢。」

「或許喔，哈特先生。我很期待在你的初版書品項中看到自己的名字。」

接下來是一段並不尷尬的靜默，我知道他們在瀏覽大總管的書架，欣賞一本本初版書的簇新皮革書背和金箔書名。我手裡的書變得更有存在感。我差點忘了自己來此的目的。

「請代我問候妳父親，布里頓小姐。」

「好的，哈特先生。」

門整個推開，我來不及退後，因此一時間我們面面相覷。布里頓小姐年約十九、二十歲，也許有二十一歲，跟我差不多。她與我身高相等，也同樣苗條，而儘管她有一頭不起眼的灰褐色頭髮，面容卻很秀麗。我心想：她很適合穿淡紫色，同時也好奇她對我有什麼想法。絕對會認為我漂亮吧，因為人人都這麼說。我的髮色烏黑如夜間的運河，眼睛也一樣，這是遺傳自媽媽。不過我沒遺傳到她的鼻子，我的鼻子有點太大了。若不是因為看到茱德的側影，或許我不會對它如此在意。

這只是一瞬間的事，不過有時候一瞬間就夠了——我從布里頓小姐的表情看得出某種堅毅的特質：一股決心。我們能成為好朋友，我心想。

她似乎更懂得深思熟慮。她並未失禮，但這個社會是有成規的。她眼中看見了裝訂廠女工的工作圍裙，裡頭穿的是素面棕色斜紋粗棉裙配洗到舊兮兮的上衣，袖子捲到手肘。她微笑頷首，便沿著走廊離開。

我敲了敲敞開的門，坐在書桌前的哈特先生抬起頭。我已進出版社工作七年，從未見過他微笑，然而現在他的嘴角卻勾著一抹笑意。當他發現我不是去而復返的布里頓小姐時，笑意消退了。他示意我進屋，注意力卻放回桌面的帳簿上。

我的十分鐘已經用完了，但我沒有資格打斷他。我望向哈特先生後方的窗戶。布里頓小姐在外面，正穿越瓦爾頓街。她在人行道停住，仰望薩默維爾學院的窗戶。她在原地逗留了一會兒，行人不得不繞過她。在那一刻，我對她的興奮感同身受。她好奇其中一扇窗口會不會屬於她，她在想像俯瞰街道的書桌以及她將閱讀的各種書籍。

這時我的胸口一緊。熟悉的怨恨。也許霍格太太把現實看得更清楚，我沒有權利閱讀由我裝訂的書，或想像自己能離開傑里科，或哪怕有任何一分鐘去盤算我能過上不必照顧茉德的人生。我手中的書感覺愈來愈重，我很意外它竟被交託給我。

然後我火大了。

我翻開《牛津英詩選集》，聽到書背拗折的聲音。我翻著紙頁——約翰·巴伯、喬叟、羅伯特·亨利森、威廉·鄧巴、佚名、佚名。若是他們有名字，會不會是安娜、瑪麗、露西或小佩？我抬起頭，發現大總管盯著我瞧。

一時間我以為他會問我的意見，但他只是伸出手要我交出書籍。我猶豫著，他揚起眉毛。這就夠了。我乖乖把書放在他手心，他點點頭，低頭看帳簿。

在無聲中，我被屏退了。

第一部

莎士比亞的英國

一九一四年八月至一九一四年十月

報童在整個傑里科大聲宣揚新消息；我們走去上班的路程不得安寧。「捍衛比利時中立，」茉德複述，「支持法國。」她學報童一遍又一遍地說著這些話。

我們順路去特納書報商領取信件，櫃檯前擠滿買報紙的顧客。

「瓊斯小姐，今天沒有妳們的信喔。」特納先生終於看到我時說道。我拿了一份《每日郵報》，遞給他半分錢。特納先生揚起眉毛；我還從來沒買過報紙呢。媽媽以前總是說：那是白白糟蹋半分錢。出版社裡到處都有報紙可撿。

我們沿著瓦爾頓街走，茉德掃視頭版。「大英帝國向德國宣戰？」她既是唸標題也是提問——青年的歡欣鼓舞與他們母親眉頭深鎖的憂慮，茉德都看在眼裡而困惑不已。但她現在的疑問是戰爭對英國代表什麼，抑或它對我們有何影響？

「我們不會有事的，小茉。」我緊握一下她的手，「不過有些狀況可能會改變。」我希望生活有所變化，並因此而有點內疚，一點點而已。茉德繼續瀏覽報紙內容。

「實用帽款平價銷售中。」她大聲唸道。打從她學會認字，就養成這個習慣。學會認字對她而言得來不易，雖然她並不愛看書，卻很喜歡各種標題和漫畫——已經編排好、現成可用的文字。

我們跟著大批年齡各異的男男女女穿過石拱門進入克萊倫敦出版社。我們穿越方院，經過精心養護的花圃、紫葉山毛櫸和大池塘，進到建築物的南側——我們稱之為「聖經區」，不過現在聖經都由倫敦分社負責印刷了。

進到廠房後，所有牛津學院的殘餘氣息都被工業的聲音、氣味與結構取代。我們將包包和帽子放到裝訂廠的衣帽間，從掛勾取下乾淨的圍裙，然後走到女工區。工作檯上高高地堆著需要縫的毛本，配頁檯上則排好準備整理成一本書的一台台書帖。

摺紙檯有長長的三排，每一排可讓十二名女工作業。工作檯朝向沒掛窗簾的高窗戶，晨光照耀在一刀刀印好的平放散頁以及前一天摺好的一台台書帖上。小露和小愛已經在她們的位置，也就是分別在工作檯一端的窗戶正下方就定位了，茉德和我坐在她們之間。

「他們今天給我們摺什麼？」我問小愛。

「老東西。」她說。她從來不在乎是什麼。

「妳拿到零散的《莎士比亞的英國》。」小露說，「校樣，五分鐘就摺完了。然後是他的全集，夠妳摺到下班。」

「還是克雷格版本嗎？」

她點頭。

「現在全英國應該早就人手一冊了吧。」

我把第一張校樣拉到面前，拿起媽媽的摺紙棒。別人都不喜歡摺校樣——因為數量太少，不夠讓人培養出工作節奏；但我很愛。我尤其喜歡那種一再出現的校樣，我會找文本的什麼地方作了修改，若是被我事先料中便暗自心喜。這小小的成就感讓我不致於被單調的生活逼瘋。斯多陶德太太特地把校樣都分給我來摺，而所有人都很慶幸。

我瞥了一眼《莎士比亞的英國：屬於他那個時代的生活及風俗》印好的樣張，這是以章節為單位的校樣，大概還有很多錯誤。其中一個章節我看過——是一篇關於書商、印刷工和文具店的散文。上一回它經過我手時，我被逮到在閱讀內容——「瓊斯小姐，妳的職責是……」——但被罵也值得。那篇文章說的是我們，是我們在出版社這裡做的事，以及在莎士比亞的時代，若是印出一本被視為對女王或坎特伯里大主教不敬的書，可是很危險的。我讀的時候認為那是砍頭之罪。其他章節是新的：「民謠與大單張印刷品」、「戲院」、「住宅」。不該只有這麼少才對。若要趕在「吟遊詩人」*三百週年忌日前把《莎士比亞的英國》印好，現在所有校樣都必須到位了。

最後一份印張是序言的第一版正式初稿。我察看霍格太太在哪裡徘徊，她正在配頁檯邊確認排放一台台摺好書稿的托盤順序都是對的。我把序言抽到整疊散頁的最頂端，讀了幾行字：

若欲探究莎士比亞的思想，必不可忽略他筆下的丑角有何妙語。

這足以吸引我一直讀下去。我捏起這張紙的右緣往左貼，一絲不苟地對齊印紋。我用媽媽的摺紙棒沿著摺線滑過，讓線變得銳利。

第一摺完成了。對開。

我將書稿轉了個方向，捏起右緣往左貼。現在厚度加倍了，阻力也略為增加。我調整使用摺紙棒時的力道——出於本能，不需要思考。我把摺線壓得銳利。

第二摺完成了。四開。

媽媽的摺紙棒。儘管從三年前它就屬於我了，我仍這麼稱呼它。它其實就只是一根扁平的牛骨，一端較圓，另一端較尖。不過經過數十年的使用，它的觸感已像絲一樣滑順，而且仍保有她手掌的輪廓。這種特質很細微，但摺紙棒有如木湯匙和斧柄，會因主人的握法不同而呈現出個性。我比茱德搶先一步要了媽媽的摺紙棒。它拿起來的感覺讓我適應得很辛苦，就如同生活中少了媽媽也讓我費力掙扎。固執，不肯妥協。

最後，我不再企圖用我的方式握它，而是讓摺紙棒自然地貼進我手心，就像它曾貼在媽媽的掌心。我感覺到牛骨上柔和的弧度是她的手指擺放的位置，於是我痛哭失聲。

---

* 譯註：莎士比亞有「亞芬河吟遊詩人」（Bard of Avon）的稱號，亦可簡稱為「吟遊詩人」（the Bard）。

斯多陶德太太搖鈴，我放開這段回憶。

「等一下會有遊行，」她說，「要歡送有加入地方後備軍以及公告後志願從軍的出版社男丁。」

公告。她說不出「宣戰」二字，還不行。

我們裝訂女工有超過五十人，最小的才十二歲，最老的已六十幾歲，而我們現在都跟著斯多陶德太太穿過出版社走廊，彷彿是要去遠足的學童。當我們實在聒噪得太不像話時，我們的領班停下腳步，轉身用食指抵住嘴唇。我們像學童一樣乖乖閉上嘴，這時我才醒悟到這場戰爭對我們而言有什麼影響：印刷室一點聲音也沒有，印刷機都停止運作了。我從沒見過悄無聲息的印刷室，突然間惴惴不安。我猜每個人都有同感，因為直到我們走進方院，才又開始交談。方院中已聚集六百個年齡各異的男性。斯多陶德太太帶著我們往前，我突然意識到傑里科幾乎每個家庭都派了代表參戰。

這裡有印刷工、排字工、鑄字工、技工和檢閱員。助手、學徒和領班不分你我地站在一起。他們按照各自的專業聚成小群體；從他們圍裙和雙手的狀態就能輕易分辨他們是哪個部門的。他們站滿了「聖經區」與「學術書區」之間的空間，圍繞著池塘、夾在花圃間，一路延伸到最內側哈特夫婦住的屋宅處。我們從未如此齊聚一堂過，壯觀的人數讓我咋舌，接著我又意識到這些男性至少有半數都已符合從軍的年齡限制，或是即將符合。我仔細望著這些人。

年紀較大的男人低聲交談來打發時間；較年輕者則比較亢奮，有的祝賀好友，有的吹噓德皇是輸定了。

「這仗一年之內肯定是打不完吧。」我聽到有個小夥子說。

「但願如此。」他朋友說。

他們頂多才十六歲。

有兩位領班已脫掉出版社圍裙、換上他們地方後備軍的軍服，正努力要年輕的志願兵排好隊，但少年們被昨晚的細節沖昏頭，迫不及待要一吐為快。去了白金漢宮外頭的人，現在吸引到一票聽眾。他們描述擠得水泄不通的人群，午夜前的倒數，以及確定德皇不會撤出比利時、英國將參戰時，那震天的歡呼聲。「捍衛比利時是我們的責任，」其中一人說，「所以我們就放聲高唱〈天佑吾王〉。」

「天佑我們所有人吧。」我身後有個粗啞的嗓音說。我回頭，看到老奈德在搖頭。他摘下帽子按在胸前，關節粗大、沾著墨漬的手指撥弄著布料。他垂下頭，我猜是在禱告吧。

這時有個清澈而熟悉的嗓音響起，是茉德在大聲唱著〈天佑吾王〉。

「就是這首沒錯，茉德小姐。」傑克．朗特里叫道。

傑克是我們在運河上的鄰居，也是排字工助手。如果一切按常規走，三年後他會晉升為學徒。現在他站在方院中央，身旁都是近幾個月同樣一頭熱地加入地方後備軍的青年。我想到前幾天我們才剛一起野餐過，吃了他的十八歲生日蛋糕，玩了一場比手畫腳猜字遊戲。

「別鼓勵她，傑克。」我嚷道，但他彷彿別無選擇般舉起雙手，開始指揮。茉德繼續唱，青年們也加入。先是某個自信滿滿的男高音，然後是一個男中音。沒多久，整個出版社合唱團都唱了起來，方院有如音樂廳般迴蕩著歌聲。領班放棄讓志願兵排好隊了，只是扠著手臂等國歌唱完。最後一個音在涼涼的空氣中繚繞了足足一分鐘，無人干擾。

這時其中一位領班大聲叫那些男人排成兩排。在寂靜中，他的嗓音顯得更有威嚴，於是男人依令行事。不過他們的動作不像士兵，大家默默地挨蹭挪移，有兩個少年還交換位置好跟自己的朋友離得近一點。他們還沒整好隊，斯多陶德太太就指示我們裝訂女工分站到遊行隊伍的兩側。「他們大步走出這裡時，想要看到漂亮的臉蛋，」她說，「所以別忘了面帶微笑。」

小露是第一個哭出來的。其他女孩在隊伍中找到自己的男友，向他們送上飛吻。有些人抽出手帕來揮舞或是擦眼淚。年輕的助手們站得更挺了些，有一兩個人臉色突然變蒼白。傑克跟我對到眼神，我以為他會耍嘴皮子，結果猜錯了。他只是點點頭，微露笑意，然後便轉朝前方。

我數了數，共有六十五個志願兵。有的人鬢邊已有白髮，面龐刻著歲月的紋路。不過大部分都很年輕，而且有太多人都不夠壯實。哈特先生與卡南先生大步穿過方院，後者是出版委員會幹事，是我們所有人的老大。我們鮮少見到他出現在紙張、油墨和印刷機附近，不過現在他就在這裡掃視一排排男人，或許是為了計算戰爭可能為出版社造成多少損失吧。他發現一個舊識，便走上前與對方握手。

「那是他的助理，」小愛悄聲說，「這下他得自己寫信了。」

卡南退回原位，哈特先生則在和一位領班交談。有兩個瘦弱的少年從遊行隊伍中被拉出來。他們想抗議，但沒有用。我很懷疑他們究竟以為自己錯過了什麼精采冒險。接著大總管站上一個木箱，說了些得體的話——我不記得內容了。夜裡下過雨，雨水東一點西一點地殘留在葉片和石頭上，也染黑了我們腳下的碎石地。不曉得傑克離家後，誰會逗我們笑，誰會幫我們提水、修補裂縫。不曉得誰會接替他在排字間的工作。如果這些男人都走了，《莎士比亞的英國》或許永遠無法完成。

一窪積水映照出晨曦，有隻舊靴子嘩啦踩碎了它。我抬頭看。男人們行軍式地穿過石拱門走到外頭的瓦爾頓街去了。所有人都在鼓掌，朝著他們的背影呼喊。

「要平安回家喔，安格斯．麥唐諾。」有個裝訂女工大叫，情緒激動、淚流滿面。

「要平安回家喔，安格斯．麥唐諾。」茉德複述。安格斯．麥唐諾送了她一個飛吻，茉德也回送一個。他的女友對我妹妹擺臭臉，不過她多慮了。在這之後，茉德送了每個男人飛吻。

等最後一個男人也消失在街道上，我們安靜了。我們在方院內聚成尷尬的小群體，有一兩位領班拿出懷錶察看，預期進度要落後了。大總管與幹事低聲交談，兩人都眉頭緊蹙。哈特先生望向拱門搖搖頭。

斯多陶德太太是最先動起來的人。她拍拍手。「回去工作吧，女士們。」她說。霍格太太率先往回走。

幾位男領班也跟著發號施令，剩下的男工人都回去幹活兒了：去印刷室和鑄字廠，去排字間和紙庫，去檢閱室、倉庫和裝訂廠的男工區。沒有任何一個單位倖免於喪失能幹老手的命運。從現在起，唯有裝訂廠的女工區擁有完整人力，我心想。我刻意放慢腳步，跟斯多陶德太太並肩而行。「那些空缺要由誰來填補啊？」我問。

「聰慧的年輕女性——如果主事者頭腦清楚，而且工會允許的話。」她斜睨我，「佩姬，女性並沒有被限制不能擔任行政職，妳可以考慮申請看看。」

我搖頭。

「為什麼不要？」斯多陶德太太說。

我望向茉德。

「為什麼不要？」茉德說。

因為妳需要我，我心想。「因為妳會想我。」我說。

斯多陶德太太停下腳步，直視我的眼睛。「佩姬，這扇門不會敞開很久，妳得把握時機溜進去才行。」

✦✦✦

我試著趁午休時間溜進去。

印刷機又開始運轉了，但我愈往走廊深處前進，那噪音便漸漸淡去。然後機油、煤氣燈的氣味，以及黏膠那股像退潮時的魚腥味，都被木頭亮光蠟和微微的醋味取代。我從圍裙口袋拿出我寫的信讀一遍。這信寫得工整且正確無誤，是有說服力的申請函。但我敲卡南先生的辦公室門時，手在發抖。

應門的是個年輕女子。

「請問有什麼事嗎？」

她的鼻子跟她父親一模一樣，言談也同樣文雅。我聽說她是詩人。她手裡拿著一疊文件，我意識到她是來幫忙的。當然是了，她受過適合的教育，又有大把空閒時間。她是完美人選。

「那是要給父親的嗎？」她點點頭，指的是我的申請信。

我搖頭並向後退。「我走錯地方了。」我一邊嘟囔一邊關上門。

我將信紙從中撕開，轉個方向，撕第二次，再轉，撕第三次。然後我走回散發著退潮時魚腥味的裝訂廠。

第二章

我們穿過傑里科的街道走回家時，慶祝的氛圍猶未消散。

「天佑吾王。」有人經過我們時說道。

「天佑吾王。」茉德回應。

我們過了瓦爾頓井橋，下橋後踏上雜草叢生的曳船道，沿路都是夏天的蟲鳴鳥叫，好不熱鬧。一瞬間我能聞到運河的氣味，那股令人倒胃口的廢棄物惡臭——來自人類、禽獸和工廠——但其實我早已習慣它，於是隨著我們朝家的方向前進，那味道似乎變淡了，不過我分明看到它化作虹彩汙漬漂浮在河面上。茉德放慢腳步採摘幾朵繽紛帶回家——繡線菊、柳葉菜和醉魚草。「送蘿西一束花。」她說。

在聖巴拿巴教堂鐘樓的視線範圍內，就只停泊著兩艘運河船：「不動如山號」和「柯萊歐琵號」。「不動如山號」像在舉辦嘉年華會，船身繪滿花朵、城堡和各式各樣的裝飾圖案。蘿西・朗特里把它維持得乾淨明亮，而且整個春夏都會在船上擺滿鮮花。船頂有一盆盆天竺葵，她還打理出一塊路緣圃來種花種菜。那塊路緣圃沿著曳船道延伸兩艘船的長度，對她丈夫歐伯隆來說是個理想的泊船處；他偶爾能夠暫離他的工作船，留下來過夜。

「天佑吾王。」我們走近時茱德說道。

「幸好妳們回家了。」年長的朗特里太太說，她是蘿西的婆婆。她坐在好幾盆萵苣和香豌豆之間，膝上擱著一份《牛津紀事報》，翻頁時報紙在顫動。「今晚外頭會喝酒狂歡，妳們最好別攪和進去。」

蘿西正在照料攀在棚架上的花豆，這棚架靠在「不動如山號」的船殼上。她的兒子昂首闊步地走向戰場了，當她回過頭時，我在她臉上看出已累積一天的情緒。她說話時努力裝出相反的語氣。

「聽說到聖誕節前就打完了。」她在點頭，慫恿我們附和。茱德遞出她那把莖條細長、沒有綑起的花束，蘿西接受時，態度有如弔喪者。我不知道該說什麼好。

「他們是這麼說的。」年長的朗特里太太說。

看到「柯萊歐琵號」讓人鬆口氣。它是深藍色的，船名以金色漆成，恰如「牛津世界經典系列」的封皮。它幾乎算是與「不動如山號」靠在一起，如此的親近始終帶來一股慰藉。我拉開艙門為茱德抵住，然後跟著她進去。

悶了一天的「柯萊歐琵號」聞起來有一點甜味，也有一點土味。我進到船艙後，艙門就自動關上，我吸進這空氣。這是書的氣味，以前別人問起時媽媽會如此回答，是紙張分解腐化的味道。他們聽了會皺起鼻子，媽媽會笑著說：我已經愛上這氣味了。

媽媽剛搬到「柯萊歐琵號」上住的時候，只帶著兩本書：《奧德賽》以及《尤瑞皮底斯悲劇選集》（卷二）的譯本。它們原本是她母親的書，已經被讀到破破爛爛。直到我們出生後，她才開始蒐羅書本。她在古玩店和園遊會挖二手書，有時候也買新書——「人人叢書」*版本的文學經典，一本只賣一先令。不過大部分的書來自出版社。它們已裝訂好了，卻都有些瑕疵。每次我問她有沒有取得把書帶回家的許可，她都沒正面回答。她會說：不然就白白浪費了。沒漂亮到能拿去賣的地步。然後把書遞給我。但漂亮到可以讀了，妳不覺得嗎？我總是說對，雖然我年紀還太小，幾乎一個字也看不懂。

媽媽把她的書存放在一道窄窄的書架上，書架位於窗戶間，從船頭一路延伸到船尾。等書架都擺滿了，歐伯隆·朗特里又幫她釘了另一道書架。不久後，他再加釘一道。當我們滿十歲時，他跟她說已經釘不下第四道書架了，所以媽媽就向室內市集賣小擺飾的女人買了個小書櫃。它是退潮時從河裡撈上岸的漂流物，看起來一文不值，但媽媽把它擦乾淨，再用砂紙磨，再上保養油。她將書櫃放在她的單人沙發旁邊，就在一進入艙門的位置，然後把她最心愛的小說和所有希臘神話都放進書櫃。我們為什麼有這麼多書？我喜歡問。這樣妳的世界才會更寬廣啊，她總會說。

她去世的時候，我的世界縮小了。

我從那時開啟了自己的蒐書癖。未裝訂的稿件、不完整的書、單獨一台的書稿。有些頁面完全看不出書名或作者。不出三年，我們的書架便失去了秩序。「柯萊歐琵號」變得亂七八糟，充滿破碎的思想和殘缺的故事。有頭無尾或沒頭有尾的文章，這裡多得是，只要有適合的位置我就將它們收起來，很多不適合的地方我也照樣往裡塞。它們被夾在裝訂好的書籍之間，也堆疊在桌子底下。有幾本已縫好但沒固定在硬紙板上的稿件，安放在廚房流理檯上方的碗盤架裡。

最後還有一些是我不喜歡的書稿。我們將這一類書帖裁成方形，存放在桌上的舊餅乾錫盒中。我在煮飯的時候，茱德就拿這些紙摺成各種花樣。摺紙對她而言就像呼吸一樣自然，她從小就養成這個嗜好。自我有記憶以來，她的作品就像彩旗一樣掛滿「柯萊歐琵號」的船艙。

我摘下帽子掛在艙門旁的掛勾上，然後跨了兩三步便來到桌子前，茱德已經坐在桌邊開始摺紙。我幫她也摘掉帽子。

她在摺扇子。

「好主意。」我說。天氣很熱。

---

* 譯註：人人叢書（Everyman's Library）是倫敦出版商約瑟夫・丹特（Joseph Malaby Dent, 1849-1926）於一九〇五年發想的計畫，以統一製作規格的方式壓低成本，翻印各種西方人文類經典作品，每本只賣一先令，希望達到人人買得起、人人家中都能有一座圖書館的願景。

她點點頭。

我把她的帽子掛在我的帽子旁，接著到廚房拆開我們回家途中買的醃魚。我把爐灶裡的煤炭重新點起來，等爐子夠熱了，便將煎鍋放上去。我開始出汗了。

「妳扇子做好可以給我用嗎？」我對茉德說。

她越過隔開桌子和廚房的檯面，將扇子遞過來。「柯萊歐琵號」所有東西都伸手可及，從客廳到廚房再到我們的臥室以及媽媽的臥室，也都只需要各跨兩三步。「臥室」是我們的說法，不過其實它們只是依其功能而有所定義的空間。我朝著自己的臉搧風。

「要平安回家喔，安格斯．麥唐諾。」茉德說。

「妳真的知道安格斯．麥唐諾是誰嗎？」

她搖頭。

「把艙門打開吧。」我說。

「讓風吹進來。」她把話說完。

我在廚房看著她將半邊艙門打開，用門閂固定住，然後拿起一本《西洋棋史》抵住另外半邊艙門。我等著她說出固定台詞。

「該修理了。」她說。

艙門早就該修理了，不過有《西洋棋史》似乎就行了。況且拿起它、卡定位，之後我們要把自己關在艙內時再拿開書，這一連串的動作別具意義。九百頁的鉅著沉甸甸地拿在手裡，心知有些頁數是媽媽摺的，有些是我們摺的；心知是媽媽將毛本縫起，而她的朋友艾本尼薩負責撞齊毛本、黏書殼、包上皮革——像「柯萊歐琵號」一樣是藍色的——上頭有用金箔裝飾的「西洋棋史」刻字。它沒通過檢驗，艾本尼薩把它遞給我時這麼說。我怕他會哭，所以便盯著書本瞧。就我看來，它沒什麼問題。當時媽媽剛去世一個月。

我打開廚房窗戶，空氣在「柯萊歐琵號」內流動。有隻摺紙鳥撲騰起來，是緹爾妲做的，它有一邊翅膀破了。

緹爾妲是媽媽最親密的好友。媽媽去世的時候，緹爾妲待在這裡陪我們——久到剛好夠我開始哭出悲傷，而茉德又恢復說話。是她讓那第一個聖誕節以及第一個新年足堪忍受。她讓我們自己面對一九一二年的頭幾個月，接著又在復活節時出現。幾個月後，她協助我們熬過媽媽的生日，當我們滿十九歲時，她捧著蛋糕到來。媽媽逝世一週年那天，緹爾妲帶來氣泡水和史東牌綠標薑酒。妳們媽媽超愛喝這個，她說，給我們各倒了一杯氣泡水，再加入不少薑酒。我們把它當檸檬水般大口暢飲。它們都過去了，她說，幫我們斟滿第二杯——這次完全沒加氣泡水。所有的第一次。第一次聖誕節、復活節、生日；她的第一次忌日。她與我們碰杯後喝酒。之後不會再有了，而妳們可以開始過沒有她的生活。那並不完全是事實，不過我慶幸她這麼說。感覺像一種許可。

緹爾妲是演員兼婦女參政運動者。只要她高興或需要，她就會自由地來去，我們最近一次見到她是去年春天，我們滿二十歲後幾天的事。當時她並未提到我們的生日，不過她陪茉德坐了一個晚上在摺紙，然後她把她們的作品懸掛在廚房流理檯上方的窗簾桿上，彷彿在布置派對現場。

我摸了一下緹爾妲摺的鳥。用布漿紙摺的，雖然翅膀破了，它還是能飛一小段距離，我心想；我感到很慶幸。

茉德又坐下來摺紙，接續剛才中斷的話題。

「要平安回家喔，」她說，「要平安回家喔。」

「要平安回家喔，傑克．朗特里。」我補完句子。

「傑克．朗特里。」她點點頭。「要平安回家喔。」

我從抽屜拿出餐巾和刀叉，擺設在桌上。兩個玻璃杯和一壺水。水壺已快要空了，不過還夠我們兩人喝，晚點我再把它補滿。昨夜下的雨應該將水桶裝滿了吧。茉德將紙張擱到一旁，撫摸她那塊餐巾邊緣的蕾絲。餐巾已因使用多年而泛黃了。她將餐巾平鋪在桌上，對摺。

「外婆的餐巾。」她說，再對摺，然後將一角貼合到另一角。

「結婚禮物。」我說。

她喜歡這番對話，而我已放棄阻止她。就假裝妳在舞台上吧，緹爾妲曾說，夜復一夜拿出同樣的熱情來說出同一套台詞。這樣妳的觀眾就會任妳擺布。

「某個忘記名字的姨婆送的。」茉德說，把餐巾摺來摺去，直到它有了不同的形體。

「送書的話就有用多了。」我說。

「書可不能拿來擤鼻涕。」

這句話是媽媽說的；現在它歸茉德所有了。她拿起刀叉放進剛摺好的布囊裡，然後開始摺另一塊餐巾。

我瀝掉醃魚的汁，把昨天晚餐剩的冷薯泥用煎鍋熱一下。

「傑克．朗特里，要平安回家喔？」她說。

我不知道如何回答這問題。但要是我裝聾作啞，她可能會無限跳針。

「他在受訓時應該很安全。」我說。

「我會想念妳的歌聲。」

「他這麼跟妳說嗎？」

她點頭。

「也許妳想起傑克時，可以唱他最愛的歌。」我說完馬上就後悔了。

「舞會結束後，清晨破曉時……*」

我將鍋中煎好的薯泥舀到我們的盤子裡，想著不知緹爾妲是否去了倫敦參與宣戰前的倒數。我把盤子端上桌。

「沒有蔬菜。」茱德說。

我本來想燙點四季豆的。「不吃菜也能活命。」我說。

「吃了活比較久。」這是媽媽的口頭禪。

✦✦✦

一九一四年八月八日

哈囉，小佩：

好個亂世啊！當時我當然去了倫敦，現場氣氛相當歡樂，不過我到現在都不確定為什麼。有些男人根本不用找藉口就能為非作歹，而戰爭可是個充分的藉口。我至少被六個男人拉住，其中三人還算是成功地親到我。他們都很年輕，樂意簽下從軍令（我大概是因此而讓比較帥的小夥子們得逞吧）。他們就像古時候的騎士一樣在蒐集淑女的青睞。

我們蹚進這混水大概是無可避免之事——畢竟這是我們的義務，而且比利時傳來的消息實在慘無人道——但我著實未能預想到這會是什麼感覺。小佩，老實告訴妳，我感覺興奮極了。怎麼說呢，我們另外那場仗我已經打得很厭倦了，看起來一點勝算也沒有。首相阿斯奎斯對女性投票權的態度變得強硬沒有轉圜餘地，婦女社會政治聯盟內部的士氣一片低迷。

而現在出現這件轉移我們注意力的事來。潘克斯特太太認為戰爭能作為我們的特洛伊木馬，她已經在動員她的部隊了。米莉森・弗斯宣布這段期間，支持婦女參政者將暫停所有政治活動時，潘克斯特太太氣炸了。她很清楚當真正的戰爭如火如荼進行中，我們的策略不可能獲得多少人支持，但她也無法忍受直接放棄。而跟從全國婦女投票聯盟的腳步，客客氣氣地保持和平，也不符合她的本性。等著看吧，小佩，她會找到方法讓我們持續占據報紙版面的。

跟茉德說我有在練習摺紙，已經快要可以把天鵝摺得很完美了。隨信附上我最新的試作品，雖然我以它為傲，但我猜她會嚴格審視。

緹爾妲

---

* 譯註：這是美國作曲家查爾斯・哈里斯（Charles Kassel Harris, 1867-1930）於一八九一年創作的名曲〈舞會之後〉（After the Ball），歌曲大意為主角告訴姪女自己之所以終身未婚，是因為在舞會中看到女友親吻別的男人，氣到不肯聽對方解釋。多年後，女友已去世，他才發現當初那個男人是女友的兄弟。

第三章

接下來幾天，傑里科不再瀰漫歡慶氣氛，卻並未喪失期待感。人們三五成群聚在商店外和街角，報童的吆喝聲反映出他們的義憤與熱情。那些話語如同雪片一般落在茉德的舌尖。侵略、野蠻人、我們義不容辭，她說。比利時人真倒楣，她說。那些話會重複一陣子，然後被遺忘。贊同蘿西．朗特里的言論不在少數：聖誕節前就打完了，大部分人這麼說。聖誕節前就打完了，茉德複述。

星期六下午，我們搭公車去考利——路上會經過營區，我對它頗為好奇。公車上滿是年輕男子，有父親陪同成年的兒子，也有幾對夫妻。我在四個人爬樓梯到公車上層時，認出他們是印刷工的助手。我們走上坡駛往考利聖殿村時，公車發出轟隆隆的聲音，接著它彎進霍洛路後放慢了速度。

「垃圾，到處都是垃圾。」茉德說，我望向窗外看她看到了什麼。

並不是垃圾。是士兵。報上稱他們為「基奇納之軍」。*他們出現在所有不該出現的地方。他們站在街邊抽菸聊天，有的人坐在地上，頭垂在膝蓋之間。有些人在樹籬下睡大頭覺。有兩個人扭打成一團，然後第三個人也加入戰局。公車上層鼓譟起來，大家又是歡呼又是煽風點火。我們離考利營區愈近，路上的「垃圾」就愈多。感覺就像有陣狂風橫掃牛津郡，從田野、工廠和大街上搜括一堆男人，再把他們像落葉一樣撒在營區周圍。

公車停住，上層的青年們衝下樓梯，使整輛車都在上下晃動。那四個助手從我們的車窗外經過，他們向茉德送上飛吻，茉德也回送飛吻。只是有樣學樣，沒別的意思。我們看著他們排進等著入伍的人龍。有好多人都營養不足、體重過輕，臉色蠟黃又缺了牙齒。他們怎麼打得贏戰爭？我心想。我頭一回感到焦慮。

公車繼續沿著霍洛路開，我們看到樹籬後的一頂頂帳篷，有個男人在刮鬍子，另一人打著赤膊在盥洗。

「他們已經在這裡待好幾天了。」我說。

「好幾天了。」茉德說。

* 譯註：又稱新軍（New Army），創立緣由為一九一四年，時任陸軍大臣的赫伯特・基奇納（Herbert Kitchener, 1850-1916）提議招募五十萬志願兵。當時的徵兵海報為基奇納指著觀看者的形象，後來成為許多海報設計的模仿對象。

「但為什麼呢？」

「莫忘比利時。」這是她看過的一張海報上的字。

「他們中有半數根本不知道比利時在哪裡。」

「一場冒險。」她說，「一個幹大事的機會。離開這鬼地方的車票。」都是她聽來的話。

✦✦✦

星期一早上，茉德和我遲到了，我們抵達裝訂廠時，大部分女工都已在崗位上。我四處張望尋找雀斑青蛙，繃緊神經準備好挨一頓罵。不過揚起眉毛望向為我們計時的大時鐘的人，是斯多陶德太太。我鬆了口氣。

「霍格太太陪霍格先生去考利營區了，」她說，「她在早茶前會回來。妳先跟露意絲還有愛嘉莎負責莎士比亞的配頁作業吧。」接著她露出溫柔笑容，密謀般對我妹妹說：「盯著別讓她分心了喔，茉德。」

茉德挺了挺身子。「配頁，不閱讀。」她說。

斯多陶德太太皺起眉頭。「佩姬，妳找卡南先生談過了沒？關於職缺的事？」

「我試過了，」我說，「但是那扇門已經關上了。」

✦
✦
✦

吃完午餐，我站在配頁檯的一側，對面是小愛。工作檯兩側都堆滿一台台摺好的書帖，檯面分成高低不同的階層，這些書帖等著被組合成《莎士比亞全集》。這是一本鉅作，總共約有八十五台，每一台都是對摺三次的十六頁。

我撫弄著邊緣擦過我大腿的那一台書帖。起始頁。這會是我配頁時最後拿的一台，卻是讀者最先讀到的一台。其中包含書名頁、插圖列表以及目次——〈暴風雨〉、〈維洛那二紳士〉、〈溫莎的風流婦人〉還有其他劇作和所有詩作。我從最高那一層快手拿下一台書帖擱在左前臂上，往左跨一步，再迅速拿下一台書帖，依此類推。我花了一會兒才找到節奏，讓我的身體想起這支舞蹈。然後我便沿著長長的工作檯移動，雙腿左右交錯跨步，右手在堆疊的書帖上方移動拿取，快到看不清楚。我鞋跟踏地的咔嗒聲和紙張摩擦的唰唰聲共譜出讓我依循舞動的音樂。裝訂廠內的嘈雜消失了，就算我的臀部扭得誇大了些，嗯，誰又敢說這麼做不是為了提高速度呢？

我將起始頁掃到手臂上那一疊的頂端——我這裡有了半本書——將這疊書帖交給茉德。她將書帖的四邊分別在桌面上碼齊，然後將我的這一半與工作檯另一側小愛配頁好的另一半組合在一起。

我望向配頁檯對面的搭檔——微微頷首示意——然後我們再次踏上舞池。

看到有書名頁的那一台，就代表那是完整的一本書帖了，茱德把配頁完的毛本都疊放起來。她堆了十五本時，我暫停配頁，檢查一下她在工作時有沒有恍神——我妹妹的手也有跳舞的習慣，卻是順應著獨特的旋律而動。這些毛本都很整齊無瑕，如果茱德不受干擾，這種狀況可以維持下去。

霍格太太回來了，她搖鈴叫第一班的人休息去喝茶。我們是第二班，我的節奏幾乎完全沒有改變。這時她很兇地警告去休息的女工千萬別遲歸，口氣聽起來比平常更嚴厲，我猜想軍方大概不顧妻子的抗議，仍然將霍格先生納入軍隊了吧。

我完成一輪作業，將一疊書帖放在茱德面前。我脫掉毛衣外套。

「好熱，」我說，「一直在跳舞。」

「熱。」她點點頭，碼齊邊緣。毛本已經堆到她快要沒有空間工作了。

「小茱，暫停一下。」我說。我尋找小露，看到她推著空推車從鎖線機那裡往回走。

「茱德，妳有另一批要給我嗎？」小露問。

茱德舉起一把紙扇。她攤開了我剛才配頁完成的那一台書帖——一次、兩次——讓她的手指跳跳舞，直到那一台書帖變成有用的物品。

「好熱。」她說，將扇子遞給小露。

「小茉——」我開口道。

「正是我需要的。」小露說。她接過扇子，在臉前搧風——力道大到我們都感覺到氣流。然後她把扇子交給我。「有時候我覺得是妳挖坑給她跳的耶，小佩。」她咧嘴一笑。

小露開始檢查每疊新毛本——以專業手法快速翻看。如果順序正確無誤，字也沒有顛倒，她會在最後一頁簽上姓名縮寫，然後將毛本放上推車，準備送到鎖線機那裡。

我朝裝訂廠四周張望。霍格太太正在指導一個新來的女工，斯多陶德太太在她的辦公室裡。

「我去上廁所，小愛，如果有人問的話。」我拿起被茉德拿來摺扇子的那疊毛本，朝衣帽間走去。老實說，我可以只拿被弄壞的那一台——剩下的部分完好無損——可是書名頁和目次對我來說有何用？

我將莎士比亞放進我的包包。

輪到我們休息時，我去裝訂廠男工區的書籍修復室找艾伯。

艾本尼薩話不多、有近視，人很和善。他常被說是濫好人，因此大部分人都叫他史古基，*希望能平衡一下。他默默表現的寬容和慷慨，幾乎讓他所有同事都受惠過——無論是保住顏面

* 譯註：狄更斯小說《小氣財神》中的主角，名字也叫艾本尼薩（Ebenezer）。

或是撐過青黃不接。他會比領班早一步發現失誤：只要點一下頭、提醒一句，就能神不知鬼不覺解決問題。他帶出來的助手能力都很強，有兩人最後還升為他的領班。哈特先生已經放棄要求艾伯尋求更高的職位了。我天生就不適合當家作主，我曾聽他這麼對媽媽說。後來我問媽媽，他們兩個是因為這樣才一直不結婚嗎，她搖搖頭。他向我提過三次，她說，但我對他不是那種愛。她有勇氣拒絕他，不過她仍然夠喜歡他，所以讓他繼續愛她。

「廢了，」我邊說邊把毛本遞給艾伯，「可以幫我裁一下嗎？」

「確實很『浪費』。」他說，他在他的小裁紙機上把毛本擺正，裁掉摺線處。

✦✦✦

我們在曳船道的行進速度因蝴蝶而變慢了──褐色的蛇目蝶和普藍眼灰蝶在高草叢和蕁麻間忙碌穿梭，牠們摺式的翅膀對茉德是難以抗拒的誘惑。後來我看到一隻小紅蛺蝶，黑橙相間的花紋有如充滿異國風情的馬賽克。今年夏天很熱，因此牠才會現蹤。小紅蛺蝶在我心裡是女生，因為牠們總讓我聯想到緹爾妲。

蘿西的路緣圃擺著躺椅，蘿西和年長的朗特里太太坐在那裡。

「歡迎回家啊，女孩們。」蘿西說，「我們在等妳們呢。」她指著兩張空椅，並舉起一壺茶。

茱德跨到花盆之間，擁抱一下蘿西，又彎腰親吻年長的朗特里太太臉頰。她用顫巍巍的雙手捧住茱德的臉。

「妳的笑容能趕走悲傷，茱德小姐。」年長的朗特里太太拍拍身旁的椅子，「跟我說說妳今天過得如何。」

茱德複述一些聽來的對話片段，年長的朗特里太太點頭回應，還在所有恰當的時機驚呼。

「我馬上就來找妳們。」我對蘿西說。

「妳慢慢來沒關係。」她說。

我回到「柯萊歐琵號」，從包包拿出毛本，坐在我們的床上。我翻著書帖。

我們已經有莎士比亞的作品了——十四行詩和劇本——單行本和合集都有。但我們沒有全集。我們始終沒這個財力，或是良機。不過它實在太大本了，我還是得先檢查一番，才能決定是否值得花力氣縫它，並給它一個鋪位。

引言我喜歡，當我翻到十四行詩時，字型有某種特質吸引我的目光。我讀了兩三首，決定留下它。我將毛本擺在桌上的縫書架旁邊，抓了兩條披巾，回去找她們三人。

「我沉浸在莎士比亞先生精緻的文字裡，讀到渾然忘我了。」我說，解釋自己為何姍姍來遲。我在茱德肩頭圍上披巾，然後坐進空椅。

「哪些文字啊，小佩？」年長的朗特里太太問。

「十四行詩。」

「我喜歡十四行詩，」她說，「比劇本更喜歡。」

「媽，妳最喜歡哪一首？」蘿西問。

「一日辛勞，我倦極奔向床鋪，但我腦袋中的旅程又邁開腳步。」她皺起眉，搖搖頭。

「以前我能背出整首的。」

「除非妳小時候需要背才會背吧，媽。」

「這首詩講的其實不是辛苦工作，」年長的朗特里太太說，「而是思念心愛的人。說在夜深人靜的時候，他們的面孔會浮現在你心頭，讓你的思緒停不下來。」

她低頭望著蓋在膝上的毯子，試著調整它，但她的右手又劇烈地顫抖起來。茉德按住老太太的手，當顫抖停止時面露笑容。然後年長的朗特里太太又將左手蓋在茉德的手上，茉德接受了遊戲邀請。蘿西和我看著她們不斷將底下的手抽出來蓋到上頭，速度愈來愈快，直到年長的朗特里太太宣布茉德贏了。

✦ ✦ ✦

夜晚慢條斯理地到來，茉德不肯去睡覺，因為她仍看得見我們運河船窗外的景色。我將縫書架設置好，端正地擺在面前，兩條手臂各扶著它一側，就像準備演奏的豎琴手。茉德在摺蝴蝶時，我將一台又一台的書帖依序繞著幾條麻繩縫緊。

縫到〈馴悍記〉時，我放下縫針和護手套，按摩著拇指和食指間的肌肉。

「我辛勞到倦極了。」我說。

「奔向床鋪。」正在摺紙的茉德頭也不抬地說。

我看著她的手將紙張化作一隻蝴蝶，它的翅膀交疊，就像真正的蝴蝶一樣。妳就是我辛勞的源頭，我從桌邊站起時心想。我從尚未縫上的那疊中抽出一台書帖，然後親吻茉德頭頂，低聲說：「我們都奔向床鋪吧，天黑了。」

稍晚之後，茉德已熟睡，呼吸聲變得綿長，我拿起《莎士比亞全集》那一台零散的書帖。還剩一點燭光，因此我讀了年長的朗特里太太唸的那首十四行詩。第二十七首。老太太記得沒錯，即使沒記住整首詩，至少記住了它想傳達的感情。不知道朗特里一家必須在腦中旅行多少個夜晚，這場仗才會打完，傑克才會回家。

蠟燭在淌淚，我將它捻熄。

第四章

夏季的清晨很沒有禮貌；它們不但會擅自從我們窗簾底下溜進來，還會喚起一支長著翅膀的合唱團，害我早在還不想起床的時辰就被迫轉醒了。茉德倒是繼續呼呼大睡，那些嚶嚶、咕咕、嘎嘎和呱呱聲，都干擾不了她深沉的睡眠。

我又拿起昨晚讀的那一台十四行詩，不過才讀了一首，就感到運河河水拍打「柯萊歐琵號」船身。這種感覺近似躺在搖籃裡。

「歐伯隆來了。」我在茉德耳邊小聲說。

「愛撫著『柯萊歐琵號』。」她眼睛沒睜開地說道。以前我們的船隨波晃動時，媽媽就會這麼說。

我們躺在床上等待晃動平息、比較方便走動再起床。今天晃得比平常更厲害，我暗自提醒自己要把「柯萊歐琵號」綁緊一點。

朗特里一家得花點時間才能把「蘿西復返號」停泊妥當，不過等那艘船停好，我們的煤炭箱裡就會有煤炭了，早餐也有培根可吃了。茉德去倒我們的夜壺，我把床整理好。然後我將熱水壺放在灶台上，舀了五人份的咖啡粉。茉德拎著夜壺回來放在床邊。

「去洗手，小茉，」我朝水盆呶呶下巴，「還有洗臉，該洗的地方都洗一洗。」我們已經二十一歲了，她仍然需要人叮嚀。

我往咖啡槽倒滾水，然後將咖啡壺放在爐盤上保溫。等我換好衣服，咖啡已經泡好了，歐伯隆正在敲我們的船殼——快速連敲兩下，多了沒必要。從這一點就能看出他的個性，媽媽曾說，蘿西則補充說他也沒比他需要的高一吋或胖一分，而且不論是講話或發脾氣都務求精省：再沒有比他更適合同居在狹小空間的對象了，她說，她們兩個哈哈大笑。

我打開艙門，歐伯隆朝我點了一下頭。然後他遞給我滿滿一桶煤炭。我將煤炭都倒進放在通往前甲板的樓梯底下的煤炭箱裡，這箱子連一半都沒裝滿。

「你能再給我們一桶嗎？」我遞還桶子時問道。

「再給一桶。」茉德說。

「可以。」他說。

「不行可以直說喔。」我說。

他微笑，歪歪頭指向「不動如山號」。「不值得惹火她。」然後他抬頭望天，「或是她。」

茉德走進廚房，端了一杯咖啡回來。她把杯子遞給歐伯隆時，蘿西出現在曳船道上，她身穿打褶裙、綁帶高筒靴和船家女常戴的黑色便帽。她陪歐伯隆在運河上工作時總是這麼打扮，她母親和外婆以前工作時也是這麼打扮的。

她曾告訴我，她很懷念在運河上工作。她很想念歐伯隆。歐伯隆的父母是裝訂廠女工和造紙廠工人，他不像蘿西從小就在運河上生活，但蘿西相信歐伯隆到死之前都會為運河奉獻。要是能夠選擇，蘿西也會這麼做。然而他們第一個孩子體弱多病，蘿西待在原地不動才是合理的做法。權宜之計，她對歐伯隆說，於是他在他們的平底船船身漆上「權宜之計號」的字樣。他把貨艙全改造成客艙，預期會生一大窩孩子，蘿西將內部空間布置成溫馨的家。後來歐伯隆賣掉他們的馬，在他們的拖船頭加裝引擎，讓它能不分日夜沿著大聯合運河飛速航行。孩子死後，蘿西想要再和歐伯隆並肩工作，但年長的朗特里太太手已抖得太嚴重，無法再摺書帖，甚至連提個熱水壺都會燙到自己。蘿西不願意搬到岸上去住，年長的朗特里太太只好搬到船上來。蘿西懷了傑克時，要求歐伯隆把他們的運河船更名為「不動如山號」。

現在歐伯隆受雇於皮克福德運輸公司，負責運送煤炭和磚塊。他的行程幾乎毫無間斷，因此每個月他只能在「不動如山號」睡一晚，若是他的船需要維修，才能待久一點。不過每週他會過來一起吃一頓早餐，通常是星期天早上。

「把那個給我。」蘿西說，伸手討空桶子。她提著桶子走到「蘿西復返號」，掀開防水布，又舀了一桶煤炭。

等煤炭的事搞定後，蘿西帶歐伯隆回到「不動如山號」。那裡已有一缸熱水等著他，乾淨上衣和燈芯絨長褲也擺好了。在一週勞動的痕跡從他皮膚上刷洗掉之前，她是不會給他吃早餐的。他們總有夠多培根分給茉德和我。

吃完早餐，我們坐在蘿西的路緣圃，歐伯隆唸出《牛津紀事報》的標題：「德軍洗劫魯汶；牛津將收治難民；風尚與怪癖；政府公告；健康與家庭。」

「風尚與怪癖，」年長的朗特里太太提議，「這星期是什麼主題？」

「保密。」歐伯隆說。

我猜想大概是指左鄰右舍間的八卦吧。

「戰爭一向是嚴厲的神祇，」歐伯隆開始唸，「但祂從未如同現今一般展露出無情的鐵面——尤其對諸位婦女。妳們身邊的男人離去了，去哪裡妳們不知道，妳們或許能收到他們的音訊，但他們的信封上沒有郵戳，字裡行間也不會包含妳們最迫切想知道的消息……」

「健康與家庭。」蘿西打岔，揮著雙手趕開剛才那些話，不讓歐伯隆唸下去。她起身收拾杯子，我的咖啡還剩一半，不過我由著她收走。

歐伯隆將注意力移向「健康與家庭」專欄的小主題。「『神經衰弱』、『經濟需求』還是『加強約束』？」他問。

蘿西低頭對他微笑。「顯然是神經衰弱。」

歐伯隆唸道：「唯有女性和體弱者，才會因歸類為『神經衰弱』的疾病而獲得同情。」

蘿西哼了一聲，歐伯隆停頓。她微一頷首，他又唸下去。

「當壯漢的神經系統崩潰，一般人都會當他在騙人。然而若是汽車出了問題……」

蘿西進到「不動如山號」，歐伯隆又停了下來。

「繼續唸啊。」年長的朗特里太太說。

我們把這篇文章聽完，接著歐伯隆又唸了地方新聞、讀者投書、生活用品的特價廣告——全都與戰爭有關，即使表面上看不出來。

歐伯隆該離開的時候，蘿西跟他一起登上「蘿西復返號」。她傲立在船尾，一手操持舵柄，他們的船沿著運河緩緩朝沃佛科特移動。我們都很熟悉他們的老規矩，二十年來它都不曾改變過。開出一兩哩後，他會讓她下船，她再走曳船道回來。

我們陪年長的朗特里太太坐在路緣圃，等待蘿西戴著便帽的身影朝我們走近。在這樣的早晨，她總是展現出平時沒有的自信態度。然而今天上午的她卻動搖了。她的表情一柔，加快腳步。我朝反方向望去，看到了傑克——他邁著大步，臉上掛著大大的笑容。他才去考利營區待了兩三個星期，我們卻像他剛從蒙斯回來般熱烈歡迎他。

我們原本都沒意識到自己如此想念他，現在各自想方設法要彌補別離的時光。蘿西塞給他太多食物，年長的朗特里太太不讓他離開身邊，用顫抖的雙手不停撫摸他的手，好像在摸貓一樣。我饒舌地講著出版社的種種變化：又有誰從軍了，有誰想從軍被退貨了。裝訂廠女工區的生活完全跟以前一樣，我告訴他。

只有茉德始終如一，當傑克好不容易獲得片刻安寧，他去「柯萊歐琵號」上找茉德，兩人默默坐在一起——她在摺紙，他在看她摺。後來他擺出棋盤，他們下了一盤棋，幾乎沒說半句話。

吃完晚餐傑克便走了，我想他對於能回考利是鬆了口氣吧——我們的緊迫盯人和照顧似乎讓他受不了。我們站在曳船道上目送他走回牛津方向。每跨一步他都變高了一點，在狹小的「不動如山號」窩了大半天，現在他又能伸展身體了。

✦✦✦

一九一四年九月十三日

哈囉，小佩：

當我跟妳媽說我會跟妳們兩個丫頭保持聯絡，我心裡想的是聖誕卡啦、偶爾寄張明信片什麼的，我可沒想到要寫長信，更壓根兒沒想到自己會在兩個月內就寫了兩封。可真是創紀錄了呢，我連給我弟弟都沒這麼勤寫信。我是個只顧自己的人，妳媽很了解我，我弟弟也了解我，我所有朋友都了解我。妳心裡應該也很清楚。

好了，言歸正傳（我的手已經快抽筋了）。妳沒見過我弟弟，但妳可以相信我，比爾是天底下最善良的人，去比利時或法國朝德國人開槍這種想法對他來說是毫無吸引力。總之，他在等著搭軌道車時，婦女社會政治聯盟的某些蠢女孩在他的外套翻領別上一根白羽毛。*他把羽毛拿下來，但已經有夠多人看見了。甚至有人朝他吐口水。

當初我就反對這項激進的行動，結果被削了一頓。這是潘克斯特太太與政府談好的協議的一部分——為了換取目前在獄中的所有婦女參政運動者獲得釋放，婦女社會政治聯盟必須積極支持參戰，並協助募兵。看來羽毛是用來對付和平主義者、漠不關心者和畏戰者的彈藥之一。我對潘太太愈來愈反感了，卻又不得不佩服她。這是相當有效的策略——隔天比爾就參軍了。他太太歡欣鼓舞，我可不。我退出了婦女社會政治聯盟。

遺憾嗎？當然。我仍是為那個使命而戰的步兵（原始的使命，也就是妳和茉德和我能獲得投票權）。妳知道我第一次見到妳，是在傑里科的一場婦女社會政治聯盟聚會上嗎？海倫把妳們一起帶去了。我當然一下子就注意到妳和茉德，因為妳們長得一模一樣。我不記得妳們當時是十五還是十六歲，不過妳們剛開始去裝訂廠工作。我問海倫她為什麼出席聚會，她看看妳，再看看茉德。當她目光轉回我身上，她眼中充滿悲傷。悲傷啊，小佩，我永遠忘不掉。

總之，現在戰事正酣，為我們遭到排擠一事悲傷似乎太過奢侈。我本想回到戲台上，但我只能分到「保姆」和「老鴇」這類的角色。我是有考慮就演老鴇得了，可是當我問導演那老鴇到底有多老時，他說：「三十五歲，不過她的日子很辛苦。妳可以駕馭的。」

我直接從劇場走到紅十字會的辦公室，報名加入志願救護隊。（我的年齡虛報了五歲，說我才三十三歲。辦事員完全不疑有他。）我將要在倫敦的聖巴索羅繆醫院接受志願救護隊訓練，之後必須通過急救護理、居家照護和衛生學等測驗項目，他們才能讓我加入，不過那都很簡單啦。妳媽認為我能成為好護士，她說我很懂得床邊禮儀，而且腸胃強健不易嘔吐。我確實喜歡照顧她，小佩，那是我畢生做過最無私的事。而現在瞧瞧我——明明可以去外面找樂子，卻在這裡寫信。

我開始受訓前會過來住幾天。不確定是什麼時候，但妳看到我自然就知道了。

緹爾妲

附註：我在給茉德的短箋裡請她摺一個愛心，那是要給比爾的，我打算在他受訓休假回來時把愛心別在他的軍服領子上。幫我提醒茉德好嗎？

我記得那場婦女社會政治聯盟的聚會。會後，媽媽邀請緹爾妲回我們家吃晚餐。她還喊蘿

---

* 譯註：一戰期間，英國海軍軍官費茲傑羅（Charles Fitzgerald）發起「白羽毛運動」，鼓動婦女送白羽毛給身強體壯但未從軍的男子，讓他們感到羞恥。

西共襄盛舉，當她們在蘿西的路緣圍布置餐桌時，我就負責泡茶還有在麵包上抹奶油。我聽到她們像老朋友一樣聊天，好奇什麼話題這麼好笑。等水燒開的時候，我站在我們敞開的艙門邊偷聽。緹爾妲在模仿男人亂批評女人。腦袋空空。感情用事。喜怒無常。單純無知。要是讓她們投票，大英帝國會被她們搞垮。她用了各種不同的嗓音，我簡直相信外頭還有別人在呢。

「簡言之，」緹爾妲用低沉的聲音說，口音就和貝利奧爾學院的學人一樣優雅，「女人的腦比較小，把投票這樣的重擔壓在她們身上實在太不公平了。」

「但是從她們身上『壓榨』出稅金倒是沒什麼不公平的。」媽媽接口，緹爾妲大笑，媽媽也笑，她們的笑聲聽起來有如樂音。

我端著托盤出去時，媽媽笑到幾乎無力拿起茶壺。緹爾妲堅持要她坐下，然後又堅持要我也坐下。她拿起茶壺倒了三杯茶，一杯給蘿西，一杯給媽媽，一杯給我。我說我再去拿一個杯子來，她擺擺手表示不用了，然後從袋子裡拿出一只隨身小酒瓶，那袋子裝著聚會結束後她沒發完的傳單。

「茶不適合我。」她微笑說道。她就著隨身酒瓶喝了一口，然後表示要給媽媽來一點，媽媽伸出杯子。緹爾妲往媽媽的茶裡加了些酒，也幫蘿西加了一些。

我伸出杯子。「加一滴就好，」我說，「我明早還要工作呢。」

這下是我逗得她哈哈大笑了。她望向媽媽，媽媽點頭，於是她在我的茶裡倒進威士忌。那時候茉德在「柯萊歐琵號」上摺紙，但就算她也在場，緹爾妲是不會提議幫她加酒的。就算她有那個想法，媽媽也會搖頭。我跟她們一起待到茶都涼了，緹爾妲的酒瓶也空了。

「小茉，」我說，「緹爾妲要妳幫她摺一個愛心。」

茉德點點頭。緹爾妲給她的短箋已經拆開讀畢，隨信附上的紅色方形紙擱在她面前，已摺好一半。我坐在那裡看著她的雙手以我無法理解的方式移動著。

「要給比爾的，」她說，「天底下最善良的人。」

✦✦✦

就寢前，我又讀了一遍緹爾妲的信。志願救護隊。護士義工。心血來潮下，就決定了新的生活。*幫我提醒茉德好嗎*，緹爾妲這麼寫道，我咬緊牙關。提醒她摺愛心、刷牙、戴帽子、天氣變冷時穿上大衣。*她會需要人陪*，那時媽媽在痛苦的呼吸間掙扎著說。那就別走啊，我在心裡吶喊。

新生活，我心想。「我哪裡也不去。」我對著無動於衷的黑夜說。

第五章

休息時間，茉德和我待在方院裡，盡量享受微弱的秋陽。一輛輛推車在我們周圍忙碌來去；整令的紙張往東，整箱的書往西。有個手腳細得像樹枝的男孩奮力拽著貨物，彷彿它是一頭頑劣的騾子。另外兩個年紀大一點的少年已經送完貨了，經過他時把他取笑了一番。片刻之間，我能想像德皇並未侵略比利時，英國也沒有出兵的義務，而出版社維持完整的生產力，什麼都不曾改變。

然而僅僅和幾個月前相比，方院中已沒那麼繁忙，而且放眼望去可見的男性，小的更小、老的更老。我們上回看到傑克大步穿過池塘與花圃之間，來跟我們快速打聲招呼，彷彿已是很久很久前的事了。

不過有另一個人正朝我們走來，是傑克的領班。傑克總愛說他是「好的那種」領班。他在離我們坐的地方兩三呎外停下腳步，目光由我移向茉德，再移回來。我妹妹和我的外貌幾乎完全相同，只有眼神會洩漏差異。即使茉德直視你的眼睛，你都會覺得她在神遊或是對你不感興趣。我的眼神則很多疑，眉間有茉德臉上看不見的紋路。大部分的人不用一秒就能分辨出我們兩人。

「妳是佩姬對吧？」排字工說。

「對，歐文先生。」我咬了一口餅乾。

他轉朝茱德，她的目光停留在他身後不遠處。「妳一定就是茱德了。我是蓋瑞斯，我跟妳們的鄰居傑克是同事。」

她迎向他的視線。「聖誕節前就打完了。」她說，然後她盯著他的嘴等他回答。

「希望如此。」他說。

「我會想念妳的歌聲。」她說。要我猜的話，我認為她把焦點放在他的鬍子，注意到黑鬚間摻雜了白鬚。仔細聆聽每個字。

我望向排字工的臉，好奇他會如何解讀我妹妹的措辭。

他毫不遲疑。「他『會』想念妳的歌聲的，他親口告訴過我。」

茱德點點頭，彷彿她成為傑克與他的領班的話題是很正常的事。

歐文先生臉轉回我的方向，面露遲疑，我被勾起了好奇心。

「茱德，」我說，「妳想希姆斯先生會讓妳採一束花給蘿西嗎？」

「送蘿西一束花。」茱德如我所料地點頭說道。她走去找正在修剪樹籬的園丁。

邀請歐文先生坐下來、打開天窗說亮話，對我來說只是舉手之勞，但我除了再咬一口餅乾外，什麼也沒做。

他摘下帽子，用手撫過大部分還很黑的頭髮。他手指很長，挺好看的，不過正如同老資格的排字工一般，他的一根拇指特別腫大。他把帽子戴回去，左顧右盼。我完全沒協助他感到自在一點。

「妳介意我坐下來嗎？」

我順著長椅挪了挪位置。我們各坐在一端。

「傑克說妳也許願意幫忙我進行一項計畫。」

「是喔？」我啜了一口茶。茶冷掉了。我裝作茶還是熱的，又喝了一口。

「他說妳對我們大量生產的書本愛不釋手。」

傑克有夠欠揍，我心想。

「他認為妳或許對我正在排字的一本書會有興趣。」又用手撥頭髮，這次他沒把帽子戴回去，而像是討錢的人一樣把它按在胸口。「是一本文字書。」

「通常都是吧。」

他笑了，戴上帽子。「女性的詞語。有個朋友在蒐集這些詞，把它們寫下來。為它們定義。」他不由自主地露出笑容。

「聽起來像一本詞典。」

「它正是一本詞典。」

我漠不關心的面具出現一道裂縫。

「但那些詞語不會收錄在《新英語詞典》*裡。」他說。

「我以為所有詞語都會收錄在《新英語詞典》裡？」

「我也這麼以為，可是艾絲玫……」他臉紅了？「我是說尼克爾小姐，她任職於編纂詞典的累牘院。她說有些詞語會被排除。」

他停頓，在我臉上尋找著什麼。他說的事情聽來有點熟悉。緹爾妲有個朋友——她稱之為「我的文字狂朋友」。我努力掩飾自己的興致。

「這是個禮物。」他說。

「禮物？」露餡了，我的口氣和瞪大的眼睛都展現出我有多好奇。我試著撫平它，讓它「茉德化」，但他已經察覺了。他的笑容更加燦爛。

「她不知情。」

原來是祕密，也是示愛的信物吧。他想用這禮物贏得美人心，鞏固他們的關係。每個人都

---

* 譯註：《新英語詞典》（*New English Dictionary*）為《按歷史原則編訂的新英語詞典》（*A New English Dictionary on Historical Principles*）的簡稱，後者為《牛津英語詞典》（*Oxford English Dictionary*）的原始書名。

以某種方式做著同一回事：情侶在求婚，父親傳下懷錶和忠告，母親織著厚襪子和毛背心（這些東西或許無法幫寶貝兒子防禦德國兵，但絕對能防禦酷寒）。暴風雨來臨前，我們會用油布封住「柯萊歐琵號」的艙口，嚴陣以待，而他們等於在作類似的準備。

「我可以排字，」他說，「還有印刷，不過傑克提議……」

「傑克提議什麼？」我原本沒打算用這麼嗆的口氣；傑克知道我從裝訂廠帶書回家。一想到他可能將此事告訴他的領班，就令我火冒三丈。

歐文先生身體稍微後傾，斟酌要怎麼講。「傑克一直在幫我，檢查鉛字有沒有錯誤。奈德也備好一部小型活字印刷機，讓我能印內頁。我都是趁下班時間做的。」

「你的意思是……」

「大總管不知道這件事。」

我感覺脈搏加速，每當我讀到一頁想要保存的書，我就會有這種反應——欲望和風險交揉的效果。我望向方院周圍。園丁正用細繩紮起茉德的花束。

「說下去吧。」我說。

「嗯，印好以後，我需要摺疊、配頁、縫線。我只會有一組內頁，所以不能出錯。傑克說妳可能願意幫忙。」

「他這麼說是吧？要是我被逮到，哈特先生會扣我薪水。」

「大概確實如此，不過傑克的原話是這樣的：『要是佩姬沒參與到這件事，她肯定會掐死我。』」

「你說女性的詞語是吧？」

歐文先生微笑。

「笑什麼？」

「傑克說這是引妳上勾的關鍵。『她絕對難以抗拒。』」

好個傑克，我心想。我真想他。

「妳意下如何？」他說。

「我得想辦法在斯多陶德太太眼皮底下瞞天過海。」

茉德拿著花束回來。歐文先生起身把位子讓給她。

「謝謝妳，佩姬。」他說。

「我不能保證成功喔，歐文先生。」

「叫我蓋瑞斯就好。」

我點點頭，但我不會這麼叫他的。

✦✦✦

詞典的分冊一直很規律地送進裝訂廠，我總期待著它們，每次有詞典分冊進來時，斯多陶德太太都會分派茱德和我去摺紙。我在摺紙時能偷空瞄一眼紙上的字，隨著書帖堆起，我也能背下某個詞彙和它的定義。一輪工班結束時，我能告訴你那個詞在何時有了最早的文獻紀錄，並背誦出使用了那個詞的完整句子。茱德喜歡聽我背喬叟的引言。「胡言亂語。」她會說。她從未問過這句成語是什麼意思。

我正在摺「Sorrow至Speech」，這疊校樣需要摺疊和裁邊，但不用裝訂和加封面。不曉得檢閱員會找到哪些錯誤，編輯會刪去哪些字眼，又會增添什麼文句。定稿大概會在兩三週後送來，要是我又負責摺紙，可以考驗看看自己的記憶力。

我選了一個詞：Spalt。它有好幾個意思，但我最喜歡的一個是「傻氣或愚笨的人」。我讀著引文：該等流言蜚語吾人實難推諉……其全然沉浸於與某些愚者之共處中。根據校樣所言，這是個已淘汰不用的詞彙，但我能想到裝訂廠內有不止一人符合它的定義。我對摺一次、兩次——四開本。然後我把下一份印張滑到面前。

我跟歐文先生交談已是一週前的事了，我一直在思考用什麼方式最能幫助他。大部分程序我都能在家裡完成，但我很懷疑歐文先生會讓書帖離開他的視線，而邀請他來「柯萊歐琵號」

也不恰當。若是斯多陶德太太能睜一隻眼閉一隻眼，我們便能輕鬆地在女工區摺紙、配頁和手縫毛本。但是裁邊和加封面，還是需要用到男工區。

我決定找艾本尼薩幫忙。

我們比男工早一個鐘頭下班——這是他們為了多數女性回家時堆積如山的家事而作出的讓步。我留茉德在廠區幫忙斯多陶德太太關窗板和燈，自己跑去找艾伯。

男工區聽起來不一樣，聞起來也不一樣。紙張的低語聲和鎖線機的嗡嗡聲，被裁紙機以及機械製造書殼的不規律節奏取代。空氣中瀰漫濃郁的黏膠和蛋清味：也就是退潮時的魚腥味。在適應這種轉變的片刻之間，我想像正在被裁邊或黏合或撞齊或檢閱的是哪本書。閱讀是很靜態的活動，在自家客廳或是靠著樹幹看書的讀者，根本無法想像他們的書曾經過多少人的手，不知道它承受過摺疊、裁切和捶打之苦。他們猜都猜不到那本書交到他們手上之前，是過著怎樣吵鬧又臭烘烘的生活。我很開心我知道，很開心他們不知道。

書籍修復室的門敞著，我能看到艾伯聚精會神地在工作。我在原處等候，不想害他失誤。這房間很小，沒有任何機器。他的所有工法都遵循已沿用數百年的傳統。室內空間能容納兩人，有時候會有個助手站在他身旁，或者我會從女工區被找過來，以手工為某本舊書重新縫線，就像媽媽以前所做的。艾伯的針線功夫不比我們任何人差，但工會以及大部分男人都視之為女人家的工作。今天這裡只有他一人。

工作檯上擺滿他的專業工具。形形色色的摺紙棒，既可用來摺紙，也可用在皮革上；塗抹黏膠、蛋清和金箔用的刷子；在皮革和布料上製造花紋的工具；切割金箔用的墊子；亞麻布；帶子；剪刀。我的針線盒還留在上次用完放置的地方，裡頭有針、線和麻繩，一只皮革頂針以及護手套。我開始縫書時，媽媽為我做了這頂針和護手套。

艾伯的工作檯上有三本書——大概來自某學院的圖書館或貴族的鄉間別墅。其中兩本赤身裸體，它們的新書殼與紅色摩洛哥皮革整齊地擺在旁邊。剩下那一本已穿好外衣，艾伯正在收尾。

我站在敞開的門邊，望著他將一塊舊皮革抹過頭髮，然後用皮革吸起一片金箔。金箔被靜電吸起時飄動了一下，但維持原本的形狀。他將金箔上到面前那本書剛用工具壓印過的封面皮革上，我很好奇書名是什麼。他刷掉多餘的金箔，然後摘下鼻樑上厚重的眼鏡，彎腰湊近書本檢查有沒有瑕疵。

我走進房間。

「它能活到再被閱讀一次嗎？」

他抬起頭，把眼鏡戴回去。接著他露出每回見到茱德或我時都會有的笑容。

「能。」他說。

我伸出手，他將那本書放到我手上。是本薄書。《奧賽羅》。

「好美喔，艾伯，就像新的一樣。」

他不把我的恭維當一回事。「它已經有一百八十歲了。」

「上一版的裝訂長什麼樣子？」

他在工作檯旁邊找到舊書封的碎片，舉起來給我看——破損褪色的布料包著已經快粉碎的硬紙板。「不是原版書封，」他說，「原版應該是小牛皮或羊皮。不過這個封面撐了大概八十年——算是功成身退了；這是本飽經閱覽的書。」

「這個書封至少能撐一百年，」我說，「到時候我們都化為塵土了。」

他點點頭。「這想法挺好的。」

「化為塵土嗎？」我微笑問道。

「將來的人還會把我的作品拿在手裡。」

「我也喜歡這想法，艾伯。但我很懷疑有誰會想到為他們裝訂書本的人。」

他聳肩。「他們不知道我是誰，我也無所謂。」

「我有所謂。」我說。這話是脫口而出的，我其實也不懂我想說什麼。

艾伯打算回應，因此我趕緊把《奧賽羅》塞回給他。「你最好把這個拿走，不然我可能會放進自己口袋。」

他接過書，放回工作檯上。

「艾伯，我可以請你幫個忙嗎？」

他點頭。他永遠都會點頭。

「我要幫某個人裝訂一本書，算是一本詞典吧。但這不是出版社出的書。」

他的眼鏡往下滑，他又往鼻樑上推。「那這是什麼樣的業務？」

我壓低音量。「愛情業務。」

他眨眨眼，我知道我在利用他的弱點。

第六章

女工區的員工已經全都下班離開了，歐文先生站在入口處。他就像包括哈特先生在內的所有男性員工一般，要受到邀請才敢跨進來。

斯多陶德太太從辦公室走出來。

「佩姬，你們弄完後別忘了關窗板和燈。」她戴好帽子，朝門口走去。

「你的幫手是專業的，蓋瑞斯。」我聽到她說。

「真謝謝妳了，凡妮莎。」

她擺擺手。「你可別亂謝，我什麼都不知道。」

她走了，他朝我走來。「在這地方要守住祕密還真難。」

「看你想對誰守住祕密囉。」我說，「沒人會告訴大總管的。」

他微笑。「謝謝妳幫忙，佩姬。我來出版社工作已二十年了，裝訂廠的女工區對我而言仍然很神祕。」

「我們在這裡做的並不是多困難的事。」

他望向仍坐著在摺紙的茉德。

「也是有其獨特的技巧在。」他說。

「我們只要花七小時就能學會摺紙和配頁，七天就能成為熟練的縫書員。」我說，「跟要七年才能出師的助手相比，簡直不可同日而語。」

「如果一本書的頁數錯亂，或是縫得亂七八糟，它也一文不值。」

我聳肩。並不會一文不值。

「我們從何開始？」他問。

我指著他摟在臂彎裡的紙捲。「那是印好的內頁嗎？」

「對。」

他用牛皮紙把印張包起，兩端整齊地塞進洞內，此時他用空著的手撫摸紙捲——帶有保護意味的動作，臉上表情有點遲疑。我好奇他的禮物將引起什麼迴響，如果我是她，在收到時會有什麼反應。我帶他到摺紙檯前，將一小疊摺好的書帖推到旁邊。

「妳最近在摺什麼書？」他問。

「《莎士比亞的英國》的校樣，」我說，「是一篇在講流氓和流浪漢的文章。」

他點頭。「最近有幾章初稿送進排字間來，不過數量不夠多。哈特已經在抱怨如果所有稿子都延遲的話，對出版社來說會有什麼影響。」

「我猜得狂加班吧。」

「而且沒有男人可以加班。」他說。

排字工把他的紙捲放在我騰出的檯面上。他拉出塞進兩端的牛皮紙，讓印張攤平。八開本。一面有八頁，一張紙有十六頁，每一頁的尺寸都跟《新英語詞典》相同。版面採雙欄而非三欄，詞條排得很寬鬆。我翻著印張數了一下，十二面，總共九十六頁。好多詞啊。

「這些全都不會收錄在莫瑞博士的詞典裡？」

「有些會。」他說。他轉動幾張紙的邊緣，有一個詞勾住我目光。

「姊妹。」我說，「莫瑞的詞典裡肯定有這個詞吧？」

「會有的，不過還要好幾年後才會編到那裡，但艾絲玫說他們蒐集的例句中，漏掉了這一種意思。」他拿起印張，讓我看到完整詞條內容。

SISTERS（姊妹）

（相識或不相識的）女性因共同經驗、共同政治目標、共同渴望改革而建立緊密關係。

一九〇六年，緹爾妲．泰勒：姊妹們，謝謝妳們加入奮戰。

一九〇八年，莉茲．雷斯特：不必有血緣關係才能有姊妹情，妳們只需要為對方著想就夠了。

一九一三年，貝蒂・安格瑞夫：我們不能忘了那些辛勤討生活、沒有財產、無法受教育的姊妹們。

我摸著緹爾妲的名字，摸著她說的話。媽媽帶我們去過的每場聚會上，緹爾妲都說過這句話。緹爾妲稱呼出席的女人為「姊妹」，大部分都是她素昧平生的人。這個詞有時候被當作單數用在茱德和我身上，讓我覺得很厭惡。那對姊妹，那對雙胞胎，那對女孩。我們沒有區別，對多數人而言，各別定義我們兩人太花力氣了。這個便宜行事的詞讓我消失了，可是當緹爾妲在那些聚會中使用它，感覺卻是慎重而有力的。這詞感覺破壞力十足，而我想要身為姊妹中的一員。

「妳不覺得她抓住了一些重點嗎？」他的嗓音把我帶回裝訂廠。

我閱讀其他引文，然後重讀定義部分。（相識或不相識的）女性因共同經驗……而建立緊密關係。歐文先生的心上人吸引我之處，不是這些文字，而是我想像她口袋裝滿紙條，腦袋裝滿渴望，渴望成為比別人所允許的更豐富的存在。共同渴望改革。

「確實，」我說，「這個意思完全適用。」

「簡直就像《新英語詞典》裡的內容。」

「但你用了另一種字體，」我說，「是什麼字體？」

「Baskerville。」他說。

「為什麼？」

停頓，有如段落間的空白。他在想她。

「因為它明晰又優美。」

他讓印張落回檯面上，整齊地疊在一起。「我不知道摺紙要從何下手——頁碼順序全都是亂的。」

我示範給他看怎麼把整疊紙轉成正確方向。「如果沒有一開始就把方向擺對，你會搞砸整台書帖。」我瞥向妹妹坐的位置。「對吧，小茉？」

她點點頭，但沒抬頭看。「整台書帖，也許整本書。」

他微笑，仔細記下印張的方向。「第一頁朝下靠左，懂了。」

我放好第一份印張，捏住右緣拉過來蓋到左側。「印紋必須對齊，要是沒對齊，頁面就會有高有低。」我調整位置確定有對齊，再用媽媽的摺紙棒壓線。「第一摺完成了。」我說，「現在轉個方向，讓摺線靠近自己的肚子，然後重複剛才的動作。第二摺完成了。」我轉了最後一次方向。「紙的兩面各有八頁，這叫八開本，所以需要摺三次。」

「我來猜猜看，」他說，「右邊蓋到左邊，對齊，壓線。」

「對，但你需要用摺紙棒來壓線，才能讓摺線內側俐落平整——摺到第三摺時，印張的厚度可能會造成皺褶。」

我摺完第三摺，將整台書帖交給歐文先生。

他想翻看它。

「要裁邊後你才能好好翻頁。」

「什麼時候要裁邊？」

「等每一台書帖都摺疊、配頁、縫線和壓平完成後。」

「壓平？」

「就是把毛本裡的空氣全都擠出來。」

他點頭。「我可以試試看嗎？」

我從工作檯前移開，讓排字工坐上我的椅子。他取來下一份印張，但茉德傾向前，手按住紙張不讓他摺。

「練習。」她說，朝我皺眉頭。

「好主意。」我找來幾份多的印張，擺在我們的學生面前。茉德和我分站在兩側，排字工拿起最上面那一張，慢吞吞地照著我示範的步驟進行。我一根手指抵住嘴唇，阻止茉德下指導棋。

「亂來。」他舉起他摺好的第一台書帖時茉德說道，那台書帖的邊緣沒有對齊。

「我忘了注意印紋。」

「你也沒把印張轉到對的方向，」我說，「頁碼都亂掉了。」

「我以為原本就是對的方向。」

「絕對不要自以為。」茉德說。

歐文先生又摺了五份練習用的印張，才記住所有步驟。然後他又摺了五份，才完成一台沒有因手滑而讓紙張對不齊的書帖。

「茉德，妳覺得他準備好了嗎？」

「準備好了。」她說。

我收掉練習用紙，茉德將「女性用詞」沿著檯面滑回來。

排字工作好準備。我想他在等我宣布他可以開始了，但我沒開口，沒馬上開口。我看著他的心上人蒐集的詞語，感到一陣興奮的顫慄。我的興奮源自於那些引言所附的人名，以及她如何藉這種方式留下她們的口語。我猜其中一些女性無法閱讀自己說出的語句，然而那些語句卻化作鉛字留存在這裡。她們的姓名如今成為文字紀錄的一部分了。不過我的遲疑也和這個正襟危坐、準備摺疊這些文字的男人有關，他的態度是如此慎重。

我跟他說開始吧。

旁觀女性用詞在這男人手中拗折轉向，有種詭異的樂趣。最後，十二台書帖疊放在排字工左邊。他轉頭看茱德，再看我，像個尋求讚美的小男孩，雖然他勢必已經快四十歲了。

「很好，」我說，「而且已經配頁成正確順序了。」

茱德快速翻過每一台——最終的確認。她拿鉛筆在最後一頁簽下姓名縮寫：MJ。歐文先生皺起眉頭。

「這是品質管控。」我說，「每本毛本都有同樣的待遇，不過你放心，這筆跡不會被看見的。環襯會蓋住它。」

他從茱德手中接過配頁完成的毛本，用牛皮紙包好，拿細繩綑緊。我提議把它存放在裝訂廠留待下次繼續作業，他拒絕了。

✦✦✦

兩三天後，歐文先生再度出現在女工區門口。斯多陶德太太生出一些額外的摺紙工作讓茱德加班，我則帶著排字工去裝訂廠的男工區。機器都靜悄悄，一疊疊配頁好的毛本堆在裁紙機旁，才剛裁好邊。歐文先生在一疊毛本旁停步，拿起頂端那一台。

「『Sorrow至Speech』。」他邊說邊翻。

「大詞典的下一本分冊。」我說，「這星期剛送進女工區。」我查了spalt這一條，很慶幸它沒被編輯刪掉。

他笑了。「我上星期才修正過印版，」他說，「跟出版流程的其他程序相比，排字這一步真是慢得像蝸牛。」

「你一向負責大詞典嗎？」

「大部分排字工都有自己的擅長領域，我的領域是詞典類。」

「你幫《新英語詞典》排字的資歷有多久了？」

「從我當上助手的第一年開始。我師父的專長就是詞典類，所以這也變成我的專長。」

「那你的詞彙一定很豐富了。」我在開玩笑，但他回答得很認真。

「絕對比沒做這工作來得強，」他說，「在這裡工作，要不學到一些東西也難。」

「可是你排的鉛字不都是反的嗎？」

「我學會看鏡像——就像妳一定也學會看上下顛倒和轉了九十度的文字。」

「你憑什麼認為我會去讀我摺的內容？」

他把「Sorrow至Speech」的書帖放回去。

「不會嗎？」

答案害我臉紅。我轉向書籍修復室。

艾伯正俯在夾書器上方，去除一本舊書書背的黏膠。我們進房間時他抬起頭，將眼鏡往上推。

「多謝幫忙，艾本尼薩。」歐文先生說。

艾伯搖頭，面對他人的感謝他總是很害羞。歐文先生從肩背包裡拿出牛皮紙包裹，放在工作檯上。艾伯扯鬆繫繩，牛皮紙攤開，露出一台台書帖。一時間他不說話也不動，只是緊緊盯著那些紙。這些書帖中收錄的是英文中最沒有價值的詞彙，但他卻像是剛拆封莎士比亞的《第一對開本》。

我們開始幹活兒。

艾伯負責裁邊，我則在縫書架上下兩條橫槓之間緊緊綁上五條垂直的麻繩。我邀排字工與我並坐在工作檯前。

「我們要把書帖一台台地縫到這些麻繩上。」我說，然後我將第一台書帖平放在縫書架底板，書背的摺線抵著麻繩。「等我們完成時，每一台書帖都會跟這些麻繩縫在一起，麻繩的作用有點像彈簧——讓你開闔書本時，書不會散掉。」

「韌性與彈性，」艾伯說，「書本需要兩者兼備。」

我調整縫書架角度讓自己順手，然後縫完第一台作為示範，可是我根本不用思考，我的手就熟悉每個動作，結果歐文先生一下子就看傻眼了。

我想起自己第一次上課時的痛苦與挫折感。整個故事都是靠妳的一針一線維持完整的，正當我想放棄不學時，媽媽這麼告訴我。

我花了兩天才縫完一本書，其他人在兩天內都能縫完八本了。我縫完的書，針腳有的鬆有的緊，各台書帖也沒有對齊。它不夠格加上書殼，所以斯多陶德太太就讓我把它帶回家了。那本書是《物種起源》；媽媽刻意挑選了它，她知道我笨拙的手指能確保它最終落到她的書架上。艾伯為它裝上書殼，包了樸素的布質封面。

我把《女性用詞》的下一台書帖疊上去，放慢動作。

「如果手藝夠巧，」我說，「最後完全不留痕跡。」

我挪過去，讓排字工坐到縫書架前方。接下來幾台進行得很緩慢。他雙手的動作很彆扭，針腳一下子太鬆一下子太緊。不過後來他找到屬於自己的節奏。我看著他將針穿過書帖正中，繞過第一條、第二條、第三條麻繩。他的針腳乖乖地對齊，縫到第五條麻繩時，這台書帖穩妥地安放在它的姊妹上方。艾伯和我默默看著排字工將下一台書帖再放上去；然後再下一台。他放上第九台時，我看到他頓住了。

將零散的書帖縫在一起很有成就感。把一個接一個思想、一個接一個詞彙組合起來，讓斷開的句子與它們的開頭和結尾重新結成一體。縫書的過程有點像是一種崇敬的行為，當縫書架上的台數多過工作檯上剩下的台數，你會開始設想化零為整的那一刻是什麼感覺。

只剩三台，歐文先生也察覺了。他亂了節奏，推針時太用力，刺到自己的指尖，血滲了出來。我皺起臉。他向後靠，緊壓著小傷口。艾伯遞給他一塊乾淨的布。

「現在我們得先等一等了。」我說，朝他的手指點頭示意，「不然你會弄髒頁面。」

「書縫得太爛會怎麼樣？」他問。

「毛本會變形，破壞書殼的美觀。」

「小佩對縫太爛的書情有獨鍾呢。」艾伯說。

我狠狠瞪他一眼。排字工微笑。

「別緊張，佩姬，我早就知道妳在蒐集瑕疵書了。」

傑克。我試著擺出不悅表情，但實在很難。我喜歡有人談論我。我轉向縫書架。

我很愛裝訂到這個程度的書本，「柯萊歐琵號」上確實有很多這樣的書。已經縫起來但又出了某種致命錯誤的書。例如頁面撕破了，或是黏膠弄灑了，或是比較不明顯的缺陷——在對書背進行扒圓或捶背的工序時沒弄好，或是本來可以用高明的布面書殼掩飾卻沒蓋住的瑕疵。我用一根手指滑過《女性用詞》裸露的書背。成台的書帖背部有如一節節脊椎，與它們縫在一起的麻繩則像是束胸的骨架。

我希望裝訂女性用詞的工作能永遠持續下去，但總共就只有九十六頁，而且只做一本。我已經能預期到失去它的心情，有時候我就會這樣，在摺紙、配頁，尤其是縫線的過程中，太過依戀某本書。可是這本書不會有廢棄品，哪怕《女性用詞》只有一小部分以「柯萊歐琵號」為家，都是痴心妄想。

「你想過要多印幾本嗎？」我問。

排字工搖頭。「僅此一本。我沒想到我可能在各種狀況下毀掉它。」

我笑了。「艾伯不會讓你毀了它的，我也不會。我只是覺得別人可能也對這本詞典有興趣呢。」

他皺眉，微微皺眉，我突然焦躁起來。費了這麼大工夫，搞不好只等於一種象徵性的表示，就像是拿個畫框把淑女的刺繡畫裱起來，好掛在客廳當裝飾品。我突然發現在他的眼裡，這些詞語的意義可能與我不同：我視之為一種新觀念，一種論點，一種矯正或修正。我的思緒像一列火車在奔馳。我們的詞語基於無數因素而未能裝訂成冊，然而現在它們終於在我眼前，結果卻該死地只有一本。

「我有把印版留下來。」他說。

火車減速了。

「我會再加印，但這本必須獨一無二，舉世無雙。給她的不該是複本之一。」

火車停住。我的挫折感像潮水退去。

「妳能理解嗎？」他說，彷彿需要我理解。

我完全理解。「唯一的一本，」我說，「至少暫時是如此。」

他拿開壓在手指上的布。血止住了。他把下一台書帖縫上去。

第七章

有人在蘿西的路緣圃與她聊天，那個人身穿鑲著黑邊的紅色長大衣。是小紅蛺蝶啊，我心想。茱德迫不及待地奔向前，嚇得曳船道上的一群鴨子四散奔逃。緹爾妲用雙臂摟住她，等我趕上時，她一手攬著茱德，另一手抱著我。媽媽曾說緹爾妲「如雕像般高䠷優美」。我們已盡全力生長，個頭還是只到她的肩膀。

「她們跟我很搭，妳不覺得嗎？」她問蘿西，並先後親吻茱德和我的頭頂。

「她們可不是給妳掛在耳垂上的珠珠。」蘿西說。

「要是能的話，我真會這麼做呢。那我就能帶她們去任何地方了。」

那該有多好，我心想。「妳怎麼確定我們想跟妳去呢？」

「噢，小佩，妳會想來的。至於這丫頭嘛……」她把茱德摟緊一點，「我想她在這裡待著就很開心了。」

「她在這裡待著就很開心了。」茱德說。

我們在路緣圃野餐。緹爾妲帶來一塊斯蒂爾頓乳酪、一罐醃洋蔥和一大條白吐司。她也帶來足夠的奇聞軼事，讓我們又是笑又拍案叫絕，直到天色漸暗，年長的朗特里太太開始微微發抖。我們躲回各自的船上。

我在船艙內泡了熱可可，倒給茉德一杯。緹爾妲拒絕了。

「護理訓練什麼時候開始？」我坐到桌邊問道。

緹爾妲幫自己倒了一小杯威士忌。「後天。」

只待兩天啊。我送往嘴邊的杯子停在半空。

「噢，我知道啦，妳想要我永遠留在這。」

我喝了一口。

「也不是永遠。」我說。

緹爾妲侃侃而談，我們洗耳恭聽，「柯萊歐琵號」外頭的天空變得墨黑。我把油燈弄亮一點，我們吸取著上次見過面後她度過的人生，包括各種戲劇性和滑稽的轉折。然後她突然停口了。

「我的事說夠了，」她說，她望向四周，彷彿才剛意識到自己身在何處，「妳們兩個最近都做了什麼？」

茉德的回應是舉起一隻紙蝴蝶。「我的事說夠了。」她說。

緹爾妲大笑，她招牌式的爽朗笑聲。「真是言簡意賅，」她說，「但別裝作妳對我的生活點滴不感興趣，小茉。妳明明仔細聽我說每個字。」

「每個字。」茉德點頭。

「小佩呢？妳有什麼新鮮事？」

緹爾妲像一場暴風雨，颳進來一陣翻攪，把我想沉在水底的東西都露了出來。

「沒有任何新鮮事，」我說，「我摺紙、配頁、縫線。看到妳的信時，我考慮也加入志願救護隊，但我發現我不能。」

「因為茉德。」茉德說。

「不是這樣的，小茉。」我說。

「當然不是。」緹爾妲說，「有錢有閒的女人才能加入志願救護隊，小佩只是覺得自己有點沒用。」

「我確實有點沒用。」

「話別說得太早，」她說，「牛津即將被身心受創的人淹沒——情勢必定會有所轉變。」她為自己再倒一杯威士忌，然後靠向椅背。「好吧，跟我說說妳最近都在摺什麼書，有妳想帶回家的嗎？」

「其實有耶。」我開始告訴她女性用詞的事。

緹爾妲啜著酒，態度變得異常專注。她唇邊勾出奇妙的笑容。

「那是艾絲玫的書。」她說。

「我就在想妳也許認識她。我看到妳的名字。」

「希望我的名字出現不止一次呢，我介紹艾絲玫認識了一整個世界的新詞彙。」

「妳的文字狂朋友就是她？」我問。

「對。」

「妳怎麼都沒介紹我們認識？」

「海倫見過她一面，在我們的投票權聚會上。」

「請不要答非所問。」我扠起手臂等著。

她又倒了杯威士忌。「我不想分享妳們，」她說，「妳們任何一個人。我這人很自私，妳忘了嗎？」她拿起酒杯一口乾掉。「我不想向任何人解釋海倫的事，小佩。即使是艾絲玫。」說完她大笑，「尤其是艾絲玫。」

「妳在笑什麼？」

「我只是想像她在她的紙條頂端寫下海倫的名字，並試著定義她。」她臉上的笑意淡去，我們安靜了一會兒。茉德摺紙的動作變慢了。

這時緹爾妲的目光由空杯往上移。「她是不可能被定義的，妳不覺得嗎？」

◆◆◆

兩天後，我們在火車站揮手送別緹爾妲。這裡很吵，到處都有人哭哭啼啼在道別——年輕男子身穿褶線平整、鈕釦閃亮的軍服，表情滿是幻想中的偉大冒險。月台上迴蕩著他們應允會平安歸來的喃喃聲，每個人都認為自己具備能活命的條件。我想到傑克——他對此信心十足。

緹爾妲站在她座位附近打開的窗戶邊。

「要寫信給我們喔。」我喊道。

「如果我有空的話。」她喊回來。

◆◆◆

霍格太太搖鈴了，我們跟著大批女工準備下班離開裝訂廠。

「哈囉，佩姬。」

他站在一出門口處，努力不擋路，但還是很礙事。

「歐文先生。」我說，敏感地注意到很多人轉頭看。有男人這麼靠近女工區造成一波騷動。

「哈囉，蓋瑞斯。」茉德說，別人的目光她完全不放在心上。

「哈囉，茉德。」他說，然後他壓低嗓門說：「我想說妳和佩姬可能想跟我一起完成最後的修飾。」

「《女性用詞》。」她毫不低調地說。

他點點頭。

艾伯已備妥所有工具。他清空了檯面上的正規工作，檯面正中間擱著一本薄書，尺寸和形式與大詞典的分冊相同，封面用的是綠色皮革，裝訂得非常漂亮。歐文先生站到一旁，讓茉德和我能湊近去看。

封面周圍已經壓印出簡單的花紋了，正面和書背上也已用工具刻出書名。《女性用詞及其意義》。它像是一句耳語，悄聲訴說加上金箔後會呈現什麼形貌。

書旁有一張方格紙，上頭畫著封面的邊框設計圖，以及曾以工具在紙上壓印的痕跡。我拿起歐文先生採用的其中一個小金屬章，將花紋壓印在我的掌心。這是個單純的貝殼圖案，印痕一下子就消掉了，不過因為過程中有加熱的關係，工具上仍殘留著紙張、石墨和皮革的碎屑。這圖案會留在我皮膚上，直到我將它洗掉為止。

我將手輕放在書上。「可以嗎？」我問歐文先生。

「應該吧。」他說時望向艾伯。

艾伯點點頭，我掀開封面，翻到有印字的第一頁。

女性用詞及其意義

艾絲玫・尼克爾編

一股強烈的情緒湧上來，感覺熱熱癢癢的。是嫉妒，也有別的。有個聲音在我耳邊低語：有何不可？

「準備好了嗎？」艾伯問。

我抬起頭，發現大家都望著我。

「佩姬，妳覺得呢？我們要把它收尾了嗎？」歐文先生問。

他的禮物已對我產生重大意義，而他也很明白。一時間我懷疑他會否懊惱找人共享這段經歷。我判定他沒這麼想。我從檯前退開，示意他站到我剛才的位置。

艾伯把書固定在夾書器裡，這樣可以先加工書背。接著他開始說明上金箔的程序。

「蛋清、油脂、金箔。」他邊說邊將這三樣東西放在排字工觸手可及之處。

「蛋清、油脂、金箔。」茉德複誦。

「什麼是蛋清？」我問。裝訂廠女工沒學過上金箔。

「基本上就是生蛋白，」艾伯說，「它有助於皮革吸附金箔。」他拿了支小刷子，浸到蛋清裡，塗抹書背頂端壓印在皮革上的裝飾花紋，然後將刷子交給歐文先生。「剩下的就交給你了。這不會損傷皮革，但盡量別塗太厚。我們需要兩層風乾的蛋清，才能再塗油脂。」

「就像烘焙時要刷蛋液。」我對茉德說。

塗完油脂後，艾伯示範給我們看怎麼處理金箔。

他拿著一支窄窄的鑷子在整疊金箔邊緣輕搧，往金箔之間送入空氣。最上面那張金箔飄起來，他用鑷子接住，移到一小塊橡皮墊上，再用鑷子把金箔切成不同尺寸的條狀。「金箔很容易亂飛，」他繼續說，「你得學會操控它周圍的氣流。」

他將鑷子擱在一小條金箔的下緣，輕吹一口氣讓它飄起。然後他極其迅疾又輕巧地接住它，帶往書背處放在皮革上。金箔癱入壓印痕跡的凹槽裡，彷彿回到家而鬆了口氣。艾伯拿刷子掃除多餘的金箔，花紋閃閃發亮。他把鑷子傳給我。「不如就由妳來做書背吧？」

「祝好運。」茉德說。

我的手在抖，金箔老是反摺起來：一次，兩次，三次。「看來我只擅長摺紙而已。」毀掉第三張金箔後我說道。

艾伯出手相救。他將鑷好一條金箔的鑷子遞給我，朝書背點點頭。「這塊金箔大到可以覆蓋『女性』。」他說。

我把金箔放在這兩個字上，感覺到靜電把它吸往文字。我刷掉多餘的金箔，然後再放一塊，再一塊。終於，整排書名都亮起來了。

艾伯從夾書器裡取出書本，讓歐文先生能加工封面。排字工猶豫著。我意識到這是最後的一步了。做完這道程序，禮物就完成了。

「我有先練習過。」他說。他指著一塊布滿金色花紋和無意義字母的皮革說。他鏟起第一張金箔。他的速度和靈巧都比不上我們的老師，但他設法上完所有金箔，不需要任何協助。

大功告成，一片靜默。

「謝謝。」他終於說。他朝我伸出手，然後與茉德握手。

「謝謝。」茉德說，這或許是模仿，但我想她是發自內心的。

「謝『她』吧，」我說，「尼克爾小姐。」我本來想說，謝謝她的文字；謝謝她蒐集它們、理解它們、把它們當一回事。但我迅速轉身走開。

✦ ✦ ✦

一九一四年十月九日

哈囉，小佩：

妳聽了也許會稍感安慰：這根本不是我期望中的冒險，我們整天就只是清理置物櫃、洗便盆還有捲繃帶而已。不過我們主要的職責是「光榮地穿著制服」。

聖巴索羅繆醫院這些初出茅廬的小女生都很認真看待使命，時時刻刻在熨制服和擦皮鞋。對她們多數人而言，這是嶄新的體驗（她們從小到大都有人伺候著，可憐的東西），她們把這當成角色扮演遊戲。相較之下我非常大剌剌，衣服皺巴巴、拖著腳走路又老是不聽話，都讓我挨了不少罵。修女說我可能更適合另謀高就。她言之有理，實在令我火大，所以我出於滿腔怨恨而簽下服務到戰爭結束的志願書。唯有疾病、死亡或婚姻能讓我自由。

緹爾妲

附註：妳的法語程度如何？報上說有一列載滿比利時人的火車要去妳們那裡——或許能讓妳多點事做。

第八章

茱德身穿她最好的衣服，雙手忙碌地摺著零散的書頁，它來自一本內容枯燥乏味的書籍。我把咖啡壺留在爐子上慢慢濾泡，走進臥室檢視我的髮型和妝容。我捏了捏臉頰，從我們床鋪上方的櫃子拿出一支口紅。這原本是緹爾妲的，我很省著用。我抿了抿嘴唇，看到口紅的顏色暈開，從深紅色褪成比較得體的色調。我想再補一點，但我們又不是要去舞會。我放下口紅，然後迅速抬頭看鏡子，試著用不經意的目光看看自己的模樣。

我有時候會這麼做，希望回視我的那張臉是我。但幾乎每次都是茱德的臉，我感到忐忑不安，不知道自己到底是誰。學會看鏡像，我心想，想起排字工的話。我移開目光，再移回來。塗紅的嘴唇以及捏過的臉頰有些幫助。也許是眼睛吧，在黑乎乎的眼線墨的陪襯下，我的眼睛是比較深的藍色，不過我確實在這裡。佩姬．瓊斯。漂亮的佩姬．瓊斯。我拿起口紅添加更鮮豔的色彩。

香醇的咖啡味將我的心思帶回船上，帶回一身盛裝的茱德身邊，帶回正駛入牛津的那列火車。我回到爐前，把兩個熱水瓶裝滿咖啡。我將熱水瓶連同兩包餅乾放進提籃裡。

蘿西在曳船道上呼喚。

「該出發了，小茉。」我說，撐開她的大衣讓她把手臂穿進去。她乖乖配合。我將提籃交給她，她往裡頭加進一小疊摺紙禮物：扇子、書籤、翅膀能拍動的鳥。

蘿西穿著她次好的洋裝，上教堂時戴的帽子牢牢地固定在她花白的鬈髮上——對船家女來說，這不算什麼大場面。我們讚許地打量對方。

「妳真是賞心悅目。」蘿西說，我等著她對茉德說出同樣的讚美。結果她沒說，我心裡好感激。

茉德偷看一眼蘿西提籃蓋布底下的東西。

「甜餐包。」她宣布。

「妳可以現在吃一個或晚點吃一個，茉德。」蘿西說，「但是不能現在吃一個晚點『再』吃一個；這是為難民準備的。」

「現在吃一個晚點『再』吃一個。」茉德說。

蘿西把提籃移遠一點。「現在『或』晚點。」她說。

「現在。」茉德說，於是蘿西揭開提籃的蓋布。

茉德不慌不忙地挑出最大的麵包，咬下一口。熱騰騰的白煙像一縷絲帶飄向秋日的空氣。

「真的很香呢。」我說，蘿西將提籃伸向我。我把我的麵包從中間撕開，讓熱氣湧入鼻腔。蘋果味，還有蘿西的獨門香料，這讓她所有的料理都比別人美味三分。

我們沿著曳船道走向海斯橋，然後融入一小群朝火車站走的隊伍。這支隊伍大多是女性，儘管今天是星期三，大家卻都換上週日上教堂的好衣服。人人手提著形形色色的籃子或袋子，簡直像要去趕集。

當然，我們去得太早了，火車還要再半小時才到，但我們想準備妥當。那些比利時人長時間跋涉，應該又累又餓又害怕。他們應該飽受創傷。

報上將德軍入侵行為稱之為「強姦比利時」。家園被劫掠和焚燒，城鎮被摧毀，平民百姓被毆打槍殺，即使他們並未拿著槍，即使他們是婦孺。有些人在地下室裡倖存了幾星期，其他人冒險逃跑，被通電圍籬電死。傳言中德軍對女性所做的事，簡直比噩夢還可怕。我們希望他們感覺安全，感覺受到歡迎。我們希望他們知道，我們比德國人善良。

斯多陶德太太已經到了，正在擺設一張鋪了白布的擱板桌。另一個女人攤開一條長布旗，上頭用顏料寫著「牛津戰爭難民委員會」的字樣，看得出是出自業餘者之手。她用幾個豆子罐頭把布旗壓在桌子邊緣。

茱德看到斯多陶德太太，朝她揮揮手。斯多陶德太太眉開眼笑。這是她的意思，她跟哈特先生作了一番安排，讓茱德和我來火車站迎接難民。

蘿西和我將我們帶來的甜餐包、餅乾和兩瓶咖啡擺上桌。其他女人陸續抵達，我協助斯多陶德太太調整她們的一盤盤食物和一瓶瓶熱飲，以確保取餐的人流能順暢地從桌子一端走到另一端。我把每個比利時人都想像成一台書帖，並且好奇若是將他們都縫在一起，他們會訴說什麼故事。

滿桌的食物對茉德來說簡直是難以抗拒的誘惑。我看到她伸手準備再拿一個蘿西的甜餐包，但我離得太遠，無法阻止她。有一兩個女人垮下臉來，裝腔作勢地拍擊自家孩子的小手，因為那些小孩見了茉德打算有樣學樣。茉德對這些事渾然未覺，而我全都看在眼裡。

我朝妹妹移動，但斯多陶德太太出手了。「茉德，」她的語氣就像是平常在裝訂廠，有特殊任務要交辦給茉德時一樣，「我是不是在妳的籃子裡看到要送客人的禮物啊？」

茉德的目光由那一盤甜餐包往上移，她點點頭。然後她望向我。「禮物？」

我從擱板桌底下取出提籃——裡頭是整批摺紙寶物以及半個蘋果香料甜餐包。我拿走那半個餐包，將提籃遞給茉德，就在此時聽見火車頭的軋軋聲。我還來不及攔阻她，她已隨著十幾個孩童大步走向月台邊緣。我跟其他媽媽一樣大聲叮嚀他們別站太近。

歡快的汽笛聲響徹雲霄，月台隨即蒸氣瀰漫，煤煙的氣味蓋過了蘿西甜餐包的香料味。斯多陶德太太遞給我一盆蘋果。「拿著這個，在他們下車時給他們。」

我穿過一大群擠向前想一睹客人的婦女和孩童。茉德拿著一個摺紙禮物站在最前面，準備送給第一個走出車廂的人。有一兩個本地孩子朝她的提籃內張望，問他們能不能拿一隻紙鳥。

「不行。」她說，於是那些孩子乖乖地退開了。

我微笑。茱德表達是與否時，你絕不會誤解她的意思。她的表情、雙手、整個身體都會配合嘴裡說出的話共同作用，別人幾乎不需要更明確的說明。尤其是孩子，他們似乎很明白與茱德爭辯是白費工夫的。

警衛沿著長長的火車走，要民眾往旁邊站，讓出空間給乘客下車。人群先是退後，又往前，好像警衛是艘船，而他們是尾波。

我望向斯多陶德太太，她已準備妥當，與蘿西和另外三個難民委員會成員在擱板桌後等待。她正把帽子調正。蘿西踮起腳尖，想越過人群看清楚。

我突然納悶：我們究竟在期待什麼？

總共有四節車廂，車廂門打開。

第二節車廂處的歡迎陣容很壯盛，孩童與母親吵吵嚷嚷。那節車廂最頂端的台階上站著一個女人，身上穿著很多層衣物：在開襟毛衣和厚大衣底下，看得出兩條裙子的裙襬和兩件上衣的衣領。她手裡拎著一只小皮箱——小到不夠裝進整個人生，我心想。她似乎不打算跨下台階走到月台上，臉上的表情讓我篤定她會轉身、擠過人群，回到車廂內。（因為那是逃離這些庇護施予者的庇護所，我心想。）這張臉很秀麗。她的皮膚沾上了旅途過程中的髒汙，淺色頭髮從髮夾中鬆脫，淡藍色眼珠滿是困惑。

我環顧四周。她來到一個歡慶場合。我想到她可能逃離什麼樣的場景，突然感到羞愧不已，為我身上的好衣服、嘴上的口紅而難堪。我把那一盆蘋果攬在腰間，另一手從袖口底下抽出手帕，擦掉嘴上的口紅。

這時茱德來了，她帶著那一籃禮物走到第二節車廂門前。她舉起一把紙扇，那個蒼白的女人似乎無法理解那是什麼，似乎無法理解現在是什麼狀況。我妹妹等著，沒有作任何解釋——她一向如此。過了一會兒，茱德用西班牙女舞者的手法將紙扇展開：單手，一個動作，扇褶就像孔雀尾羽一樣張開了。這是她在邊緣畫上藍色玫瑰來點綴的紙扇之一。「為什麼選藍色？」她在著色時我問她。她聳聳肩。

茱德將扇子舉向女人的臉，我看到它製造的微風拂動幾縷髮絲，有如蛛絲般纖細。我看著女人跨下火車，看著她的皮箱落地後倒下。月台不太可能變得寂靜無聲，但我感覺就是如此。她們有如久別重逢，我以陌生人的視角旁觀，好奇這兩個女人是什麼關係。當那個陌生人摟住茱德痛哭失聲，在片刻間，我與妹妹分離了，罕見地感覺她不是我所熟悉的人。

不過用「痛哭失聲」來描述不太精確，實際上不止於此。有某種東西從那女人體內奮力掙脫，某種原本牢牢釘在她心底的東西。也許我們確實都安靜了吧。她的悲痛令人難受、令人尷尬，非我們所能體會。人群向後退來迴避它。大家將此時顯露猶豫的面龐轉向其他走下火車的乘客，我看到她們對上笑臉時鬆了口氣的模樣，看到她們忙不迭地去幫衣著最體面的比利時人，亦即受創程度最輕微的那些人提行李。她們引導那些難民來到擱板桌前，倒茶或咖啡給他們喝，拿糖果給他們的孩子。

只有茉德對這女人的痛苦安之若素。她留在原地，回抱對方。這女人很高，蒼白的臉俯向我妹妹頭頂的黑髮。她緊抱著茉德的方式不像陌生人，而像母親抱住走失後又找回來的孩子。我以為茉德會掙開，她對陌生人肢體接觸的容忍已達到極限了。但這個女人需要擁抱某個人，而我妹妹決定她願意擔當這個角色。

我走向相擁的兩人周圍形成的小空間，在我走到之前她們便分開了，那女人退後一步，神情迷惘。她直視茉德的眼睛，彷彿我妹妹會作出某種解釋。茉德只是點點頭，回應她的目光，媽媽一向教她要這麼做。

這似乎已足夠了。

我走近一點，茉德轉過身來。那女人也轉身。她像所有人一般，看看我又看看茉德，再看看我。這回我難得因此而慶幸。她的臉上恢復成我能理解的表情。

「雙胞胎。」我說。

「很明顯。」她會說英語。

「我叫佩姬，她叫茉德。」

茉德舉起扇子，女人接過去。她以西班牙女舞者的手法打開它。她閉上眼睛，朝臉上搧風。「謝謝妳。」她輕聲說。

「謝謝妳。」茉德複述。同樣的口音，同樣細聲細氣。噢，茉德，現在不是時候，我心想。

女人睜開眼睛，直視我妹妹。茉德也直視她。

✦ ✦ ✦

斯多陶德太太面帶笑容、臉色紅潤。擱板桌已幾乎清空，月台也一樣。大部分比利時人都被帶往魯斯金大學了，由於多數學生都參軍去了，校舍裡很空。他們將暫住在那裡，直到政府為他們安排好更長久的住處。不過有少數人帶著政府給她們的借宿令留下來，幫忙收拾善後。她們都是單獨行動的女性。她們將馬克杯和盤子疊放在提籃裡，摺起沾上汙漬的擱板桌蓋布。那個蒼白的高個子女人也在其中，現在她刮去盤子上的碎屑和吃剩的燕麥餅，之前的悲痛幾乎已不留痕跡。

大部分比利時女人下車之後，便露出大夢初醒的神態。我注意到有一兩人回頭望向火車，彷彿忘了什麼在車上。丈夫吧，我心想。情人，兄弟，心愛的帽子。她們用骯髒的手接過咖啡杯，拿取餅乾和甜餐包後狼吞虎嚥。當情勢所趨時，她們疲憊的臉龐會綻開笑容，但笑容很快就會消解。唯有此刻，她們忙著清理同胞到來所製造的殘渣，看起來才自在些。

斯多陶德太太遞給我一包沒吃完的食物，用擦碗巾包得鼓鼓的。

「這是妳們留下來收拾的獎賞。」她說。

我將它塞進提籃。有燕麥餅和蘋果可以配茶了，我心想。

「不過先別急著走，來認識一下其他人。」斯多陶德太太帶我們去委員會女士們站的位置，她們正脫下圍裙。我們受到引介。

委員會主席是布魯斯小姐。「潘蜜拉．布魯斯小姐。」斯多陶德太太強調，「她妹妹是愛麗絲．布魯斯小姐，薩默維爾學院的副校長。」

潘蜜拉．布魯斯小姐嚴肅而保守，鐵灰色頭髮高聳地堆在頭頂，使她看起來比實際上更高。她伸出手，我並不習慣這動作，但我還是跟她握手。接著她又朝茱德伸手，她沒跟她握手。

「佩姬愛死薩默維爾學院了。」茱德說。

若非眾目睽睽，我真想狠狠擰她一把。「我喜歡那棟建築，」我趕緊說，「矗立在瓦爾頓街上那一棟。」

布魯斯小姐仔細打量我妹妹，注意到她心無城府的表情，於是對她溫柔微笑致意，接著她望向我。

「以學院建築來說，那棟樓房頗為平庸。」

「而這一位，」斯多陶德太太說，一手輕放在那個眼睛和髮色都很淺的女人手臂上，「是洛特．庫森斯。」

她必定還介紹了其他比利時難民以及難民委員會的其他成員，但我彷彿只聽見了洛特的名字。

「洛特會借住在我家，」斯多陶德太太說，「等她準備好，就會開始在裝訂廠工作。」

第二部

牛津小冊

一九一四年十月至一九一五年六月

第九章

這是個清朗的早晨，帶著十月的乾冷。

「血，泥，雨。」我們走進特納書報商領取郵件時，茉德說道。「奔向大海。協約國在伊珀爾挖掩體防守。」她說。「在港口綠地的培訓即將開始。」她說。

「瓊斯小姐，要是妳做膩了出版社的工作，可以改賣報紙呢。」特納先生對她說。

我想到火車站的那些比利時人，想到他們逃離什麼事。然後我試著想像現在可能就在法蘭德斯戰場的出版社男員工。人數實在太多了。

我們到裝訂廠時，只有半數工作檯上堆著印張。

「印刷室還在整編中，」霍格太太說，「在他們完成之前，斯多陶德太太堅持不能讓妳們的手閒下來。」她交給我一對棒針和一球毛線。

「我拿這個要做什麼？」我問。

「瓊斯小姐，我看妳也沒多靈光嘛？」

「圍巾。」小露正在教其他人打毛線，我坐過去時她告訴我。並不是只有我一個人把以前在學校學過的手工藝給忘得一乾二淨。

「希望那些比利時女人會打毛線。」我說。

「斯多陶德太太說，等她們開始來上班時，就會有很多紙可以摺了。」

我望向茉德。沒人期望她打毛線，所以她的工作檯上擺著一疊印張。我湊過去看她摺的是什麼。

詩集。很薄的書——只有一台，十六頁。十二首十四行詩，再加上前後的扉頁。從這疊印張的厚度目測起來，總共大概有四十本吧。現在我們每週都在印更多這類出版品，是有能力負擔節節攀升的印刷成本的男女，抒發他們悲傷或榮耀的管道。紙張變貴了，這種薄書卻印也印不完。我們喜歡取笑它們，其實心存感激。若是沒有它們，我們能做的事更少，哈特先生也更沒有付我們薪水的道理。我朗讀其中幾句。

「黎明在英格蘭撒落滿天彤雲
清晨的鳥曲顫抖斷續。
黎明深知我徹夜的哀鳴
朝陽驅不散我的悲緒。」

男友？兄弟？朋友？不知道她失去了誰。

我還來不及管好嘴巴，已經脫口而出：「要是她學著打毛線而不是寫詩，那該有多好，大家都能少受點罪。」

「厚道一點，小佩。」茉德說。這是媽媽說過的話，說過一兩次吧。

「該死。」我漏了一針。

「注意禮貌，瓊斯小姐。」

「抱歉，斯多陶德太太。」我說，「我一向不太擅長打毛線。真同情拿到這個的倒楣鬼，」我舉起我打的圍巾，「不管這是什麼玩意兒。」

「妳最大的問題出在鬆緊度，都不一致嘛。」她拿走我手裡的半成品，拉扯一番來檢視。她望向小露，小露聳肩。「妳運氣不錯，我們剛收到一批印張。」

「是什麼內容？」

「有差嗎？重點是它能讓妳不必打毛線。」但她知道內容很重要，於是露出笑容。「是一本牛津小冊。華特．羅里爵士寫的《強權即公理》。」

一摺。

當它成為一群愚民的信條，這樣的主義非常危險……

兩摺。

整個國家的男人都誤以為暴力即是強悍，奸巧即是智慧……三招。

英格蘭或許願意光榮就義，但它的時辰絕對還未到。

第十章

一星期後，哈特先生開始迎接比利時人進到出版社。如果那些男性的英語程度夠好，就會被分配到紙庫和鑄字廠工作；要是程度不佳，就被派去加濕室*、風乾室和倉庫。他們雖是成年人，卻被當成十四歲的助手看待。女性則來到裝訂廠。

某個星期一的午休時間結束後，珞特與另外兩個比利時女人來到女工區。斯多陶德太太帶她們看各個工作檯都在做什麼事的時候，七嘴八舌的嗡嗡聲安靜下來。我們摺紙速度變慢，配頁的舞蹈也暫停了。平常隨時都有新人加入，但她們都是傑里科的本地人，是鄰居或親戚，我們幾乎不會為了迎接她們而停下工作。這些女人則是陌生人。

斯多陶德太太搖搖鈴，不過其實沒這個必要；我們早就在注意她們了。

「如各位所知，牛津迎來了兩百位比利時客人，我在此很榮幸地向妳們介紹其中三位。」她望向身邊的女人，只有珞特回應她的目光，另外兩人低著頭，像是挨校長罵的學童，我突然發現她們年紀比珞特小得多，可能比我還小。頂多十七、八歲。斯多陶德太太介紹到每個人的名字時，用手輕按那人的肩膀。

「這是路特，這是古德倫，這是薇霍妮克。」

被點到名時，路特點點頭。古德倫抬起頭，臉漲成深紅色。薇霍妮克想擠出笑容，卻突然爆哭。小露瞬間趕到她身邊，摟住她肩膀，用手帕幫她擦眼淚。

「謝謝妳，露薏絲。」斯多陶德太太說。然後她對我們所有人說道：「各位女士，妳們應該可以想見，這對我們的客人而言是很傷感的時期。請拿出友愛的態度幫助她們安頓下來，我期許妳們都熱心支持此事。」

大家的態度普遍都很積極，有幾個女工主動提出要負責訓練新來的人。但斯多陶德太太已經決定好要將這任務指派給誰了，我們的椅子旁也騰出空位。

小露帶著薇霍妮克到她旁邊的空位；路特坐在茉德和我之間；古德倫坐在小愛另一側。我們正在摺「牛津世界經典系列」的其中一本——《洛娜杜恩》，所有人沿著工作檯坐成一排。

讀聖巴拿巴女子學校時，小露、小愛、茉德和我是同班同學，滿十二歲時又一起進到裝訂廠來工作。從我們有記憶開始，我們就是死黨了。這正是斯多陶德太太計畫的一部分。「她們可以加入妳們這一群，妳們能教她們說英語，語言不通時，她們也能互相溝通。路特的英語最流利，也比較年長。較年輕的兩個女孩是跟著家人來的。」說到這裡她噤住了，彷彿還有更多內

＊譯註：古時候會用一種機器將紙張稍微弄濕再印刷，紙張沾染濕氣後，表面會比較緊實，印刷時的吸墨力更佳。

情，但她不確定該不該說。「我想最好還是讓她們待在一起。」

受到要求、獲得信任是一種殊榮，我們都感謝斯多陶德太太對我們這麼有信心。然而當路特在茱德和我之間坐下來，我突然怨恨起不能獨享她。

薇霍妮克還在哭，因此小露只是摟著她坐著，並輕輕挪開印張，以免被她的眼淚滴到。小愛已經在向古德倫解釋摺紙步驟了，邊說她的手就邊摺，兩者速度都很快。古德倫只是呆愣地望著那張紙在幾秒之間就縮減成單頁的尺寸。

「慢一點啦，小愛。」我說。

小愛看著古德倫。「妳應該懂了吧？」古德倫不發一語，因此小愛更大聲地問：「懂了沒？」

古德倫搖搖頭。

「很簡單啦；我們從頭再來一遍。」小愛從面前再抽了一份印張，用跟剛才一樣快的速度摺起來。「看吧，很簡單。妳來試試。」她把一份印張滑給古德倫，她看起來一頭霧水，完全沒打算動手嘗試的樣子。小愛將印張滑回自己面前，又用最迅速高效的手法把它摺好。

我著迷地旁觀這套流程又重複了三遍。小愛的樂觀始終未減，速度也不曾放慢分毫。古德倫漸漸集中注意力，她試摺第五遍時成功了。小愛擁抱她，古德倫燦笑。

薇霍妮克終於止住眼淚後，小露採取不同的教學法。她在兩人之間擺了一份印張，然後握住薇霍妮克的手，協助她找到印紋並對齊紙張邊緣，接著將摺紙棒放好，鼓勵薇霍妮克動手將紙張壓出摺線。她們以這個模式一起摺了五份印張，然後小露向後靠，讓薇霍妮克自己摺。她摺完後，小露作了個簡單的修正，再看她摺一份，然後就放了一刀的印張在她的徒弟旁邊。她偶爾會確認一下摺線都齊整與否，不過薇霍妮克摺完二十四份印張，都沒有任何失誤。

我太專心在看小愛和小露的情況，把珞特都給冷落了。現在我將心思移回她的位置，看到一小疊摺得很整齊的書帖。茱德正在慢慢摺紙，珞特則模仿她的動作。茱德不時會看看珞特摺得怎麼樣。若是沒有失誤，她就點點頭。如果有哪裡不對，她會說「錯」，但不會動手修正。珞特很快學到要等茱德下一份印張摺到對應的步驟，她再模仿茱德的動作，並取得我妹妹的點頭認可。緹爾妲就是這樣學會摺聖誕星星的，不過珞特似乎比緹爾妲細心。她摺好的書帖堆疊起來，邊緣整整齊齊。

我完全出不上力。我望著自己面前那一刀印張，開始摺紙，彷彿比利時人不在一般。摺完一刀後，我舉手要人來收走這些書帖，然後開始摺另一刀。摺到一半時，我聽到茱德說：「那一本可以收進家庭圖書館了。」

我看過去，發現珞特用摺紙棒時失手了，撕破一小道開口。從我們坐下來幹活兒以來，珞特這才第一回正眼看我。

「家庭圖書館？」

「有時候我會把弄壞的印張帶回家。」我說。

「他們准許這樣？」

「沒人禁止我這麼做，沒有明文禁止。而且它也只會被報廢而已。」她將撕破的那一台書帖遞給我，是第十六章〈洛娜逐漸令人生畏〉的開頭。我把它藏到我那一刀尚未摺好的印張底下。

霍格太太搖鈴表示輪第一班的女工可以休息了。

「雀斑青蛙。」珞特轉頭察看聲音來源，於是茉德說道。

「是霍格太太。」我糾正。

「我們是第一班。」小愛說。她加速摺完手上那一台，轉頭看古德倫。「妳喜歡喝濃茶還是淡咖啡？」

古德倫又露出迷惑表情。

「這裡的茶總是很濃，咖啡總是很淡，那妳要選哪個？」小愛提高嗓門說。

「她耳朵沒聾啦，小愛。講慢一點，句子簡化一點。」我說。

「講慢一點？我不確定我辦得到耶，小佩。」她微笑站起身。古德倫跟著站起來，小愛勾住她手臂，兩人朝裝訂廠外走去。「妳如果想進步的話，就得多學一點英語才行。而既然我們要當夥伴，妳就需要個暱稱才行。我可以叫妳小古嗎？當然可以囉。小古，有我在，妳很快就會說英語的。」

我們其他人等薇霍妮克把她手上那份印張摺完。茉德檢視珞特的成品，滿意地點點頭。

「謝謝妳，茉德。」珞特說。

✦✦✦

三個比利時人的進步有目共睹。珞特顯然學得最快，不過或許是因為她分到最厲害的老師。茉德不像小愛一樣催趕，也不會被她助手來到英國的原因所分心。小露每天開工時的第一件事，都是關心薇霍妮克適應得如何。而不管小露怎麼換著花樣探問，都會害薇霍妮克悲從中來。

「小露，妳就不要再問了，」我終於看不下去說道，「妳的好意快把她折磨死了。」

小露十分羞愧，馬上停止探詢。但她用動作取代言詞。用手輕按那女孩的手臂，別具深意的目光，或是在她犯錯時抱她一下。我考慮向斯多陶德太太反映，說薇霍妮克需要來一帖小愛，而小古需要來一劑小露。

至於珞特和茉德，她們是天作之合。除了摺紙的事之外，她們幾乎不交談。這快把我逼瘋了。我唯一能作出的貢獻是製造話題，但幾乎沒有一次受到歡迎。

「珞特，妳是比利時哪個地方的人？」我們並肩工作兩天後我問道。

她猶豫著，手中的摺紙棒懸在半空。接著她繼續摺第二摺，於是我知道我得耐心等她的答覆了。

當時我正在摺大詞典的內頁──「Speech至Spring」的第一批校樣。在靜默中，我閱讀正對我的那一頁上最後三個詞。Speechification; speechifier; speechify：說話或發表演說；滔滔不絕或長篇大論。緹爾妲喜歡「長篇大論」，我心想，這時珞特把手上那一台摺完了。

「魯汶。」她說。

這地名有點耳熟。

「那裡是什麼樣子？」小愛問，她總是分出一隻耳朵留意旁人的對話。

珞特慢慢吸一口氣。「它原本像牛津，現在像地獄。」

「噢。」小愛說，帶著一點愧疚。

魯汶。我在報上讀到什麼來著？

茉德伸長手按在珞特堆成高塔的摺好書帖上。「夠了，」她說，「我們全都垮了。」

我正打算解釋茉德的意思，珞特卻起身抱起那疊書帖。

「只要舉手就行了，」我說，「推推車的女工會來收。」

她明明聽見了，但沒坐下也沒舉手，只是逕自抱著書帖走掉。

魯汶。我拚命翻掘記憶。《牛津紀事報》有提到。斯多陶德太太搖鈴，我的一線印象斷掉了。

✦ ✦ ✦

比利時人來裝訂廠的第四天，我們教她們配頁程序。

小愛像我一樣，喜歡用跳舞的方式將書帖組合成一疊，而小古很快就學會她的舞步。小古的話變多了，只是多半都是胡言亂語，她們兩人三不五時就會因為雞同鴨講而大笑起來。

茱德不負責配頁，這是一貫的原則，因此由我來教珞特。我刻意拖慢速度，想藉機接近她，想凝望她的臉，試著了解她，想要她用看茱德的眼神看我。

她打斷我的教學。

「我會了。謝謝妳，佩姬。」

我們分站在長長的配頁檯兩側，珞特那一側與我這一側有如鏡像，一模一樣。我將第一台書帖掃到手臂上，珞特也做同樣動作。然後第二台、第三台。珞特沒有扭腰擺臀，不過做完幾輪之後，她找到自己的節奏。

我心想：這種工作對她來說是大材小用；我想問她以前在比利時從事什麼行業，她是什麼角色。我抬起目光望著她蒼白的臉龐。隨著她對配頁愈來愈熟練，她臉上隨時都有的紋路和緊繃表情似乎消失了。她顯露出茉德般的神情；重複動作能帶來慰藉，能摒除各種噪音和雜念。讓思緒安靜，或許也能麻痺記憶吧。

薇霍妮克跟著小露，茉德在配頁檯盡頭處，負責整理我們送過去的毛本。小露檢查毛本，在最後一頁作個記號，然後傳給薇霍妮克，她唯一的工作則是把毛本放到推車上。

斯多陶德太太搖鈴，要我們做伸展操。她堅信運動對我們的身心都有益處，設計出每次兩分鐘的例行做操時段，來調劑單調的裝訂工作。她每小時都會搖一次鈴，而整個裝訂廠的女工就會放下手邊的工作，彎曲、伸展、扭轉身體，依照我們當時在做哪一項工作而有不同的規定動作。

珞特和我把正在配頁的那本書完成，然後開始做操。我左右擺頭，珞特學我的動作。我望向天花板再低頭看地。我雙臂直直往上伸，然後用左手拉撐右手，再換用右手拉撐左手。珞特模仿我的每一步，等我做完以後，我們面對面站著。她露出笑容。

「我喜歡這個傳統。」她說。

我微笑回應。我們繼續配頁，雖然珞特仍然未用跳舞的方式進行，她看起來似乎放鬆了一些。

另一方面，薇霍妮克看起來很緊繃。小露正在示範給她看，要怎麼檢查配好頁的毛本順序是對的，還有字的方向沒錯。

「小露，我不確定她看得懂英文耶。」我把新配好的毛本放在茱德面前時說道，「她可能根本分不出上下有沒有顛倒。」

「噢，小佩，妳說得對。可憐的女孩，我簡直無法想像。」小露拎起薇霍妮克的手輕拍兩下。等我配好下一本毛本時，薇霍妮克已接管茱德把毛本碼齊的工作，而茱德在把玩一台書帖的邊緣，那台書帖隸屬於一本已檢查合格、放上推車的毛本。

「茱德。」我說。

她抬起頭，我微乎其微地搖搖頭。她將雙手由那毛本上收回來，讓手臂垂落在身側。她的手指開始將她的裙子擺弄成手風琴風箱的褶狀。

✦✦✦

隔天我們回到摺紙檯時，小古和薇霍妮克已經習慣了小愛和小露，珞特需要任何指導時也繼續找茱德幫忙。我完全沒必要陪她們坐在一起，就連茱德似乎都用不著我監督了，於是我的警覺性降低了。

結果我注意到，珞特在摺完某一台書帖之前，動作突然停頓了。她的身體沒動，不過轉頭盯著我妹妹。我越過珞特望過去，認出茱德姿勢的變化：上身前傾，頭部配合雙手的動作輕點，那雙手正把紙張摺成她自己的設計。

她的名字已滑到我嘴邊。如果我及早發現，叫她一聲就夠了，不過到了某個時間點，就攔不住她了。那時候她非得把已經開始摺的作品完成不可，彷彿那是一次呼吸。那就像妳讀到段落的一半時，有人要妳把書闔上，媽媽曾對我說，我才終於能體會。

但我沒有說出她的名字。珞特伸手按住茱德的手，一個無聲的手勢。我觀察茱德是否會顯露不安的徵兆：咬下唇，身體規律地搖擺。她被珞特按住的手指在動，我等著看她會不會掙脫。但她的手並未受到箝制，只是被虛掩著。珞特的手指也在動，兩人的動作同步，但在變慢、變弱，漸漸停止。

這時珞特很緩慢地移開手。她將茱德在印張角落製造的摺角攤平。每做一個動作，珞特都會停頓一下，保持靜止。她像我一樣，觀察跡象，等著看她是否越界了。發現她尚未越界，她便繼續下一個動作。

珞特拿起茱德的摺紙棒，停頓，遞給她。茱德接過去，摺完第一摺，又摺第二摺。珞特回去做自己手邊的工作。

我從未像此刻感覺自己如此多餘。

✦✦✦

一九一四年十月二十二日

哈囉，小佩：

妳才不是真心想加入志願救護隊，妳只是想「做」點什麼。別誤會我的意思，我認為妳會是很優秀的志工，但妳的條件不太符合。老實說，我們這些志工大都找不到更好的事可做。

我終於在那些年輕富家女中找到立足之地了。一開始我們的關係很緊張，因為我年齡老了一大截，又有「耐人尋味的背景」。這些剛進入社交界的名媛痛恨提到「勞工階級」這個詞；「女演員」三個字會讓她們臉紅，而且她們半數人只敢用氣音說「婦女參政運動者」，好像這是髒話（對了，她們絕不罵髒話）。不過我把這些都轉為我的優勢，經營起我最拿手的行當：提供黑市建言。多半是針對妝容和髮型啦，有時候也教她們避孕。（根據護士長的說法，最好的避孕法就是專業的態度加上素顏。不消說，偶爾也會有妹子來問我，專業態度和素顏都擋不住，那現在該怎麼辦。）

我的弦外之音當然是，如果妳需要上述的任何一方面建議，都儘管問我。

緹爾妲

附註一：我留在海倫衣櫃裡的箱子裡有個黑色絨布小包包，裡面有一些保險套。

附註二：如果妳真的想做點什麼，何不去找一間在牛津設立的軍醫院當志工呢？伊珀爾的大屠殺讓聖巴索羅繆醫院每張病床都滿了，我相信載滿傷兵的鐵路救護車會開始駛入牛津，而該做的事實在太多了，人手絕對不足的。

第十一章

何不去當志工呢？緹爾妲在信中說。

我沿著高街走，難以壓抑緊張的情緒。走到考試學院門口時，我猶豫了。這些校舍現在權充為醫院，但我長久以來都夢想穿著黑袍走進去，與其他學生一起坐在裡面，把我懂得的一切寫在試卷上。那些試卷是由出版社印製的，我曾親手摺紙、配頁。我曾被告誡若是將試卷上的題目外流會有什麼後果，不過經手試卷的女工，又有幾人能有這種機會？我們是城民，學生是學人，雙方通常就像不相溶的油和水。偶爾會有學生想收買印刷室助手，他們會在「傑里科酒館」或「威爾斯親王」等酒吧裡守株待兔，若有助手進去喝杯啤酒便上前攀談。那些助手會樂於配合，暢飲對方請的啤酒，談笑風生，但他們不會收錢。要是被逮到，他們要面對的不光是大總管而已，還包括他們的哥哥、叔伯和父親。讓出版社失望就等於敗壞家族的名聲。那些學人會鬼鬼祟祟地溜出去，與他們溜進來時一樣，什麼都不知道，只是錢包裡少了幾先令。

他們若是以裝訂廠女工為目標，運氣可能會好一點。我們跟出版品相處的時間更長，有更多機會閱讀紙上的內容。我能想到十幾個被灌了迷湯就可能動搖的女孩，不過她們幾乎都沒有刻意記住題目的動機。而我們必須全靠記憶，因為裝訂試卷的過程受到嚴格監視。

我發明了一種背題目遊戲。我對英國文學、歷史和古典文學特別感興趣——古希臘文我是一竅不通，但我喜歡希臘故事。媽媽超愛讀希臘文學作品，會用自己的話重述，柯萊歐琵的故事穩坐她最愛的寶座。但好多作品我們都沒有。如果試卷題目提到我不知道的神祇名稱，我就會帶茱德走到克萊倫敦學院，在學院圖書館花一小時搜尋祂們的故事。我或許能揣摩題目的意思，但我知道自己的答案絕對比不上我能去的這間圖書館所能找到的來得好。

考試學院在高街的入口非常宏偉，就如同位於高街上的每棟牛津大學校舍一般。要不是我每天都從出版社壯麗的拱門下穿過，我可能就此打道回府，敬畏得不敢經過那些石柱和沉重的雕花門。我早就知道出版社隸屬於牛津大學，每天早晨穿過方院時都能感覺到；走在「聖經區」和「學術書區」之間，經過花圃、漂著睡蓮的池塘，爬滿常春藤的石牆下長長一排自行車。任何訪客都可能誤以為這裡是大學校園，但我們的方院大部分是碎石地而非草坪，而且如果客人走進室內，就會聞到油墨、黏膠和機油的味道。印刷機的噪音會讓他們耳鳴。我一穿上圍裙、坐到工作檯前，就知道大學視如珍寶的是這棟建築和這些書，並不是我或茱德或斯多陶德太太。甚至也不是哈特先生。我們都只是機械的一部分，負責印出他們的思想、裝滿他們的書架。

我站在人行道上，看著考試學院厚重的雙扇門隨著人員進出而不斷開合。那些人多半身穿軍服，少數人穿著白色醫生袍，只有兩個人穿著學者袍。我出於反射動作，低頭確認自己沒穿著裝訂廠女工的圍裙。

我作勢要走進去，卻被一個穿軍服的人攔下。

「要報名當志工嗎？」他個子很高，體格健壯，談吐文雅。他穿的是軍官的制服。

我點頭。

「登記處從轉角過去，墨頓街上。」

工作人員專用的出入口。「謝謝。」我說。

「我才要謝謝『妳』呢，小姐。」他微笑說道，「那些小夥子可真要樂壞了。」

我的背有挺直一些嗎？應該是有的。

✦
✦
✦

就算考試學院有工作人員專用的出入口，也並不是這裡。我從兩根石柱之間走進一座維護得宜、一看就是標準大學樣貌的方院，不過周圍忙碌穿梭的是穿著軍服的男人，而不是穿著黑袍的男人。現場還有另一個看起來迷失方向的女人，有人為她指向一道敞開的大門，我跟過去。

考試學院完全不走實用路線。牆上全是橡木鑲板，天花板則布滿壓花錫片。地上鋪著彩色地磚。一些標示牌引導我們爬上很寬的石梯到二樓。那個女人上樓時，並沒有停下腳步左顧右盼。我心想：她很習慣來這種地方，雖然她的打扮看起來樸實無華。我更仔細觀察她的裙子——織得很精細的羊毛；她的袖口綴著素雅而毫無瑕疵的蕾絲。她是刻意打扮低調的，而我換上了最好的週日服裝。

她毫不遲疑地推開登記室的門。儘管標示寫著「歡迎入內」，我還是會敲門。她替我抵著門，我覺得她像學校老師。她比我高（多數人都比我高），不過沒高很多。她藉由儀態以及龐帕朵髮型來增加身高，我好奇這髮型她花了多少時間才做好。我點頭道謝，逼自己比她先走進房間。

職員抬起頭，厚厚的鏡片使他的眼珠大得很滑稽。「來報名志工嗎？」

「猜得好極了。」我的同伴說，她的語氣引得職員露出一抹笑意。

「那妳們想做什麼呢？」他問。

「要看有什麼事需要做了。」她說。

他打量她半晌，大眼睛將她袖口的蕾絲看在眼裡。「我們需要朗讀員和寫信員，」他說，「來報名當志工的人當中，很多都沒有意願從事這兩者，所以負責捲繃帶還有握手提供慰藉的女人已經供過於求了。」

「那就這麼說定了。」她說。

「好。」他從右側文件盒拿出一張表格，「全名？」

「桂妮薇・荷塔・阿特蜜希雅・珍・蘭姆利。」

他揚起眉毛。

「我知道，」她說，「去跟我媽抱怨吧。」

接著他望向我。「妳呢？」

「瑪格莉特・瓊斯。」

「噢，妳真幸運。」桂妮薇・荷塔・阿特蜜希雅・珍・蘭姆利說。

職員繼續填表格時，我們身後的門開了，又走進三個女人。她們的袖口沒有蕾絲，裙子和我一樣是耐用的嗶嘰材質。

職員將表格遞給蘭姆利小姐。「把這個交給一樓普通病房的護士長。」

「這是我的榮幸。」她說。

他望向她身後，招手要其他女人上前。我退開一步，不確定自己該怎麼辦。

「看來妳跟我是一起的囉。」蘭姆利小姐伸出手，「幸會，瑪格莉特・瓊斯。我是小桂。」

「我聽到瑪格莉特是不會回頭的，」我說，牢牢握住她的手，「所以妳最好叫我佩姬。*」

* 譯註：瑪格莉特（Margaret）有許多不同的暱稱，其中包括佩姬（Peggy）。

✦✦✦

護士長要我們每週六下午都來朗讀和寫信，以及基本上就是與士兵作伴。

「我們總共有大約三百五十張病床，現在半數以上都有病患在使用了。我預估到聖誕節前就會全滿，我們需要盡可能爭取所有幫助。」護士長告訴我們。

「護士長，我任妳使喚。」小桂說。

「誰也不需要使喚誰。」護士長回答。

「真是謝天謝地。」我未經思考便脫口而出。

小桂哈哈笑，倒是不帶惡意，護士長則仔細打量我。乾淨、整齊，略顯陳舊，我心想。

「瓊斯小姐，妳有工作？」

我點頭。她點頭回應，然後望回小桂。觀察她袖口的蕾絲，裙子的品質。

「蘭姆利小姐，妳又如何度過每天的生活呢？」

「我剛進入薩默維爾學院，所以我應該要用讀書來度過每一天。」

「應該？」

「是啊，欸，實在很容易跑去做別的事，不是嗎？」

護士長沒答腔。

「瓊斯小姐，妳在哪裡工作呢？」

「出版社，」我說，「在傑里科。書籍裝訂廠。」

「噢，真棒。」小桂說，「妳們這星期在裝訂什麼書？」

「我們剛結束《洛娜杜恩》，接下來是牛津小冊和《新英語詞典》。」

「是喔？」她一臉佩服，「爹地在蒐集耶，一出版新的就會買；編到哪裡了？」

「Subterranean。」我說。

「地面之下。」她說。

「暗中生活或工作。」我說，「這是另一個意思。」

護士長清了清喉嚨。「我可以打個岔嗎？」

「當然可以，護士長。」小桂說，彷彿護士長打算為subterranean提供第三個定義。

護士長深吸一口氣。「一開始我先幫妳們排星期六下午，兩點要到這裡。當病房人數漸漸多起來，妳們可能會想在週間多值一班。」她看著我。「下班後的時間很理想，黃昏時分會讓某些病人焦躁不安。平常看起來十分穩定理智的男孩，可能會突然問他是誰、他的戰友在哪。這種情況並不算異常，然而安撫他們會占去我們過多時間。」

「所以我們算一組的嗎？」小桂問。

「對，妳們是一組。」護士長說，「如果妳們沒待過醫院病房，一開始可能會受到一點衝擊。身邊有朋友在應該有幫助。」

「我們要當朋友耶，佩姬。妳覺得怎麼樣？」小桂說。

我覺得可能性很低。「我相信我們能處得很好。」我說。

第十二章

蘿西和我站在曳船道上談話。天色已幾乎全暗了，她的大衣裡面穿的是睡衣。她聽我說話時，手臂扠在胸前。

「她就像流浪狗黏著肉鋪夥計一樣黏著茉德。」我說，「超怪的。」

「哪裡怪了？」

「一般人發現茉德的狀況後，通常都覺得跟我交談比較自在。」我說，「但珞特不同。我愈努力示好，她愈靠向茉德。簡直把我當隱形人似的。」

蘿西笑了。「佩姬．瓊斯，我看妳是吃味兒了吧。」

「我只是覺得她不需要我。」

「誰不需要妳？」

「當然是珞特啊。」

她揚起眉毛。「當然囉。」

「我只是覺得惹人嫌了。」

「所以妳就報名當志工。」

「我需要做點什麼。」

「而茉德也同意這件事？妳為那些男孩唸東西時，她願意坐在妳旁邊？萬一她突然決定不想待了呢？妳會唸到一半就丟下那可憐的小夥子，帶茉德回家嗎？」

我知道這對話會導向什麼結論，所以我才開啟話題的。「茉德還不知道。」我說。

蘿西鬆開扠起的雙臂。「妳去告訴她，星期六下午她都來跟年長的朗特里太太還有我作伴吧。」

我微笑。「謝了，蘿西。」

「嗯，我需要做點什麼。」她揶揄我，「我相信最後我們兩個都會因犧牲奉獻而拿到勳章。」

我用力抱了她一下，便回到「柯萊歐琵號」上。茉德正將緹爾妲寄來、尚未用完的方形色紙都鋪開在桌上。她有時候不想摺紙，就會做這件事，我猜她是在評估這些紙的可能用途，如同將領在規劃下一步戰略。我進入船艙時她抬起頭。

「需要做點什麼。」

「妳剛才在偷聽嗎？」

「對。」

「妳介意星期六下午都去跟蘿西待在一起嗎？」

「不。」

「我該唸什麼給那些軍人聽？」

她環顧「柯萊歐琵號」，望著滿架的書和堆在地上成疊未裝訂的稿件。她聚焦在媽媽的書櫃上。「《簡愛》。」她說。然後她目光移回色紙，彷彿事情就這麼決定了。

《簡愛》，我讀的第一本成人書。當我讀完最後一頁，又馬上從第一頁再讀起時，媽媽說：妳會把文字的魔力耗乾的。

✦✦✦

我依照約定，在墨頓街與小桂會合。我到得稍微早了點，小桂則略為遲到。

「準備好了嗎？」她走近我時說道。

「應該吧。」

「我必須承認，我有一點緊張耶。我聽到一些缺胳膊斷腿的可怕傳聞。」她望向建築。

「希望我不會盯著不該看的地方看。」

「我倒希望自己能克制住移開視線的衝動。」我說。

小桂勾住我手臂，這動作嚇了我一跳，但我沒表現出來。我們一同走進考試學院。職員陪同我們到一間普通病房。

「大部分患者會在這裡待一兩星期，」職員說，「之後在家繼續休養兩三週，然後就會被送回各自的軍營了。」他替我們抵著門。「有些可憐的傢伙會在這裡待上幾個月，或許更久。」他扶了扶鏡架，「他們不會被送回戰場。」

這裡有大約四十張床，只有三分之二有人使用。少數士兵撐著拐杖在室內走動，茶點推車一一推向每位病患，再加上有些人隔著整間病房在聊天，讓這裡相當喧鬧。職員對到修女的目光。

「我帶了兩位志工來給妳，修女。她們是朗讀員。」

「我們期待已久了，」她說，「恐怕他們是一群暴民呢。」她朝整間病房望去，露出笑容。「他們有半數都可以出院了；每到下午就很難讓他們保持安靜。有少數人幾乎不識字，兩個人暫時失明，至少我們希望是暫時性的。這兩人都需要有人幫忙唸信和回信。」

小桂笑了。「我大概把自己的朗讀員身分想得太複雜了。」她拉開包包，露出好幾本皮革裝訂的書。

修女朝護理站附近的兩張病床點點頭。「竇斯二等兵和蕭史密斯少尉。」她說，「專科醫師希望把他們的床位安排在一起，這樣他巡房時比較方便。當然，我們不能讓二等兵住進軍官的病房，所以這位年輕的少尉暫時來住我們這裡。」

好個理所當然，我心想。

他們兩人都靠坐在床上，床邊置物櫃上擱著熱騰騰的茶杯，雙眼都被相同形式的繃帶包住。兩人都是黑髮，臉頰都剃得很乾淨。其中一人鼻子大、下巴方正，另一人下巴邊緣長了幾顆青春痘。他們被單下的身型都很瘦，大鼻子似乎比下巴痘年紀大一點，但我不認為這兩人年紀能比我大多少。

我們朝他們走去，他們的頭隨著我們鞋子踩在石地上的聲響而微幅轉動。我心想：他們好像麻雀，充滿警覺心，隨時準備飛走。

「二位男士。」修女說。那兩個軍人同時轉頭，身體傾向她的嗓音。「我想向你們介紹蘭姆利小姐和瓊斯小姐。她們志願來協助你們通信。」

他們的頭朝這裡轉一點，又朝那裡轉一點。

「很高興認識你們。」我說。兩顆頭朝向我定住了。「我是佩姬，佩姬．瓊斯。」

「噢，對，真開心認識你們。」小桂有點大聲地說。兩顆頭迅速轉向她。

下巴有痘痘的男孩伸出手，它懸在空中半晌，小桂才握住它。「這是我們的榮幸才對。」他說。

他的母音發得圓滑，顯示他是個圓滑的紳士，雖然這與他青少年般的膚況有點不搭軋。我從口音猜想他是蕭史密斯少尉。我走到另外那個青年的床邊。

「你一定是竇斯二等兵吧。」我說。

「沒錯，瓊斯小姐，但我想妳可以直接叫我威爾就好。」

「那你也可以直接叫我佩姬。」

「你們可以叫我小桂。」小桂仍然有點扯著嗓門說，「少尉，那我們要怎麼叫你呢？」

「哈洛。」

「我有個哥哥就叫哈洛耶。」

「希望他狀況比我好，蘭姆利小姐。」

「噢，會的。他有氣喘，所以會在陸軍部坐辦公桌——這讓他覺得很丟臉。」

一時間眾人沉默不語、眉頭緊蹙。然後小桂握住哈洛的手。

「你要我唸什麼呢？」

我們幫他們唸信還有寫回信。一小時後，修女過來跟我們說，該讓他們休息了。

「我認為進行得很順利。」她說，「這裡的吵鬧聲對他們而言是滿嚴重的干擾。昨天有個護士不小心弄掉便盆，結果竇斯二等兵以為自己又回到法國了，可憐的男孩。我想他把注意力放在單獨一個嗓音，尤其是女性嗓音上頭，或許能讓他確定自己不在戰場。」

我自己也看得出來，他們的頭不再快速轉來轉去了。

「我知道妳們登記的班表只有星期六，不過若是妳們能每兩天左右來一次，對他們有莫大的幫助。他們很快就會出院了，所以不用維持多久。」

「好啊，」小桂說，「佩姬，妳說呢？」

我遲疑著。她們等我回答。

「我想不到拒絕的理由。」我說，雖然我完全能想到拒絕的理由。

「護士長提到妳在傑里科的出版社工作，對嗎？」修女問。

「對。」

「那就排在下班後吧。六點鐘妳方便嗎？」

當然不方便，我心想。我根本趕不及回家把茉德安頓好。

「方便。」我說。

✦✦✦

兩三天後，我催趕茉德穿過傑里科的街道回家去。我們上船時，「柯萊歐琵號」冷得像冰塊，我暗罵自己早上忘了在爐子裡添煤。茉德摘下帽子，但沒脫大衣。然後她坐到桌邊，拿起早上摺到一半的摺紙。

「小茉，我幫妳買了點心喔。」我說。

她抬頭，我從包包拿出一個葡萄乾餡餅。

「我得出門，」我說，「我又要去給軍人唸東西。」

她伸出手，但我沒交出餡餅。

「等妳摺完幾個愛心再吃。」我走到廚房，把葡萄乾餡餅放到小碟子上。然後我拉開爐門戳一戳，希望還剩一點火苗能燃燒。等我把火燒旺時，都已經快要六點了。

「我七點半回來。」我從未讓她獨處這麼久過。

桌上的色紙像拼布一樣排放，我迅速估算，並數出十二張方形紙碼成一疊。

「十二個愛心。」我說，把色紙放在她手肘旁。茱德就像個節拍器，一旦啟動就會持續運作，直到有人停住她的手。我就把希望寄託在這上頭了。「我回來後會泡茶。」我說。

✦✦✦

我趕到考試學院時，小桂正在幫哈洛寫信。

「妳最誠摯的哈洛・蕭史密斯少尉。」他說。

小桂沒照著寫下來。「哈洛，費莉絲蒂是你的女友嗎？」

「呃，對。沒有正式交往，不過確實是。」

「如果你在信末署名時，寫上你的軍階和全名，她可能不會察覺你們的關係喔。更別說還加上『妳最誠摯的』。她都怎麼叫你？」

「哈洛。」他說。

「沒有小名，沒有暱稱？」

他猶豫了。

「你臉紅了，哈洛。這表示她確實有幫你取小名。這是很棒的現象。」小桂往前傾，壓低音量。「你不介意我給點建議吧？」

他搖頭。

「自從你離家去法國後，你的費莉絲蒂就日日翹首盼望來信。當她收到這封信時，她會當下就拆開來閱讀，快速掃過字裡行間確認你的健康狀況，也搜尋你傳達情意的蛛絲馬跡。要是她讀到結尾，發現寄信給她的是『妳最誠摯的哈洛．蕭史密斯少尉』，她會細心地摺起信紙、放回信封，然後留在門廳的邊桌上，等著吃完晚餐再唸給全家人聽。然而，儘管這信的內容再枯燥乏味，如果署名者是與她戀愛中的男人，她會把信帶到臥室，反覆捧讀，在你針對法國的數週生活以及暫時失明的百無聊賴這些流水帳中，尋找其他展露思念的跡象。她會把信貼在胸口，更別說還會灑一兩滴清淚。」小桂喘口氣，讓自己的話沉澱一下。「哈洛，你比較喜歡哪一種場景？」

他嚥了一下口水。「第二種，蘭姆利小姐。」

「我想也是。」她說，「好吧，那你要怎麼署名才對呢？」

「妳最深情的哈洛少尉。」

小桂皺眉。「真的要把『少尉』寫上去？」

「是的，蘭姆利小姐。」他清了一下喉嚨。「蒂蒂就是這樣叫我的，在……」他沒能說完，只是將包著繃帶的頭俯向被單，或許是為了掩飾偷笑。此舉是徒勞無功，因為小桂為了不錯過任何的表情變化，調整了自己的姿勢。

「噢——我懂了。」她說，「那就署名哈洛『少尉』吧！」小桂在信上署名，臉上掛著大大的笑容。「好了，你有沒有想對蒂蒂說什麼她最好別在晚餐後的客廳當眾朗讀的內容？我們可以寫在另一張信紙上附進去。」

小桂拿出一張新的信紙，又湊得更近些。哈洛壓低音量敘述，直到整張紙都寫滿了，而他的臉也火紅得跟什麼似的。

「威爾，你有女朋友嗎？」我問。

「沒耶，還沒有，小姐。怎麼，妳有興趣嗎？」

「臉皮不要太厚。」我微笑說道。

威爾示意要我靠近一點。「如果妳想的話，可以叫我威爾『二等兵』喔。」

我噗哧一笑，逗得威爾哈哈大笑。我們過了好幾分鐘才靜下心來，好好寫封禮貌的回信給他的琳恩阿姨。

✦ ✦ ✦

「感覺很好，對吧？」我們離開考試學院、沿著高街走時，小桂說道。

「看情況啦。妳指的是這討厭的毛毛雨——」我望向灰色天空，「還是唸信給威爾和哈洛『少尉』聽？」

小桂笑了，撐開雨傘舉在我們兩人頭頂。「顯然是後者。不過我猜能發揮最大用處的部分，在於我們協助他們答覆信件的方式。」

我們彎到穀物市場街上。「我想哈洛『少尉』臉上的紅暈可能都還沒退掉呢。他到底要妳寫什麼啊？」

「咱們姑且說當蒂蒂收到信的時候，也會有臉紅的理由。」

「那她醒悟到有另一個女人，對她的少尉的私密想法瞭如指掌時，會怎麼樣？」

小桂猛然停住腳步。「噢，我沒想到耶。」她聳聳肩，我們繼續走。「我猜這想法會讓蒂蒂更得意吧，不然就是會罵他一頓。無論如何，他們的關係都會朝適當的方向發展。」

我們走到了殉道紀念塔，彎進博蒙特街。這不是回家最短的路線，但最短的路線是過海斯橋後走曳船道。據斯多陶德太太所言，打從牛津湧入大批士兵後，那裡就變得有點不平靜，所以我避免在晚上走那條路回家。

「感覺是挺好的。」我說，我已經在心裡擬一封信的草稿，要告訴緹爾妲我終於在做有用的事了。

我跟小桂一起彎進瓦爾頓街。走到薩默維爾學院時，她牽起我的手用力握了一下。「我要趕快走了，食堂開放時間快結束了。晚餐是烤雞，通常還算可以下咽。我們很快會再見面吧？」

晚餐。我忘了注意時間。「會的，」我說，「後天見。」我應該趕緊衝回家，但我沒有。我站在人行道上，看她走進警衛室。她如此輕鬆地就進去，讓我對她生出一股恨意，一點點而已。

✦ ✦ ✦

我一打開艙門就聞到了，一股刺鼻的燒焦味。我的五臟六腑已湧入喉嚨，接著眼睛才注意到室內並未受損。

茉德也不知所蹤，儘管油燈仍在燒著。

我奔回曳船道上，再跳到蘿西的前甲板上，用力敲她的艙門。

「蘿西！蘿西！」

門開了，蘿西一手按在我手臂上。「冷靜點，小佩，沒有造成什麼嚴重損害。」她說，「只是燒黑了一個鍋子，還有糟蹋掉一顆蛋。」她望向自己身後，我跟著看去。茉德與年長的朗特里太太坐在一起，在下西洋棋。

我癱靠在艙門的門框上，看著茉德吃掉年長的朗特里太太的主教。只燒黑一個鍋子，但原本可能不只如此。我想到「柯萊歐琵號」上成山的紙張，覺得好想吐。我判定自己無法兼顧，頓時懷念起威爾、哈洛「少尉」，甚至是小桂——調性天差地遠的朋友。

茉德的騎士吃掉年長的朗特里太太的皇后。

「將軍。」她說。

第十三章

隔天早上，我們默不作聲地沿著瓦爾頓街前進。茉德並沒有必須填補沉默的症頭，只是若無其事地挽著我手臂，我努力不對她心存怨恨。我想像另一個女人坐在威爾床邊替他寫信，她應該年輕又漂亮，有大把的時間，沒理由遲到早退。她應該談吐文雅、受過良好教育，是聖休學院的學生或是小桂在薩默維爾學院的朋友。「小茉，我愛妳。」我說。因為在那當下，這不是事實。

✦✦✦

我們在摺童書《點點與袋鼠》，八開本，三摺。同樣那幾頁，反覆地摺。

「袋鼠。」茉德試唸著。「袋鼠。」她又說了一次。

小露和小愛在跟她們的徒弟聊天。小露仍對薇霍妮克輕聲細語，小愛仍未為小古改變絲毫本色，不過兩個年輕的比利時人都有所進步，臉上的笑容變多了。珞特則不然。她全都聽得懂，卻對飄在周圍的對話置身事外。我已學會不打聽她在比利時的生活，但設法趁她回應茱德時蒐集片段資訊。我妹妹是珞特唯一願意交談的對象。

「小愛講話像火車頭。」茱德用就事論事的口氣說。我曾向她解釋這比喻的意思，而她很愛重複這句話。小愛老早就原諒我了。

「但古德倫的英語確實進步了。」珞特說。

「妳更強。」茱德說。

這並不是個問句，只是事實，但珞特向她解釋。

「我以前是唸英文的。」

「在大學？」我問。

珞特看向我，我看出她的不自在。

「對。」

「為何選英文？」

「好在大學圖書館工作。」她說。聲音很小。

「讀那些書。」茱德也小聲說。

「對，讀那些書，英文書。研究它們。」只是耳語。

「就像佩姬一樣。」茱德說。

一時間，珞特很好奇。我在她快速瞥向我的目光中看到好奇，但一下子就消逝了。

霍格太太搖鈴宣布下班時間到，我們把手上的書帖摺完。小愛開始用連珠炮的速度講話，小古認真聽她的胡言亂語。每當她聽懂一個詞或一句片語，就會咧嘴而笑。她們率先走出裝訂廠。

我們在戴帽子時，斯多陶德太太走進衣帽間來。「珞特，我還要再十分鐘，」她說，「如果妳不介意等一等，我們可以一起走回家。」

「我等妳。」珞特說。

「佩姬，妳在考試學院當志工當得還愉快嗎？」斯多陶德太太問。

「我想我沒辦法做下去了。」我說。

「妳不是挺喜歡的嗎？」

我是喜歡，我喜歡發揮用處的感覺，喜歡跟小桂說話，喜歡走在高街上，裝作自己是牛津唯一長著這張臉孔的女人。「情況跟我預期中不同。」我說。

斯多陶德太太皺起眉。

「燒黑鍋子，」茉德說，「糟蹋掉一顆蛋。」

斯多陶德太太的表情一鬆，轉為憐憫。

大家不明白，憐憫會讓人更難受。轉移話題才比較輕鬆。

「只是個鍋子。」我說。然後我從掛勾取下茱德的大衣。「小茱，走吧。」

我們穿過方院，從拱門下出去。到了瓦爾頓街上，我們停住了。薩默維爾學院亮了起來。那些學生上完一天課，與老師見面，或是在博德利圖書館度過漫長的午後，研讀史學、哲學、化學，現在都紛紛回到寢室來。我握住茱德的手，深深吸氣來克制將指甲掐進她皮膚的衝動。我們轉身準備回家。

「佩姬！」

珞特快步走來，努力追上我們。我們停住。

「我想要……」她搜尋適切用詞，然後望向茱德，表情放鬆，露出罕見笑容。「茱德，我想要一個散步的同伴，妳星期六可以陪我嗎？」

幾乎沒人會找茱德單獨做什麼事，我以為她會向我徵詢該怎麼答覆，但她沒有。她只是望著珞特，直到自己想出答案。

「星期六，」她說，「好。」

「太感謝了。」珞特說。

✦
✦
✦

星期六我喘吁吁地趕到時，小桂已經坐在哈洛少尉床畔了。

「威爾，你別再發愁了。佩姬來了。」她轉向我。「我們不確定妳會不會來，所以我們沒在回信，而是把時間花在猜測妳出了什麼事上頭。我想說也許妳的老闆要求妳一個人搞定全套莎士比亞的裝訂工作……」

差不多了，我心想，忍不住露出微笑。我的縫書架堆著沉甸甸的劇本，只剩十四行詩要縫了。

「哈洛猜妳被徵召當間諜，威爾堅持妳去跟男友約會，把我們全都給忘了。我想他有點吃醋囉。」

「不是這樣的，小姐。」威爾說，「妳對我來說太老了。」

「你到底幾歲啊，威爾．竇斯？」

「二十一。」

「巧了，我也是耶。」

他臉紅了。「顯然我有意見的不是妳的外表，只是妳聽起來好……」

「睿智？」小桂說。

他笑了。「是啊，就是睿智。」

小桂朝我俏皮地眨眨眼。我坐進威爾床邊的椅子，做了個深呼吸，想到珞特和茉德，以及她們相處得多麼融洽。

「威爾，你有收到信嗎？」

「很多呢。」他用手摸找置物櫃抽屜的把手，笨拙地擺弄信封，我忍著不幫忙。他們必須學著適應，修女曾說過；以防萬一。

✦✦✦

「妳的狀況都還好嗎？」我們離開考試學院時小桂問道。

「是因為我妹妹，」我說，「我以為可以留她一個人在家，結果看來不能。」

「我都不知道妳有妹妹，她多大？」

「我們是雙胞胎。她……嗯，她不太一樣。很難解釋。」

小桂並沒有要我試試看。「現在誰陪著她？」

我告訴她珞特的事。「她的英語程度比其他人好，說的話卻只有別人的一半，而且多半都只對茉德說。」

「妳知道她是哪個城市來的嗎？」

「魯汶。她之前在天主教大學的圖書館工作。」

小桂猛抽一口氣。「噢，可憐的女人。」她勾住我手臂。「簡直令人不敢想像。」

「什麼事令人不敢想像？」

「那裡被摧毀了，燒光了，所有的書都是。當時應該燒得像一座篝火吧。」

✦✦✦

我沿著曳船道疾行，嗅著空氣尋找災難的跡象，結果並沒有。回到「柯萊歐琵號」時，我從廚房窗戶往裡瞧。珞特坐在茉德對面，在摺紙。我彷彿看到緹爾妲，這才意識到她們與茉德坐在一起時，都顯露出相似的狀況——她們平時挺直而略微僵硬的長脊椎會軟化，動作變得不設防，好像沒人在注意她們。茉德有本事讓這兩個女人內心的某種事物平靜下來。

我進到船艙時，珞特抬起頭，身體微微一僵。不過她面露微笑，很淡的微笑，我相信是出於真心。

「茉德在傳授我她的摺紙技藝。」她舉起一隻天鵝。「她非常有天分。」這比她在裝訂廠待的整段期間主動說過的話都多。

茱德看看天鵝，再看看我。「比緹爾姐好。」她說。

珞特面露疑惑。

「緹爾姐是我們的朋友，」我說，「非常缺乏摺紙天分。」

「生活的天分。」茱德說。這是套用媽媽的話。

「她跟我們的媽媽很親近。」我解釋。

「媽媽死了。」茱德說，我縮了一下。

「我先告辭了。」珞特說。

✦✦✦

一星期後，威爾的繃帶拆掉了。我陪他坐著，他試著將目光聚焦在人、然後是物體、然後是書頁的文字上。過程花了好幾天，不過最後他能自己讀信了。

「在家待一兩個月，我又會生龍活虎了。」他告訴我，「然後就要回去法國。」他說得若無其事，但他的嘴唇在顫抖，眼中盈滿淚水。「我還是不習慣這麼刺眼的光線哪，」他邊說邊用袖子擦眼睛，「真是有夠煩。」

威爾出院回家那天，修女告訴我們哈洛被轉到另一間病房了。他的患部感染了，恢復視力的希望很渺茫。

「他不會回到法國了。」她說。

小桂默然無語。大受打擊。

「我們能做什麼？」我問。

修女嘆口氣。「學著習慣。」

第十四章

星期六到了，我們醒來後，換上平常上班穿的衣服，但我堅持我們都要戴比較體面的帽子，還花了心思將茱德的頭髮挽成緊實的包頭，我自己的包頭則刻意梳得鬆一點。我們走到曳船道上。

今天天氣很不錯，在這種日子裡，我們的世界彷彿膨成兩倍大，也變得雙倍明亮和鮮豔。沒有微風或船隻擾動運河水面，一切都完整映照。茱德走到「柯萊歐琵號」的船尾後方，我看到她歪著頭。她在察看倒影，將它與實體對照比較。天氣好的時候她就喜歡這麼做。對稱中存在美感，媽媽會這麼說；我們不由自主會注意到。

我過去找她，看到她看見的景象。河面化作秋季各種色彩的調色盤，聖巴拿巴教堂的鐘樓多了個孿生手足。「柯萊歐琵號」也被映射出來，包括藍色船身和金色船名：文字是鏡像，不過很容易讀懂。我想像船內所有東西都有個水中分身。這時起風了，水面顫動，所有東西又成了單數。

我們穿過傑里科，茱德蹦蹦跳跳，彷彿聖誕節即將到來。家家戶戶窗內擺的不是金光閃閃的禮物和冷杉樹，而是用紅、黃、黑三色來裝飾。每兩戶人家就有一戶的樹枝和花窗上掛著這三種顏色的綵帶。現在時間還早，不過我們來到瓦爾頓街時，看到「威爾斯親王」店門口站著個年輕女人，在販售小型玫瑰花結和彩色綬帶。從老頭子到小夥子都堅持要直接把買來的飾品直接別到衣領上，藉此使那女孩靠近他們。參與盛會的氣氛使得傑里科的婆婆媽媽們面帶笑容而不是碎唸嘮叨，她們也在等著將零錢投進那女孩的錢箱裡。

牛津市市長已宣布十一月七日為比利時日，這些玫瑰花結和綬帶是義賣品，用來募款幫助難民。進到出版社拱門後，也有個女人端著放滿綬帶的托盤。印刷工、排字工、雜役和鑄字工混雜著排隊購買。

「幫幫那些生活被毀掉的人吧，」離我們最近的年輕女人大喊，「買一個綬帶吧。買兩個更好！」

茉德走上前跟著排隊。

昨天晚上我們加班到很晚，與小露、小愛和另外幾個女工一起裝飾裝訂廠的女工區。斯多陶德太太負責提供縐布，我們用來圍繞柱子以及掛在工作檯末端。我們到的時候，幾乎沒有女工的衣領上沒別著比利時的代表色。我們和其他因為買綬帶而耽擱的人一起快步進去。斯多陶德太太沒有責備，但某些人的憤怒一望即知。她們的衣領上什麼也沒有，明白表示出她們的意見，少數人還拿掉她們工作檯上的彩色縐布。

我坐到珞特和小愛之間的老位子。

「瑪莎．波頓幹嘛臉那麼臭？」我問小愛。

她湊過來。「她的外甥在伊珀爾。她姊姊昨天收到電報了。」

「這不是我們要求的。」珞特繼續盯著手中摺的書帖說。我以為她指的是比利時日，不過她說的或許是戰爭吧。也可能她是一語雙關。

小愛皺起臉，用嘴形說聲「抱歉」，臉轉回小古那裡，小古正沉浸於比利時日為她帶來的額外關注上。她沒在摺紙，而是跟工作檯另一頭的女工們大聊自己逃離家園時，拋下了一大堆洋裝和上好的帽子。

「妳有拋下任何兄弟嗎？」有個女工問道。

「沒有，只有洋裝而已。」古德倫回答，「但現在我只有很小的衣櫃，所以是好事，對。」

我開始摺自己的書帖，卻忍不住斜眼偷看珞特。她繃緊下巴，用力吸氣。茱德也在看她，內心的疑問讓她皺起眉頭。

要是我能伸長手摀住茱德的嘴巴，我真會這麼做。別打擾珞特，我想悄聲告訴她。

「生活被毀掉了。」茱德說。

珞特停止摺紙，我也停止摺紙。我作好介入的準備，打算替妹妹的話打圓場。只是在複述別人說的話而已。但如果不懂人情世故，那就只是機械化的模仿罷了。珞特沒有僵住，反而放鬆身體。她望著茱德，很輕地開口了。

「感覺是這樣沒錯。」

茱德點點頭，她需要的僅止於此。

到了中午，斯多陶德太太搖鈴，鼓勵我們去外面享受活動。「妳們花的每分錢都會用在難民身上。」

「這是買零嘴的好藉口。」小愛說，我們脫下圍裙、戴上帽子。

「省下妳的錢吧，愛嘉莎。」瑪莎・波頓說，「我們的小夥子為他們而死還不夠嗎？現在他們還要挖我們的錢？他們半數人比我們富有呢。」她斜睨小古。

小愛張口結舌。珞特背對著瑪莎，動也不動地站著，一手擱在剛掛完圍裙的勾子上。

「比我們富有呢。」茱德複誦。

「妳難得說出這麼中肯的話，茱德・瓊斯。」

茱德努力思索別的話，勉強擠出「毀了」兩個字。

崩潰的人是瑪莎。瑪莎眼中盈滿淚水，開始大吼大叫。「妳又說對了，毀了。對，沒得爭辯。我姊的人生毀了，完全不用懷疑。為了什麼？」她瞪著珞特的背影，我注意到珞特的手仍握著掛勾，指節泛白，不知是出於憤怒或恐懼，也可能只是因為拚命想撐住。

✦✦✦

瓦爾頓街上聚了一大堆人。幾百名午休的出版社員工，與穿卡其制服或藍色住院服和睡袍的士兵混雜在一起，後者是雷德克里夫醫院的病患。有些人坐在輪椅上被推出來，有些人拄著拐杖或由探病者攙扶著。他們的衣領全都別有綬帶。

「佩姬！」

我轉頭看。出版社大門內外仍然都有駐點販售的女人，她們的托盤幾乎都空了。其中一人正在揮手。

我對小愛等人說我們晚點再去市政府附近跟她們會合。她們轉朝牛津走，我準備走向小桂，突然又遲疑了。

「小茉，妳在這裡等好了。我馬上就回來。」

她搖頭，勾住我手臂。

「像黏膠一樣黏。」她說。這是我們兒時收到的叮囑。

「老天！」我們走近時小桂說道，「妳沒說妳們是同卵雙胞胎。」她看看茉德又看看我。

「天啊，別人該怎麼分辨妳們？」

「善良的眼神。」茉德看著小桂說。

小桂覺得很有趣，誇大地觀察我們的眼神。「的確，妳的眼神很善良，茉德，但妳姊姊的眼神也沒有『不』善良啊。」她轉向我，凝視我的眼睛，揶揄道：「佩姬的眼神該說是……」她停頓，彷彿在思考。「很好奇。茉德，她很好奇嗎？」

「像貓。」我妹妹說。

「像貓。」小桂複述。

我別開目光。

「我們該走了，小茉。」我說，「去找小愛和小露。」

「我跟妳們一起去。」小桂說，「我今天賺到不少錢，玩耍時間到了。」

「玩耍時間到了。」茉德附和。

「我先把這個送回薩默維爾學院就好。我們走吧。」

這並不是個問句，我還來不及反對，她已逕自朝瓦爾頓街對面走去。

她走進警衛室時，我停下腳步。那是隔開城民和學人的門檻。

「我們就在這兒等。」我說。

「如果妳確定的話。」

我確定。我想像過幾百遍走進薩默維爾學院的畫面，但絕不是跟在小桂這樣的人的屁股後頭進去，更絕沒想像過身旁有茉德同行。

「我不會花超過一分鐘。」她說。

二十分鐘後，小桂走出薩默維爾學院。

「妳們正式受邀參加下週六下午的茶會。」她說。

「妳在說什麼？」

「那是為待在牛津的比利時家庭舉辦的活動。薩默維爾學院要辦一場茶會，而妳們被邀請了。」

「為什麼？我們又不是比利時人。」

「我也是這麼說的啊，但布魯斯小姐很堅持。她是難民委員會的主席，也是我們副校長的姊姊，很麻煩的是，我們副校長也要被稱為布魯斯小姐。前者是潘蜜拉，後者是愛麗絲。要是其中一人結個婚，真的會方便很多。總之，我告訴難民委員會的潘蜜拉．布魯斯小姐妳和茱德的事，說妳們在街上等我，而她說她在火車站見過妳們。」

潘蜜拉．布魯斯小姐，嚴肅、強悍、堅忍。若是當時我單獨行動，她還會記得我嗎？

「妳都沒告訴過我，」小桂還在滔滔不絕，「她是個大好人，妳懂吧。多一雙手幫忙並沒有壞處。」

「小桂，我們每週六下午都應該幫受傷的軍人唸東西才對。」

她抬起一手在空中揮一揮，像在趕蒼蠅。「他們死不了啦。」

我瞪大眼睛。

「噢，妳懂我的意思。今天下午去的時候，我會跟護士長商量一下。」

但我一點也不想以額外幫手的身分走進薩默維爾學院。

✦✦✦

隔週六，小桂再度出現在出版社門口。

「妳們來啦，」她說，「我在等妳們呢。」

我們站在瓦爾頓街上：薩默維爾學院在小桂後方，出版社在茱德和我後方。

「等我們幹嘛？」

「提醒妳今天下午的事啊。」

我皺起眉頭，假裝聽不懂她在說什麼。

「幫比利時人辦的茶會啊。」她說的時候，珞特正好從出版社走出來。

茱德招招手，於是珞特走過來。我向小桂介紹她。

「妳也要來。」小桂說。

「不了，謝謝。」珞特說。

「不了，謝謝。」茱德說。

「小佩，妳不准跟著說喔。」小桂說，「布魯斯小姐會以為我做了什麼得罪妳的事。」多一雙手幫忙，我心想。「不了，謝謝」完全是我想說的話。「我相信現場會有夠多學生願意負責端托盤送蛋糕。」我說。

「簡直是供過於求了。所有人都想出一份力，而認領『發送蛋糕』這項工作的人數，超越了布魯斯小姐歷來發起過的任何項目。」

「所以囉，我去了只會礙事。」

「胡說。昨天布魯斯小姐還特地問起妳呢。事實上，我引述她的原話是：妳一定要讓妳朋友知道，沒人會要求她負責倒茶。」

小桂看得出我已經想不出藉口了。她得意洋洋地回到薩默維爾學院，我看著珞特和茱德朝城內走去。珞特挽住茱德手臂，我等著茱德將手抽開。當她如我所料抽開手時，我感到幼稚的滿足，然而接著她馬上主動跟珞特牽手。

我走到瓦爾頓街對面以便持續看見她們，但她們很快便只像是兩個手牽手的女人——密友、表親，或許是姊妹。然後，連她們的年齡都不明顯了。一人高，一人矮。她們大可能是一對母女。就是在此刻，我的眼睛刺痛，畫面變得朦朧。

一個人回到「柯萊歐琵號」感覺好奇怪，沒看到茱德坐在桌邊摺紙好奇怪。倒不是說從沒發生過這種狀況，但是很罕見，因此令人不安；一時間，我茫然失措。

我脫掉裙子，聞了一下上衣腋下，然後把上衣也脫掉。我撩開我們小衣櫃的遮簾，評估我的選項。我不想看起來像個裝訂廠女工，卻也不想看起來像是想扮成別種身分。我有預感布魯斯小姐不會認同這種行為。

我擦乾淨出版社在我臉上、手上、腋下留下的痕跡，再穿上週日專用的裙子和白領子上衣。接著我走到媽媽的空間。茉德和我都沒占據這空間，我們把它留給緹爾妲——床鋪，以及床底和床上方的小櫥櫃。還有跟我們同款的衣櫃，前方有一道遮簾。我拉開它——媽媽和緹爾妲的衣物都掛在裡面。

歡迎自取，緹爾妲說過，但我們能穿的很有限。她特別高，就像我們特別矮。但她也有帽子和腰帶和圍巾，以及兩條寬寬的女用領帶。

第十五章

「妳打扮得真出色。」小桂從警衛室走出來。我抬起手摸領帶；我其實不確定該怎麼打結。

小桂把我的手趕開，解開領帶重新繫好，然後退後一步仔細察看。「妳會如魚得水的。」她挽住我手臂，帶我進到警衛室。

「這是我朋友瓊斯小姐，」小桂說，「她是我帶來參加茶會的客人。」

我看著警衛將我的名字寫進訪客簿。這不是我想像中的場景，不過暫時也只能接受了。我努力觀察所有建築、草地、花圃。我注意到眼前的女性，不論年輕與否，衣著都很樸素——她們知道自己的價值不止於體態和臉蛋，我心想。她們向小桂打招呼，每個人也都對我親切微笑。她們以為我是比利時人嗎？要是她們知道我不是，態度會不一樣嗎？

走進食堂時，有個薩默維爾學院的學生迎面而來，她打招呼時實在太熱情了，我不得不退後一步。但她不以為意，只是笑得更燦爛，用雙手握住我一手。然後她用過大的音量問我要不要來杯飲料：「Prendre un verre?」我還來不及回答，她又問我要不要吃蛋糕：「Prendre le gateau?」她不斷點頭，握著我手的力道微微加重。她以為我是難民，而她可不打算讓我逃離她的殷勤招待。我突然驚覺，她或許相信她的熱烈歡迎能夠抵銷德軍侵略造成的創傷。我用無庸置疑的城民腔英語回答，說我暫時不需要吃喝，她的笑臉瞬間垮掉。

小桂哈哈笑。「梅莉安，這位是佩姬，她在出版社工作。她是凡妮莎．斯多陶德管理的女孩之一。」

「噢。」梅莉安皺起眉頭，熱情已盡數熄滅。「那我就讓妳們自己逛了。幸會，佩妮。」我們兩人都還沒來得及糾正她，梅莉安已大步走向一個比利時家庭，她強大的熱情迫使他們聚攏成一團，好用團隊力量來承受衝擊。

「斯多陶德太太在薩默維爾學院很出名嗎？」我問。

「我們這些協助布魯斯小姐的人都認識她，她在牛津戰爭難民委員會相當活躍。布魯斯小姐十分看重她——我們都是。」

有個漂亮女人直直朝小桂走來。「小桂，我們需要妳。」她說，「如果不把梅莉安算進去，我們只有三個人會說法語，而有一半的客人都被晾在那裡，沒人幫他們翻譯。」

「噢，小薇，這位是佩姬．瓊斯。佩姬，這位是薇拉．布里頓，跟我一樣是大一新生。」

我認得她，上次在哈特先生辦公室遇到的女人，當時身穿淡紫色洋裝。*來薩默維爾學院主修英國文學，她曾這麼說。*

「佩姬是凡妮莎管理的一個女孩，在出版社工作。」

薇拉滿面堆笑。「是嗎？」她朝我伸出手。我跟她握手，彷彿我對此習以為常。「我父親為出版社製作紙張呢。」她說。

一時間，我想像她爸爸攪拌熱騰騰大鍋裡布漿的畫面。不過那只是一瞬間的事。

「他負責供應聖經和詞典要用的聖經紙。」她繼續說。

原來是造紙廠老闆。

「妳會說法語嗎？」她問。

「幾乎完全不會。」我說，想起自己午休時間在克萊倫敦學院上的法文課。哈特先生勉勵我們進到出版社工作後持續進修，而我能頗有把握地閱讀法文，但我從來就不需要開口講法語。

「妳會很介意我把小桂偷走嗎？她是我們說得最溜的一個。」

我很介意，我心想。「當然沒關係。」我說。

小桂環顧食堂內，我順著她目光掃視過去。由比利時夫妻和英國貴婦組成了許多小群體，四處可見比手畫腳，耳邊都是蹩腳的英語和蹩腳的法語。偶爾能瞥見一個幼童被抱在母親懷裡，或是拉著母親的裙角。我知道路特不會來，但要是小古和薇霍妮克在這裡，我就能躲到她們身邊。

「我沒看到布魯斯小姐耶，」小桂說，「我知道她想跟妳聊一聊，妳自己想辦法找到她，應該沒問題吧？」

「當然。」我說，這主意把我嚇傻了。

「太好了。去體育館找找看。」她指了個大概的方向。「她可能在陪孩子們玩遊戲。」然後她就留我站在原地——出色地穿戴著週日裙子和女用領帶，卻自覺像是包著皮革封面的三流詩集。

我晃到食堂外，回到種有花草的小方院。我找了最近一張長椅坐下，扣上大衣鈕釦禦寒。

我並不急著要找到布魯斯小姐。

我這輩子一直從薩默維爾學院門前經過，想像牆內的女人過著什麼樣的生活。現在我進到牆內了，像是一小塊傑里科的垃圾掉在牛津大學的方院中。我想起自己是何時首度產生成為她們一分子的想法，當時我是在偷聽我不該聽的對話。她很適合去念牛津女子高中，我的老師說。我知道，媽媽回答，但她不會拋下茉德不管的。我的老師不死心。我覺得她的資質足以上大學。媽媽嘆口氣說道：不過資質未必是唯一的條件，不是嗎？我想到自己在出版社工作能開始賺取的收入，想到這對家裡的影響有多大，便不再聽下去了。

我從長椅站起身，穿越草地。我腦中閃過不曉得能不能踩草地的念頭，結果發現自己倒是希望校方是禁止踩草地的。當某種特權遭到不公平地剝奪，緹爾妲喜歡這麼說，一定要把它搶回來。

孩子興奮的尖叫聲隱約可聞。我走進一扇敞開的門，遊戲的聲響沿著走廊迴蕩而來。我豎耳聽了一會兒，接著往反方向走。

大部分的門都關著，我樂得花點時間悠哉閒逛、觀察四周。薩默維爾學院比我想像中要破舊，地板被磨得霧霧的，儘管裝上了新的電燈泡，牆壁仍染著煤氣燈留下的汙漬。

我試轉一扇門的門把，它開了。是個儲物間，裡頭有拖把、水桶和一袋袋大概是待洗物的東西。角落擺了張椅子，我聞到濃濃的舊菸草味。還有個陳舊的籃子，裡頭放著針織披肩。這裡可沒有什麼特權可言，我心想，把門關上。

我爬樓梯要到二樓，看到兩個女人下樓來，便緊靠著磚牆讓她們過。她們的步伐充滿自信，下樓速度很快，邊走邊聊天。「抱歉，差點撞到妳。」其中一人說。然後她們走遠了，沒有東問西問，彷彿把我當成這裡的人。

我猜想這些建物平時應該滿是來來往往的女人吧，穿梭在她們的寢室、教室、體育館、食堂和交誼廳之間。她們能通行無阻地進到所有區域，我心想，而馬路對面的我們卻受限於裝訂廠。印刷室、鑄字廠、紙庫和倉庫都太危險或太粗野了，顯然這樣的限制是為了保護我們。

一上樓梯那道門進去後，是一條擺滿書本的狹窄走廊。我沿著走廊前進，雙手順勢從兩側的書架上滑過。我好想仔細翻看一番。接著出現另一扇門。

我打開門，站在門口吸一口氣。木頭亮光蠟。紙張、皮革和油墨。與我所熟悉的經驗相比，有些氣味較強烈，有些較微弱。長久以來我都在想像薩默維爾圖書館的樣貌，但我的想像連邊都沒沾上。這裡能解釋整座學院其他部分為何如此儉省——因為他們重視書本甚於一切。

我跨進門檻。圖書館員通常鎮守的櫃檯空無一人，我直接從它前面走過去。一排又一排的書架在我面前延伸，我知道架上書本的封面都印有克萊倫敦出版社的盾徽。不曉得我要花多久才能找到一本由我摺紙、配頁、縫線的書，要花多久才能找到一本我被告誡不准閱讀的書，不准弄拗書背而破壞的書。

我走向前。書架的間距很規律，將長形房間分成許多隔間，每個隔間都有一扇高窗和大書桌。有幾盞檯燈沒關，我意識到微弱的午後天光是不足以提供閱讀光線的。我什麼都摸一摸：書桌，椅背。燈罩燙得我縮手不迭。我用手指滑過一條條書背。古典文學。放滿一個又一個書架。

我幾乎沒有意識到自己在做什麼，便已經做了。那是一本布質封面的薄書，書名因經常被拿取而磨到看不見了。這是個特權，小到能放入我大衣口袋。

✦ ✦ ✦

來到體育館，我明白為何走廊和圖書館都空蕩蕩的。這裡像是學校的園遊會現場。這裡有套圈圈和撞柱遊戲，有成年女人各持一端甩著一條長跳繩，女孩們在跳繩兩側跑進跑出。幼童把手插進裝滿穀殼的摸彩桶裡，抽出小小的玩具。還有人在玩某種蒙著眼睛的遊戲，整個場館都因此充斥著興奮的尖叫聲，有一兩個年紀較大的婆婆媽媽笑著捂住耳朵。室內一端擺了張擱板桌，上頭備有杯子蛋糕、麵包、奶油和好幾壺調味萊姆汁。我認出站在桌子後方的人是布魯斯小姐，斯多陶德太太在她身旁。真是謝天謝地。

「瓊斯小姐，」我走上前時布魯斯小姐說道，「幸好妳能來。」

我討厭臉紅，但我感覺紅暈沿著脖子往上爬。不曉得小桂都對她說了什麼，我腦中突然浮現她們坐在軟沙發上，一邊品嚐雪莉酒一邊議論茱德和我的畫面。

「布魯斯小姐，妳邀請我來真的很好心。」我說。然後我心不甘情不願地說：「我能幫什麼忙？」

「嗯，如果妳堅持要幫忙，妳可以跟凡妮莎和我一起顧點心桌。我打算讓遊戲再進行五分鐘，然後就搖鈴了。妳會發現他們比剛抵達火車站時有自信一些。」

我繞過擱板桌去站在斯多陶德太太旁邊。

「凡妮莎，妳介意分享她嗎？」布魯斯小姐說，「我想問妳的裝訂廠女工一些問題。」

斯多陶德太太完全樂意分享。她向後退，把我趕到她和布魯斯小姐中間。真希望我長得高一點，真希望我能直視布魯斯小姐的眼睛。我脫掉陳舊又古板的大衣，收到擱板桌底下。然後我站直身子，摸了摸領帶結，緹爾妲的領帶。光是模仿角色的外貌和口氣還不夠，緹爾妲曾說，妳還要揣摩那種心境，才能說服別人。

「我可以叫妳佩妲嗎？」布魯斯小姐問道。

我可以叫妳潘蜜拉嗎？我心想。「嗯，當然可以，布魯斯小姐。」我說。

「跟我說說妳在出版社的工作——妳喜歡嗎？」

我喜歡嗎？從來沒人問過這問題，我也沒考慮過要如何回答。

「這應該不是什麼困難的問題吧？」布魯斯小姐催道。

如果我說喜歡，她會問我喜歡哪部分。如果我說不喜歡，她會問為什麼。「提問並不難，布魯斯小姐，但要回答卻很難。」我一說完就後悔了。

她揚起眉毛；我感覺要挨罵了。「那妳慢慢思考。」她說。

我在她臉上尋找嘲弄之意，但沒找到。我感覺斯多陶德太太挪遠了一點，剛好遠到聽不見。

「在出版社工作不是我自己的選擇，布魯斯小姐，這是早就注定的事實。跟參加舞會不一樣。」

「為什麼說跟參加舞會不一樣？」

「嗯，如果跳舞跳累了，妳可以坐下來休息，如果妳不喜歡那支舞的音樂或舞伴，妳可以走開，如果有人邀妳跳下一支舞，妳有權拒絕。」

「說下去。」

我現在皺起眉來，懷疑她到底是在煽動，還是真的什麼都不懂。「布魯斯小姐，如果我不喜歡我的工作，我也不能不去上班。在裝訂廠工作並不是一種消遣，而是食物和衣服和煤炭的來源。思考自己有多喜歡這工作並沒有好處。」

「這麼說妳並不喜歡妳的工作囉？」

我感覺踏進陷阱。迅速瞥一眼斯多陶德太太。「不一定喜歡。」

「為什麼呢？」

「因為有時候很無聊。」

「噢，可是妳四周全是書本、文字、思想——」

「水，四面都是水，布魯斯小姐，卻沒有一滴能飲用。」

她微笑。「柯立芝。」她說。

「〈古舟子詠〉。」我說，把球又打回去給她。

她一手按在我肩上。「仔細留意信天翁的蹤跡，瓊斯小姐。而且小心別把牠射死了。*」

＊　譯註：典故出自前述柯立芝（Samuel Taylor Coleridge, 1772-1834）的敘事長詩〈古舟子詠〉（The Rime of the Ancient Mariner），詩中描述一名老水手的船被冰雪所困時，因飛來一隻信天翁而脫困，後來老水手卻射死信天翁，接著便遭遇一連串災厄。

說完她搖鈴，孩子們都奔過來。

✦✦✦

茶會結束後，我穿過傑里科走回家，半路上從大衣口袋取出從圖書館摸走的書。我期盼是媽媽最愛的希臘文學家尤瑞皮底斯的作品，或是媽媽最愛的羅馬文學家維吉爾的詩作。我轉到書背一看。

亞伯特與曼斯菲德著。絕對是英國人。《希臘文法入門讀本》。

我的心沉到谷底。

✦✦✦

隔天是星期天。我正在洗早餐用過的杯盤，蘿西那雙堅固的高筒綁帶靴便走入我們廚房窗戶的窗框。歐伯隆那雙有平頭釘的靴子跟在後頭，接著還有第三雙，看起來普通而熟悉。「傑克。」茉德說。她的語氣好像無所謂，不過她衝出去迎接他。

我等到茉德的腳與其他人會合——她穿著完全對抗不了曳船道清晨濕氣的舊拖鞋。我嘆氣，接著傑克走向她，拖鞋離開了地面。

儘管考利就在牛津的另一頭，傑克受的訓練強度很高，我們每兩三週只能見到他幾小時而已。他就像明信片一樣毫無預警地出現，我們圍在他身邊聽他講故事：卡其布短缺、用木槍訓練、挖壕溝和架起行軍床的箇中細節。他每次都會說他好想被派去國外作戰。等船閘的水灌滿再說吧，只要歐伯隆剛好在場，都會用這句話回應。

歐伯隆將「蘿西復返號」重新綁好，然後默不吭聲地坐著，傑克則告訴我們他被挑中接受特別訓練。

「狙擊手是做什麼的？」蘿西問。

「就跟射兔子差不多。」傑克說，沒有直視她的眼睛。

「但你這輩子根本沒射過兔子啊。」她說。

「他們覺得我視力夠好。而且這訓練應該能讓我過完生日。」他還是不敢看她。

「然後呢？」蘿西問。

停頓一秒，兩秒。

「然後他就大到可以殺德國人了。」歐伯隆說。

第十六章

整個十二月一直到新的一年，都是雨多於晴的日子，即使我不在「柯萊歐琵號」上，仍感覺到身體裡有股規律的振動，腦袋中也嗡嗡作響。我們的船散發潮濕毛毯的氣味，我相信我們也半斤八兩。但珞特沒發過半句牢騷。她繼續每週撥一個晚上以及每星期六花幾小時陪茉德，讓我能去當志工。

我很期待在考試學院值班的時光——那裡乾爽、溫暖而明亮，也不會被雨珠持續敲擊木頭和河面的聲響給干擾談話。不過我也很慶幸能返回「柯萊歐琵號」，走在曳船道上，看到船的窗戶透出燈光。知道珞特在那裡，茉德安然無恙。跨上甲板前，我會先偷看她們。她們通常在摺紙，彼此不交談，但也沒有一絲緊張氣氛。有時候珞特會捧著一本書，我們的館藏。書是翻開的，但我觀察好幾分鐘，她都不曾翻頁。我看著她凝視我妹妹，對她的表情很好奇。那表情混雜了悲傷與渴盼。

我進到船艙時，珞特會趕緊闔上書，把它放回原本的書架或書堆。她會一邊穿大衣、戴帽子，一邊用報新聞的口吻告訴我她們都做了什麼。她一手輕按茉德肩膀，對我點點頭。我會說要送她到瓦爾頓井橋，但她每次都拒絕。黑暗中沒有傷得了我的東西，她曾這麼說。

✦ ✦ ✦

「珞特，今天我從醫院回去後，妳要不要留下來一起喝個晚茶？」我們正從出版社往運河方向返家，「沒有要弄得多豐盛，我只是想要說謝謝妳。」

珞特沒有馬上回應。

「說謝謝妳。」茉德說。

「好啦，」珞特說，「謝謝妳。」

「她只是在複述——」

「我知道。」珞特說，嘴角有一抹笑意。這是以前的她的殘影，我心想。那個她或許具有狡黠的幽默感又調皮。我也微笑回應。

✦ ✦ ✦

小桂和我去簽到時，護士長將我們帶到一旁。

「瓊斯小姐，通常我不會安排妳照顧軍官，但有人向我擔保妳是合適的人選。」我瞪了小桂一眼。她一反常態，表現出天真無邪的模樣。

「是喔。」我說。

「所以，要是妳不會覺得不自在，」她揚起眉毛，我管住嘴巴，只是搖搖頭，「那麼我不認為這有什麼壞處。」

軍官的病房床數較少，更大的窗戶透入更多光線，每張床邊都擺著鮮花。房間一頭的壁爐前擺了幾張單人沙發，還有一張牌桌，兩名病患在玩跳棋。護士長將我們交給一個身穿漿得很硬的制服、表情嚴肅的修女。

「這裡是普通外科病房，」她告訴我們，「不過他們的傷勢嚴重程度不一。有些人會完全康復並回到軍營，有些人出院回家時，將比出生時少了一些手腳。」她說話時打量我們的臉，似乎很滿意我們不是動不動就暈倒或大驚小怪的那種女人。

「我們這間病房也有兩位比利時軍官。護士長跟我說妳們倆都會說法語？」

「沒錯。」小桂說，對我使了個眼色。我醒悟到原來我是因為「這個」而被視為合適人選。

「那我為妳們引介一下吧。」修女說。

我們跟著她穿過病房。

小桂臉色變白了，默不作聲。她正望著其中一個比利時人。他的身體被白色被單裹住，有個框架罩在一條腿上，以免它被厚重的被褥壓到。他的臉和雙手幾乎完全用繃帶纏起來。

隱形人，我心想，接著我想像繃帶下是什麼狀況。我看到鼻子的輪廓和他粉紅色的下唇，不禁鬆了口氣。只有他的右眼未被遮蓋，而它是睜開的。他正看著我們。

「Bonjour。」我說。

「Bonjour。」他的發音很勉強，聽起來只像一聲耳語。

修女微笑。「瓊斯小姐，這位是彼德斯中士。」她朝他床邊的椅子歪了一下頭，我接收到暗示，坐了下來。

小桂則被引介給楊森中士，他不像彼德斯中士被包得像木乃伊，並且馬上主動告訴小桂自己的名字叫尼可拉，還伸出沒纏著繃帶的那隻手。她坐到他床邊，臉上恢復了血色。小桂的法語程度要應付對話是綽綽有餘，修女前腳才剛走，小桂和尼可拉已經聊開了。他們的對話我幾乎半句也聽不懂。

我正努力拼湊出完整的法語句子，我這位隱形人開始說話了。他說得吃力，話聲微弱。我湊近去聽。

「我叫巴斯提安。」他用英語說。

「感謝老天。」我如釋重負地說，「不是因為你叫巴斯提安啦，雖然這是個好名字，真的很好聽。我只是慶幸你會說英語。其實我的法語滿爛的。」我好緊張，拚了命不讓視線從他露出來的那隻眼睛上移開，努力不去想他的繃帶底下可能長什麼樣子。我稀里呼嚕把話倒出口，每個字都糊在一起，他根本不可能聽得懂。

我讓目光滑到自己大腿的裙子上，將縐褶撫平。我深吸一口氣，抬起頭看他。他那隻眼睛在等待。

「Je m'appelle Peggy（我叫佩姬）。」我說。

他作出點頭的樣子。我試著想點別的話來說，但當下我唯一能想到的法文句子是「où est la gare」（請問車站怎麼走）、「où est la plage」（請問海灘怎麼走）、「où est l'hôpital」（請問醫院怎麼走）。

他發出一個聲音，我解讀為「妳還是說英語吧」。

「你能接受英語對話嗎？」

他的胸腔鼓起來，然後他用氣音吐出一個字：「能。」

我察覺他的下巴不能動。「你講話會痛嗎？」

他點頭，我在想點頭是不是也會痛。「那是必要的。」他說。

「醫生這麼說嗎？」

他又點頭，眼睛閉上一會兒。我想不出還能說什麼了。

「很抱歉。」我總算擠出一句。

他睜開眼。「為什麼？」他用氣音說。

因為這事兒我做不來，我心想。「因為發生這樣的憾事。」我說。

望著我的眼睛是淺灰色的，但我知道在夏季的白天它會是藍的，若是望向河水則會變綠一些。他闔上眼皮，不知道他全身是否就只有這個部位沒受傷。我們默默地坐著，直到修女來帶小桂和我離開。

✦✦✦

天空下起了小雪，但我沒急著離開曳船道，而是先從廚房窗戶往裡窺探。茉德在把媽媽那些高級餐巾——就是忘記名字的姨婆送外婆的餐巾——摺成精緻的裝飾品，珞特則站在火爐前。我聞到煎洋蔥的味道，一時間有點不快——是我邀請「她」來喝茶的耶。但這時我開始分泌唾液，不禁為了不必下廚而鬆口氣。

我鑽進艙口時，珞特轉向我。她用穿在身上的圍裙擦了擦手，那是平常我在穿的圍裙。她看起來很放鬆，蒼白的臉頰被爐子的熱氣烘得紅撲撲的。

「茉德帶我去室內市集，」她說，「我們買了『moule』。」

「Moule。」茱德說。

「貽貝嗎？」我猜道。聞起來超香的。

「對，」珞特說，「還有馬鈴薯。我要做『frites』。」

「貽貝薯條？」

珞特點頭。「妳懂法語？」

「是就好了。」我邊說邊脫下帽子，掛起大衣。「今天她們要我陪伴一位比利時軍官。」

她幾乎難以覺察地搖了一下頭，然後轉回身面向爐子。「再十五分鐘開飯，」她說，「妳坐著吧。」

「坐著吧。」茱德說。

我坐下來。

珞特在爐上翻炒，由於我回來了，她的背部又變得僵硬。她看起來像什麼事都擊不倒，但我知道有些事能辦到。打從我們相識的那天起，我就一直無意間把那些事送到她面前，逼得她只能退縮。剛才我不該提什麼比利時軍官的。

我站起身，走到我們的臥室。我拉上布簾，在床上休息。我聽著烹調餐點的家常聲響：刀子切在木頭砧板上，平底鍋放到爐盤上，抽屜被拉開，餐具相碰，抽屜關上。切好的馬鈴薯丟進油脂，突然爆開的滋滋聲。有一種氣味我認不出來。

我口水直流，突然意識到上一回我躺在床上等著開飯時，媽媽還健康地活在世上。我拿出紙筆，開始寫信給緹爾妲。

緹爾妲，妳住在我們這裡時，怎麼從沒下廚過？是妳不會煮，還是不想煮？

茉德拉開布簾。「晚飯好了。」我閉上眼睛，真希望廚房裡的人是媽媽。

由路特迎接我們坐到自己的餐桌感覺很奇怪。她和茉德用媽媽最好的用具來擺設餐桌。路特想必曾詢問桌布、碗盤、餐巾都放在什麼地方，而茉德想必告訴了她。但茉德不會想到要聲明，我們一向只用最普通的那些器具。邊緣繪有樹葉的盤子是結婚禮物——外婆的結婚禮物，不是媽媽的，雖然有時候我們假裝是媽媽的。它們讓我想起媽媽上次做週日烤肉的場景。

桌子中央放著裝滿貽貝的平底鍋，它們仍帶著殼，熱氣騰騰、香味撲鼻。鍋子左邊放著一盆薯條，如果是我不會切得這麼細。鍋子右邊則是一盤球芽甘藍，不是用水煮的，而是用油煎的。我們一人有一個小盤子，上頭放著一片厚麵包。

路特舀了三碗貽貝，放到我們的盤子上。

「『Frites』妳們就自己拿囉，還有球芽甘藍。」她拿了自己那一份後入座。「麵包是用來蘸著湯汁吃的。」她示範給我們看。

茉德抓了一把薯條。路特把球芽甘藍遞到她面前，茉德搖頭。

「為什麼不要？」路特問。

「甘藍一下肚，馬上就吐吐。」上次她說這句話時，我們還是小孩子。她就像印刷工儲存印版一樣存放這類短語——只要有需要，這些話隨時準備好派上用場。

「英國人煮的球芽甘藍是這樣沒錯，」珞特說，「但我並不是英國人啊。」她端起那盤球芽甘藍，撥了一大堆給自己。她把盤子放回去時，離茉德比原本近一點，但珞特並沒有再次慫恿茉德嚐嚐看。

我冷眼旁觀，我妹妹眼見珞特吃下一顆、兩顆、三顆球芽甘藍。我注意到珞特不經意般舔舔嘴唇；我聽到她喉嚨深處發出滿足的輕哼。她只顧著低頭用餐，沒看我們一眼。

「怎麼這麼香啊。」我說。

「因為沒有用水煮過。」她說。

茉德湊向前聞一聞。

「那妳是怎麼做的？」我問。

「加奶油和大蒜、鹽和胡椒一起炒。沒什麼難的。」

「奶油和大蒜。」茉德說。

「加了奶油，所有食材都很好吃，」珞特說，「加了大蒜，任何食材都會變好吃。」她從茉德面前把盤子移向我。

我接收到暗號，舀了一小堆球芽甘藍到我的盤子裡。我本來打算裝作喜出望外的樣子，不過根本沒必要裝。我三兩下就吃完那一份，又伸手想再續盤。

「別太貪心。」茉德說。她把盤子滑回自己面前，舀了兩顆。

路特和我都沒說話，只是望著自己的菜餚：挖出貽貝肉、撕一塊麵包浸入湯汁。茉德把她拿的球芽甘藍吃了，然後又再拿了一些。

我拿起我的餐巾，茉德摺的造型散掉了。我擦了擦嘴，看到路特正盯著我妹妹吃東西的模樣。悲傷與渴盼。戲演完了，她蒼白的臉鬆弛下來。她以前也曾這樣做過，我心想。

第十七章

到了一九一五年一月底，牛津各家醫院已住滿在伊珀爾受傷的士兵，報童在大聲傳遞飛艇空襲造成諾福克郡沿岸平民傷亡的消息。憤怒又悲傷的英國人撕掉牆上那些呼籲我們「莫忘比利時」的海報，不過基奇納的臉很快就取代那些文字出現在海報上。他指著年紀太小的男孩、年紀太老的男人，以及所有介於這兩者之間的男性，只要是沒穿上軍服就被他指著。在他那巨大八字鬍底下，他以控訴的態度狠狠瞪死他們。

出版社內開始到處都看到白羽毛。它們被夾在門的側邊，留在排字工的檯子上，以及印刷機的平台上。有一根羽毛被黏在修復檯上，艾本尼薩正用那檯子在裝訂一本舊版的《一千零一夜》。我在門口看著他用小刀移除羽毛，很小心地避免折彎羽幹或撕破羽支。他把它收進口袋，而不是丟掉。

我們裝訂廠這裡在再刷最熱門的幾本「牛津小冊」——也就是關於戰爭的論述。說明它，為它辯護的文章。

我已經手《為反戰而戰》好幾回了，現在摺好的書帖又開始堆疊。我將右緣拉向左邊。第一摺，對開——轉向，重複。第二摺，四開——轉向，重複。第三摺，八開——轉向，重複。第四摺。一本小冊子完成了。

我摺疊這些文字，就好像蘿西將打發的蛋白霜用摺疊方式拌進麵糊。我很謹慎、有節奏，還來不及讀一讀，那些字已經消失了。這就是我們的工作狀況——如果我們善盡職責，根本沒機會閱讀。唯有當摺完一台書帖，要把它放到山堆上的那瞬間，才有機會讓一個句子入眼。「可憎的必要之舉」是一句，「在危機當下我們是無罪的」是另一句。我們乃是為反戰而宣戰，因此我們能承受戰爭帶來的所有苦難與可怖。

我們真能承受嗎？我心想。

然後我又開始了，第一摺，第二摺，第三摺，第四摺。將這一台放在左邊那座山上。

我們能承受所有苦難與可怖。

那到底是什麼意思？要承受的人是誰，他們將如何承受？

第一摺，第二摺，第三摺，第四摺——我的動作規律而機械化，額頭上一道細細的皺紋是顯示我的腦子還在運作的唯一跡象。它還在思考，還在提問。我很懷疑，要是被霍格太太注意到，她會發表什麼意見。瓊斯小姐，妳的職責不是思考。而且該死地永遠都不會是，我心想。

✦✦✦

星期六，茉德問我上午的班上完後，我們能不能搭公車去考利。

「小茉，傑克已經不在那裡了，妳不是知道嗎？」我本來想先回家看一點書，再去醫院跟小桂會合。

茉德聳聳肩，她還是想去。

我們在公車上坐好，茉德專心享受車程——她將雙手手心平貼在座位上，來感受引擎的轟鳴，目光已準備好看著街道飛掠而過——我則拿出一台已經不能用的書帖攤開，是「牛津小冊」中的另一本書：《戰爭談》。作者是牛津大學教授吉伯特．莫瑞。我在媽媽的書櫃上看過他的名字，他翻譯了《特洛伊婦女》，那是媽媽最愛的希臘作家尤瑞皮底斯的作品。

我保留了這台被摺紙棒扯破的書帖（茉德說「真不小心」；我說「才不是呢」），因為他對戰爭的反思擴及勞工（而我自認為隸屬於勞工，雖然我不確定莫瑞教授是否有同感）。他認為戰爭軟化了他與我兩方之間的觀感，亦即學人與城民、權貴與庶民這兩方。戰爭藉著共同的敵人而創造出一支「親如兄弟的團隊」。感謝上帝我們並未如想像中憎恨彼此，他寫道。

我們憎恨彼此嗎？我心想。他們真有理由恨我們？

根據莫瑞教授所言，已經不再有理由了。因為從傑里科到印度的貧民窟，全世界的男性勞工都自願到募兵站排隊，只為了爭取為英國拋頭顱灑熱血的機會。我們內心深處是愛著彼此的。

我嗤之以鼻。他是個理想主義者，當你身上穿著學者袍，抱持理想相當容易。戰爭則讓每個人都變得理想化。我翻著書帖，努力讀出弦外之音。勞工無法向英國要求任何權利，沒有地產，而且很多人都會被拒於投票所之外，就像我一樣。然而他們仍前仆後繼地去從軍，他們為一個未賦予他們合法權利的國家流血犧牲，他們的妻子女兒去工廠製造炸彈。或許這讓僱主、地主和立法者良心不安吧。如果他們愛我們，那麼「我們」的死亡就能等同於「他們」的犧牲，這樣他們夜裡就能睡得安穩些了。在這個節骨眼愛我們，或許只不過是一種取巧的手段。

我想像自己就這主題寫一本小冊子。

我又哼了一聲，將《戰爭談》放進包包。

「小茉，要吃三明治嗎？」

她點頭。我們邊吃邊看著街道飛掠而過。

公車在考利營區停下時，只有寥寥幾人下車去排隊。在全國各地每份報紙上公布的陣亡名單，讓初期的盛況已不復見。

不過有些人已經熬了六個月，好不容易才達到年齡門檻。他們無法安穩地站好，迫不及待地望向人龍前方的募兵站。其他人則態度謹慎或高談闊論，他們現在才從軍是想先觀察局勢。

當第三南方綜合醫院的範圍開始超出考試學院，而延伸到其他院校和市政廳時，這些人便不顧內心的恐懼和理智，回應了基奇納的召喚。他們確實排進了隊伍，不過一點都不急著輪到自己。

「傑克？」茉德說。

「他現在在索爾茲伯里受訓，他寄了一張大教堂的明信片，妳忘了嗎？」

「全隊槍法最準的。」她說。

「他是這麼說的。」

「他們不會知道自己被什麼打到。」

我看著排隊的人，懷疑知道自己將遭遇什麼狀況會不會比較好，還是被英格蘭的守護聖者聖喬治的少年形象鼓勵上戰場較好。我想到我那位隱形的比利時人，以及他的繃帶下勢必藏著什麼。有多少人會像那樣被送回家？有多少人回得了家？

一群男人從營區出來，跑來搭公車。車門關上那一刻，募兵的隊伍往前移動了。

「艾本尼薩。」茉德說。

果不其然，他站在人龍前方，正脫下帽子，把眼鏡往上推。公車開走了，我扭著脖子想繼續看到他。他一如往常低頭看著台階以免絆倒，然後他的身影就被募兵站給吞沒了。

✦✦✦

星期一上工前，茉德和我穿過裝訂廠的男工區，往書籍修復室內張望。艾本尼薩坐在工作檯前。我看到他放下一張金箔，然後抬起厚厚的鏡片，仔細打量效果。

「跟蝙蝠一樣瞎。」茉德說。

「謝天謝地。」我說。

✦✦✦

一九一五年三月一日

哈囉，我的兩個小可愛：

妳們絕對猜不到我在哪裡。

埃塔普勒。在法國。

天啊，這裡好寬、好大、四通八達，看起來像倫敦的貧民窟。

我無法否認，我大吃一驚。我也不知道我期望看到什麼——小一點、乾淨一點、好聞一點的地方吧。這裡臭得像妳們的運河在夏天最熱的時候。我恥於承認，我以為會看到英國各地的海報中，那些銜著我們微笑的阿兵哥，但實際上感覺像你走進教堂時以為要參加婚禮，卻驚覺人家辦的是喪禮。

過了一陣子後，我們便不再朝行軍路過我們卡車的軍人揮手了。我們抵達紅十字會總部時，看起來更像難民而不是援軍。有個可憐的女孩哭到快要斷氣，還被帶去急診室打鎮靜劑。

有個不知道是變瘦很多還是制服太大的阿兵哥爬上卡車來幫我們搬行李。我對他露出我最嫵媚的後台笑容，但他沒回我微笑，也沒臉紅或別開臉。他只是盯著我看了半晌。「歡迎來到煉獄。」他面無表情地說。然後他鬆手讓包包落進我懷裡，喊出下一個女人的名字。我不認為我是出於虛榮心才對他的心智狀態有所質疑，但妳們倆應該都很清楚，我可是有令人難以抗拒的魅力，而他完全不為所動。在我寫信的此時，我仍懷疑他會不會是鬼魂呢。

獻上無比的愛，

緹爾妲

我望著塗黑的句子。只有兩句，但它們讓整封信蒙上陰影。我好想猜出緹爾妲原本寫了什麼，都快想瘋了。我拿刀尖輕刮黑墨；我舉起信紙對著燈光。最後我頹然把它扔在桌上。「他們不想讓我們知道什麼？」我說。

「真相。」茱德說，摺紙的手沒有任何停頓。

✦✦✦

洛特陪茱德從出版社走回家，我直接去考試學院。

我到的時候，「隱形人」在沉睡。跨在他腿上的框架拿掉了，不過其餘部分沒什麼改變；他的相貌仍是個謎。我坐到他床的右側，拿出我從裝訂廠帶走的那台書帖。我要自己看書，直到他醒來。這又是「牛津小冊」系列——我們一直在印這系列：《世上焉有正義之戰？》又是吉伯特．莫瑞寫的。他寫道：戰爭是社會進步、友善與溫柔、藝術、文學與學習的敵人。他說他一向是「和平的擁護者」。

「隱形人」動了動身體，發出呻吟。包著繃帶的雙手在床上扒，彷彿想挖出一條通道逃離它。我放下吉伯特．莫瑞的書，握住他的手。輕輕地握著，直到黑暗的夢境遠離，「隱形人」又靜靜地躺著。

我繼續讀。根據吉伯特．莫瑞的看法，歐洲文學中第一本大力譴責戰爭的作品就是《特洛伊婦女》。尤瑞皮底斯賦予女性發聲的機會，媽媽曾說過。讓她們強大無比。

「隱形人」大叫一聲，開始猛烈地左右擺頭。護士跑進來。

「他會讓自己傷得更重。」她說，她到床的另一側，雙手捧住他隱形的臉，用低沉、安撫的語氣重複對他說著什麼。他不再擺頭，護士退離床邊。

「他可能還會睡一會兒。」她說。

「我等他。」

我又看起吉伯特．莫瑞。然而我堅定地相信，我們向德國宣戰是對的。

這時「隱形人」睜開眼，開口說話。

「Morte（死了）。」他說。他瞪著眼，但不是看我。他在看夢裡的東西。也許是一段回憶。他閉上眼，又睡了一下。再醒來時，他眼神聚焦在我臉上。

「你要我寫封信嗎？」我問。

「給誰？」

「家人？」我在說出口時，意識到這兩個字包含多少疑問。

他轉頭看床邊的置物櫃。「抽屜裡面。」

裡頭有一只錶面碎裂的懷錶，不曉得他為何要留存。有一本小到能放進口袋的詩集——波特萊爾的《烽火》。一張照片。照片中有個坐著的女人，為了拍照而盛裝打扮，表情有點緊繃。她的右邊站著個男孩，大約十到十二歲，面帶微笑。女人左邊站著個青年，他也在微笑，身穿軍服，身形挺拔。我瞥了眼「隱形人」，又望回照片。攝影師把他們的臉頰加上了粉紅色。

「我母親和我弟弟，」他說，「他叫蓋伯瑞。」

他的口語能力改善了，不過我看得出他說話時仍吃力而疼痛。

「這是你？」

他搖頭。「已經不是了。」

「他們在哪裡？」我問。

「**Je ne sais pas**（我不知道）。」

✦ ✦ ✦

我到書籍修復室的時候，已萬事俱備。

這是單一事件，特殊任務。出版社所有人——所有剩下的人——都出了一份力。至少他們也在那些傳遞經過各部門的印張上簽了名。我簽的那一張頂端，印有「裝訂廠」三個大字，頁面邊緣用簡單的紅色花紋裝飾。上頭已經有二十個男工和將近五十個女工的簽名，我要負責把它拿給艾本尼薩。

「艾伯，就剩你的簽名了。」

他接過印張，小心翼翼地鋪在工作檯上，簽上他的名字。我想起他在考利營區排隊，淚水刺痛眼睛。

「小佩，妳沒事吧？」

「好難想像出版社沒有哈特先生。」我說，心裡想的是：沒有你。

我們沒幾個人比哈特先生當上大總管時更早在這裡。他是很嚴格沒錯，但也很公正。他為我們創立了克萊倫敦學院，我們大部分人都利用它精進自己。沒人敢真的自稱為他的朋友，不過我們都心存感恩。

「他承受不了再聽說任何一個助手被德軍殺害了。」艾伯說。

「然而少了他，出版社還是會變得不一樣。」我說。

「我想，離開出版社後，他也會變得不一樣吧。」

致文學碩士霍拉斯．哈特的獻詞

克萊倫敦出版社大總管

暨

牛津大學印刷商

牛津大學出版社全體員工敬製

艾伯已經為我們的送別獻詞準備好書封了，藍色摩洛哥皮革配上金箔花紋和文字。我的任務是摺紙、配頁和縫線。

這些印張比我平常接觸的更厚一點，我以此為藉口多花點時間。我想用自我十二歲以來、自他成為我的大總管以來，我培養出的一身絕活，來向哈特先生致敬。但要拖時間也難。摺一次，對開。這個作品就只需要這樣而已。

我將各台配頁成一本，檢查順序是否無誤。我在最後一頁簽下姓名縮寫，雖然這是多此一舉，接著我把第一台放到縫書架上。這部分就比較慢了，也是我最喜歡的部分。我把每一台都縫在麻繩上，也跟彼此縫在一起。我將書帖固定得很牢靠，深知我的針腳會活得比在這上頭簽名的所有人都久。

「縫好了。」我說。

艾伯檢視我的針線活，一根手指滑過書背。

「真可惜我們得把它遮住。」他說。

第十八章

一九一五年三月十八日

哈囉，我的兩個小可愛：

我是在法國，但這個營區百分百是英式的，唐寧茶和麥維他消化餅一應俱全。我和另外七個志願救護隊志工在我的小屋裡安頓下來了，不過除了我之外，還有另一個出身平凡的女人。她比我年輕，看起來卻比較老。我猜她是寡婦吧。有些人會在丈夫戰死後加入志願救護隊，這一類志工都很悲傷，不過手腳勤快。沒人捲繃帶的速度能比得上寡婦。我被分配到外科病房，它不像聽起來那麼有趣，我大部分時間仍在清理置物櫃和洗便盆。我值班時最值得稱道的部分，是協助手臂或手掌受傷的士兵吃飯和刮鬍子。因為那樣就有機會聊天了，妳們懂吧，還可以稍微打情罵俏。那是我覺得自己最有用處的時候。

緹爾妲

附註：海倫以前說妳們的哈特先生很嚴肅，但她也說過，在唯一重要的時候，他對她很仁慈。我想她會很慶幸妳們的名字出現在他的卡片上。

附註二：我把當初根本不該花時間打包帶來的東西都裝進一個包裹了，裡頭有上衣、裙子、妳們媽媽喜歡看我穿的那件杏色洋裝、一雙高跟鞋（我到底在想什麼？），以及我半數的化妝品。看來我這支口紅的顏色，剛好跟埃塔普勒二流妓院的女人愛用的唇色一樣，結果我在休假期間，被人誤認為「歡場女子」兩次！而且甚至還不是高級的那種！這個包裹應該會在一兩週後寄到，尺寸合的就好好利用吧，那支櫻桃紅唇膏則別塗太厚，妳們可不想被誤認為「歡場女子」。

「歡場女子？」茉德問。

我不確定該怎麼解釋。

「那指的是喜歡跟男人待在一起的女人，小茉。」

✦ ✦ ✦

到了四月，考試學院的病房已人滿為患。作父親的急於看看兒子，作母親的急於摸摸兒子。女友們坐在床邊啞口無言，她們的未來慘遭蹂躪，躺在白色被單下。我們有時候到了醫院，會出乎意料地發現某張病床空了。我們未必會查探原因。只有比利時人無處可去。

巴斯提安的臉仍被白色繃帶裹住，不過他手上的繃帶拆掉了，而這雙手每週都變得更富表達力一些。我已習慣他手上網狀的疤痕和拼布般質地不一的皮膚。他舉起右手，算是向我揮手。他那一隻眼睛在微笑。

「你很快就能拿書了，或許還能拿筆。到時候我就無事可做了。」

他試著動動手指，彎起來做出抓握的動作。除了拇指之外，他的手指都很僵硬。

「比上次進步。」我說，不過我沒把握。「你要我唸東西還是寫東西？」

「寫東西。」他已備好信紙放在床上，一手壓在上頭。「我母親和弟弟，找到他們了，在荷蘭。」

「噢，巴斯提安。」我迅速伸手蓋住他的手。

「羅森達爾，」他說，「我有地址。」

「你得講得簡單些，我的法語聽力——」

「不太行。」他說，「我們就用英文吧，讓蓋伯瑞學一學也好。」

「那我們開始吧。」我說，但他的拇指勾住我的指尖，沒有馬上放開。

✦ ✦ ✦

幾天後，小桂和我走過一條條熟悉的走廊，不時探頭到某間病房向熟面孔打聲招呼。我們問候病患的父母、姊妹和弟弟，還有農場與家族事業。小桂最喜歡彎下腰問人家女朋友的事。她特地記錄自己寫過多少封求婚信，並急於查明自己的努力有什麼結果。當一場婚禮近在眼前，她覺得自己居功厥偉；當她聽說求婚遭拒，她會受到莫大的冒犯。「真不知道她怎麼能拒絕呢，」她曾對我說，「那封信寫得感人至深好嗎？」

小桂和我已習慣了很多事：病人偶爾的囈語；某位醫生的急奔以及護士們匆忙的來去；某人病床邊拉起維護隱私的屏風，然後是母親的號哭，又快速被掩住。不過打從今年年初，我便注意到某種更隱微的事物——有一個反對的聲音在低喃。去年秋天的伊珀爾戰役後，我便在竊竊私語的對話中聽過這聲音，我也在讀著報紙的人們皺起的眉頭中看到這種情緒。為人父母者離開兒子床邊時，這種聲音跟著他們，他們兒子的未來與他們原本的憧憬不會有任何相似之處；要被送回法國的士兵在一起抽菸時，也默默分享著這種聲音。珞特在室內市集買貽貝時，魚販的眼裡看得到這種聲音；出版社有些人開始對比利時員工冷眼相待，也無聲傳達出這種聲音。

至少在軍官的病房，沒人排擠比利時人。這些軍人在蒙斯、迪南和魯汶已見過太多橫死街頭的冤魂了。男人、女人、小孩。既然這種事能發生在比利時的街道上，又有什麼理由不會發生在英國的街道上？我為小桂抵著門，然後跟在她後頭進入。大部分軍人都認得我們，不論他們是長期或短期住院的病人——小桂確保他們認得我們。她有一股自信，源自於從小到大都有人為她抵著門，不論是實質或象徵意義上。並非每一扇門都為她而開，但大部分是。在軍官病房，沒人質疑她在此的資格，連帶地也就沒人質疑我了。離巴斯提安的病床近到能聽到聲音的人，對我唸的詩或講的故事都挺滿意的，要是我的病人睡著了，有人會要求我過去他們床邊演出一兩段。我在想，或許我在「牛津小冊」裡讀到的說法是對的——我們並不像自己以為的那麼憎恨彼此。只不過在戰前，我們對彼此不夠了解。

這一天，巴斯提安靠坐在床上，尼可拉坐在我平常坐的椅子上。我們走近時，尼可拉靠拐杖幫忙，撐著身體站起來。他示意要我坐下。

「瓊斯小姐，我幫妳把椅子坐暖了。」

「尼可拉，我們認識多久了？」我說。

他想了想。「大概三個月吧。」

「而你還是叫我瓊斯小姐。」我扠起手臂。「如果你不開始叫我佩姬，我以後可能就不來了。」

巴斯提安清了清喉嚨。「叫她佩姬吧，阿尼。要是她以後不來了，我可饒不了你。」

他饒不了他。這句話殺得我猝不及防。

「佩姬，我幫妳把椅子坐暖了。」尼可拉移到椅子後方，扶著椅背。我往下坐，他把椅子推向前，離巴斯提安的床更近一點。

「妳以後還會來吧？」尼可拉朝小桂走去時，巴斯提安問道。

你要我來，我就會來，我心想。「你需要朗讀員，我就會來。」我說。

「那如果我想說話呢？」

「還會痛嗎？」

他聳肩。「沒那麼痛了。」

「那你想說多少話就說多少話，我會聽你說。」

「如果我想聽呢？」

接下來一小時，他說了話，我說了話，我們都聽了對方說話。我告訴他茱德、媽媽和「柯萊歐琵號」的事，講了出版社和傑里科。他告訴我他母親熱愛音樂，就像我媽熱愛書本，他們的家繚繞著音符。後來他父親去世，他家變得寂靜。當我離去的時刻到來，他已不再是隱形人。

✦
✦
✦

我們走出考試學院時，小桂替我們兩人撐起傘。

「我們被趕出門了。」她說。

「什麼意思?」

「陸軍部徵用了薩默維爾學院，它將充當又一座醫院，傳言我們這個住滿軍官的病房要整個遷過去。」

「什麼時候?」

「我們得在兩星期內搬走，病人五月要搬進去。」

「妳們要搬去哪呢?」我問。

「奧利爾學院，他們把僕役宿舍撥給我們用。」

「妳在開玩笑吧，」我說，「那些男子學院根本空蕩蕩的，總可以提供妳們更好的住處?」

「對啦，我是在開玩笑。」她歪著頭，「至少我自認為是在開玩笑。其實也沒差，男子學院的僕役宿舍搞不好比薩默維爾學院的學生宿舍還舒適呢。」

✦✦✦

護士給了我一個箱子來收巴斯提安的個人物品。我拉開他置物櫃抽屜時，心想：箱子給得太大了。裡頭只有一只無法看時間的懷錶，一本詩集，一張照片。我將它們都裝入箱中。

「你搞不好會分配到小桂原本的寢室喔。」我對他說。

「希望不要，」小桂說，「那裡會吹進冷風。」她拿起放在置物櫃頂端的《潘趣》雜誌。

「這個要打包嗎？」

巴斯提安搖頭。「那不是我的。」

「這個呢？」一個小時鐘。

「也不是。」

「這個咧？」她期盼地問道。是波特萊爾詩集的英譯本。

「佩姬的。」巴斯提安說。

「我怎麼一點都不意外？」她望著我，露出揶揄的笑容。「小佩，妳知道嗎，他的詩真的值得讀法文版。」停頓一下，給我時間翻白眼。「也許巴斯提安可以教妳。」

巴斯提安確實在協助我讀法文原版，不過我們兩人都還沒來得及回應，她便彎腰打開置物櫃的門。

「這東西總該是你的吧？」她拎起那東西——綠色毛線材質，織得很爛。比正常長度來得短。「這到底是什麼啊？」

「威巾。」巴斯提安說。

「圍巾。」我糾正。

「是喔？」小桂說，「這肯定不夠長吧，我無法想像它能為你的脖子保暖。」她將手指穿過較大的漏針空洞。

「請把它裝箱。」巴斯提安說。

「如果你確定的話。」她說。

我從她手裡搶過圍巾放進箱子。它最起碼能防止其他東西在裡頭亂滾。

✦✦✦

全體志工被要求暫時別去設立在薩默維爾學院的新醫院，好讓病患安頓下來，並確立護士的院內常規。這只是兩三週的事，但我覺得時間過得好慢。不論我摺紙、配頁或協助艾伯縫線的是什麼書，似乎都無法讓時間加速流逝，因此斯多陶德太太找我們跟她一起參加婚禮時，我鬆了口氣。

「誰的婚禮啊？」小愛問。

「歐文先生。」斯多陶德太太說完望著我。

「她點頭了。」我說。

「妳對這結果懷疑過嗎？」

完全沒有，我心想。

「我們要扮演類似出版社提供的結婚禮物的角色，」斯多陶德太太繼續說，「顯然這是哈特先生安排的，雖然他理論上已經退休了才對。出版社合唱團要表演〈在銀色月光下〉，而他希望能加入一些『甜美的嗓音』。希望妳們知道這首歌怎麼唱。」

珞特搖頭，小愛、小露和我點頭；茉德則直接唱了起來。

「茉德，把妳的歌聲留到那對佳偶走出教堂時再使用吧。」斯多陶德太太轉頭看珞特。「珞特，歡迎妳跟我們一起去，妳不用唱歌，但妳也要撒米喔。」

「不了，謝謝妳，斯多陶德太太。我待在這裡就好。」

聖巴拿巴教堂的門一打開，我們就開始唱歌，新娘新郎走入陽光下時，我們將米粒拋出去。他先前稱她為尼克爾小姐，但她現在是歐文太太了。她沒戴頭紗，米粒嵌在她火紅的髮間。這時他親吻她，她轉向他的時候，禮服上縫綴的珠珠映照出陽光。我的心和胃部感到一股強烈的情緒。不是嫉妒，雖然無可否認，穿上軍官制服的歐文先生可真是英俊非凡——小愛把這話大聲說出來了，整個合唱團都聽得到。我的心情更難辨明，它是被這當下的喜悅所引起的，現在的氣氛感覺好……樂觀積極。

我們跟著婚禮隊伍歡天喜地穿過傑里科的街道。「裝訂工」酒吧歡聲雷動，出版社的老員工已備好一杯杯啤酒供隊伍中任何人享用。許多人從家中和商店跑出來祝福新人，孩子們跟在隊伍旁奔跑。走到瓦爾頓街時，我們分道揚鑣。婚禮隊伍朝班伯里路的累牘院前進，享用三明治和蛋糕，我們剩下的人則回到出版社。

✦✦✦

一九一五年五月八日

親愛的小佩：

夜已深了，或許我不該寫這個，但若是我不寫，妳又怎麼會知道真實情況呢？我和妳讀的是同樣的報紙——總是過期了——但我仔細檢視白紙黑字的細節，尋找一絲與我的生活相似的痕跡。[redacted]那些報上都沒有寫。我猜對那些俱樂部裡的男士以及起居室裡的女士而言，我的生活大概絲毫不重要吧。況且也必須維持士氣呢。

我通常全力支持——我是說維持士氣這件事，但有個男孩狠狠擊中我心。他和我弟弟一樣滿臉雀斑，眼睛也是同一種綠。他年紀比我弟弟小，這似乎讓我感覺更糟。

他先前在[redacted]

[redacted]他的雙手都碎掉了。美麗的男孩的手，我想像它們原本也長滿雀斑，就像比爾的手一樣。但我無從確知。我拿著提燈，讓醫生能把血沖乾淨。修女將鋸子遞給他時，我忍不住乾嘔。幾小時後，男孩醒了，他很困惑，看起來年紀更小了。他看我的眼神，讓我覺得自己像他母親。我的年齡是夠老了，而且在這個地方，我經常也是最近似母親的角色。我為他泡了茶——這裡只有奶粉，不過糖是夠甜的，我特地多加了一匙。我坐到他床沿，將他的頭由枕頭抬高，好餵他喝茶。他喝完半杯茶時，我才醒悟一件事。這個被派來法國當個男子漢的孩子，餘生都需要別人用湯匙餵他吃東西、將杯子湊到他嘴邊。

但是，小佩，誰要做這件事呢？我今晚就是為了這個問題而失眠。家鄉沒有女朋友在等他，只有父親和兩個弟弟。醫生對他說，他能活下來很幸運。「是嗎？」他問我。噢，小佩，我能怎麼回答呢？

妳的隱形人還好嗎？他會說話嗎？會笑嗎？如果他會笑，就還有希望，妳的工作會比較輕鬆。我也照顧過不少隱形人，對有些人來說，面孔被抹除也等於奪走了他們昔日自我的嗓音。他們似乎與自己形同陌路。

我有時候會祝他們死，小佩。妳聽了有嚇到嗎？妳知道嗎，曾有人央求我送他們上路，而我不止一次因為從中作梗，遭到殘破的男孩憎恨。他們對我不理不睬，也不吃不喝。用絕食的方法要花比較久，不過有些人仍是成功了。醫生在檔案中記錄他們死於傷勢過重或感染，但有些人只是死意堅決。

告訴茱德，她的紙星星在法國這裡有一群忠實愛好者。我的行軍床周圍沒空位了，所以我開始把它們掛在小屋四周的窗口。有一個新來的千金問我這些星星是不是保平安的幸運物。顯然她希望我說是，所以我說是。後來她適應良好，我注意到她每次出門值班和回房時，都會摸一下我掛在門邊的星星。

緹爾妲

附註：謝謝妳描述艾絲玫與蓋瑞斯的婚禮給我聽，她顯然很愛他送的禮物。

我的目光由緹爾妲的信移向正在摺紙的妹妹。她面前的蠟燭已在淌蠟了，但她似乎沒注意到。我把牆上的油燈弄亮一點。

「小茉，緹爾妲要妳再寄一些星星過去，它們能給護士安全感。」

她皺起眉。「緹爾妲很安全？」

我不確定。「當然，」我說，「就連德國人也不會朝醫院丟炸彈。」

第十九章

我和茱德還有路特站在瓦爾頓街上，三人都仰望著薩默維爾學院的窗戶。

「好難想像裡頭全是他們。」我說，比較算是自言自語。

「不然平常那裡都是什麼？」路特問。

「女人，」我說，「這是一所女子學院。」

茱德指著警衛室正上方的房間。「佩姬的房間。」她說。

路特皺眉，於是茱德試著解釋。

「閱讀書本，而不是該死地裝訂書本。」

她經常聽到我這麼說嗎？「別說髒話，小茱。」我說。

我目光下移到街道，看見人們在學院進進出出。穿軍服或白袍的男人；戴著軟式護士帽的護士和志願救護隊志工，戴著漿過的頭巾的護士長。她們好像修女，我心想，緹爾妲身穿代表貞潔的白色修女服的想像畫面害我笑出來。

「妳在笑什麼？」路特問。

我看著她，回過神來重拾原本的對話。「珞特，薩默維爾學院不是給裝訂廠女工去的地方。在平常，傑里科的女人若想走進那道大門，只能以工友的身分帶著拖把、水桶和鞋油走進去。」

「工友？」

「就是大學裡的僕人。」

「但妳今天要帶著紙、筆和一本書走進去。」

從她說話的語氣就知道，她明白這對我的意義有多重大，我忍不住讓微笑在整張臉上漾開。「他們的防守鬆懈了，」我說，「我要硬闖進去。」我吻了一下茉德的臉頰，轉身穿越瓦爾頓街。

我走進警衛室。警衛穿著軍服，我猜想原本的警衛是不是跟著薩默維爾學院全體師生一起去了奧利爾學院。我報上姓名，說出我來探望誰，然後屏息以待。

「妳說是那個比利時人？」

我點頭，他看看他的紀錄本。

「穿過方院到圖書館那棟樓，那裡會有人再幫妳指路。」

那個比利時人。巴斯提安是最後一人了。有五人死亡，被葬在博特利公墓，尼可拉則復原到一定的程度，被送去伊莉莎白維爾，那是在杜倫為難民建置的比利時村莊。

大方院已變了個樣，和茶會時見到的完全不同。草地上擺滿大帳篷，我得小心避免被固定帳篷的繩子絆倒。帳篷的門片都拉開，讓春天的空氣能透入，我看到每個帳篷內都有很多行軍床，每張床都有人用。耳邊聽到的全是男人的嗓音，我聽了頗感欣慰。這裡不再是一所我不能就讀的女子學院，而是一間醫院，我就像任何訪客一樣受歡迎。

我登上涼廊的台階，有幾個病患坐在涼廊的籐椅上玩牌和抽菸。一位修女告訴我怎麼去巴斯提安的病房，然而進到建築後，我猶豫了。如果在這裡右轉，爬上樓梯就能到圖書館。我往左走。

有位志願救護隊志工指著壁爐右側的病床，我看到一個高高的男人，以他的骨架來說，身形太過單薄了。

就我在考試學院漸漸熟悉的那個人而言，這又是一個新版本：最新的草圖，我心想。他的左臉仍被一大塊紗布蓋住，從額頭高處一直包到剛修復好的下巴，不過原本纏住他頭部的繃帶拆掉了。他的右臉清晰可見，我看到稜角分明的顴骨，以及下巴新舊皮膚的接縫。他的嘴唇飽滿，幾乎沒有受傷——只有左邊嘴角看起來有點糊，彷彿畫家在畫完肖像、顏料還沒全乾時，就用手抹了一下。

巴斯提安微微側過頭，好看著我穿過房間走向他。我坐在他右側，發現自己很難避免盯著他新揭曉的五官看。

「聽說人都有好的一面，」他說，「我以前總認為是我左邊那一面。」

他的手在下巴附近逡巡，探索長不出鬍渣的新皮膚，也可能是想遮掩。幾個月來我一直很好奇他的長相。我從一些小地方蒐集線索：橄欖色皮膚，因為足不出戶好幾個月而稍微變黃；前臂的汗毛很黑；雙手的骨架纖細，很適合彈鋼琴，但易於骨折。這些都不是從那張照片可以看得清楚的。

我的想像並未偏離事實太多。我能看到他未受損的那一側臉龐。在他黃疸般的膚色映襯下，他的眼睛更偏向藍色而非灰色，他的鼻子也被調正了。他的左眼、臉頰和大部分下巴仍被大塊紗布蓋住，我想像底下是整齊的疤痕與重新拼合的碎骨。

「他們什麼時候拆掉繃帶的？」

「已經十天了。」

「他們說你們全部人安頓好之前，只有家人才能來探視。」

「感覺好漫長。」他說。他的嘴角抽動了一下。「我很懷念聽妳唸書。我的英語可能因為沒有練習而變差了。」

「真有趣，」我說，「我正有同樣想法呢。」

他皺眉，我咬住嘴唇壓抑笑意。原本的包紮物藏住太多東西了，現在我感覺被他的各種細節給淹沒。「我不願意說這種話，但你的英語程度比我某些同事還要好呢。」

嘴巴的抽搐轉為笑容，算是吧，不過他嘴角糊糊的地方紋風不動。他的右手滑到床沿，我用手蓋住它。他閉上眼，躺在枕上偏過頭去。從側面看，他就像是個完好的人。

「妳今天要唸什麼給我聽？」

我拿出一本書舉高。「魯珀特．布魯克。」我說。

他搖頭。「我已經聽過這些詩了。拜託，佩姬，我不想再聽這些詩。」

「他很受歡迎耶。」

「是啊，他筆下的戰爭充滿——」他停頓，「某種榮耀。但我看到的不是那樣。」

我把魯珀特．布魯克放回包包裡，摸著另一本書磨損的封面，以及它柔軟的頁緣。

「妳還有別的書嗎？」他問。

我拿給他看。他讀著書名。

「《希臘文法入門讀本》。」他似有若無的蹙眉。「妳在學希臘文？」

「沒有，絕對沒有。這是我借來的，算是吧，從這裡的薩默維爾圖書館借的。」我本來想認罪，卻說得不清不楚。我深吸一口氣。「其實，我應該把它還回去才對。」

「嗯，那麼，是什麼耽擱了妳呢？」

「你的手。」

他似有若無的笑容。我臉紅了。我的意志力敗下陣來。

「妳想，這座女士專用的圖書館裡會有魯德亞德．吉卜林的書嗎？」他問。

「應該會有吧。」

「妳能幫我借嗎？」

「有何不可？」我說，不過當然這大概是痴心妄想。

他放開我的手。

✦✦✦

「妳是本校的學生嗎？」圖書館員問。

我在想，如果我說是的話，她會不會要我拿出證明。我裝出母音圓滑式的口音。「我是來當志工的，負責唸書和寫信。」

「那麼恐怕我得拒絕妳了。只有薩默維爾的師生有權進入本圖書館。」

「我並不打算將書本帶出校區，」我說，「只是要唸給那位比利時軍官聽。他是住在樓下的病患。」

圖書館員動搖了，嘴巴的線條變得柔和。你總是能看出自己在哪一刻打動他們，緹爾妲曾如此形容她的觀眾。

「他好可憐，從一月就住進醫院了。」我繼續說，「他受的傷好可怕。」我掩住嘴，裝作悲痛。「他或許無法——」我打住，有點說不出口原本想好的謊言。「看了會讓人心碎。」我眼中充淚；這算是脫稿演出。緹爾妲會為我的表演鼓掌的。

圖書館員已經移到座位邊緣了。

「他一直說想聽魯德亞德．吉卜林的書，但我手邊一本也沒有。他努力不露出失望表情，可是……」

「哪一本？」她問。

「請問妳說什麼？」其實我早就在等她這麼問了。給他們賣弄的機會，緹爾妲教過我，他們就更可能答應你的要求。

「他想要妳唸哪本書？」

「嗯，我不曉得書名耶。他說那本書綜合了短篇故事和詩。他為他弟弟買過一本有插圖的版本，說是要讓弟弟學英文。那是戰前的事了。我猜他可能想聽我唸詩的部分吧。」

「我們有好幾本吉卜林的書，但我想他要的可能是《獎勵與仙子》。那是童書，但其中一首詩在成人間廣為流傳。*」找出正確書本的挑戰讓她振奮起來。

* 譯註：指的是〈如果〉（If—）一詩，此詩被譽為英國最受到喜愛的詩作，也就是後文巴斯提安要求佩姬唸的詩。

我忍住內心的興奮，只是默默垂下目光，閉緊嘴巴。當你占上風的時候，沒必要多說半個字，緹爾妲會這麼說。通常多說多錯。

「我們用的是卡片目錄系統。」圖書館員說，望向一排木頭小抽屜。「妳應該會用吧？」

我點頭。

「如果我記得沒錯，吉卜林放在大圖書室的第二個隔間。妳找到書之後拿回這裡，我來登記借出。」

她看著我走向目錄區。我找到正確的卡片時，她面露笑容；我走到大圖書室，再進到第二隔間。我猜她正盯著我的一舉一動，她的座位擺在很適切的位置，能掌控全局。我找到吉卜林的書，轉身沿原路回來。她在看她的簿子。我停下腳步，只停了不到一秒。我從外套下抽出《希臘文法入門讀本》，放在一台空的還書推車上。

「我需要登記妳的姓名。」她拿好鉛筆等著。

「佩姬．瓊斯。」

我看著她將我的名字寫在薩默維爾圖書館的登記簿上。我直勾勾地盯著它。這是證據，證明了某種事。不是太了不起，但總是聊勝於無。

「瓊斯小姐，妳沒事吧？」

「我沒事。」我說。

「嗯，請在一小時內還書，為了滿足師生的各種要求，我今天已累壞了，可不想再到處找妳。」

「我向妳保證，太太，請問妳貴姓？」

「我是加奈爾小姐。」

「加奈爾小姐，我向妳保證。」

✦✦✦

巴斯提安正引頸期盼我歸來。我舉起書。

「就是這本。」我坐到他身邊時他說。

「你知道嗎，這是本童書。」

「我知道。」

「我要從頭唸起嗎？」

「不，唸一百七十五頁那首詩，接在〈方腳趾兄弟〉後面。」

「既然你連頁數都知道，我懷疑你也會背整首詩。」

「我會背，但我喜歡聽妳的聲音。」

我唸道：「如果你能保住你的腦袋，*當你周圍所有人／都失去他們的——」

巴斯提安笑了起來。起初笑得很小聲，因為他的身體還努力憋住笑聲，但他的身體不夠強壯。被掐住脖子般的聲響引起其他病患側目，接著他的笑聲就整個被解放了。那笑聲像鼓聲一樣低沉、雄渾而規律。發笑所費的力氣使他胸腔起伏，也從他眼中逼出了淚水。

我拿好書本，等著笑聲退去。我們全都在等，他的身體緩和下來，發笑的鼓聲也轉為不規律，他抬起沒受傷的手抹掉滑下右臉頰的眼淚，其他病患回去做自己的事。

「什麼事這麼好笑？」我問。

「那是個隱喻，對吧？」

「對。」

「但對我而言不是，我剛剛才突然明白這一點。我只是勉強保住了腦袋，」他說，同時又笑起來，「而我周圍所有人都失去他們的腦袋。」

我說不清究竟在哪一刻，笑聲轉換為悲悼。他的胸膛起伏，淚水滴落，痛哭聲像鼓聲一樣低沉、雄渾而規律。

沒人轉頭看他，沒人直視他的痛苦。

這是我們保持理智的方法，我心想。

第二十章

六月的第一個星期六，緹爾妲突然出現。

「寫信通知我要來根本沒意義。」她邊說邊把旅行袋的東西一股腦倒在媽媽床上，「他們老是臨時取消我們的休假，驚喜總比失望好嘛。」她拿出一塊硬乳酪和一瓶紅酒。「Le dîner（晚餐）。」她宣布。

隔天，緹爾妲堅持我們都去查威爾河上坐平底船。我已跟小桂約好要見面，所以她就與我們同行。她坐我旁邊，對面是緹爾妲和茉德，有個男孩負責撐篙。

「說說看妳典型的一天是怎麼過的吧。」小桂說。

我看到緹爾妲撼動了一下，深深吸氣而挺起胸膛。

昨晚我們花了好幾小時，聊她在埃塔普勒待的最後一天。她協助進行了十場截肢手術，一場接一場，沒有間斷。簡直像在屠宰場工作，她昨晚說。比較起來，她寧可傷患截的是手掌和

＊　譯註：此處keep your head一般是指「保持理智」的意思，但亦可從字面解釋為「保住腦袋」。

手臂，而不是腿和腳。戰壕足*，她說時因為想到畫面而露出難看表情。那股惡臭留在她鼻腔內，汙染她的夢境。我說得不多；她不需要我說什麼。手掌和手臂，腿和腳？茉德問。緹爾妲懂她的意思，笑著又倒了一杯威士忌。送進焚化爐，她說。他們盡量選風向適合的時候點火，不過有時候沒有選擇餘地。她皺起鼻子搖搖頭，然後拿起杯子一口乾掉。我想像酒精把那些死去殘肢的影像沖進她胃的深處，暫時把它們淹沒。

她就寢的時候，要求我躺在旁邊陪她，直到她睡著。她提出要求時頗為羞赧。只要今晚就好，她說。還有，妳走的時候，別拉上我們之間的布簾。我已經習慣跟滿屋子女人睡在一起了。

我側躺著，緹爾妲閉上眼睛。我拂開她額前的髮絲，記起媽媽躺在她身旁時做過同樣動作。她的面龐仍然很美，但皺紋加深了，黑眼圈也更暗了。她蜂蜜色的秀髮間摻了幾縷銀絲。她現在幾歲了？三十九？四十？比媽媽去世時更老。

到了早上，她的脆弱全都消失了。真是謝天謝地。

陽光在查威爾河面上嬉戲，照亮緹爾妲的臉，我突然發現小桂被她迷住了。我心生一股奇妙的得意之情——小桂和我已經認識八個月了，這還是我第一次有好東西能秀給她。

「那裡就像蜂巢，」緹爾妲說，「整個白天都嗡嗡嗡，整個晚上都哼哼哼。幾千名來自世界各地的士兵都會經過那裡，他們到了之後接受訓練，入伍的士兵在埃塔普勒村待個寶貴的幾小時，吃些糕餅、光顧妓院。軍官則會過橋去勒圖凱。勒圖凱的糕餅和妓院並沒有比較好，但海灘很漂亮，還有落日海景可看——正好適合在他們被派去前線前，跟志願救護隊的志工約會。」她眨了一兩下眼。「他們很多人才沒幾天又回來了。」

「他們是哪裡人？」小桂問道。

「當然有英國，還有印度、加拿大、澳洲、紐西蘭。那裡有十六間醫院，我原本還以為太離譜了。」她停頓。「聽說等到七月的時候，那些醫院全都會住滿。所以我現在才會有休假——這樣我才能及時回去。」

「及時做什麼？」

「我也不知道。有些人追根究柢，但就連傳言都有分保密等級。我們通常不會提早多少收到通知。總之，我說到哪了？」緹爾妲戲癮犯了，露齒一笑。「印度人和加拿大人很有禮貌；澳洲人沒什麼禮貌，但他們會拿這一點自嘲。紐西蘭人介於兩者之間。」她傾向前。「我對紐西蘭人特別有好感，不過天知道他們著了什麼魔，幹嘛前仆後繼。他們根本沒有被侵略的危險嘛，我懷疑威廉德皇根本不知道紐西蘭在哪。」

「這可能也是一種見見世面的方式？」小桂說。

「到頭來，這應該不是他們期望中的壯遊。」緹爾妲回答。

---

* 譯註：指的是因為站在戰壕中，足部長時間泡在濕冷的鞋子裡而凍傷，可能出現水泡、壞疽，甚至因感染而喪命。

✦✦✦

「妳曬黑了。」我們回到「柯萊歐琵號」時，我對緹爾妲說。我在廚房，她坐在媽媽的單人沙發上，嘴裡叼著好幾支別針。茱德站在她面前，踩在一疊書上；她嬌小的骨架上鬆鬆地掛著緹爾妲那件杏色洋裝。

緹爾妲聳聳肩。她以前很在意雀斑，現在似乎不放在心上了。

「別亂動，茱德，不然我會扎到妳。」話語設法鑽過別針說出口時有些扭曲變形。她用了好幾支別針來收緊、縮短。

「我都不知道妳會縫紉。」我說。

「比爾教過我基礎。」

她弟弟。不知道我該不該問。「他還好嗎？」有些問題曾經毫無負擔。

「一星期前他還挺好的。」

「他現在在哪裡？」

她向後靠，打量茱德全身。

「好像是比利時，也可能是法國。他的長官很認真在履行審查的職責，城鎮名、街道名、餐館名，全都塗黑。他就算在英國布萊頓，我也不會知道。」她傾向前，調整了一下裙襬。

「好了，小茉，妳可以轉圈了。」

茉德跨下那疊書，轉了一圈。緹爾妲皺眉。

「領口好像可以再低一點。」

「我覺得剛好。」我說。

「再低一點。」茉德說。

緹爾妲對她俏皮眨眼。「讓男孩們驚豔一下，嗯？茉德。」

我妹妹點頭，送給緹爾妲一個飛吻。緹爾妲回送一個。她起身把領口固定在低一點的位置，接著後退一步。

「妳真是可人，」她說，「好了，脫掉吧，我用蘿西的縫紉機修改。」

✦ ✦ ✦

緹爾妲在的期間，珞特待在「柯萊歐琵號」的時間變少了。我去當志工時，她會陪茉德走回家，可是茉德跨上我們前甲板時，她不會跟上去。

「妳為何不堅持呢？」有天傍晚看完巴斯提安回家時，我問緹爾妲。

「有啊，她拒絕了。我總不能強迫她，小佩。」

我觀察眼前場景——茉德在未擺餐具的桌邊摺紙；爐上空無一物。緹爾妲身穿紅色絲質睡衣，上頭有東方風格的刺繡和鈕釦，她手裡還端著一杯威士忌。

「妳可能讓她覺得不自在吧。」我說。

「怎麼會？」

我從她腳上的拖鞋看向威士忌，然後歪歪頭。

「拜託，小佩，妳是認真的嗎？妳的比利時人應付過比這更糟的東西。」她比向自己全身。

「那是自然的，但妳也知道，有時候妳挺嚇人的。尤其是妳穿著絲質睡衣的時候。」

緹爾妲將威士忌放在桌上，然後坐到茉德身邊。她拿起一張色紙開始摺，雙手微微顫抖。

「嚇到珞特的並不是我的睡衣。」緹爾妲說，「我們第一次見面時，她很樂意進來。她坐在妳現在那個位子，我們喝了咖啡，還分食她在室內市集買的一個甜麵包。我問她喜不喜歡在裝訂廠工作，她問我從事哪一行。」緹爾妲停止摺紙，啜了一口威士忌。「妳為什麼沒告訴她我是派到法國的志願救護隊志工？」

「我沒有刻意隱瞞的意思。」

「她是比利時哪個地方的人？」

「魯汶。」

「原來如此。」緹爾妲用手指沿著杯口畫圈，然後拿起杯子喝掉最後一口。她對著威士忌酒瓶端詳了一會兒，我則端詳著她。她決定還是不續杯了，把杯子放在桌上，離自己有一條手臂遠。她的手不再顫抖。

「我想妳朋友在這場戰爭中所體驗到的事，夠她作一輩子噩夢。她躲避的不是我的睡衣，小佩，而是我離戰爭太近了。要我說，她是想保護自己，避免知道更多戰爭的事。」她再次望向酒瓶，又轉向茉德。

「茉德，我們聊天的時候，妳做了多少顆星星？」

茉德數著她摺好的作品，我則從桌邊站起身。

「六顆。」她說。

我拿起酒瓶，放到廚房流理檯上方的架子上。

✦✦✦

我爬上床躺到茉德身邊時，緹爾妲已鼾聲震天。我們以前很習慣她的鼾聲，不過現在聽起來似乎更大聲也更粗礪了。我伸手握住茉德的手。

「妳為什麼沒告訴她？」她問。

茉德對周遭發生的事從來就不是充耳不聞的，而我也總是作好準備，等她的心思抽離摺紙後，她就會複誦一些對話片段。但我弄不清她現在追述的是晚上的哪一段對話。

「緹爾妲，」她說，然後閉上眼搜尋記憶，「在屠宰場工作。」她會重組短語，就像弗蘭肯斯坦博士重組屍塊。

「也許我不想分享她。」我說。

「自私。」妹妹回答。

✦✦✦

「看得真過癮，」我們離開放映廳、走到伊萊翠宮殿電影院的門廳時，緹爾妲說道，「我小時候，《愛麗絲夢遊仙境》是我最愛的書。」

「我也是，」小桂說，「我們的共通點比原本想像中更多呢。」

緹爾妲大笑。「我很懷疑，小桂。那也是我唯一一本書。」

小桂面不改色。「妳好可憐。不過如果妳只能有一本書的話，那本肯定是最佳選項。」

「肯定的。」緹爾妲仍掛著笑意，「以前比爾和我常常演出書裡的小場景，所以我猜我那端不上檯面的演員生涯，也要部分歸功於這本書吧。」

「妳演的愛麗絲絕對無人能敵。」小桂說。

「噢，妳誤會了，」緹爾妲說，「我會把比爾打扮成愛麗絲，這樣我就能演兔子、柴郡貓、瘋帽匠和紅心王后。」

「緹爾妲以戲路廣聞名於世。」我說。

「要真是這樣就好囉。」她說，她推開電影院大門，我們走到王后街上，回到真實世界。四處可見卡其服，有些人的軍服更破爛一些，正如同那些人的臉也更滄桑。電影院門口旁邊，有個軍人靠牆坐著，他低著頭，褲腿整齊地摺起，在原本膝蓋下面一點的位置收攏。

「恐怕我會被自己的眼淚給淹死。」茱德複誦電影台詞。

緹爾妲從錢包拿出幾枚銅板，丟進他的軍帽裡。

「謝謝妳，小姐。」他說，但沒露出臉。

「謝謝你，士兵。」她回答。

我聽出她的怒氣，便也往他的帽子裡投了硬幣。小桂放入一張一鎊紙鈔，仔細想想，又再放了一張。我們走開了，沒再討論他半個字。

「星期天來吃午餐吧。」快走到曳船道時，緹爾妲對小桂說。

小桂看著我，她和我一樣敏感地注意到，我從未邀請她來「柯萊歐琵號」。

「對啊。」我說。但她會有什麼觀感？她曾抱怨薩默維爾的寢室會透風，床墊彈簧太吵，食物太糟。我偶爾容許自己想像她家時，那裡總有太多房間以及一大堆僕人負責清掃房間。我從沒問過她細節，也樂於含糊帶過我自己的狀況。

「我來做個烤肉，有很多配料的那種。」緹爾妲說。

「妳痛恨烹飪。」我說，想起媽媽去世前幾週她作的努力，以及後來她完全沒再花這個力氣。

「確實，這一向是比爾的事。但我已經住在妳們家快兩星期了，幾乎是茶來伸手飯來張口。」

「茶來伸手飯來張口。」茉德複述。

緹爾妲笑了。「看吧，小桂，我真是個負擔對吧？我猜我也得做個布丁，否則在我休假結束前，女孩們可能就要趕我走了。」

「緹爾妲，妳有做過布丁嗎？」我問。

「不如由我帶布丁來吧，」小桂說，「我著實不願意看緹爾妲流落街頭。」

✦ ✦ ✦

我囑咐茉德用媽媽最好的餐具擺設桌子，她開始將餐巾摺成玫瑰花蕾。

「小桂不像是很在意餐巾的那種女人耶，小佩，」緹爾妲邊說邊撥開臉上一綹頭髮，不小心把豬油抹到額頭上，「我不認為她會嫌棄妳。」

「她是『不需要』在意餐巾的那種女人，緹爾妲。她每次坐下來用餐，餐巾都有人準備得好好的。」我微笑，「我花了好幾個月努力隱瞞真實出身，結果妳一瞬間就讓我的努力化為泡影。她只消看一眼我們的住處，就會把我們當成吉普賽人。」

緹爾妲把馬鈴薯放進烤爐。「我相信她早就一眼看穿妳的週日帽子和做作的母音了，小佩。但她還是喜歡妳。至於妳的住處嘛——」她從「柯萊歐琵號」的一端望到另一端，「她稍微參觀一下，就會覺得這是座見鬼的水上圖書館。」

半小時後，小桂站在一進艙口處，手裡捧著個蛋糕盒，嘴巴張得大大的。

「我知道妳是個書蟲，小佩，但這裡簡直是……」小桂搖頭，無言以對。

「見鬼的水上圖書館。」茉德說。

✦✦✦

我們總算坐下來開飯時，緹爾妲的臉紅通通的，頭髮也亂七八糟。

「妳不介意我就直接坐下來吃了吧？」她對小桂說。「如果我再花時間梳妝打扮，午餐就涼了。」她看著滿桌的食物搖搖頭。「我沒想到有這麼難。」

「我連水煮蛋都不會。」小桂說，「要是我試著煮這麼一大桌菜，肯定更狼狽。」

我切了雞肉，配上四季豆和馬鈴薯。然後我轉向約克夏布丁。

「妳得把它挖出來，」緹爾姐說，「我忘了先在烤盤上抹油。」

我馬上縮手。「不如我們就連同肉汁和湯匙把整個烤盤傳著吃吧？」

茉德一向很愛約克夏布丁，她伸手先接過烤盤。我們都等著看她要怎麼下手。她看看那些布丁，它們各自嵌在自己的凹槽裡，委靡而塌陷。她皺著眉，試著把一個布丁撬出來，但它黏得死緊。她無奈地深吸一口氣，拿起媽媽的船形肉汁碗。肉汁流得很慢，好不容易流出來時，它像一坨牛糞落在一個布丁上。

「啪嗒。」我妹妹說。然後她看著緹爾姐。「失敗啦。」

「多謝講評喔，茉德。」緹爾姐說，「快吃吧。」

茉德直接從烤盤挖約克夏布丁吃，連吃了好幾口，然後將烤盤和肉汁碗傳給下一個人。我們都輪了一遍，但實在笑得太厲害，很難好好吃東西。

「妳是怎麼把馬鈴薯煮得這麼脆的？」小桂盡可能擺出認真的表情問道。

「小桂，妳這個問題問得很好，」緹爾姐說，用餐刀戳進一塊馬鈴薯舉起來細瞧，「我把它們燒焦了。」

「那四季豆呢？」我問，「要怎樣才能煮出如此漂亮的灰色？」

緹爾妲用叉子撩起一根軟趴趴的豆子。「我用水煮到它們奄奄一息，而且不給它們鹽。」

小桂的表情已經扭曲不堪。「那雞肉呢？」

緹爾妲目光銳利地看著她，引用起馬克白夫人的台詞來。「事情做了就是做了，」她說，「就算找來全世界的肉汁，也滋潤不了這又乾又柴的鳥肉。」

一時間，我們成了被她迷倒的觀眾，然後茉德開口了。

「又乾又柴。」她用完全相同的口吻說。

我們捧腹大笑。

「說真的，糟蹋這麼多糧食可謂犯罪行為。不知道現在有沒有這方面的法律？」緹爾妲說。

「我敢說蘿西能想點辦法，」我說，「茉德，去請蘿西過來。」

蘿西來了後，緹爾妲抓起威士忌酒瓶和兩個杯子。「恐怕是沒救了。來一杯？」

「妳倒吧。」蘿西說。她用一根手指戳了戳沒吃完的食物。「把燒焦的部分切掉，加一些白醬和調味料，妳們就有美味的雞肉派可吃了。」她看著緹爾妲。「如果我來做的話，會傷了妳的自尊心嗎？」

「那當然，不過我這人心胸最寬大了，所以我堅持妳想怎樣就怎樣吧，朗特里太太。」

「妳人真好，泰勒小姐。」然後她轉向小桂，「妳一定就是來自薩默維爾學院的貴客了吧。也許他們有幫妳留晚餐。」

「希望沒有，朗特里太太——」

「妳可別叫我『朗特里太太』，那指的是我婆婆。緹爾妲是故意嘔我才這麼叫的。叫我蘿西就好。」

「嗯，蘿西，請把刀子遞給我，我帶了從葛倫比休斯商店買的海綿蛋糕。」

真是大手筆，蘿西的表情彷彿在說。

我們像孩子一樣吃蛋糕，塞到嘴巴都裝不下了，鼻子和下巴都沾到鮮奶油。這是受到飢餓、蘋果酒和威士忌的驅使，不過還有別的因素。小桂幫茉德切了第二塊蛋糕。蘿西靠向椅背，被緹爾妲的某句話逗得哈哈大笑，然後她們碰杯。

我心想：我們這是在慶祝呢。但慶祝什麼呢？我啜著飲料。慶祝不設防的片刻時光，慶祝警戒與擔憂得到了鬆懈，慶祝日常災禍和融洽友誼帶來的意外之喜。

茉德將蛋糕盒拉向自己，用指尖沾起碎屑吃。

「全都沒了。」等盒子清潔溜溜後她說道。

「那好吧。」緹爾妲一手拍在桌上，比她預期中來得用力。我們都被嚇了一跳。「我有個計畫。」

「計畫？」蘿西問。

「繞過審查員的計畫。」緹爾妲說，「小佩給我看了他們把我的信弄成怎樣，我絕不會讓我的文字再被塗掉。」

「傑克的信也是。」蘿西說，「有時候塗黑的句子比沒塗黑的還多呢。我們舉起信紙對著光照，但沒用。」她皺眉。「那些字是要給我看的，感覺我的東西被搶了。」

「妳是被搶了沒錯。」緹爾妲說，「他們從妳這裡搶走了他的經歷，也從傑克那裡搶走分擔負荷的機會。我在夠多病床旁待過，知道說出來對他們而言是有幫助的。我也見過當有信件送來，卻隻字未提士兵先前分享的事，他們因此而崩潰的樣子。」

蘿西靜止不動，顯然在想自己寫給傑克的信。她完全沒提到可能被審查員的筆掩蓋掉的那些痛苦。「他們到底不想讓我知道什麼？」她悄聲說，幾乎算自言自語。

「多半是軍隊的動態。」小桂說，我看出蘿西鬆了口氣。「我哥說他們會塗黑城鎮和橋樑甚至是餐廳的名字，以免洩漏下一波重大攻擊行動。」

「他們也會塗黑任何可能讓媽媽們不安的事情。」緹爾妲說，她已醉得太厲害，沒發現小桂正努力安慰蘿西。「不過有的審查員對這類內容特別敏感。」

「哪類內容？」蘿西問，她的身體已經歪向一邊，想離緹爾妲可能說出的話遠一點。

緹爾妲轉向我。「妳有收到我上一封信嗎？蓋法國郵戳的那封？」

回應的人是茉德。她站起身，在我們存放在媽媽書櫃的書之間的信件中翻找。她遞給緹爾妲一只信封，緹爾妲滑給蘿西。

「這類內容。」她說。

蘿西拿起來，在手中翻轉。「可以唸出來嗎？」她問我。

我猶豫。「妳確定？」

蘿西打開信封，拿出信紙，只有一張而已。她遞給我讓我朗讀：

親愛的小佩：

妳對我分享的一些事默不吭聲，我開始覺得妳是那種寧可把頭埋在沙子裡的人了。後來我突然驚覺，我寫的事也許遭到審查了。我對妳的觀感馬上好多了，我請我朋友伊索用法國的郵政系統寄出這封信。伊索是來自澳洲的畫家，但她與她母親和姊姊已在埃塔普勒住了很多年（很難想像在戰前，這地方是藝術家聚集的社群；更讓人難以理解的是他們還留在這裡，但若是沒有她，生活確實會索然無味）。這麼做或許無法完全避開審查員，但至少能避開我的護士長還有審查辦公室。

他沒撐下來，小佩。長滿雀斑的男孩，讓我想到比爾的男孩。伊珀爾是一場屠殺，他說。我經常聽到這種說法：那些將軍半數時候都不知道自己在幹嘛，他們不聽戰壕中那些軍官的意見，如果軍官不派士兵爬上去作戰，就被恐嚇要受軍法審判。這才叫真正的進退兩難——爬上去是死，不爬上去也是死。他們寧可挨德國人的子彈，也不想挨我們自家人的——

小桂清了清喉嚨打斷我。我順著她目光望去，看到蘿西瞪大眼睛，嘴唇邊緣因恐懼而顫抖。緹爾妲取走信紙，摺好，放回信封。她的心腸愈來愈硬了，我心想；我思考著她嘗試告訴我的所有事，以及她完全沒分享的那些事。

「妳朋友是戰爭藝術家嗎？」小桂問。

緹爾妲哼了一聲。「她有提出申請，但澳洲不允許女人畫戰爭——不能代表官方畫戰爭。以官方身分而言，她只能清潔、安慰和照顧，所以她加入志願救護隊。不過在值班的空檔，她還是會畫戰爭。至少是她的戰爭。那也是我的戰爭。我有時候會看她畫畫——真的很美。不光是她的作品，也包括她的行為。她拿起一支粉筆，接著當天她見到的所有不可言說之事，都找到了宣洩的管道。」緹爾妲將最後一點威士忌倒進杯子，喝下肚。「她回到城裡她的小房子時，不用向任何人交代行蹤，對我們來說很幸運。」

「對我們來說很幸運？」茱德說。

「軍隊養了一大群好事之徒啊，茱德。他們會看我們的信，畫掉所有洩漏天機的句子，但也畫掉可能惹人傷心或不快的內容。透過當地郵局寄信不保證信就不會被好事之徒拿到，不過至少機會小一點。」

✦✦✦

兩三天後，緹爾妲便離開了。我們出門上班時，她還在媽媽的床上呼呼大睡，我們回家吃午餐時，她已不見蹤影。我們知道她要走了，但仍然心痛不捨。睡過沒整理的床聊堪慰藉。我抽下被單，嗅著她的香水味。我打開媽媽床底下的一個櫃門時，發現一方手帕、幾支髮夾、一枝筆和四張清一色的牛津高街空白明信片，上頭已貼好喬治五世國王郵票。在它旁邊的櫃子裡，緹爾妲留了各種內衣和飾品、化妝品，還有一些珠寶。我拿出一條長珠鍊戴上，它長度超過我的腰。

「一晃眼就回來了。」

我轉頭。「小茉，她這麼說嗎？」

「一晃眼就回來了。」茉德重複一遍。她是在安慰她自己，也安慰我。我牽起她的手用力握了一下。

第三部

德詩選集

一九一五年六月至一九一六年八月

第二十一章

校樣。各式各樣的文本，各式各樣的開本：兩章《莎士比亞的英國》，馬羅的劇本《浮士德博士》，內附史學家阿道夫斯．沃德爵士寫的序；新版的《牛津德詩選集》；《新英語詞典》剛出爐的分冊——「Stead至Stillatim」。據我估計，大概要摺兩小時。我從大詞典開始摺起，因為我一心想學新詞彙。

Stelliferous：有星星的。

「柯萊歐琵號」是有星星的，我心想。

我把剩下的摺完，將書帖都放到推車上，然後穿過裝訂廠走去斯多陶德太太的辦公室。房門關著，新任大總管浩爾先生跟她在裡面。門打開時，裡頭鑽出一隻獵狼犬。

「牠不會咬人，」浩爾先生說，「非常溫和。」

即使如此，我還是用推車擋在我和那野獸之間。大總管露出隨和的笑容。「這都是什麼？」

「校樣，先生。各種校樣。」

他瀏覽各台書帖，對每個文本都頷首表示滿意。當他拿起《牛津德詩選集》時，他搖頭了。

「浩爾先生，有哪裡不對嗎？」

又是那個隨和到不行的笑容。「沒有，嗯……小姐妳貴姓？」

「我姓瓊斯，先生。」

「瓊斯小姐，妳的工作沒有失誤，只是這裡某些書帖惹出了一些紛爭。」他拍拍大腿走掉了，他的狗跟上去。

斯多陶德太太將校樣登記到本子上時，我負責唸出書名。

「《牛津德詩選集》。」我說。

她放下筆，看著我握在手裡的書帖。「那個版本也許頂多只能進行到校樣階段了。」

「浩爾先生就是為這件事而來的嗎？」

「對。如果他們不繼續印刷，會影響我們的工作排程。」

「這只是再刷——他們為何會不印？」

「有人擔心這像是在支持德國。」

「我們在跟他們的詩歌作戰嗎？」我問。

「確實。」她拿起筆，在本子裡寫下《牛津德詩選集》。「卡南先生建議改個書名，希望這樣就夠了。」

第二十二章

我邀請珞特晚上留下來陪茱德時，她看起來挺高興的。

「我來煮飯？」她問。

「如果妳不介意的話。」我說。她聽了更開心了。

我們穿過方院，她與我妹妹勾著手臂，兩人步伐一致。

「很抱歉妳們的朋友來的時候，我都沒過去。」她說，「很沒有禮貌。」

我想起緹爾妲對珞特的看法。「禮貌有時候令人厭煩，或者更糟。」我說。

「有什麼比令人厭煩更糟？」

「矯情。」

珞特歪頭看我，露出微笑。「矯情。對，禮貌經常很矯情。」

我望著她們離去的背影，好像漸漸理解珞特需要什麼，以及茱德給了她什麼。我不知道這場戰爭對珞特做了什麼，只知道她現在住在一個不認識她的地方，這裡的人根本想像不出她可能承受過什麼苦難。她聽著裝訂廠女工和傑里科婆婆媽媽客套的問候：妳是哪裡人啊？妳適應得還好嗎？妳想念比利時巧克力嗎？而她聽出了她們真正的意圖：告訴我們發生了什麼事。告訴我們情況有多殘酷。告訴我們妳失去了一切，而我們的男丁死得有價值。

如果情況就像報上寫的那麼糟，她連回想都難以承受，更別說向人重述了。

而同時間，她身邊還有個茉德。我妹妹的單純會令一般人緊張，她的坦誠讓別人不自在。大部分人寧可把她說的話當作空房間裡的回音，把她視為低能兒讓他們更加安心。

媽媽知道不是這樣。茉德無法輕鬆地講出原創的句子，但她會挑選要複誦什麼話。我想，她很清楚別人說的大部分內容其實都是廢話。人們會為了填補靜默或打發時間而饒舌；儘管我們口語能力再溜，也能用無限多種方式排列組合字詞，我們多數人仍然詞不達意。茉德就像稜鏡過濾光線一般過濾對話，她拆解對話，讓每段短語都被視為單一意義來理解。她說的話可能真實到讓人彆扭；有時候誤解她的意思，人生會比較好過。

但我發現，令大部分人困惑混亂的特質，反而撫慰了珞特的心。我不確定為什麼，但她打從一開始就能理解茉德，就認出她的本質並感到自在。她並未誤解茉德，茉德也漸漸因此而愛她。

✦
✦
✦

我穿過瓦爾頓街，小桂在警衛室附近等我。

「妳渾身都是紙味。」她湊過來吻我臉頰時說，「我們剛認識時，我還以為那是某種外國香水味呢。我差點就問妳是哪種香水，不過只是紙而已。」她對自己的妙語很得意。

「這又不是什麼好味道。」我說。

「誰說的？」她挽住我手臂，我們走進學院。「尤其在這座城鎮。妳聞起來像一本新書——絕對令人沉醉。」

「小桂，妳這人怪怪的耶，妳知道嗎？」

她聳肩，把我的手臂摟得更緊一點。方院裡滿是醫療帳篷，我們繞著邊緣走，然後登上涼廊台階。小桂沒多看這些建築一眼，我意識到她隸屬於薩默維爾學院，就像我隸屬於裝訂廠。它並不會令她敬畏或佩服，她根本對它無感。

雖然我從好幾個月前就來這裡探望巴斯提安，我仍然看不夠它的每個細節。

✦
✦
✦

巴斯提安則看不夠我的每個細節。我走進病房門，他盯著我跨出每一步。他坐在椅子上，我拉了另一張椅子坐在旁邊。我傾向前，調整鋪在他膝上的毯子，不是因為它需要調整，而是我喜歡藉機靠近一點。我倒了一杯水拿給他，他搖頭。我放下杯子，又把椅子拉近些。他的注意力始終沒離開我身上，雖然有個護士來過，而且對面病床有個志工在和軍官打情罵俏。他的關注強烈而令人微感不安——他的單眼，頭部微斜。

我一手輕放在他鋪著毯子的膝頭。那是用女學生織的方形毛線布，再縫成一床拼布毛毯。她們也盡了一份力，我心想。我問他感覺怎麼樣，又藉機湊近些。他手按在我手上，手指握住我手腕，使出微弱的勁道。我的脈搏抵著他手指跳動，然後我感覺他放鬆。

「我的腦袋還在。」他說。

✦✦✦

我讓巴斯提安去進行他傍晚的例行事項，自己則到涼廊與小桂會合。

「我可以在外面待到九點半，這麼早回去奧利爾學院似乎有點浪費。」小桂若有所待地望著我。

「來跟我們一起喝晚茶怎麼樣？」我說。不知怎地，我有點想逃避回到「柯萊歐琵號」之後，只和茉德還有珞特同桌共餐。我不由自主覺得自己是較差勁的複製品，是個冗餘物。

「食物夠嗎？」

「運氣好的話，珞特會找到我買的臘腸，並做成一道佳餚。」

「惡名昭彰的珞特。」小桂說，「若是沒有她，妳該怎麼辦才好？」

她並沒有要我回答的意思，但我們走回家的路上，我不禁思索答案。

自從媽媽去世後，蘿西就一直在幫忙，但現在年長的朗特里太太無論是洗澡或更衣都無法獨立了。她的手抖得實在太厲害，幾乎無法自己吃東西，而且蘿西永遠都在洗衣服——「不動如山號」對面的樹籬掛滿要晾乾的衣物，日日提醒她要做的家事有多少。

珞特挺身相助。她想與茉德相處，茉德也喜歡與她相處。有時候她更想與珞特在一起，或許是因為如此，我並非每次當志工時都通知珞特，且開始留茉德單獨在家——有時一小時，有時兩小時。這麼做所帶來的焦慮感，隨著次數累積而減輕了。

我在意的是茉德與珞特遠離我的背影，手勾手走向運河或室內市集。那股親暱感。當我看到妹妹與珞特在一起時，就會聯想到茉德與媽媽有多麼契合。想起我曾無數次走在她們身後，經常渴望自己能與茉德交換位置。後來媽媽走了，我又經常後悔自己沒問過她是怎麼辦到的，她怎麼能全心全意愛茉德。

「希望那香味來自妳的船，而不是蘿西的船。」小桂的話將我從沉思中驚醒。「妳在食品櫃裡除了臘腸，還有留什麼食材？」

「韭蔥和馬鈴薯。」我說。

小桂聳肩。「沒什麼吸引力。」

但我們跨入艙口後，小桂就改變想法了。洛特正彎向烤爐抽出烤盤，盤中是熱得冒泡的乳酪與飄散蒜香的白醬。臘腸在爐盤上的平底鍋內，切開成蝴蝶狀，煎得金黃酥脆。份量剛好夠我們吃。

「臘腸、韭蔥和馬鈴薯是薩默維爾廚子的標準菜色，」小桂掃完她的餐點後說，「但這些東西從沒這麼好吃過。」

洛特微笑點頭。我心想：她很習慣受到讚美；我忍不住好奇是誰恭維她的。

「要是哪天妳厭倦裝訂書本，也許妳可以接管薩默維爾學院的廚房。」

「我的志向並不是在廚房裡工作。」洛特說。

「當然不是。」小桂說，她絲毫不擔心自己可能冒犯了洛特，「妳是從魯汶來的，不是嗎？佩姬告訴我妳原本在大學圖書館工作。」她搖頭。「太可怕了。」

洛特收拾空盤，拿去廚房。

「妳的志向和我大概並不會差多少。」小桂接著說。

「妳的志向是什麼呢？」洛特問。她拎起爐盤上的熱水壺，倒了些熱水在水盆裡，再抓了一把肥皂片撒進去。

「噢，妳知道的。」

「不，我不知道。」

「應該就是拿到學位，然後參與辯論，廣泛來說是這樣。」

「什麼辯論呢？」珞特問。她洗淨每個盤子、每支叉子、每把餐刀。擺在乾淨布上晾乾。

「主題一直都在變，不是嗎？前一刻是『婦女問題』，下一刻是戰爭的道德性。徵兵制、女性教育、勞工權利。」

我笑了。「小桂，妳也懂勞工權利？」

「其實一竅不通，我根本沒真正工作過。」她咧嘴而笑，一丁點慚愧之意也沒有。「但那不該妨礙我參與辯論。」

「妳說得對，小桂。」珞特說。她轉身面向桌子。「如妳所說，我的志向是參與辯論。我原本在圖書館工作，我讀書之後建構想法，我提出應該能改變思維的論點，但通常沒能改變什麼。我以為參與辯論很重要。」

「那現在呢？」我問。

「現在？」她說，她淡然的表情被擾動了，像是池塘水面遇到一股勁風。她垂下眼，整理自己的神色。抬眼時，已不餘一絲漣漪。「全都成了灰燼。」她說。

「灰燼。」茉德複誦。珞特跨出兩三步，從廚房走到我妹妹的座位邊，親吻她的頭頂。然後她拿了大衣，向我們道晚安。

「噢，天啊，」小桂說，「我說錯話了，對吧？」

「或許吧，」我說，「但也未必。我認識她這麼久，這是她透露最多的一次。」

「不知道她是什麼意思？」小桂問。

「哪部分？」

「灰燼。什麼東西『全都成了灰燼』？」

「她的圖書館啊，小桂。他們把它燒光了。書本和舊手稿，全都沒了。這不是妳告訴我的嗎？」

「不只是這樣，小佩。她說『全都』成了灰燼——所有一切。她肯定不只是圖書館員而已。」

「我對她幾乎一無所知。」我說，「剛開始我問過一些問題，但她鐵了心要守住祕密。」

小桂望向我妹妹。「茉德，妳知道什麼嗎？」

我突然感到不安。「妳不該問她吧。」我說。

「為何？」

茉德望著我，或許是等著聽我怎麼回答。我努力想出合理的說法。

「如果路特曾對茉德開口，也是因為信任她。」當著茉德的面，我得很費力地揀選正確措詞。小桂很有耐性；茉德定定地望著我。「這很難解釋。」我說，然後我望向妹妹。「我可以試試看嗎？」

她點頭。我望向小桂。

「茉德沒有不可告人的動機。」這是媽媽的說法。「她不會試圖討好或傷害別人，也不會批判別人。如果路特從地獄走過一遭，她或許只放心對茉德一個人傾訴。」我停頓，伸手摸一摸妹妹的手。「茉德不會假裝。」我說。

小桂看著我妹妹。「妳似乎表裡如一呢，茉德。真是令人耳目一新。」

「耳目一新。」茉德說。

✦ ✦ ✦

我陪小桂走到瓦爾頓井橋。

「在我看來，茉德與路特的關係有理可循。」她說。

「小桂，妳現在成了佛洛伊德醫生了嗎？」

她挽住我手臂，勾得緊緊的。「妳不想聽聽我的看法嗎？」

我不確定。「我有選擇餘地嗎？」

「我覺得珞特需要一個讓她扮演母親的對象，」小桂說，「而她認為茉德需要母親的呵護。」

這話似乎有指責的意味。

第二十三章

八月，傑克回家慶祝十九歲生日。他變壯了，也長高了。皮膚曬黑了，眼睛看起來比以前綠。他身上的軍服很合身。

「我終於收到命令了。」他說。

「派去哪裡？」我問。

「法國，我以前的工頭那一排。他是我的中尉。」

「歐文先生？」我說。

「現在我要叫他歐文中尉了。」

「我猜這事兒由不得他決定對吧。」歐伯隆說。

傑克哈哈笑，我看出蘿西很勉強才擠出笑容。

我們在蘿西的路緣圃吃晚餐。她在板條箱上鋪了她最好的桌布，在六個玻璃杯斟滿蘋果酒，並將魚肉派端上桌。傑克沒脫掉軍服上衣和軍帽，我們都坐得比平常挺一些，與有榮焉。

我們已像這樣用餐過上百回了，那些下班回家經過曳船道的路人，幾乎從來不曾向我們點頭打聲招呼。但現在同桌的有穿著軍服的傑克，結果沒有哪個路人會不吭一聲就走過去：「傑克，幫我殺一個德國佬。」「傑克，我很快就會去找你。」「祝你好運，傑克。」

「他不需要好運，」蘿西說，「瞧他，他壯實到能單挑整支德國大軍呢。」

「整支德國大軍。」茉德複誦。

我把空盤收拾收拾拿進蘿西的廚房，洗淨擦乾，聽著從廚房窗戶傳入的低沉交談聲。內容我幾乎都聽不清楚，但我注意到對話間的沉默比往常都要久。你的兒子、孫子臨上戰場前，你要對他說什麼呢？

傑克說了句什麼，然後茉德唱起歌來：*舞會結束後……*幾張椅子嘎吱作響，母親、父親和祖母各自放鬆地靠向椅背。這會是他們人生中最漫長也是最短暫的一天。

✦
✦
✦

隔天早晨，我們都站在曳船道上。蘿西換上最體面的船家女服裝，歐伯隆身穿乾淨的燈芯絨長褲和西裝背心。年長的朗特里太太把她破舊的莎士比亞十四行詩送給傑克。她的手開始抖，傑克握住它。

「我拿這個做什麼？」他說。

「讀啊。」年長的朗特里太太說，現在顫抖跑進她的嗓音中。

「然後把書帶回家。」蘿西說。

「把書帶回家。」茉德說。

心跳一拍的時間。我的心。有些事我們沒說出來，但靜默中它們喧鬧得很。

「這是茉德和我合送的。」我將我們的禮物交給他。

傑克在家的整段期間都很活潑，但我將包裹放到他手中時，看出那都是偽裝，他笑容的邊緣在抽搐，洩漏了真相。

「打開看看。」我說。

他撕開外頭包的報紙，舉起一捲廁紙給大家看。我看到他鬆了口氣。

「我會好好珍惜它。」他說。他咧著嘴笑得開懷，抽搐消失了。

「你奶奶的莎士比亞才是該珍惜的東西，」我說，「這是要拿來用的。如果你省著點用，而且別吃豆子，應該夠你撐到打完仗。」

「別吃豆子。」茉德說，傑克大笑。他擁抱她，她讓他抱。然後他也抱了我和年長的朗特里太太。最後，他站在父母面前。歐伯隆取下領巾交給蘿西，蘿西抬起手將它繫在傑克脖子上。他擁抱她。過了許久她才鬆開手。

✦✦✦

一九一五年八月十日

親愛的小佩：

我先從德國人說起好了。別驚慌：他們都被困在床上，幾乎啦，除了黑寧醫生之外。我不清楚我這到底是被升職還是降職了。沒人想在德軍病房工作，所以也許我是得罪了某人吧。不過話說回來，現在我更自由，責任也更重了，所以或許我是證明了自己夠能幹也說不定。護士長算是個響噹噹的傳奇人物——大家都說她是個賤婆娘。我簡直迫不及待要認識她。她對那些齷齪的德國佬（這是她叫他們的方式）毫無憐憫之心，但她會用最溫柔的手幫他們換藥，以及掖好每個人的毛毯，才離開病房去睡覺。李文斯通護士長是最高水準的賤婆娘，如果我們剛好同一天晚上休假，她會來營區附近的沙丘，幫忙我乾掉一瓶威士忌，而伊索就在旁邊畫畫。

這間病房與所有病房一樣，地上總是沾滿泥巴和血跡，而且熱得像蒸鍋（我猜到了冬天又會冷得像冰塊吧），紗布繃帶和便盆永遠不夠用。當然，我們的病患是戰俘，所以英軍只分配了一個志工來，而不像一般有兩三個。（我猜這算是懲罰吧，但懲罰到誰了呢？一天下來，感覺被鞭打過的人可是我們啊。）除了護士長之外，這裡沒有別的看護兵，雖然英國醫生會負責鋸掉德國手腳，以及把德國腸子塞回德國肚子裡，剩下的一切都是由黑寧醫生（胡果）打理的。他也是戰俘，醫術高明，這是護士長說的（不過她顯然很不情願讚美對方）。他的長相順眼，且工作狀況良好，也都有利無弊。

總之，小佩，看來到戰爭結束前，我都要待在這裡了。我被指示要「在敵人身邊行得正坐得直」，上頭還隨口提到寄信一定要透過軍方，才能「確保快速寄達」。我會持續以官方管道寄個幾張明信片（我不希望他們以為我一個朋友也沒有），但伊索教過我怎麼偽裝信件，讓它們看起來像是妳們沒血緣關係的法國老阿姨寄的，而不是妳們沒血緣關係的英國美豔……嗯，我語塞了。我從來就不必思考我對妳和茉德而言是什麼身分。我把妳當成家人，小佩。每當我想要禱告時，妳和茉德跟比爾是平起平坐的（我發現來到埃塔普勒之後，我禱告的次數變多了，不過我很懷疑有人在聽）。

緹爾妲

附註：如果事實證明法文字母和郵戳還不夠的話，我會再發揮創意。我相信妳能想通是怎麼回事。

第二十四章

巴斯提安先等我坐下，才從敞開的窗前轉過身來，但他沒看我，只是盯著天花板。一陣微風拂動幾縷他的黑髮，我聞到他洗髮用的肥皂味。幾天前我帶來的花已開始掉花瓣了，柳葉菜與醉魚草粉紅和紫色的花瓣遍布在他床邊的置物櫃表面。那陣風將繽紛的色彩掃落在地，我朝花瓶伸出手。

「放著別管吧，拜託。」

「它們早已過了最美的時期，」我說，「我明天再帶新鮮的花來——今年曳船道花開得很旺盛。」

巴斯提安轉過頭來看那些花，在那一刻，我看到他的另一側。沒有紗布，沒有眼睛，皮膚像牛肚。我移開目光，再次看向花、花瓶、地上的花瓣。我將湧入口腔的嘔吐物嚥回去。

「它們並不『完美』，」他恨恨地說，「但它們並沒有『死』。」

他快失去他的理智了。

我繼續望著地板。

「它們沒有『死』。」他又說一次，嗓門更大些。

「你說得對。」我說，我的聲音變小了些。我湊向前去聞仍未掉落的花瓣，希望醉魚草還有一絲蜜香。「還聞得到香味呢。」其實並沒有。我開始收集掉落的花瓣，手抖得跟年長的朗特里太太一樣。

「看著我。」嗓音低沉，有如遙遠的風暴。

我用拇指和食指搓揉花瓣，湊到鼻尖。蜂蜜香，就一點點。我每拖延一秒，就多恨自己一分。

「看著我。」更大聲了。

但我還是沒看他。

「我求妳了，看著我，看著我，看著我。」像是答答的雨聲或冰雹。或是槍聲。

我看了。從額頭到下巴都是植皮，與其說像牛肚，其實更像羊皮紙。它被刮乾淨後撐開來，與周圍完好的皮膚縫在一起。可是植皮底下沒有可以支撐的骨架，而且原本眼睛所在的位置只剩一個洞。我臉上每條肌肉都洩漏出腹中的反胃感。

巴斯提安再度轉頭面向窗戶。

「我累了。」他說。

我羞愧到連對不起都說不出口。

✦
✦
✦

「妳提早回來了，」我到家時路特說道，「我還沒煮好呢。」

「我做了全天下最差勁的事。」

「我不覺得是這樣。」

我坐在凳子上，頹然靠著桌子。「我移開視線了，路特。他要我看的時候，我移開視線。」

路特搖頭。「你們英國人講話就愛打啞謎。」她說。

「我不知道該做什麼。」

「不知道該說什麼。」茉德說。她將剛摺好的盒子遞給我，我想起以前她想跟別的小孩交朋友被拒絕時，媽媽和我會送她小禮物。我想起我們編的送禮藉口。

我把盒子還回去。「我不配收下這個，小茉。我應該要完全知道該做什麼、說什麼才對。」

「為何？」路特說。她在火爐前轉身看著我。「妳為何應該『完全』知道？」

我猶豫了。「我老早就知道他受了重傷，路特。我應該有更好的心理準備。」

「妳覺得他有心理準備嗎？妳覺得我們任何人有嗎？」她轉回身面向火爐。「原諒妳自己吧，」她不豫地說，「妳做的事微不足道，他會活下去的。」她開始顫抖。

茉德把手上的作品摺完，不慌不忙。摺完後，她走向路特，伸出攤開的手心，手心裡有一隻蝴蝶。珞特拿走蝴蝶，就像她在牛津下火車時收下紙扇，而我又一次目睹她摟住我妹妹痛哭失聲。

✦ ✦ ✦

兩天後，我回到巴斯提安的病房。花還在，莖梗已幾乎全禿，落下的花瓣堆積在置物櫃頂端。我站在巴斯提安床邊。

「你至少讓他們掃地了。」我說。

他不理我，固執地面向窗戶。

「對不起，巴斯提安。」

「那是自然反應。」他說。

「我應該努力控制。」

「那就是謊言了。」

「實際上更複雜一點。」

「誰說，明明就很單純。妳噁心想吐。」

「我很慚愧，巴斯提安。我對自己的要求不僅於此。我以為我已經夠了解實際情況了，卻仍然嚇了一大跳。那完全超出我的經驗，我不知所措也說不出話來。」

他不發一語。

「巴斯提安，我退縮了，而我真希望收回這件事。」

他還是不說話。我感覺自己有了火氣。

「回答我一個問題，巴斯提安。當醫生拆掉你的紗布，舉起鏡子讓你看的時候，你有什麼反應？」

他的右臉仍然完全能表達情緒，我看到我的提問在他的右眼角留下了印記。我等待著，他花了他所需的時間後，才半轉過頭，抬眼望著天花板。

「我打掉他手裡的鏡子，鏡子在地上摔碎了。」

「後來你有再照過鏡子嗎？」

「有。」

「你也把它們都砸在地上？」

「當然沒有。」

「為什麼？」

「我見怪不怪了。」

「所以囉。」我說。

「所以囉。」他複誦。

我拿起那瓶花，最後幾片花瓣也掉了。巴斯提安想要反對，但我打斷他。

「它們唯一的長處就是賞心悅目。」我說。我掃視他的臉部輪廓，好的那一側、壞的那一側都看了。「幸好你不是一朵花。」他還沒能回應，我便轉身走向門口附近的護理站。我將死掉的花丟進垃圾桶，將花瓶連同瓶內的腐水一同留在餐車上。護士點頭稱許；她握住我的手，直到我停止顫抖。

「植皮很成功，」她說，「他明天會裝上玻璃義眼。」

我回到巴斯提安床邊時，將椅子搬到床的左側。

✦
✦
✦

幾天後，巴斯提安和我繞著方院外圍走，測試他的腿復原的狀況，也鍛鍊肌力。他手臂搭在我肩上保持平衡。

「我父親是跛腳，」他說，「他走路要拄拐杖，所以年紀輕輕就像個老頭。」他說話時我抬起頭，但他的新眼珠看不到我。

「巴斯提安，你看起來並不老，你看起來像打過仗。」

「雖然他跛腳，要是他還活著，我想他也會參加這場戰爭的。」

「他從事哪一行？」我問。

「他是建築師。等我回去比利時，我會修完我自己的學分，也成為建築師。到時候會有很多東西需要重建。」

「你原本是學生？」

「在布魯塞爾的皇家藝術學院。」

我看著他，試著想像原本的他勢必是怎樣的青年。我剛才說他看起來不老是騙人的。

「佩姬，那妳父親呢？」他小心翼翼地問，「妳從來沒說過。」

幾乎沒什麼「可」說的。

「他是個學人。」我說。像你一樣，我心想。

他說了各種把我沖昏頭的話，媽媽曾說，最後卻發現大部分都是空話，還有一些愈想愈卑劣。我會追問，而她會說：他不是原本表面上那個男人，通常這句話就代表話題結束了。不過有一次我哭了，她明白我需要更多。他在牛津大學的基督堂學院，她說，研究古典文學。他在寫以古希臘詩人希波納克斯為題的論文，他是他的偶像，但我們相識時我還不知道這件事。我不哭了。知不知道很重要嗎？我當時問道。她望著我，我看見悲傷、懊悔和其他我說不清的情緒。希波納克斯是我最不欣賞的希臘文學家，她說。

「妳剛才說的『學人』是什麼意思？」巴斯提安問。

「他是大學那一邊的。」我說。為了避免把他搞糊塗，我又說：「媽媽是城民。他們通常不會打交道。」

我們繼續走，直到他的腿痠了，我們坐在長椅上休息。

「很多豪宅的書架上，都擺滿用皮革裝訂的空白紙張。」他說。

「真的假的？」

「真的，我小時候在一個我父親生意往來對象的圖書室裡，親眼看到這種事。我趁他們談話時爬上扶梯，想看看高層書架上都是什麼書。它們裝訂得好漂亮，我以為那可能是小男孩不能看的書。」說到這他露出笑容：他那半動半不動的微笑。「可是我從架上取下一本時，發現內頁是空白的。我再拿一本，還是一樣。一本又一本都是。金玉其外，內在乏善可陳。」

「你會喜歡『柯萊歐琵號』的。」我說。

「為什麼？」

「裡頭全是外表損傷的有趣故事。」

「但妳還是愛它們？」他說。

「對。」

第二十五章

九月的某個星期天，我很早就到了薩默維爾學院。護士們忙著幫病患送早餐、擦澡和換藥，我妨礙到她們的工作了。不過負責管理巴斯提安病房的修女正在等我。

「他很緊張。」她說。

換作是我也會緊張，我心想。

「他們在這裡不是怪胎，」她說，「但他們知道出去之後就不一樣了。」

巴斯提安坐在他床邊的椅子上，已穿好一身平民服裝。那是別人捐贈的衣服，不是很合身。他擱在腿上的雙手躁動不安；健全的那條腿緊張地上下抖動。他望向窗外——為了看最後一眼吧，我心想。他是很慶幸，抑或已捨不得這裡的安適？

我清了下喉嚨，他轉過頭來。大塊的布面罩遮住他那隻瞎眼、凹陷的臉頰、羊皮紙般的皮膚，卻也遮掉他半個鼻子、嘴唇和下巴。我本已習慣他的臉部輪廓，一時間我像陌生人般盯著他看。他別開目光。

我坐到床上，握住他躁動的手，等著他轉頭看我。「它把你大部分的臉都遮住了。」我說。

「就是要這樣啊。」

除了他完好的眼睛之外，我無處可投注視線。

「怎麼了嗎？」他問。

「我覺得我被剝奪了某種東西。」

「妳是被『免除』了某種東西。」他說。

「我被免除了什麼？」

「看到戰爭製造的殘敗而感到不舒服。」

我們都低頭望著他被我握著的手。我用拇指描畫遍布他手指的疤痕。我抬起頭，再度凝視面罩。它就像審查員的黑筆：它藏住戰爭做了什麼、正在做什麼。它藏住他。

「它也能為我免除憐憫。」他說。

他既是對的也是錯的。我想到初次看見他臉的時候，我轉開頭以否認消失的眼睛、凹陷的臉頰、不自然的膚質。在那一刻，他的經歷不重要，我的體驗才是一切。憐憫是晚一點才出現的，不過稍縱即逝——我愈常看他的臉，就愈不覺得有那麼詭異了。

我聳聳肩。「面罩是會讓別人自在一點，巴斯提安，但我不認為這能阻止他們憐憫你。」

✦✦✦

有位義工正等著開車載巴斯提安前往聖瑪格麗特路的寄宿處。他打開汽車車門，但巴斯提安沒上車。

「我現在要怎麼辦？」他說。

「你要上車啊。」

「它會帶我離開妳。」

「不會到多遠的，聖瑪格麗特路離這裡只有十五分鐘的走路距離。」

他仍然不上車。我把他那一盒隨身物品放到後座。

「我已經習慣妳來看我了，」他說，「我會懷念見到妳。」

我也會懷念見到你，我心想。「你不會有空懷念我——你在學院會忙得不可開交，要教出版社的助手們學法語。」

「學院？」

「克萊倫敦學院。」

他點點頭，表示理解這全稱是什麼意思。「妳可以替我向妳那位斯多陶德太太道謝，因為作了這樣的安排？」

這是出於私心的要求，為了把他留在身邊。「我會向她道謝的。」我說。

「我們在那裡有可能遇見？」

這正是我的打算啊，我心想。「有可能。」我說。

✦✦✦

巴斯提安出院後，薩默維爾對我來說就失去了吸引力，不過接下來幾週，我仍在每個週四傍晚與週六下午和小桂一同報到。我們到不同病房陪伴軍官，只要值班的修女覺得哪裡需要我們，我們就去哪裡。對我陪伴的病患而言，我的口音、袖口有沒有裝飾或是工作的話題都不重要，於是我幾乎像小桂一樣抬頭挺胸地穿梭在走廊間了。

然而就在這時，對某一位軍官來說，我的狀況似乎相當要緊。

「修女！」他喊道。他喊了一聲、兩聲、三聲，她才終於有空過來。「為什麼把她派給我？」他的右手裹著繃帶，但他奮力朝我的方向指過來。

修女看著我；我聳肩。我已經起了個頭的信，遵照他的吩咐丟在床上。

「她應該在雷德克里夫醫院照顧她的同類，而不是跑來軍官的醫院。」

他剛才問我父親是誰，我說我沒有父親。家裡就只有妹妹和我——我們住在運河上，在出版社工作。他完全無意掩飾不屑。

「我的事輪不到她來碰，她不該在這裡。」

修女說了聲對不起，不過我不確定是對誰說的。她望向時鐘。「已經快七點了，」她說，「妳乾脆就回家吧。」

我沒再去過。

✦✦✦

「來加入港口綠地園藝社吧，」小露站在配頁檯對面說，「我們總算想出辦法防止乳牛亂踩菜圃了，現在蔬菜長得可好呢。我們很需要幫手。」

我把手上的毛本遞給茉德；她在桌面上碼齊。

「有可能搞得滿身泥巴喔，」小愛插嘴，「跟唸詩給軍官聽是沒法兒比啦，而且小露大概會把妳分到糞肥組。」她快速翻過毛本確認順序，然後在最後一頁簽下姓名縮寫。

「那可是我們成功的祕訣。」小露說。

「糞肥組？」茉德問。

小愛將毛本放到推車上。「她會給妳一把鏟子和一輛手推車，然後指給妳看乳牛在什麼地方。」她說，「不過如果妳運氣好，乳牛會聚在飛機場附近，也許妳能邂逅某個飛行員呢。」

這時霍格太太出現，所有閒扯淡戛然而止。

✦✦✦

我和小桂站在薩默維爾學院外頭。

「妳可以跟著我，來幫忙種馬鈴薯。」

「門都沒有，」她說，「我的天賦是寫情書，不是種樹。況且我得回家了，媽咪下了命令。秋季學期開始時我會回來，到時候帶護手霜送妳。」

✦✦✦

蘿西敲了敲廚房窗戶，然後搖晃一封信。我指著前甲板，走去打開艙門。她把信塞到我手裡。

「緹爾妲寄的？」我很訝異緹爾妲會寫信給她，她明知道蘿西會讀得很吃力。

「跟傑克有關。」

她臉色發白。我取出信紙。

「妳怎麼不讓年長的朗特里太太讀呢？」

「她說看不清楚。」

或許也是不想看清楚吧，我心想。

「妳能看懂多少？」我屏住呼吸問。

「足以知道他沒死。」

我呼出那口氣。

「但不足以知道他是不是快死了。」

茱德停止摺紙，來到我們站的位置。她扶著蘿西的手肘，帶她到媽媽的單人沙發前。

「坐。」她說。

蘿西坐下後，茱德側坐在沙發扶手上。

「唸。」她對我說。

一九一五年十月四日

親愛的蘿西：

傑克會沒事的——這我一定要先說清楚。要是我有更多空檔，我會講得詳細點，但最近這一週從盧斯送來好幾百名傷兵，傑克只是其中之一。我能遇上他已經是奇蹟了。他是用拐杖自己走的傷患，除非所有躺在擔架上的傷患都已檢傷完畢，否則還輪不到他這種程度的傷患。但他一直在喊我的名字。我以為他一定是支「迴力鏢」，是我照顧過的男孩，現在又回來再續前緣，誰叫他從頭到腳都沾滿泥巴，我根本認不出來。當然，我假裝認得他。「捨不得離開這裡啊？」我說。這時他咧嘴一笑——絕無僅有的笑容。「我是傑克啦！」他大叫（他仍然因為某種爆炸影響而重聽，那爆炸使他一條大腿插滿砲彈碎片）。然後這無賴擁抱我，害我從五小時前就沾到他身上的汙泥。

目前傑克很慶幸自己活著，蘿西，但他那一營有三名弟兄陣亡，其中一人是他的中尉。對某些人來說，這種感覺就像失去父母，所以我會留意他的狀況。

緹爾妲

蘿西癱靠在茉德身上——如釋重負。

茉德摟住她。

我的焦點放在最後一段話，反覆閱讀，直到背後的資訊產生意義。其中一人是他的中尉，緹爾妲這麼寫。叫我蓋瑞斯就好，當他只是個排字工時，他曾這麼說。他為《新英語詞典》排字，也為另外那本詞典——《女性用詞》——排字。他娶了她。我們曾與斯多陶德太太、艾伯和出版社同事站在聖巴拿巴教堂外，高唱〈在銀色月光下〉。

她知道了嗎？我在想。他的姓名要經過確認，前因後果都要查核清楚。給她的電報要經過多少人之手？她不可能已經知道了。

叫我蓋瑞斯就好，他說。見鬼，我從沒這麼叫過，我覺得太親暱了，但我現在淚流滿面。

✦✦✦

幾星期後的某一天，哈特先生來找斯多陶德太太談話。他已退休六個月，不過我們仍時常看見他，他會與浩爾先生和他的獵狼犬一同穿梭在廊道間，努力忍住不發表意見。

他來到裝訂廠時，浩爾先生並未同行，他離開後，斯多陶德太太要我過去討論事情。

我看到她的表情，繃緊神經準備迎接更多死訊。

「是歐文先生。」她說。

某方面來說我鬆了口氣，因為我已經知道了。我只是點點頭，現在我們都是這種反應。

「他保留了印版，」她說，「就是他要妳幫忙他製作的那本書的內文。」

這我也知道。

「哈特先生要我幫忙再多裝訂幾本複本。」

「哈特先生應該根本不知道才對。」我說。

「他只是睜隻眼閉隻眼。」

於是情緒洶湧而來。

「我想妳可能會想負責這任務？」斯多陶德太太說。

我說不出話來。我只是一直點頭。這是我保持理智的方式。

「哈特先生正在讓他們印刷。」

✦✦✦

我盡可能緩慢而仔細地摺著書帖。我低聲唸出那些文字，揣想當初說了這些引文的女人擁有怎樣的語氣。茉德也來幫忙，她複誦句子、跟著唸名字：梅寶．歐肖納西；莉茲．雷斯特；緹爾妲．泰勒。

「我們的緹爾妲。」我告訴她。

「我們的緹爾妲。」她說。

印成鉛字，我心想。我讓摺紙棒一滑，稍微失手，剛好足以撕破一小道口子。我將那一台書帖擱到旁邊，又把它的姊妹們也都攏成一疊堆在它旁邊。

當我問斯多陶德太太我能否保留這些作廢的書帖，她說：「有何不可。」

一連五晚，艾伯和我都在他的書籍修復室加班。我用麻繩和絲線縫綴文字，他則賦予每本書簡單的書殼，包括有一道小裂口的那本。沒有皮革，沒有金箔，那是她專屬的。完成之後，我捧著我那一本坐好，一頁頁翻看，直到最後幾頁空白頁。

接著在扉頁上用Baskerville字體寫著「愛，永恆」。他曾說過，他為了它的明晰及優美而選了這字體。

我的複本有這些字似乎是不對的。我拿起工作檯上的摺紙棒，用來撕去那一頁的字。

我撕掉每本複本的那一頁——他說過，她那一本應該要獨一無二。然後我離開書籍修復室。

第二十六章

巴斯提安開始在每週一和週五到克萊倫敦學院教法語，茱德和我會在他下課後去找他一起吃午餐。珞特跟著我們去過一次，然而巴斯提安才剛坐下來，她就找了個藉口迅速離開了。

後來，到了十二月的某一天，我們離開出版社去吃午餐時，茱德突然站定不動，不肯跟我一起去克萊倫敦學院。

「為什麼？」

小露從我們後方走來，挽住茱德手臂。「因為天上一片雲也沒有，茱德寧可跟我一起散步，也不想耗在學院等妳的男友。」

「他不是我的男友，小露。」

這時小愛從出版社出來，挽住茱德另一邊手臂。「他當然是。」她說。

「他當然是。」茱德說，還翻了個白眼，完美模仿小愛剛才的表情。

「妳快去吧，」小愛說，「我們會跟茱德玩得很開心的，午餐後再回裝訂廠跟妳會合囉。」

✦ ✦ ✦

「今天天氣真好。」巴斯提安上完課後說道。

「是啊。」

「但妳卻跑來這裡？」

我翻著《牛津紀事報》，假裝專心在看標題。

「戰事進行得如何？」他問。

我掃過一篇報導。「自從德國處死了伊迪絲．卡維爾，從軍人數就在攀升。」我說。

「那個英國護士？」

我點頭，又略讀另一篇報導。「從紐澳軍團灣和蘇弗拉灣撤退的行動是很了不起的成就，土耳其人完全沒發現。」

「妳覺得他們為何要參戰？」

「誰？」

「那些澳洲、紐西蘭、印度士兵。要是他們待在家鄉，就一點事也沒有。」

「有人要他們幫忙。」我說。

他拿起另一份報紙坐下來，拆開三明治包裝吃起來。我看著他讀報，發現自己的目光不再注意他臉龐的怪異。那已成為「他」，那是我每次進到學院都會尋覓的面孔，而每次看到它時，我的脈搏都會變快。他抬起頭時，我沒有移開視線，一時間他默不作聲。但接著他清了下喉嚨，說：「佩姬，妳要跟我出去走走嗎？」

「那對你的腿有好處。」我說，藉此掩飾慶幸與迫切的心情。

他露出半動半不動的笑容。「我不是為了我的腿才問妳的。」

✦✦✦

到了二月，巴斯提安的腿力已能走到布洛德街的布萊克威爾書店。我們站在人行道上，看著櫥窗內展示的《莎士比亞的英國》。巴斯提安拄著一根手杖——他很急於強調，那並不是「他的」手杖，他不會一直留著它。不過目前他確實需要它，也需要我的手臂。我們看起來就像一對尋常情侶，在欣賞三一學院、謝爾登劇院、舊艾許莫林博物館和博德利圖書館（小桂都叫它小博）。一對努力在戰爭中偷得半日清閒的情侶。

「我們的印刷機日夜趕工才及時印出來。」我說。

「及時是要配合什麼期限？」

「他的三百週年忌日，在四月。」

「妳覺得他為何這麼重要？」巴斯提安問。

我笑了。「要是沒有莎士比亞，這座城裡有好多學人都要失業了——是他賦予他們崇高的地位。」

「但並不是他們讓他大受歡迎。」

「不是，莎士比亞本來就大受歡迎，但學人把他據為己有。」

「它在講什麼呢？」巴斯提安用手杖指著展示書籍。「這本《莎士比亞的英國》？」

「他的故事是從怎樣的英國萌生出來的。」

「那他的故事是從哪裡萌生（sprang）出來的？」

「你這個句子中應該用現在式『spring』。」我糾正道。

「來自（come）哪裡？」他說。

「多半是平凡人。即使當他以國王和王后為主角時，其實也在寫我們。寫我們想要什麼。」

原本面朝《莎士比亞的英國》的他，轉頭望著我。「我們想要什麼呢？」

我想起摺好的頁面，思想的片段。

「愛，」我說，「權力。自由。」

「自由？」

「免於愧疚或瘋狂的自由……」

他點頭。

「或是期望。」我說。

「或是亡者。」他說。

「什麼意思？」

「我們想要復活亡者，或讓亡者閉嘴，」他說，「這樣才能擺脫死亡的負擔。」有一段時期，我會想像從墳墓中把媽媽挖出來，不過現在她在我腦中的嗓音被我視為愉快的陪伴。

「巴斯提安，你要讓誰閉嘴？」

他轉回去望著櫥窗。我等著。

「魯汶的人民。」他說。

✦✦✦

漫長的一天終於結束了，這一天我的摺紙棒壓過的紙頁上，全都印著數學公式。不過我們離開出版社時天仍亮著，而巴斯提安正靠在圍籬上等候——害我的心像是絆了一跤。他看到我們時，調整了一下帽子並微微側身，將他的戰臉別開，但並沒有完全藏住。

「看來你就是巴斯提安了，」小愛面不改色地說，「我們聽說『好多』你的事啊。」

「並沒有那麼多。」我說。

「嗯，並沒有『那麼』多。」小露說。

「哈囉，巴斯提安。」茉德說。

「哈囉，茉德。」巴斯提安說，半動半不動的微笑。「我可以帶佩姬去散步嗎？」

茉德點頭。

「是啊，帶她走吧。」小愛說，「茉德、小露和我早有計畫，你們兩個只會礙了我們的好事而已。」

✦✦✦

「我們要去哪啊？」我問。

「等一下妳就知道了。」他說。

我們穿過傑里科，經過「威爾斯親王」、「傑里科酒館」和特納書報商。一直等我們走到通往聖墓公墓的小巷時，才停下腳步。

巴斯提安彎進小巷，但我留在瓦爾頓街上。

「我以為妳不相信鬧鬼之說。」他說。

「我是不相信。」

他回到我站的位置。「也許妳害怕亡者？」

有一點，我心想。「當然不是。」我說。

巴斯提安挽住我手臂，我讓他把我帶向前。這條小巷雜草叢生，儘管天氣晴朗卻十分昏暗，門房裡一片漆黑。我們經過時，我看到通往管理員住處的凹室。我想像公墓管理員在屋內，他的妻子正煮著他的晚餐，藉此讓自己鎮定心神。巴斯提安略一停步，我望向門房後方的墓園。

那裡有個石頭十字架以及大大小小的墓碑，像參差不齊的牙齒從地面冒出來。儘管看似雜亂，但我知道亂中有序，在世時做鄰居的，死後也會是鄰居。我知道傑里科的亡者一起長眠在北牆邊，而貝利奧爾學院、三一學院和聖約翰學院的亡者靠著南牆。

那裡有一條紫杉大道，路上長滿春天的花，再過去是小禮拜堂。我想起它，而再度遲疑。我知道若我們經過禮拜堂走到北牆，我會找到我的家族那些小墓碑——曾外祖父母、姑婆、舅公、來不及長大的孩子。我來簡要說明他們的死因，萬聖夜我們來整理墳墓時，媽媽總愛這麼說。咳嗽，走霉運，放了個水屁。好色，謀殺以及心碎。茉德總會複誦，惹得媽媽大笑。我會要求她一件件說明，而她就會告訴我他們的故事。

媽媽下葬已是五年前的事了。當時茱德握著我的手。我們都是十七歲，我卻感覺比她小了好幾歲。她站在我前方半步的距離，複誦他人的善意來接受所有慰問。那時候我不想出席，可是逃避這麼久也並非我的本意。

巴斯提安沒走紫杉大道，我很慶幸他選擇不進到墓園太深的位置。他帶著我往南牆走，腳步十分從容。他似乎知道每條樹根和墓碑碎塊的位置，我不禁納悶他是有多常造訪此地，又為何會想來。他在一座有平坦石蓋的大理石棺前停下腳步。

「你該不會是想坐在上面吧？」我說。

「當然啊——有何不可？」

「這是墳墓，所以不可。」

「這麼說來妳畢竟是害怕亡者嘛。」

「我是『尊重』亡者。」

巴斯提安脫下大衣鋪在石棺上。「如果我死了，我會很歡迎朋友們坐在我的墳墓上。」

他坐下來，讓受傷的腿維持在舒服的角度。我繼續站著。他從大衣口袋拿出一包東西，開始拆開包裝。

「切爾西麵包。」他說。

我聞到香料味，口中彷彿已能嚐到又甜又黏的糖衣，但我仍然站著。

「有一點壓到了，不過是今天現烤的，從室內市集買來的。」他拍拍身旁的空位，「佩姬，伍德夫人是一八六八年去世的，已經很久了，而且她的墓缺乏照料。我想她可能已從人們的記憶中消逝了。」

我朝巴斯提安和他的切爾西麵包跨出一步。「你知道她的名字？」

「當然，我已成為常客，而她是最好客的一位。」他咬了一口麵包。

「你搞不好是幾十年來第一個提到她名字的人。」我說。

他抬頭看著我，把麵包嚥下去。「我相信這句話適用於很多葬在這裡的人身上。」他再度拍拍身旁的空位。「妳的事我都跟伍德夫人說過了，佩姬。她很期待見到妳呢。」

媽媽被放入地底時，我忍不住作嘔。因為我想像她被活埋，卻無法表達。那是沒有道理的瘋狂想法，但我沒有親眼見到她嚥氣——我不肯看——所以我也沒看到她擺脫痛苦，沒看到她表情放鬆、肢體安息。我沒感受到隨之而來的寧靜。她吃力掙扎的呼吸聲糾纏著我。緹爾妲摟住我，再度向我述說媽媽的臨終時刻。她走得很安詳，她說，茉德也複誦。我妹妹表現得比較勇敢；她沒有鬧脾氣。茉德握著媽媽的手，替我們兩人都說了再見。事後，當我開始感受到懊悔，我期望媽媽臨終時腦筋夠糊塗，有時會把茉德誤認成我，但我知道那是不可能的。在媽媽眼裡，我們毫無相似之處。

緹爾妲來傑里科時，她和茉德會一起去看媽媽的墓。她們到後來就放棄找我一起去了。

我坐到巴斯提安身旁，坐在伍德太太的石棺上。我撫過裸露的石材，感覺到刻字的凹痕。有人選擇了這些字，或許是某個女兒。妳走了之後，她有來探望嗎？我心想。

巴斯提安拿給我一個麵包，看著我咬一口、咀嚼、露出被注視的笑容。我舔掉嘴上黏黏的糖衣，他傾向前，嘴唇突然間就貼上我的唇，品嚐我遺漏的甜蜜。他的動作很謹慎，或許是不知道該怎麼用他的新嘴巴接吻。不知道我想不想要他實驗。感覺好尷尬，我向後退。

「對不起。」他說。

「不需要。」我從石棺下來，站在他雙腿之間，用兩手捧住他的臉。他的臉現在已是如此熟悉，我卻從未摸過它。我感覺著左手與右手的不同觸感：他的膚質；有骨頭和沒骨頭處的輪廓。我再度找到他的唇。我心想：學會親吻他需要花一些時間。

◆◆◆

四月份塞爾維亞難民抵達時，很多比利時人都離開了，小古和薇霍妮克也在其中。斯多陶德太太把我們找進她的辦公室。

「她們覺得去伊莉莎白維爾會更自在。」她說。

「伊莉莎白維爾有什麼我們沒有的東西？」小愛說。她將這消息視為個人侮辱。

「那是在英國國土中的一小塊比利時，」小露說，「我並不怪她們，在那裡她們能說自己的語言、吃自己習慣的食物。薇霍妮克說他們甚至使用原本的貨幣。她要在小學裡幫忙──我從沒見過她這麼開心。」

薇霍妮克的喜悅並不足以平息小愛的不滿。「哼，那我現在該怎麼辦？」

「把小古當成非常成功的案例，然後再去找個新計畫。」斯多陶德太太說，「妳能貢獻心力的對象可是一點都不缺啊，愛嘉莎。」

「一點都不缺。」茱德說。

「那珞特呢？」我問。

「我們很幸運，珞特對於住在小比利時並不感興趣。」斯多陶德太太說。

✦✦✦

幾週後，小愛宣布一件事。

「我在班伯里鎮新設的軍火工廠找到工作了，」她說，「六月底開始上班。」

小露大驚失色。「那妳就不在出版社工作了？」

「妳真聰明耶，小露。」小愛取笑她。

打從我們四歲起在聖巴拿巴女子學校上學，就幾乎是天天見面。

「她又沒有要搬離傑里科，小露。我們會在港口綠地的糞肥山見到她的。」我說。

「但軍火工廠有什麼我們沒有的東西？」小露說。

「更高的薪水，」小愛說，「而且我可以穿連身服！」

第二十七章

巴斯提安在等。他坐在聖瑪格麗特教堂前低矮的石牆上，朝金斯頓路望去。他還要再過一分鐘才能確定朝他走去的人是我，而我可以趁這一分鐘好好觀察他。

我能看出他是如何費心地安排自己：身體的姿勢、頭部傾斜的角度、軟帽左側壓得較低。他的戰臉朝向聖瑪格麗特教堂，彷彿這類建築更為寬宏大量。他看起來坐立不安。我加快步伐。

他看見我，身體放鬆了。他從教堂的庇護中轉過頭，結果有個孩子停下腳步直直盯著他瞧。她母親不發一語地拽著她繼續走，不過巴斯提安似乎渾然未覺。他的注意力擺在我身上，我的身影緩緩填滿他的視野，使他漾開笑容。我突然忸怩起來，害羞起來。我這輩子總是被人盯著看，但那只因為旁邊有茉德在。而現在她並不在我身旁。巴斯提安的笑容與凝視只是給我一個人的。令他感興趣的唯有我，朝他跨出的每一步感覺都更加輕盈。然而卻並非全然地安心自在。我就像由繫泊處鬆脫的小船，感覺自己漂離了茉德，有一刻我想到要回頭看看，要確認她是否在我伸手可及之處。那是我的習慣。但不論眼前這是什麼，我迫切想要它。我想讓自己迷失，讓她找不到我。我將她擱到一邊不去想。

「妳來了。」他說。

「對，我來了。」

聖瑪格麗特路上的屋宅全都如出一轍：有三角牆的高樓，建材用的是一種不需要維護的方正紅磚。這些房屋對傑里科來說實在太豪華了，而且儘管這裡離布洛德街很遠、離「傑里科酒館」頗近，但寄到它們沉重家門前的郵件都來自牛津城地址。

我們走得很慢，因此我有餘暇裝作自己就住在這條林蔭街道，裝作巴斯提安是我的丈夫，裝作戰爭已經結束了。

「這些房子建成時，我媽還是個小孩。」我說，「當時這裡叫作拉克漢巷，並沒有比附近其他巷子高級。依她的形容，傑里科的孩子們簡直是親眼看著聖瑪格麗特路拔地而起的。」

「她一直都住在這裡？」

我點點頭。「住運河附近一條窄巷的潮濕木屋，她爸爸也在同一棟木屋長大，她媽媽和弟弟就在同一棟木屋去世。她說傑里科的孩子總是咳個不停，他們還以為這些房子是為他們蓋的。」

「小孩比較容易幻想更好的生活。」

「我媽始終沒停止幻想。」我說。

巴斯提安在其中一棟房屋的柵門前停步。它有三層樓，每層都有高高的窗戶。光線充足，我心想。也有大量新鮮空氣。

「這戶人家把地下室租給難民。」巴斯提安說。他打開柵門，但我沒跟著他進去。沒人會相信我有資格走進去的。

「他們去海邊了。」他伸出手讓我牽。

「還真湊巧。」我說，沒靠他幫忙就跨過門檻。

地下室有獨立出入口，從房屋側面往下走幾階台階就是了。進門後是個大房間，擺了兩張床（雖然窄，卻是彈簧床）、兩張單人沙發（老舊但厚實），冰冷的石板地上鋪了塊小地毯，還有一座臉盆架，搭配同套的臉盆和水壺。他拉扯一根繩子，電燈燈光照亮一切。

「你跟人共用房間？」

「對，」巴斯提安說，「跟另一個比利時人，但他不太自在。」

「不太自在？」我問，「你們照得到朝陽，而且有兩張單人沙發耶。我們『柯萊歐琵號』上只放得下一張。我原本想像的是類似地牢的地方。」

「跟家具無關。」巴斯提安說。他將戰臉轉朝我。

「你在開玩笑對吧？」我說。

「他在德軍打來之前就逃跑了，對他來說，我的臉是一種羞辱，我猜是這樣。」

我坐到單人沙發上。「所以這是暫時的——你很快會有另一個室友？」

「所有事都是暫時的。」

巴斯提安慢慢坐到小地毯上，背靠著我坐的沙發堅硬的骨架。他伸長瘦痛的那條腿。

「我們應該交換位置才對。」我說。

「我這樣很舒服。」

我本來覺得他的頭髮是深棕色的，然而我坐在單人沙發中，正上方的電燈為他的髮絲注入了顏色。栗棕色、紅棕色，幾縷火紅色。他動了一下，那些色彩也跟著擾動。

我用指尖輕觸他的頭頂。他的頭髮很乾淨，一點都不油，在我手心裡像絲一樣柔順。他稍微調整姿勢，將戰臉擱在我大腿上。他的傷殘消失了，戰爭遠離了。我看見原本的他，在我們相識之前的他。

他的頭變重了，呼吸也轉為深沉。我將手指探入他髮絲，讓它們在他頭皮上漫遊。然後我做了一番記錄：飽滿的嘴唇、方正的下巴、稜角分明的顎骨、高聳的顴骨。雜誌模特兒般的五官。他在比利時勢必引人注目，獲得無數笑容與青睞。我不會是他第一個上床的對象，我心想，紅暈湧上我的臉，全身一陣燥熱。我用一根手指描過他臉上完好的表面：凸起的眉毛、挺直的鼻樑。他的雙唇分開時，我感覺到他溫熱的呼吸。他的下巴刮得很乾淨，幾乎全然光滑，唯一的瑕疵是一小塊剃刀沒貼著肉剃的部位。他的耳垂就跟任何人一樣柔軟，我用拇指和食指捏住它，感覺它變形，感覺他嘆息，感覺我自己起了雞皮疙瘩，看到他勃起。他好美。

「不要停。」他說。

我都沒發現我停下來了。

「我媽媽，我小時候她也會這樣做。」

我的指尖掠過他顴骨，繞著他眼睛畫圈。

「我不是你媽媽，巴斯提安。」

他的眼皮歙動，我輕觸它，安撫它。

「妳是我無法用言語形容的人。」他說。

「你的朋友？」

「當然是。但也是別的。」

我用手指背面撫摸他臉頰。「你的朗讀員。你的寫字員。」

「對，對。」

「你的紅粉知己。」

「很接近，卻又不太對。我需要一個坐在我身邊的人，結果妳就出現了。」

「命運的安排。」我說。

「我從一開始就不曾對妳感到陌生（strange）。」

「我也從來不覺得你很奇怪（strange）。」

「妳要說笑也罷，不過我是認真的。」他說，「當時對我而言，一切確實都很陌生——語言、醫院的氣味、牛津的鐘聲。疼痛。」

深吸一口氣。他抬起手，將我的手固定在他臉頰上。

「所有事物都缺少了——有半個世界我看不見，我的皮膚撕裂或燒焦的部位失去了感覺，我無法像原本一樣自由行動。我不認識自己了。而妳讓我覺得熟悉。」

「那麼我就像家人囉。」我逗弄他。

「在最初幾星期，我確實在想，如果我有姊妹，是不是她就會給我這樣的撫慰。」

「姊妹！」

「最初幾星期啦。」

「那現在呢？」

他嘴唇張開又闔起，我撫摸它們，拿取在他唇間欲言又止的兩個字。

「情人。」我說。

我的指尖下漾開笑容。我的手指在微微顫抖。

他抬起頭仰望我。「這是我的心願。」

我捧住他的臉，彎腰親吻那片無法微笑的唇，親吻骨折的下巴，親吻參差不齊的顎骨以及凹陷的臉頰，也親吻視而不見的玻璃眼珠上方那片永遠不會拉下來的眼皮。巴斯提安想站起來，但我阻止他。我從沙發起身，拉上窗簾。

我站在他面前。我褪去身上每一件衣物，看著他看我的樣子。我一直在渴盼這一刻，被徹底地看見，被視為獨特的個體。當他看見我胸部的曲線時，我看到他胸膛鼓起。我讓內褲落下，聽到他低吟一聲。我的動作緩慢而謹慎，我不希望有任何一步太過草率。全身赤裸後，我跪到他身旁的小地毯上，協助他脫衣服。

✦✦✦

我們睡著了。在單人沙發前的小地毯上，我們睡著了。感覺很親密——我的頭重重地擱在他胸口，他整個身軀靠在我身上，我的腿和他交纏。我醒來時，他一手按在我左乳上方，我感覺每一下心跳都抵著他掌心的壓力。

我動了動，他抽開手。

「抱歉。」他說。

「別說抱歉。」我把他的手放回原處。

「我夢到妳死了。」聲音好小。

我的心跳變快，不知道他已躺了多久，需要我還活著的證據。對我來說，證據四處都是。我能聞到我們做愛的氣味——在他的腋窩裡和我的皮膚上。我能看到證據散落滿地——我和他的衣服，還有我從緹爾妲的黑絨布包裡拿的保險套。我感覺到證據化作一股柔情——在我的腿間和我的心裡。

我將他的手從我胸口舉至嘴邊。他咧嘴一笑，於是他那些亡者的陰影從室內消失了。我換了個姿勢，跨坐在他身上。我捧住他的臉，吻那片無法微笑的唇，吻骨折的下巴，吻參差不齊的顎骨以及凹陷的臉頰。我吻那顆視而不見的眼珠，感覺它冰冷地抵住我嘴唇。

✦✦✦

我拾起原本穿在身上的每件衣物，巴斯提安看著我穿衣服。我看著他看我的樣子。我放慢速度。我到鏡子前把頭髮弄捲，然後戴上帽子。他從鏡影看著我手部的動作。

「我得走了。」我說。

「我送妳，我想看看妳住的地方。」

「不了，天還沒全黑，而且我得小跑回去。」

✦
✦
✦

我離開了超過一小時。超過兩小時。天色已愈來愈暗了。我看到「柯萊歐琵號」時，思緒全由巴斯提安轉移到茉德身上。先前感覺敏感酥麻的皮膚，現在只覺得麻木。我心中閃過一個念頭，不知道蘿西有沒有想到探頭看看狀況。要是我跟她說一聲的話，她就會這麼做的。我為什麼沒說一聲呢？因為我實在太厭倦開口拜託人家了。

我打開艙門時，天色已近乎全暗。我猜現在大概十點半左右吧。油燈是冷的，我重新點亮它。我從地上撿起茉德的黃圍巾，看到她夏天的外套搭在單人沙發的椅背上——圍巾和外套都不是她今天穿去上班的衣物。桌上散落紙張和六個摺好的星星，還有一個用過的盤子和半杯牛奶，表面已結了一層膜。

我將盤子和牛奶拿去廚房，在牛奶裡加了醋，放到一旁讓它酸化。水盆裡已堆滿早餐用過的杯盤，我把盤子放進去。廚房窗戶上有個倒影，那影像扭曲得太厲害，連我都分不清那是茉德還是我。天已黑了，徹底漆黑。我留她一個人太長時間了。

我拉開我們臥室的布簾。她能把自己縮得好小，換作任何人，都可能以為床上沒有人，畢竟老舊的床墊原本就凹凸不平。但我認得她的輪廓。我觸碰她髖骨構成的弧度，感覺自己的脈搏緩和下來。她將被子緊掖到下巴，睡著時的柔軟雙唇間規律地噗出吐氣聲，櫻桃紅的雙唇。

我拉起布簾，回到廚房。

櫻桃紅。

我尚未準備就寢。我不願讓睡眠接管我清醒的愉悅，並將它交付給夢境，暫時不要。我泡了杯淡茶，沒端到桌邊，而是坐進媽媽的單人沙發，它很硬，也有很多裂縫。沙發套是綠色絨布，但好多位置都磨到綻線了。這沙發對我們的運河船來說實在太大，可是媽媽不肯換一張小一點的椅子。

這張沙發壓在一塊被腳底磨舊的小地毯上。我脫掉鞋子、剝下長襪，感覺地毯凹凸不平的觸感。它上頭有已褪色的紅、綠、藍小鳥與村舍圖案——發揮想像力的綠洲，媽媽會一邊這麼說，一邊安坐下來，開始唸《一千零一夜》的故事。我們會坐在她腳邊，茉德迷失在地毯圖案裡，我則迷失在媽媽嗓音變出的魔法中。她就是我的雪赫拉莎德王后，我仔細聽進每個字，玩味每個想法。她闔上書本時會彎下腰來捏住我下巴。別忘記唷，小佩。我會點頭，知道將發生什麼事，像期待故事中最喜愛的台詞般等著聽。如果妳配合窘迫的處境而限縮自己，妳很快就會消失不見。

我鮮少坐進媽媽的沙發。倒不是不敢坐，只是我們有兩個人，而這是單人沙發。坐在桌子旁更適合。

我限縮自己了嗎？

我把茶喝了，弄熄油燈。我奮力爬起身來，將空杯子拿到水盆放。

我脫掉衣服。每件衣物，每個動作都是當時的重現。我閉上眼來找回一幀畫面、一個聲響、一縷氣味。我解開上衣鈕釦，讓襯衣滑落。當布料擦過我乳房時，我感到他指尖帶著疤痕的指腹。我周圍空氣的流動，感覺都像他對著我脖子悄聲低語。當時他說的是法語，半數單字我都不認得，但我聽懂了。

我掀開被子，輕輕躺到妹妹身旁。我聞到淡淡菸草味，緹爾妲有時會抽的那種。

✦✦✦

我等著聽見聖巴拿巴教堂的鐘聲，在鐘聲敲響前便甦醒。正要升起的太陽讓「柯萊歐琵號」內仍黑濛濛的，我猜我還有十五分鐘的餘暇，然後才要喚醒茉德。我掀開被子，坐在床墊邊緣。我穿上拖鞋，伸手去拿丟在床尾的披肩。我作了夢，當我裹上披肩時，我試著回想我夢到什麼。與巴斯提安有關，但我抓不住具體情節。

這時我看到她穿著襪子的腳。

我撩起被子往裡看。茉德沒換睡衣，她穿著緹爾妲那件杏色洋裝。

她的嘴唇——塗成櫻桃紅。口紅抹暈在她臉頰上。

扮裝遊戲。這是我們小時候會做的事。我硬是用微笑蓋過蹙眉，為她蓋好被子，然後走到廚房。

「炒蛋。」我說，將盤子放在茱德面前，她剛坐到桌子邊。她仍穿著那襲洋裝，還有長襪。

她推開盤子。

「但妳超愛炒蛋呀。」

她將盤子拉回面前開始吃。

「這才乖。」我端著咖啡坐到桌子邊。

「但妳超愛炒蛋呀。」茱德說，用叉子指著我面前空空如也的桌面。

「我不太餓。」我說，於是茱德繼續吃早餐。「小茱，妳昨天晚上忘記換睡衣了。」我說，「妳穿著新洋裝就去睡覺了。」

「讓男孩們驚豔一下。」她說。

這是茱德在緹爾妲面前轉圈時，緹爾妲說過的話。

「這衣服很漂亮。」我說。

「漂亮的鸚鵡，穿著漂亮的衣服。」

我聽不懂這句話。我的咖啡冷了。

第二十八章

我說服不了茉德換衣服，於是她便穿著杏色洋裝去上班了。她在傑里科的街頭很惹眼，因為那裡的女人都打扮得適合做家事、在出版社工作或是整天顧櫃檯。有幾個男人舉帽致意，當一名士兵向她道早安時，茉德回應「早安」並轉了一圈。

我們中途去了一下特納書報商，買糖果給小愛。

「好漂亮的洋裝，瓊斯小姐。」特納先生說。

「今天是小愛最後一天上班。」我補充，彷彿這能說明什麼。

✦✦✦

我們圍在配頁檯邊，比我們應守的規矩更聒噪些，也更放鬆些。小愛的嗓門比平常更大，但霍格太太知道她已無力管束，便裝作沒注意。

路特和我在配頁。她已學會提高效率的步伐，我喜歡觀察她身體抓到節奏的那一刻，她表情轉為柔和的模樣。我相信她沒察覺這項變化，所以我沒多言；我只是確保自己跟她步伐一致，以免潑她冷水。

今天珞特沿著配頁檯移動的模樣，有如在適應新鞋子的女人。看起來有夠彆扭，所以我沒有配合她。我將一台又一台書帖掃到手臂上，心裡想著巴斯提安而讓節奏維持拖沓。

珞特將她完成的第一疊毛本交給小露。片刻後，我把我的毛本交給茱德。

「慢郎中。」茱德說——這並非指責，只是作出觀察。她把頁緣碼平，交給小愛檢查。親愛的茱德啊，我心想，我傾向前去吻她臉頰。就在最後一刻，她突然轉頭，用嘴唇迎接我的嘴。她仔細看我錯愕的表情，哈哈大笑。那笑聲好詭異。

「還不賴吧？」她說。這是個問句。

我不知該作何回應。

「還不賴。」她自己回答。

小愛快速翻過茱德剛才遞給她的毛本。「我連這些字是正的還是反的都看不出來。」她說，「這是什麼語言啊？」

「德文。」珞特說，已經又把第二疊交給小露了。小露把毛本碼平。

「德文？」小愛複述，「我們幹嘛印德文書？」

我走第二趟時提高注意力：二十台摺了四摺的書帖，每台有三十二頁。我偷瞄了一眼書名頁。《德詩選集：從路德到李利恩克龍》。H・G・菲德勒編。我想像卡南先生與委員會爭執的狀況：拿掉書名中的「牛津」二字，就沒人能指控我們是德國同路人了。

「這是詩耶。」我說。

「德國詩。」小愛說。

「詩。」茉德說。

珞特停止配頁，所以我也停住。她在讀其中一首詩，默唸著文字。

「唸給我們聽吧，珞特。」我說。

「O Mutter, Mutter! hin ist hin!
Verloren ist verloren!
Der Tod, der Tod ist mein Gewinn!
O wär' ich nie geboren!」

「用英文解釋是什麼意思？」

她隔著配頁檯看我，我感覺這段距離是咫尺天涯。接著她望回那首詩，許久都不發一語；我猜想她是覺得很難翻譯吧。她終於開口時，聲音輕如耳語。

「噢，媽媽，媽媽！它不見了！
永遠失去了！
死亡，死亡才能給我安慰。
噢，但願我從未誕生！」

她繼續沿著配頁檯走動，我也是，但我的步伐喪失了原本從容的節奏感。

「妳知道這些詩？」我問。

「我們在比利時會學鄰居的詩，因為我們也會學他們的語言。」

「好像滿有道理的。」我說。

「哪有什麼道理？」珞特的面具滑落，我覺得她似乎在冷笑。我不知道該說什麼好，但我知道等到我的回應前，她是不會移開目光的。

「了解自己的鄰居肯定要比不了解來得好吧。」

「我以前的確這麼認為。」

我不吭氣。我們繼續走動，遞送毛本，從頭再來。「如果我的鄰居變成我的敵人，」我說，心裡沒把握開口說話是明智決定，「我應該會想知道他們在說什麼。」

路特停步，我也停步。她的眼睛湛藍而灼人——未被通常低垂的眼皮所遮蔽。她的嗓音仍放得很輕，字字句句卻咬字清晰。壓抑著不要大叫所費的力氣，化作她上唇的輕顫。

「德國人民不是我的敵人，佩姬。但有些人把他們的語言當成武器，用來散布邪惡的思想，仔細描述他們要用什麼方式來羞辱你、傷害你。還有他們已經做了什麼事。」

她驀然止住，我感覺她違反了某種她用來約束自己的機密法令。我看著她力挽狂瀾——甩甩頭，垂下眼皮。當她再抬起目光，眼睛的藍色已變得黯淡，嗓音也平穩無波。

「你們英國人不是會教小孩一句韻文嗎？跟棍棒和石頭有關的？」

茱德搶在我之前回答。

「棍棒和石頭能打斷我骨頭，但話語永遠傷不了我。」這句話她熟得很。

路特望向我妹妹坐的位置，我好奇她是否又要忍不住發洩一番。但她突然神色一頹，彷彿失去了戰鬥力。

「那是謊言，」她回頭望著我說，「茱德懂得這道理。」

「謊言。」茱德說。

「真希望我聽不懂那一切。」路特說。她將下一台書帖掃到手臂上；我也做了同樣動作。

我們沉默不語，一直到上午休息時間的鈴聲響起。

✦✦✦

下班前，有一本毛本被挑出來作廢。

「這一本有什麼問題？」我問。

小愛朝茱德歪了一下頭。「妳和珞特在討論『詩』的時候，她對中間一台書帖動了手腳。」

「動了手腳？」

「是啊，動了手腳。」小愛給我看茱德做了什麼。

「這根本就是亂摺一通。」我說。

小愛從我手裡拿走毀掉的那一台，左轉看一看，又右轉看一看。「我連哪一邊朝上都分不出來。」

我往裝訂廠內張望：斯多陶德太太低著頭在看本子，霍格太太在罵一個剛從聖巴拿巴女子學校畢業的新員工只顧著聊天。

我從小愛手裡拿回那台書帖，悄悄放進圍裙口袋。

✦✦✦

那天傍晚我們回家時，「柯萊歐琵號」熱得像錫罐。我們用《西洋棋史》抵住艙門，我也把左舷和右舷的窗戶都打開。感覺空氣確實在流通真是讓人鬆口氣。

茱德坐在桌邊，伸手去拿放在餅乾盒裡的紙張。她仍戴著帽子，就像她仍穿著杏色洋裝，已經穿了整夜和整天了。我過去站在她身後，她開始摺紙，我看了一會兒，然後彎下腰摟住她肩膀，在她耳邊說悄悄話。

「小茉，妳今晚又打算要出門嗎？」

我是刻意擾亂她——我說「又」是什麼意思？但茱德聳聳肩。她也許又會出門，也許不會。她的領口有淡淡菸草味。

這是我們要進行的新對話，但茱德和我都不知道台詞。她等著我繼續提問，等我像媽媽一樣坐到她身旁，協助她找到她需要的詞彙。

我只說了句：「妳的帽子，傻瓜。」我擠出笑容，幫她脫掉帽子，拿去掛在艙門旁的木釘上，然後望向運河水面。河面上有浮垢、虹彩般的烹飪廢油，以及其他有的沒的。有個空罐頭漂過去，我在想它過多久才會裝滿水並沉到河底。

我本來打算弄臘腸配馬鈴薯泥，又臨時決定做「洞裡的蟾蜍」。*這是茉德最愛的菜色之一。我在攪拌麵糊時，比平常攪得更用力也攪得更久。後來在烤的時候，麵糊膨得很高，讓臘腸都陷進去了，就跟媽媽做的一樣。我把它端上桌時，茉德高興得拍手，而我們的晚餐對話跟平常沒什麼不同。

飯後甜點我們吃了新鮮桃子。茉德在吃切成小塊的黏膩水果時，將她的摺紙放得老遠以策安全。我看到她將手指舔乾淨，然後在洋裝上揩手。我沒有斥責她。

她重新開始摺紙時，我觀察她最初幾個步驟，知道她在摺愛心。

「小茉，妳這愛心是要送誰的？」我問。

她聳肩。

我從包包拿出那一台德文詩放在桌上，茉德傾向前來看。

「詩。」她說。

「德文詩。」我模仿小愛的語氣和表情。茉德微笑。

我深吸一口氣，摸著亂摺的那些頁面。

---

* 譯註：洞裡的蟾蜍（toad-in-the-hole）是傳統英式菜餚，做法為將整根的臘腸一根根鋪在約克夏布丁上，通常還會搭配洋蔥醬汁和蔬菜一起吃。

「小茉，這些是什麼？」

她的頭搖來搖去，身體也輕輕搖擺。她說不上來，她很困惑。別逼她說她沒有現成答案的事情，媽媽以前會這麼告訴我們的老師們。幫助她換個方式表達。

「我可以把它修好嗎？」我一手擱在那台書帖上。

她開始點頭，搖擺停止了。「把它修好。」她說。

我攤開那台書帖，照正確方式重新摺好。

「我們要請珞特再多翻譯一些嗎？」

「棍棒和石頭。」茉德說。

「我可以找巴斯提安。」

「棍棒和石頭。」

「不然我寄兩首詩給緹爾妲？她可以讓她的德國醫生翻譯。」

茉德點頭。「胡果。」

✦✦✦

一九一六年六月二十三日

親愛的小佩：

那些詩惹哭了胡果。當我要求他翻譯時，他還以為我指的是某個德國戰俘寫的東西。他發現原來是李利恩克龍的詩，簡直喜出望外。他先譯出詩名為〈玉米田中的死亡〉，然後大聲唸出信上的前兩行詩。他知道這首詩，小佩，這一節剩下的部分他直接背出來。他說這些詩句就像昨天才寫的，但其實早在幾十年前就寫出來了，寫的是普魯士與法國之間的另一場戰爭。

牛津和「柯萊歐琵號」的事他全知道，當然也知道妳、茉德和海倫是誰。我聊到海倫時，他並沒有嚇到或是吃醋，這個地方讓我們已經喪失這兩種情緒反應了。我告訴他這些詩是妳從裝訂廠偷的，他露出笑容。他說他們大可以拒絕印德文書籍，得知他們沒這麼做，令他充滿希望——「你們應該由我們的詩來認識我們，」他說，「這些詩和你們的詩沒什麼不同。」

很浪漫，不是嗎？但我被惹火了。我說我已看膩了太多詩，它們總把普通人描繪成聖人，只要那些人死得比一般人更慘，或是受了重傷而使他們過著比普通人更慘的生活。我告訴他死在一片見鬼的玉米田裡毫無高尚可言——只是白白糟蹋一條命。

胡果由著我嚷嚷，一次都沒有質疑我。我需要被反對才能維持義憤填膺，所以終究洩了氣。趁我喘口氣時，胡果親吻剛才向他發表高論的嘴，並且用令人火大的合理邏輯說：「我們用詩來忍受無法忍受的事物。有時候必須要說謊。」

於是我明白了，為什麼艾莉森（就是李文斯通護士長）堅持叫我們的病患們「齷齪的德國佬」。如果不這樣看待他們，如果把他們當成普通人，或許會使現況難以忍受。

緹爾妲

我讀了〈玉米田中的死亡〉，然後我讀了〈Wer Weiss Wo〉。胡果將後者的詩名譯為〈鬼地方〉，第一行是：在血汙與屍身上，是碎石與煙硝。詩的內容毫無榮耀可言，看完之後，我好奇緹爾妲是否會對它的真實感到滿意。我不認為如此，但它也不會惹怒她。它只會令她無比悲傷。

第二十九章

巴斯提安和我走出電影院時，天還亮著。牛津到處都是人，要不是因為他們穿著軍服，看起來就像普通的夏夜。一群群年輕軍官從他們學生時代流連的那些酒吧湧出來，年輕女子三兩成群地穿梭在街道間。情侶勾著手散步，不時在某座學院或教堂前逗留，欣賞建築之美。儘管正在打仗，牛津仍吸引觀光客。而且，儘管正在打仗，溫暖的夏夜仍讓人感覺安詳。

我從牛津夜歸時，一直避免走曳船道，不過這天只是傍晚，而且有巴斯提安陪伴。曳船道感覺比大街要來得浪漫。

才過了海斯橋，我們便注意到那群男人。有些人穿著軍服，有些穿著有領子的白襯衫。有人穿的是連身服，而且顯然下工後沒有回過家；他們肚子裡裝滿啤酒，沿著曳船道跌跌撞撞前進。

「我猜他最後會跌進水裡。」巴斯提安說。

「那可能正是他需要的。」

巴斯提安哈哈笑，我轉頭看他──他在笑時整張臉都會產生變化，而我仍在琢磨原因。

這時我聽到一個嗓音。陌生的嗓音。「哈囉，又見面啦。」

我不確定他是打哪兒冒出來的，總之有個男人站在我們面前的曳船道上，就在艾西斯船閘附近。他穿著軍服，但是看起來一點都不堂堂正正。他像某些流里流氣的男人般上下打量我，當天下午我穿上洋裝時感受到的自信頓時蕩然無存。我感覺運河吹來的微風掃過我的肩膀、鎖骨和胸膛。我心想或許這衣服領口太鬆了，布料太輕薄透明了。這是用緹爾妲的洋裝改小的。我鬆開與巴斯提安牽著的手，但靠他更近一些。他攬住我肩膀，我感到他胸膛的肌肉繃緊了。

「我說『哈囉』。」男人身體微微搖晃，面帶淺笑。看看巴斯提安，又看向我。「現在輪到妳回答了。」

我們從他旁邊走過去。

「別這樣嘛，我漂亮的鸚鵡。」

我霍地轉回身。

「你剛才叫我什麼？」

他的額頭抽搐了一下，面露不解。他湊向前。

「我漂亮的鸚鵡啊。」他勉強陪笑。他散發一股菸草味。

「為什麼？」

「因為妳喜歡啊。」又是一陣抽搐。然後，在我醒悟的同時，他也察覺了真相。他踉蹌後退，瞥了一眼巴斯提安，畏縮。

「你做了什麼？」我惡狠狠地說。

「他喝醉了。」巴斯提安說，他把我摟得更緊一點，我不確定是為了安撫我還是攔阻我。

「你對她做了什麼？」我大叫。

男人再次打量我全身，彷彿在檢驗失誤，尋找最微小的印刷瑕疵。直到他看到我眼睛時才確定了。他搖搖頭。

「你『漂亮的鸚鵡』？」我啐道。

「我什麼也沒做。」他說。

「你做了某件事。」

快速瞥一眼巴斯提安。「我沒做她不想要我做的事。」

我推了他一把，用雙手推他瘦弱的胸膛，就像以前聖巴拿巴女子學校的惡霸取笑茉德時，我就是這樣推她們的。我甩開巴斯提安，拔腿狂奔。

✦✦✦

「茉德！茉德！」

單人沙發上沒人，廚房裡沒人，也沒人坐在桌邊。

「她睡著了，時間已經不早了。」路特從我們臥室的布簾後走出來。我沒理會她要我別打擾妹妹的弦外之音，當路特回到廚房時，我逕自擠過她身邊，拉開我們臥室的布簾。

茱德擁著一個枕頭曲身而臥，在夢境中歙動眼皮。我輕觸她臉頰。她很溫暖、安全。我吻她額頭，她完全沒動。那件杏色洋裝鋪在床尾。

路特望著我拉上布簾，跟著我走到桌邊。我坐下後，她直直盯著我，等我先開口。我不知道要說什麼，只能用手捧著頭。

「有事情發生了。」她說。

我猛地抬起頭。路特的表情令我慚愧。她不是在提問，而是在告知。告訴我一件我早該知道的事。「發生什麼事了？」我問。

就在此時，巴斯提安趕到了。這不是我原本預期為他介紹「柯萊歐琵號」的方式。他被《西洋棋史》絆了一下，鑽進艙口時又撞到頭。他為了追我而累得臉色發白，路特連忙過去扶他坐進單人沙發。

她回到廚房，刻意不看我，拿水壺倒了杯水，端去給巴斯提安。

「路特，」我用在這狹小空間過大的音量說，「妳都知道些什麼？」

這時她看我了，表情嚴肅而不屑。「我什麼也不『知道』，」她說，「但我能猜到。」

「那妳猜到什麼？」我放輕語調問。那股驅使我一路衝過曳船道的怒氣，現在已被愧疚澆熄。杏色洋裝已備妥，她打算再出門。去當別人漂亮的鸚鵡。

「她穿上緹爾妲的洋裝，塗口紅，」珞特說，「說出新的句子，妳也聽到了。難道妳都沒懷疑那是打哪兒來的？又是什麼意思？還是妳忙到沒空留意？」

「這話是什麼意思？」

「妳有留下她嗎？」珞特問。迅速瞥一眼巴斯提安。

「什麼時候？」

「任何時候！妳有留她一個人？妳認為妳不在，她會沒事？」

我為之語塞。我當然三不五時會留下她，一直都會。但不會很久，而且會跟蘿西講一聲。不過最近……也許吧，一兩次。但茉德知道她不可以煮食，她樂於一個人摺紙。我是否忘了注意時間呢？也許吧，一兩次。有那麼一兩次，我感受到身為單數的無拘無束，我或許是忘了注意時間。一兩次。珞特現在怒氣沖沖地瞪著我。

「是誰叫她『漂亮的鸚鵡』？」她說，「上次她在裝訂廠故意那樣親妳時，說『還不賴吧，還不賴』，又是什麼意思？」

我不吭聲，珞特提高音量。

「妳選擇誤解她。」她大叫，「妳是全世界最該懂得可能發生什麼事的人，卻仍然丟下她。」

「我是全世界——」但珞特還沒訓完我，我退縮了。

「妳以為妳叮嚀她乖乖待在家，她就會聽話。但她很好奇，他們全都很好奇。」

她開始來回踱步，手指插進頭髮，我努力發出聲音講話。

「她是『我』妹妹，珞特。我應該知道什麼時候能留下她，什麼時候不能。」

珞特停步，轉朝向我，蒼白的面龐布滿我無法理解的憤怒。

「她是個孩子！」她尖叫，「一個滿口兒歌的孩子，對他們來說是胡言亂語，是動手傷害的理由。妳卻丟下他不管。為什麼？妳為什麼丟下他？Pourquoi？Pourquoi？」這個法語詞彙一再重複，被折磨她身軀的放聲號哭給撕成碎片。巴斯提安來到她身邊，號哭轉為抽噎，但疑問仍持續不絕，只聽到愈來愈輕的「Pourquoi？」。接著他的雙臂擁住她，那是曾擁住我的雙臂，她癱在他臂彎中。

巴斯提安對她說話——我聽懂片段的法語。他扶她往單人沙發走去，等她坐下後，我才發現茱德。她一動不動、面無表情地站著，布簾將她框住，那簾子只能為我們的臥室遮光，一點隔音效果也沒有。我不知道她聽見什麼，又看見了什麼。不知道她會如何解讀。我朝她靠近，但她用一根手指抵著唇。別打擾到他們，她在表示。她懂，她一直都懂。我等著。

巴斯提安問我珞特住在哪裡，我告訴他怎麼找到斯多陶德太太家。他攙扶珞特離開「柯萊歐琵號」，我跟過去，站在曳船道上目送他們的身影走向瓦爾頓井橋。他們身高相仿。他們說同樣的語言。我想像他們用法語交談。我心想：對他們兩人而言，能夠被對方充分理解，應該都會感覺輕鬆又如釋重負吧。

茉德回去睡覺了。我爬上床，膝蓋靠向她膝窩，肚子貼在她背上。我一手擱在她髖部，嗅了一會兒她的髮香。想起巴斯提安的碰觸、他呼在我頸上的氣息，我不禁微微顫抖。我想像若我的手屬於一個男人，我妹妹的身體會有什麼反應。我想到曳船道上那個軍人，皮膚感覺有東西在爬。

我的皮膚感覺有東西在爬。但她會嗎？

那件杏色洋裝可是都擺出來了呢。

「小茉，妳穿那件洋裝看起來好漂亮。」我說。

這還不夠。

「也許妳可以穿去克萊倫敦學院即將舉行的募款活動？可以跳舞喔。」

「男孩和老頭。」她悄聲說。

「還有港口綠地飛機場的飛行員，」我說，「特別嘉賓。」

她身體變軟，我想像有人攬著她的腰，在舞池裡滑步。我想像終了時可能有的一吻，知道那種滋味可能有多美妙。

「小茉，我覺得妳不該再自己一個人去海斯橋了。妳遇到的那個人，不是對的那種男人。」

她沉默許久——在思考，而不是睡著了，我納悶她想要說什麼。要有耐心，媽媽會這麼說。我閉上眼，深深地陷進枕頭。

「對的那種男人？」她的問句將我從瞌睡中喚醒，我差點說出巴斯提安的名字。

「我不確定耶。」我說，感覺到她很失望。我想像媽媽搖頭：再努力點，把話說清楚。

「他應該想要了解妳，小茉。妳也應該想要了解他。」就像一本書，我心想。「像一件美麗又複雜的摺紙作品。」我說。

✦✦✦

隔天午餐時間，巴斯提安在克萊倫敦學院的老地方找到我，我正在看報紙。他打開三明治包裝，我翻了一頁。

「你送珞特回家時，都跟她聊了什麼？」我問。

「什麼也沒聊。」他說。

「總是有聊點什麼吧。」我說。

「什麼也沒聊。」他又說一次。

我停止翻頁，難以置信地盯著他。「巴斯提安，你們一定有講話啊。她昨晚到底怎麼了？」

「她……」他努力思索適切用語，「我想她不對勁，受損了。她沒埋葬她的亡者，」他說，「我認為她也並不想要埋葬。」

「很抱歉。」我對剛才的口氣很慚愧。

「不，」他握住我的手，「我想珞特對所有事都不怎麼在乎了，除了茉德之外。昨晚她是嚇到了。」

「你覺得她為什麼在乎茉德？」

他沒回答，但愈加不安。

「巴斯提安，她跟你說了什麼？」

我在他臉上找線索。他停止咀嚼，我看到他繃緊下巴。不知道這動作會有多痛。我很有耐心。

「我想茉德跟她的兒子很像吧。」他說。他盯著桌面，沒有看我。「跟她『已逝』的兒子很像。」他說。

我想起昨晚片段的話語和手勢，珞特像壞掉的娃娃一樣癱軟不起。妳為什麼丟下他？

Pourquoi？Pourquoi？故事的拼圖漸漸有了輪廓。

他抬起頭。「赫內。她兒子叫赫內。他十二歲。」

有些事我想要知道。有些事我不想知道。其實是同樣的事。

「茱德跟他哪裡像呢？」

「赫內幾乎不說話，只會說幾個字，說兒歌和歌曲裡他最愛的短語。再來就是比手語。」

「他是聾人？」

「沒有聾，只是與眾不同。她說他獨一無二，就像一本泥金裝飾的珍本書。若是沒有他，她的生活幾乎過不下去。」

「這是珞特告訴你的？」

「她周而復始地告訴我。那根本不算是對話。」

「那算是什麼？」

他搖頭。「這些事她先用法語說，再用法蘭德斯語、德語，再換成英語。我們剛離開『柯萊歐琵號』她就開始說了，等我們走到斯多陶德太太家門口，她都沒有停過。她每說一遍都配合一種節奏，還有手勢。」

「手勢？」

「她用了手語——我想是赫內的手語吧。我不確定那都是什麼意思，但她說每一種語言版本時，都配合同一套手語。感覺像她在唸劇本；我猜她有在練習，以免忘記台詞，以免忘記『他』。」他沉默半晌。「到最後她哭了，但她似乎並不知道自己在流淚。」

「她從沒對我們透露過半個字，你覺得她為何要告訴你呢？」

「因為很方便。因為我懂那些話。因為她心智崩潰時我剛好在旁邊。」他想了一下。「我猜她需要一個證人吧。」

「證人？證明什麼？」

他面露不安。「她希望她兒子被記住。」

「她當然想記住他！總算能夠暢所欲言一定讓人鬆了口氣吧。要是她肯找我聊就好了。」但我話剛出口的同時，已沒把握這是真心話。對珞特的痛苦不知情比較輕鬆。比較能沒有負擔地在摺紙檯與她比肩而坐，與她一同走回「柯萊歐琵號」，聊她晚餐要煮什麼。如果我對她的兒子一無所知，看著她和茉德共處會比較自在。

「我不認為珞特想要一吐為快，我認為她希望『別人』記住赫內。」他停頓。「我認為她是在把她的記憶交接出去……」剩下的話只是懸在我們之間，但我知道他在想什麼。

我們默然對坐了一會兒，我想著茉德，想著我會複誦的韻文，還有我會用來形容她的詞彙：獨特，舉世無雙，一本裝訂精美的奇異詩集。我知道巴斯提安仍在想著珞特，還有赫內。

「他好像是被射殺而死的。」他很輕很輕地說。

赫內才十二歲，說話都唸兒歌的句子。「她告訴你這種事？」

他搖頭。「事發不久後，我人就在那裡，在魯汶。我看到他們帶男人和男孩去的地方，看到沾滿他們血的牆壁，還有他們的屍體。有些男孩年紀好小，勢必是由父親抱過去的。」

他的亡者亦是她的亡者。於是我明白珞特為何向巴斯提安訴說她的痛苦了。

「他們處死那些人，」他說，「全部人。」

甚至包括需要人抱的男孩。甚至包括用兒歌句子來說話的男孩。獨特。舉世無雙。

「然後他們燒了大學圖書館。」

「珞特是圖書館員。」我說。

「*那些人把他們趕去牆邊時，我正在救書。*」巴斯提安嘆氣。「她用各種語言說這句話。*泥金裝飾的手稿，她說。無可取代。*」

「她有救成嗎？」

「什麼？」

「那些手稿。」我說，因為這比其他問題都容易面對，倒不是因為它特別重要。

他面露困惑，或許也有些失望。

「她什麼都沒救成，佩姬。我們所有人都一樣。」*全都成了灰燼。*

我的腸子扭成一團。他名叫赫內，他幾乎不說話，他很獨特，像一本泥金裝飾的珍本書。

我想著裝訂廠中的珞特——為手稿摺紙和配頁，每夜則被它們燃燒的記憶給折磨。簡直類似普羅米修斯受到的懲罰。

我覺得反胃。

「她怎麼承受得了？」我望著巴斯提安，「老天，你怎麼承受得了？」我壓低嗓門，不想惹人注意，但其實好想大吼。「怎麼辦得到？」

他看我的眼神彷彿家長在看孩子，或是醫生在看病患。我原本一無所知，現在我懂了。我不安、憤怒、沮喪，早該如此才對。他能夠引導我走出情緒的迷宮，但他不會為我擋去殘酷的真相。

「茉德，」他說，「茉德幫助她承受。還有妳，佩姬。妳幫助『我』承受。」

「但我什麼都不知道。」

「妳知道的已經足夠了。」

我搖頭。「外面在打仗，巴斯提安。不論是你或珞特都受了這麼嚴重的創傷，而我卻只會聊書和裝訂廠和——」

「我就是靠這個撐下來的。」他說。

第三十章

六月底某個溫暖的傍晚，我協助茉德穿上她的杏色洋裝，她則協助我穿上一件乏善可陳的連身裙。她打量我，然後皺起鼻子。

「這身衣服很舒適。」我說。

我將頭髮扭成領口高度的低髮髻，這是我每天上班時梳的髮型。接著我照緹爾妲教我們的方式，將茉德的頭髮挽成鬆鬆的包頭，還夾進幾枝含苞待放的繡線菊。

「妳真是可人。」我說，她轉了一圈。

我們沿著瓦爾頓街走：經過「傑里科酒館」和「威爾斯親王」，那裡的酒客舉帽致意；經過雷德克里夫醫院；經過出版社和薩默維爾學院。我看到小桂和巴斯提安與小愛和小露站在克萊倫敦學院外頭，每個人都盛裝打扮。我們走近時，小桂驚呼一聲。

「茉德！」

「可人。」我妹妹說。

「確實如此。」小桂說，然後她轉頭看我。「至於妳嘛……」她微笑。「嗯，且說今晚不太可能有人分不清妳和茉德了。」

「幸好妳已經不愁找不到舞伴了，小佩。」小愛說。

巴斯提安挽住我手臂，我們全都走進學院。

茉德與受邀參加學院募款活動的半數飛行員都跳了舞，而在接下來幾週，她堅持我們要去港口綠地「盡一份心力」，頻率比我們當初所登記的要更高。有時候珞特會跟來，而我們會一起挖馬鈴薯、拖運糞肥、預備種胡蘿蔔和菠菜的新菜圃。到了八月，我們已變得健壯也曬得很黑，且精疲力盡。但瘦痛的身體提振了精神，在出版社名下的田地忙碌一天後，我曾看到珞特露出一兩次笑容。

有一天傍晚，我們坐在「柯萊歐琵號」的前甲板上，茉德用她自己的一套比手畫腳遊戲逗得我們樂不可支。我們一向很愛玩這遊戲，但茉德的版本更著重於她觀察到的周遭事物，而不是書本和歌曲的內容。她在最後一抹天光下重演珞特和我在廚房的爭執，我們爭的是誰要負責煮晚餐，而我輕易敗下陣來。那一刻令人不安，不是因為茉德和我長著相同的臉，而是因為她操控這張臉的功力極具說服力。她模仿我虛情假意地堅持要珞特「放輕鬆，蹺起腳，把廚房還給我」時，我如坐針氈。那根本就不是真心話，我痛恨煮飯，大家都知道。我轉頭看珞特的反應，驚愕地發現她有多開心：她傾向我妹妹，兩手在下巴下方互拍，整張臉都有了轉變。

那是她以前的臉，我心想。

這時候巴斯提安來了。路特先看到他，而點亮她的笑容不情願地淡去，彷彿笑容掛在臉上的感覺，就像陽光一樣會令人懷念。我瞥向巴斯提安，再望回路特。她一手在嘴角撥弄，笑容已徹底消失。她彷彿對笑容感到羞愧，覺得自己沒有權利微笑。

巴斯提安一手按上我肩膀。「我可以帶佩姬去散步嗎？」他說，我不確定他是在問路特還是茉德。

「我會待在這裡。」路特回答。這是巴斯提安需要知道的事，因為這是我需要知道的事。

「等我們回來以後，我送妳回去，路特。」他說。

他當然會送她了，我心想，我想起先前他們遠離我走向橋的時候，看起來是多麼相配。但這時我看出路特點頭時的態度有多麼漠然，才發現無論往哪一種情況發展，她都不在乎。

✦
✦
✦

「我有新室友了。」我們走進傑里科時，巴斯提安說道。「是個塞爾維亞難民。」

我根本沒有努力掩飾失望的表情。巴斯提安咧嘴一笑。

「我也會懷念獨享房間的時光。」

「我以為在牛津的塞爾維亞難民都是男孩。」我說。

「也有幾個他們的老師。」

「所以他是個老師？」

「他叫米蘭。」

「他是一個人來的？」

巴斯提安猶豫了，我意識到答案並不單純。那些塞爾維亞人在嚴冬中翻越了阿爾巴尼亞的崇山峻嶺，才逃到亞得里亞海岸。

「與他同行者只有半數到達目的地。」巴斯提安說。

報上說有幾百人凍死或餓死或被射殺。

「米蘭的父親病了，無法走路。他們找了間穀倉讓他休息，但他爬不起身。他母親不肯留下他自行離開，而把她的披肩、保暖的帽子，以及她丈夫的毛背心，都給了米蘭。」

「她知道她會凍死。」

巴斯提安點頭。「她告訴米蘭這樣反而走得痛快。」他深吸一口氣。「等米蘭走到亞得里亞海，他已失去妻子、父母和五根腳趾。」

「『他』又是如何承受這一切呢？」

「那些男孩。」巴斯提安說，「米蘭說他們是塞爾維亞的未來。他說戰爭不可能永遠打不完，而當他們返回祖國，他們在牛津受的教育會幫助他們療癒國家。」他微笑。「我也會幫忙。今天米蘭請我教年紀較小的男孩們英語和法語。」

我們到墓園後，巴斯提安將外套鋪在伍德太太的石棺上。然後他從側背包拿出兩瓶蘋果酒。

「你來這裡的真正原因是什麼？」我問。

他默不作聲地打開其中一瓶酒，然後遞給我。

「因為我和妳不同，我確實害怕亡者。」他終於說。

我啜了一口酒。「怎麼說？」

他打開另外那瓶酒，握著瓶頸處。他喝了一口，手指順勢觸碰嘴角糊掉的那一塊。這是個熟練的小動作，若是喝東西灑出來，嘴唇感受不到，而他能藉此察覺。

「妳真的想知道真相？」他說。

「當然。」

「有時不知道還比較輕鬆。」他警告。

我想到他和珞特共有的真相，以及他們兩人都不願談的那些經歷，但那些經歷卻某程度連結了他們。

「有時不知道其實更難熬。」我說。

他望向林立的墓碑。「我會夢到亡者，」他說，「夜復一夜。死去的比利時人，男人、女人、小孩。他們被射殺、打死或燒死，而且遍布在所有不該在的地方：街頭、教堂長椅上、廚房餐桌邊、教室裡。」他深吸一口氣，我動也不動。「通往大學圖書館的樓梯總是布滿屍體，多到我無法穿越。他們應該站在那裡，卻支離破碎地倒下。在某些夢裡，那座圖書館看起來和德軍來之前一樣；在另一些夢裡，它熊熊燃燒。」

這時他望著我，臉龐變得很怪異，從我第一次見到它以來，它就不曾呈現這副模樣。在這一刻，它變成一面鏡子，映照出他見過的所有事物。我抬起手摸它，摸他的戰臉。若是戰爭在皮膚上留下的傷痕都如此可怖，在靈魂上留下的傷痕將是如何？我吻他彆扭的嘴唇；我們已摸索出一套方式。

「我來這裡是因為亡者屬於這裡，他們在這裡能夠安息。我想要埋葬他們，佩姬。」

「有用嗎？」

他聳肩。「還沒有，但只有在這個地方，我能確定我醒著的時候他們折磨不了我。」

我環顧墓園，現在它被月光照亮，到處都是陰影，但沒有鬼魂。

「我認得夢裡的那些人。」巴斯提安繼續說道，「不知道姓名，但認得長相——我忘不了他們。永遠是同樣那三個女人，同一個男人。牆邊同樣幾個男孩。我為他們闔上眼皮，盡可能找東西蓋住屍體。我試著為他們禱告，不過根本沒有神在看顧魯汶，而我以為自己背得很熟的禱文，怎麼也說不出口。」他甩頭，彷彿想擺脫什麼念頭。「但我想到一個主意，在聖墓公墓這裡替每個人都找一座墓，然後把他們放進去。」

「把他們放進去？」

「妳擔心我發瘋了。」他微笑。「我不是指字面上的意思。是我的想像力讓這些亡者死不瞑目，所以我就想，我一定也能用想像力讓他們入土為安。」他雙手按在我們所坐的石頭上。「伍德夫人已好心地答應迎接其中一個女人進到她的墓穴。我花了一段時間才說服她，不過我認為，我可能不會再夢到那個女人了。」

我摸著伍德太太的石棺光禿禿的石材，感覺到夜晚的涼意。但巴斯提安和我剛才待過的地方，我們接吻和談論他的亡者的位置，那裡的石板暖暖的。

我心想：如果那些靈媒是對的，死後真可能仍有意識，將來我會歡迎情侶坐在我的墳上，也會樂意與那些死不瞑目的亡者合葬，只要這樣能讓在世者獲得平靜。

✦✦✦

一九一六年八月二十七日

親愛的小佩：

德國士兵也會夢到死人，夢到他們的死人，也夢到我們的死人。他們向我告解，但我一個字也聽不懂。胡果有時候會幫忙翻譯。有一個士兵的死人，跟我一樣真實。多半都是小夥子，血淋淋的屍身躺得滿地都是，還有掛在行軍床上。他感覺被其中一具屍體壓住胸口，真的呼吸困難。他還想用點滴管勒死自己。

妳的巴斯提安聽起來像是頭腦正常的人。

緹爾妲

第四部

荷馬史詩
奧德賽

卷一至卷十二
（湯編本三版）

一九一六年八月至一九一八年五月

第三十一章

我在摺校樣。東一點西一點。

「有什麼有趣的東西嗎？」小露問。

我看了看正在摺的這一台。

荷馬

史詩

湯瑪斯．W．艾倫

湯編本第三版

奧德賽，卷一至卷十二

卷一至卷十二，只是一半的故事。我試著回想《奧德賽》中段發生什麼事——女巫瑟西、女妖賽倫、仙女卡呂普索、女怪物錫拉。一群或援助、或引誘、或魅惑、或吞噬的雌性。媽媽超愛故事中段，我們超愛故事中段——至少超愛媽媽說故事的方式。

我把這一台摺完，開始摺下一台。扎實的古希臘文本，以拉丁文註解。簡直是天書。我一點都不羨慕必須為這本書把關的檢閱員。

「在我眼裡都是希臘文啊，*小露。」我說。

* 譯註：這是一語雙關的玩笑，在英語中，「在我眼裡是希臘文」（it's all Greek to me）也有「我完全看不懂」的意思。

第三十二章

到了一九一六年八月底，所有人唯一的話題似乎就只有《索姆河戰役》。整個牛津的電影院都在播放這部影片，而我認識的每個人都看過至少一遍。有些人反覆地看，直到它不再是紀錄片，而成了娛樂片。他們會像記住劇本中的環節（beats）一樣記住最糟的場景（但他們稱之為最棒的場景）。我一直等小桂放完暑假回來，才跟她一起去看。晚上洛特來陪茉德，我去王后街的伊萊翠宮殿電影院跟小桂會合。我們坐在靠前排，必須仰著脖子看，電影畫面帶我們深入戰壕，讓我們看飽了泥巴。它也提供我們足夠的素材去想像更可怕的事。「可憐的傑克。」我在黑暗中低語。「可憐的緹爾妲。」小桂低聲回我。當陣亡名單暴增，黑格元帥卻說這場仗打得「非常節省」，我們的損失「輕微」，我根本不相信他。

傑克十月份要休假了，所以歐伯隆特地安排將「蘿西復返號」的船身整修和塗上黑漆。傑克要與家人相聚五天時光，這是開戰以來最長的一次。歐伯隆沿著曳船道步行而來，蘿西拿著一封信去迎接他——傑克的休假被取消了。歐伯隆留下來沒走。

他檢查了「柯萊歐琵號」的繩索和密封口，又清理了我們的煙道。有天傍晚我們坐在蘿西的路緣圃，眾人中間放著一個舊鐵桶，裡頭燒著熱炭。歐伯隆唸出傑克剛寄來的信——他不能透露他在哪裡以及他在做什麼事，也沒說他對任何事有什麼感受。歐伯隆唸完後，將信紙遞給我。沒有任何一句被審查員塗黑。我感到一股奇怪的悲傷。

歐伯隆必須離開的前一天，蘿西煎了培根和蛋當早餐，我則負責泡咖啡。因為颳著風又下著細雨，我們坐在「不動如山號」的船艙裡，歐伯隆唸出《牛津紀事報》的內容。他略過本地的陣亡將士名單，直接開始朗讀「人事與社交要聞」專欄。

「伯克郡新任國會議員在下議院取得席次；首相的姪子，可敬的溫德翰．田寧特，在法國犧牲後，其作品《沃波弗利特及詩選》將立即出版；吉伯特．莫瑞教授罹患嚴重的流行性感冒，被迫取消所有公開活動。」

「可憐的吉伯特教授。」茉德說。

我們預期歐伯隆繼續唸，但他頓住了。

「怎麼了？」蘿西問。

他眉頭緊皺。「妳們都沒說。」

「說什麼？」

「妳們的大總管哈特先生。」

他肯定看出我們一臉茫然，這才唸出標題。

「霍拉斯・哈特先生迎來悲劇性死亡。」

有一張照片。哈特先生穿著大學的黑袍。他的人生與死亡占去兩欄半的篇幅，歐伯隆一字不漏地唸給我們聽。但他唸完後，我只記得哈特先生將他的手套摺好，放在尤伯里湖畔的地上。當時應該很冷——據報上的說法是「寒冽徹骨」——但他仍然走入湖心。

艾伯曾說過，離開出版社後他會變得不一樣。但這說法還太保守了。死去的助手、排字工、印刷工、鑄字工——每收到一次消息，都是一次傷害。

這場慘烈戰爭下的又一名亡魂，我心想。

但我知道他不會被列入名單。

✦✦✦

緹爾妲寄明信片的頻率很不固定。有時候我們苦等好幾週，然後特納先生又一天之內連給我們三張：一張蓋著軍方的郵戳，另外兩張蓋著法國郵局的郵戳。有的甚至不是「由」她寫「給」我們看的，而只是破碎的文字。某一天我把明信片都排在桌上，期望從中理出一些頭緒。

八月三日

今晚死太多人了。一群新兵，才剛從鬥牛場（軍營的訓練場）結訓。他們稱之為地獄的等候室。他們才去前線待了不到一星期，又躺在擔架上被抬回來。每首詩和每張海報都讓人以為，他們大步走向死亡是心甘情願要犧牲。但並非如此，完全不是。他們都一樣，而且都是無名小卒，就像妳媽最喜歡的那種故事裡的士兵。那些士兵不斷不斷不斷地死去，好讓奧德修斯能當英雄。現在黑格就是我們的英雄，在索姆河的進攻則是他見鬼的榮耀之路。妳看過那部電影了沒？它只拍出了一半。

八月十日

累到睡不著。值完正常班，又去聖約翰幫忙。我已經好幾週沒休過半天假了。火車日夜不休地從索姆河運送傷患過來，大部分都是躺在擔架上的程度。有些人情況糟到才剛被抬下火車，就直接死在地上。昨天我在德國泡菜病房值完一整夜的班，又東奔西跑了六小時。志願救護隊要負責檢查士兵身體，找到他們的傷口，幫他們進行基本的清潔，再朝下一塊腐肉移動。感覺像是禿鷹的工作。他們全身沾滿戰爭的物質，泥巴、血和其他會發臭的東西。屎只是最起碼的一項，它無所不在。它是最先脫離他們身體的東西，也是最後脫離的東西。

九月六日

夜裡我照顧著英國士兵想要殺死的人，白天則反過來。周而復始，永無盡頭。

九月七日

我陪垂死的德國人聊天，好像我們是在麵包店排隊結帳的客人。我問他們在行軍時有沒有見過比爾，我詳細描述他，我告訴他們他多麼不適合拿槍。他應該負責當廚師或園丁或做女紅——需要縫補的軍服多不勝數。男人可以說是做女紅嗎？也許應該改說做男紅。我幹嘛研究這個？德國人半個字也聽不懂。

九月十日

我看到艾莉森伏在一個汙穢至極的德國佬屍身上哭泣。那是個少年，嗓音還很尖細。他養成喊她「Mutter」的習慣，聽起來跟「媽媽」很像。而且「wasser」跟英語的「水」也很像，「freund」跟英語的「朋友」也很像。若妳知道他們的血是紅色的，當他們疼痛時會呻吟，妳訝異嗎？妳知道當他們發現自己再也看不到家了，他們會哭嗎？

九月二十八日

妳知道我愛上胡果是一種罪過嗎？

這冒犯了所有失去英國兒子的英國母親。

而我有可能因此被逮捕。

這些文字更像日記而不是信件，我有種探人隱私的不安。但令我憂慮的不在於內容，而是我愈來愈確定緹爾妲正在崩潰，我卻無能為力。我無法頂替她的工作，無法提供建議，也無法巧舌編造出任何謊言，說服她這場大屠殺是高尚而合理的。

「我很擔心她，小茉。」

正在摺星星的茱德抬起頭。「我很擔心。」她說。

這時她想起下午的信件，特納先生交給她後便一直在她口袋裡。

「緹爾妲。」她邊說邊將信封遞給我。

我胸口一緊。我看著攤放在桌上的其他信件，想讓這新的信保持密封，藉此逃避裡頭的東西。

我慚愧地拆開信。

一九一六年十月十五日

哈囉，我的兩個小可愛：

傷兵愈來愈多了，所以資深的志願救護隊志工（本姑娘）必須默默扛起護理員修女的工作。近一個月左右，我每天只抓空檔睡個三四小時，勉強活到現在。沒休過半天假。值完德國泡菜病房的班之後，我就去聖約翰救護機構軍醫院幫忙，或是去二十四號綜合醫院協助手術。這是我昨天（還是今天？我真的搞不清楚了）的紀錄：兩條從肩膀截肢的手臂，一條從手肘截肢的手臂；四條從膝蓋上方截肢的腿，兩條從膝蓋下方截肢的腿；三隻腳；十一根手指，六根腳趾。手指腳趾是我的最愛——男孩醒來後看到手或腳被包住，害怕發生了最糟的狀況。而我告訴他只是被切掉小手指或大拇趾，看著他醒悟到這是真的（他們每次爬出戰壕時都會祈禱遇上這樣的事）。「我可以回家了？」他們問。對。「他們不會再送我回來？」不會。他們每個人都會來牽我的手，即使他們的手裹成一大包。他們吻我的手，好像我是天殺的聖母馬利亞。

緹爾妲

拯救他們脫離邪惡，我心想。

「好消息？」茉德問。

我察覺自己在微笑，胸口不再緊繃。我望著手中的信紙——哈囉，我的兩個小可愛。字跡整齊，最後有署名。

「她似乎好一點了。」我說，然後把信唸出來。

緹爾姐需要的是片刻的欣賞。一點點關注，觀眾只有一個人或很多人倒是無所謂。那些醒過來的男孩，決定活下去，親吻她的手——他們是去後台找她的仰慕者。只要有夠多掌聲，她的戲就會一直演下去。

我在茉德的餅乾盒裡找白紙。我將盡我所能大聲鼓掌。

✦✦✦

傑克預計將在十一月回來休假兩星期，然後延到十二月，又延到一月。每次講好的日期都被取消。我的表現太優秀了，傑克在信中寫道，作為道歉。我們從不談他負責的任務。

然後在一九一七年二月的某一天，我們看到有個軍人沿著曳船道走來。

「他看起來累死了。」我說。

「累死了。」茉德說。

「可憐的小夥子。」年長的朗特里太太顫抖著嗓音說。她只能相信我們的說法，在她眼裡他一團模糊。

但蘿西什麼也沒說，旋即站了起來。然後衝出去。她摟住那個陌生人，他癱在她懷裡。我聽不見他痛哭的聲音，卻看得出他的身軀如何撕心裂肺，而蘿西又如何挺住她的身軀去吸收那樣的衝擊力。

傑克已精疲力盡。茉德帶他坐進媽媽的單人沙發，蘿西和我則將他們的桌子改回床鋪。傑克以前還在家的時候，這是他們每天都要做的事，所以蘿西動作很俐落。我從長椅座墊下拿出寢具時，「不動如山號」頓時瀰漫著薰衣草香。

茉德協助蘿西脫掉她兒子的衣服，我負責燒熱水。他似乎沒注意或是不在乎我們在場。我拿來水盆和法蘭絨巾後，他讓茉德擦洗他的臉和脖子、手臂和胸膛，他母親則包辦其餘部位。他很精瘦、結實。他的腳長著水泡又脫皮，皮膚蒼白皺縮，彷彿百歲人瑞的腳。在他回來的第一天，他的額頭燙到讓人縮手。

傑克燒了六天，黏膜充血、全身痠痛，需要人將湯汁餵進嘴巴。這下蘿西得照顧兩個無行為能力者，每天睡前她都操勞得跟聖經紙一樣脆弱不堪。茉德會在傍晚接手，而我負責幫所有人煮飯。沒人在乎味道如何。到了第七天，歐伯隆回家，派我去找醫生。

醫生來了之後，歐伯隆必須先出去騰出位子。我說要讓位，但他堅持。他很難不帶情緒地看待兒子的病況，而我意識到他希望讓傑克——或他自己——免除這種折磨。他希望保持理性。

醫生說傑克的腳復原良好，蘿西的鼠尾草敷料很管用。這屬於輕微的戰壕足，並沒有感染。他或許會有一段時間感覺刺刺麻麻的，但還沒嚴重到讓他能退役。我們根本沒想到這一層，然而卸除兵役的希望落空，頓時讓我們大受打擊。

「發燒只是因為流感。」醫生繼續說，「很多從法國回來的男孩都得了。他們累壞了，所以症狀比一般情況更嚴重。」

醫生環顧「不動如山號」，我看出他勢必也看見的事物。狹小而貧困，不過乾淨而溫暖。所有東西都各歸其位，沒有超出必要之物，卻也沒有任何短缺。

「你們做得都很正確。」他說。

蘿西從餐具抽屜內側拿出一個舊菸草罐，問醫生診察費怎麼算。

醫生搖頭。「他是為國服務才會生病的，怎麼能收你們錢。但要是他病況惡化，你們要考慮送去雷德克里夫醫院。」

兩三天後，傑克的燒退了。

「再兩週，」醫生順路來看看病人狀況時說道，「他就健康到可以回法國了。」接著他的注意力轉向茉德，醫生來之前她在幫傑克擦腳，現在仍拿著那塊布。她的臉紅紅的。醫生摸她額頭。「最好趕快讓這一位躺到床上休息。」

✦✦✦

前甲板傳來輕盈的腳步聲，有人輕輕敲門。我想說蘿西會直接開門進來，所以就繼續洗盤子。又傳來敲門聲。

我擦乾手，走去打開門。

「妳們沒來上班。」是珞特。她的臉頰紅撲撲的：或許是因為寒夜。她的目光銳利地掠過我射進船艙。她在找茱德。

「她被傑克傳染了流感。」我說，「我讓她臥床休息。」

她扭著雙手，我發現她沒戴手套，大概很冷。

「她病了？」她那雙冰藍色的大眼睛不再游移，而是盯住我。感覺像在控訴。濃霧留下蜘蛛網般的濕氣，攀附在她的帽子和大衣肩部。我應該邀她進來，泡杯熱飲給她。那會溫暖她的手，安撫她的情緒。

「她有點發燒，」我說，「但她會沒事的。我在照顧她。」

她臉上的動作很細微，眼睛瞇了一下。是嗎？它這麼說。

「我來幫忙。」她宣布。

若這是問句，我或許會答應。我越過她望向夜色。天空下起毛毛雨了。「我不能請妳進來，珞特。」茱德是我妹妹，是我的責任。「妳可能也會被傳染。」

她想要堅持，但我更加強硬。

兩天後，茱德就下床跟傑克下西洋棋了。再隔天，她回到裝訂廠上班。她在工作檯坐到珞特身旁時，我看到那個比利時人的身體往後退。

下班時，珞特在衣帽間徘徊。

我應該讓她幫忙的，我心想。「我今晚要跟巴斯提安見面。」我說。

她等待著邀請。

「妳想來我家嗎？茱德可能想妳了。」

「想妳了。」茱德說。

這句話的真切在我腦中迴蕩。像是責難。

第三十三章

整個漫長的冬季，我和巴斯提安都少有獨處的機會，到了一九一七年三月，我們已相當渴盼聖墓公墓的清幽。墓地的邊邊角角仍殘留著一場晚雪的餘跡，不過我們早準備好禦寒工具。巴斯提安在伍德太太的石棺上鋪了一條毛毯，我們坐好後，他又在我們膝上鋪一條毯子。我倒了兩杯熱茶，我們用戴著手套的手緊緊捧住杯子。

「妳今天裝訂的是什麼書？」他問。

「我們在摺《Homeri Opera》的內文。」

他歪了一下頭。「荷馬？」

「《奧德賽》，精確來說是卷一到卷十二的部分。希臘原文版。」

「學校規定我們要讀荷馬。」他說。

「你講得像是件苦差事。」

「確實是件苦差事。」他笑了。「我們得把妳在摺的內容翻成法文。重點不在故事情節。」他啜了一口茶。

「你學過古希臘文？」

「一點點，但並沒有學得很好。」

「你有讀完整個故事嗎？」

「有啊，讀完法文版的。妳呢？」

輪到我笑了。「巴斯提安，我是傑里科出身的，不是牛津。我十二歲就脫離學校了，而聖巴拿巴女子學校的課程中並不包含荷馬作品——它不屬於英文課的書目，更絕對不是古希臘文書目。」

「但為什麼不屬於英文課書目呢？」

「沒意義啊。我們的命運太平凡了，眾神才懶得關心，而我們的旅程最遠只會到達出版社。」

「不就是這間出版社印出英文版還有古希臘文版的荷馬作品？」

我揚起眉毛，盡力模仿霍格太太。「瓊斯小姐，妳的職責是裝訂書本，不是讀書。」

「但妳確實會讀書。」

「其中一些吧。」我承認，不過其實我讀了很多。「零零星星。可是我對希臘文一竅不通。」

「但妳知道荷馬筆下的故事，妳一定擁有譯本。」

「我們有一整個書架的譯本，」我說，「我媽從裝訂廠帶回有瑕疵的書。她說那些文字唸起來太浮誇了，不過她會吸收之後再把故事情節講給我們聽，並加入其他版本的希臘神話細節。她會花五分鐘概述特洛伊戰爭，再用一小時解釋為什麼那不是海倫的錯。」

巴斯提安微笑。「她讀的不只有荷馬作品？」

「能弄到手的她全都會讀。她的最愛是尤瑞皮底斯，《特洛伊婦女》被她讀過太多遍，書都解體了。」那本書是媽媽縫的，艾伯裝的封面。他在進行捶背時製造出恰到好處的瑕疵，因此這本書仍然擁有書殼，最終卻未通過檢驗。他的檢驗。親愛的史古基啊，我心想。

「尤瑞皮底斯？」

「他讓那些女人有話可說。」

「我猜有其母必有其女。」

我聳肩。媽媽到死都是個裝訂廠女工。「我們的船名是媽媽取的，」我說，「歐伯隆把它撿回來時，它幾乎連修都沒辦法修。也沒有名字，所以媽媽稱它為『柯萊歐琵』——作詩的繆思。有人說她是荷馬的繆思。」

我停止說話。那改變不了任何事，媽媽告訴霍格太太柯萊歐琵是誰的時候，她冷哼地說道。知道這種事並不會讓妳比我們其他人高級。

但巴斯提安沒有冷哼。他察覺故事還沒說完，便等我說下去。

「我有一次問我媽，柯萊歐琵為什麼不直接自己寫作。」

「她怎麼說？」

「她說因為柯萊歐琵是女人。」

「就這樣？」

「還需要贅述嗎？」我揚起一眉，「我已經懂她的意思了。」

「她是什麼意思呢？」

「女人的本分是『激發』故事靈感，而不是『創作』故事。」

巴斯提安仔細端詳我。「我覺得就算是當時，妳也不信這套說法。」他說。

我嘆氣。「問題就出在我大致上算是相信。但是偏偏又有《簡愛》和《傲慢與偏見》和《米德鎮的春天》明擺在那裡。」

「而這些證據改變了妳的想法？」

「改變的幅度恰好讓我貪求我得不到的東西。勃朗特姊妹和珍．奧斯汀顯然稱不上富家千金，但她們仍住在獨棟房屋裡，有某個女人為她們煮飯，另一個女人替她們鋪床和生火。」

「如果妳不必在裝訂廠工作，妳要寫作嗎？」

這是我沒有預先準備過的對話。他再次耐心等待。

「巴斯提安，我摺紙、配頁、裝訂的所有書籍，幾乎都是出自男人之手。當我媽告訴我

《米德鎮的春天》的作者喬治・艾略特其實是女人，我就把自己的名字改成愛德華。有一整個星期的時間，除非別人叫我愛德華，否則我都裝沒聽見。」

我想他明白，這話題言盡於此。

「妳媽也葬在這裡嗎？」

都怪我自己，一直聊媽媽的事，終於把她召喚出來了，我不禁懷疑自己該不會是故意的。但巴斯提安的問句仍讓我吃了一驚，我答不出來。

「對不起。我想說，因為妳們住得很近……」

我感到一陣羞愧。「我從沒去她的墓看她。」我衝口而出。

他沒說話。

「我沒看著她嚥氣，」我說，「我也沒辦法看著她的棺木被放進地底。在我的白日夢和沉睡時的夢裡，我媽都健康又有生命力。我聽得到她的嗓音，而我擔心她的墳墓會改變這狀況。」

我們默默地坐著喝茶。我耍弄由嘴巴冒出的熱氣，試著製造圓圈。

「妳會冷。」巴斯提安說。

「快凍僵了。」

「那我們走吧。」

我們站起來，我看著他摺起毛毯，收進側背包。我看到他一手撫摸我們剛才坐的位置，用手勢向伍德夫人致謝。

「我想讓你見見她。」我說。

我率先沿著紫杉大道經過小禮拜堂，彷彿每天都走這條路。

巴斯提安沒有挽我的手臂或引導我的腳步。他落後我幾步，我很感謝他。我需要獨自到達，我需要道歉。先前我憤怒多於悲傷，而如果我把媽媽想成還在呼吸、能夠回來當家作主的活人，我能更容易保持憤怒。

北牆這裡很擁擠，就像傑里科的街道。我遲疑了。我以為自己很清楚該怎麼走，但我迷路了。已經過了將近六年，又有其他母親去世。還有父親與祖父母，以及一個聖巴拿巴教區學校的孩子。我認識他們所有人，有的略識，有的熟知。他們半數人都曾在出版社工作。有一個印刷工、一個奉茶女以及一個排字工的長子。我心想：等我死的時候，我仍會是裝訂廠女工。

聖墓公墓沒有空間容納傑里科的戰亡者，但少數家庭將兒子和兄弟的名字刻在他們父母或祖父母的墓碑上。都是永遠不會返家的人，他們迷失或埋葬在法國、希臘或某個太遙遠的地方。我緩下腳步讀他們的名字。威廉・卡德，二十四歲，卒於法蘭德斯。我記得在聖巴拿巴教區學校的他。我也記得湯瑪斯・約翰・德魯，二十三歲，卒於法國。他個子超高，我們還故意稱他為故事中的迷你人「拇指湯姆」。下一行刻字，我得彎腰才看得清楚——這塊墓碑很小，但字跡很漂亮。墓碑的主人是狄蕊絲・歐文，摯愛的母親。底下的刻字是她的兒子：蓋瑞斯・歐文，三十七歲，卒於法國。

我一口氣噎在胸口。排字工，傑克的中尉。我比他女友、他太太更早知道。他們走出教堂時，我也在場。他的名字下方刻著「摯愛的丈夫」，再底下則是「愛，永恆」。全都是用Baskerville字體刻的。明晰而優美。

巴斯提安勢必以為我找到媽媽的墓了。我半蹲著，他靠過來輕按著我的背。

「這是我認識的人。」我說。

「很遺憾。我們不趕時間。」

我環顧四周，看到那棵紫葉山毛櫸。我曾與緹爾妲和茉德站在它後頭。當時我仔細研究它的樹皮、樹蓋，還有陽光穿葉而下造成的花紋。我靠在樹幹上，用指背摩擦粗糙的表皮。我不想聽見那個坑洞周圍在說的任何字句，我不願想像坑洞內的箱子。教區牧師開始說話時，我只聽到自己的指節在樹皮上來回移動所發出的呆板刮擦聲。直到茉德走向墳墓，我才發現牧師已安靜了。我伸手攔阻她，但她甩開我，逕自走到坑洞邊緣，從旁邊那堆泥土抓了一把拋進去。到了那時候，我的指節已經破皮流血。我盯著我的手，卻無法阻隔泥土落在箱子上的聲音傳進我耳裡。

這棵山毛櫸長高了，西斜的夕陽將它光禿禿的枝幹拉長，讓它團狀的樹冠變密，因此它顯得有些陰森。當年它是個庇護所，是轉移注意力的對象。我走向樹下的陰影，站在同樣的位置。我靠向樹幹，感覺粗糙的樹皮抵著我的指節。

然後我跟著記憶中的茉德走。

那塊墓碑很小，幾乎被掩藏起來。緹爾妲一直維護著這座墳，但戰爭讓她久久未來，墳邊雜草叢生。我得撥開雜草才能看到刻字。

海倫・潘妮洛普・瓊斯
摯愛的母親
摯愛的朋友
卒於一九一一年四月二十五日
時年三十六歲

在這些字底下，刻了一幅翻開的書本的圖。

名字和年齡都在意料之中，我也對「摯愛的母親」有心理準備。我記得緹爾妲問過她能否加上「摯愛的朋友」這行字，而我說我不在乎。但我明白她們是什麼關係，現在它明明白白刻在石頭上了——緹爾妲把她自己擺在丈夫的位置。

讓我猛地哭出來的是那本書，是那本書讓我崩潰了。巴斯提安說得沒錯——有其母必有其女。累積六年的悲傷由我的眼鼻湧出，它搖撼我的肩膀，折彎我的背，把我按向母親躺臥其中的冰冷土地。

✦✦✦

我不知道自己對著泥土嘟噥了多久，請求她原諒。原諒我的憤怒，我的缺席。我把茉德留給陌生人看顧的所有時光。我嚮往人生中沒有妹妹的所有時光。

我感覺到毛毯的重量。巴斯提安將我抱起，血液湧入我雙腿。千萬根細針刺進我的腳，巴斯提安必須撐住我，直到我能站立。我瑟瑟發抖。

「她占的空間好少。」我說。

他嘆口氣。「到最後，我們都一樣。」

第三十四章

Homeri Opera。Odysseae。

湯瑪斯．W．艾倫用拉丁文寫他該死的「Praefatio」（序言），所以不管這篇文章可能多麼擲地有聲，我都像個聾子。

我一邊摺著第一摺、第二摺，一邊心想：又是一扇上鎖的門。拉丁文挑逗著我——Homeri、academia、exemplar、antiquae、Athenis、linguae、vocabulorum traditionem——它們是我所通曉的語言的回音。可是希臘文嘛……

另一份印張；每摺一次紙，希臘文便從我視野中掃過去。沒有韻律，不成道理。無論從哪個方向看都沒有差別，都沒意義。讓人頭暈，想吐。一摺，兩摺，三摺。希臘文在我腦袋裡衝撞、游移。

……

……

「瓊斯小姐！」我的臉頰被刺了一下。是雀斑青蛙。

「讓她能呼吸空氣，」我聽到她說，「回妳們的工作檯去。」

我躺在地上，霍格太太跪在旁邊，眼睛瞪得很大。她在擔心我？

「妳把我們都嚇到了。」她說。她語氣柔和，一點也不兇。沒錯，是在擔心我。

「我……」

我不會說話了。Vocabulorum traditionem，我心想。

「我……」

「別慌，瓊斯小姐。妳只是昏厥過去而已，等一下就沒事了。」

她的手貼向我額頭、臉頰。我好燙。

茉德拿著紙扇在我臉前搧風，為我降溫。霍格太太扶我坐起來，扶我回到椅子上。她動作很輕柔。

茉德將紙扇給我。一摺、兩摺、三摺、四摺、五摺……至少十摺。希臘文變成實用的手風琴狀了。

✦✦✦

小桂抽出我嘴裡的溫度計，皺起眉頭。「還是燒得很高。」她說，很熟練地甩了一下溫度計。她另一手摸了摸我額頭，又摸我臉頰。「我不懂妳有什麼值得微笑的事。」

我已經好久沒受人照顧了，實在忍不住有點慶幸自己發燒。慶幸有小桂。

「妳應該加入志願救護隊，去當護士。」我說。

「我有考慮過耶。」

我的笑容消退。「拜託不要。」

「我不是那種人啦，小佩。如果是的話，老早就去了。」她把溫度計放回我床邊的杯子裡，然後將被子蓋到我脖子。我們聽到茉德踩上前甲板時，都豎起耳朵。她將信件和三月傍晚的涼意都帶進了「柯萊歐琵號」。

小桂關緊艙門，然後茉德把信都遞給她，好騰出手來脫下大衣和帽子。小桂走回我的床，同時檢視有哪些信。

「兩封蓋著軍方郵戳，一封蓋著法國民間郵戳，寄件者是泰勒夫人。」

「緹爾妲。」我說，小桂將最後那封信放進我伸長的手心。

這幾乎不算是信，只是寫在小卡片背面的短箋——卡片正面是伊索的畫作。它乍看有點像明信片，但畫作主題是醫院病房。用色頗為暗淡。畫面中有一排病床，只用了寥寥幾筆勾勒出每張床上都躺著一個人；被夜色染成灰色的白色被單；一抹亮黃，是護士手中的火把光束。那護士背對著觀者，但我看到她護士帽底下垂落紮成粗辮子的蜂蜜色頭髮。我認出她的身形，高躭而挺拔。圖畫的焦點是護士，不是那些病人，我想像伊索坐在畫框外，望著緹爾妲奔忙。她捕捉到我絕對無法用言詞表達的事物，某種銘刻在緹爾妲身上的真實。

我翻到背面看字。

一九一七年二月二十日

哈囉，小佩：

很高興聽說茉德已康復了，但妳會為了感冒哼哼唉唉實在不太尋常，所以我只能猜想妳病得挺重。通常我是不會大驚小怪，可是我的病房全是呼吸困難的男孩（而且我們的護理人員也病倒三分之一了）。法國人稱之為「la grippe」（流感），但哈蒙德醫生認為這是一種新型支氣管炎，傳染力極強。我猜妳們的傳染源是傑克，那是他帶回家的紀念品。我建議喝很多很多水，讓茉德照顧妳。妳也知道，這是她拿手的事。

獻上很多的愛，

緹爾妲

她沒提到畫，我懷疑她該不會沒發現伊索看她的目光有所不同。

我朝我們臥室布簾外望去，看到小桂在媽媽的書櫃上找書。她從最上面那一排取出一本小說。她翻開封面時，我意識到上一雙觸碰那些頁面的應該是媽媽的手。我看著小桂掃視前幾行字。我看不清楚封面長什麼樣，不知道她在讀哪本書，但她微笑的表情顯示她遇到了老朋友，那是她曾經喜愛卻久已遺忘的讀物。她小心翼翼地闔上書，在手中翻轉，撫摸書皮。媽媽會喜歡小桂的，我心想。

「小佩，這些書妳都看過了嗎？」

「大部分。」但我不確定她聽見了沒。我的喉嚨感覺像廉價紙張——脆弱易破。

這時她彎腰去看最底下的書架。希臘文學。

「這本妳看過了？」

綠色布料，正面印有《特洛伊婦女》的金字。譯者為吉伯特．莫瑞。

我點頭。「那是我媽最愛的希臘文學作品。」

「是嗎？」她翻開書。只是看過去，沒在讀。「有時候我覺得尤瑞皮底斯根本就仇女，他把她們寫得好殘酷。」

我也對媽媽說過一樣的話。

「有些女人確實很殘酷。」我對小桂說。尤其是她們自己也遭受過殘酷待遇的話，媽媽曾說。例如古希臘的大部分女性。「我想他是把女人寫得很重要，很有力。」我複述媽媽的說法，喉嚨感覺像被火燒，「他讓她們發聲。」

我以為小桂會堅持她的觀點，但她點點頭，就只是點點頭。她將《特洛伊婦女》放回媽媽書櫃的原位，然後蹲下來看書櫃前那一疊未裝訂的手稿和零散的書帖。她拿起頂端那一台書帖。

「這是什麼？」

「書的一部分。」

「妳留著書的一部分幹嘛？」

「它一定有什麼我感興趣的元素。」

這一台書帖沒有裁邊，她翻過來看最後一頁。「這東西結束在句子的一半耶，小佩。」

「我總是有可能拎回更多頁嘛。」

小桂大笑。「拎回！被妳講得好像出去買麵包一樣輕鬆。既然妳這麼感興趣，為什麼不直接借一本來讀呢？」

小桂稍微踩到我敏感的神經了。她發現的那疊書帖多半屬於大部頭書，不是定價昂貴就是印量稀少。它們都暗示著值得知道的事物，而我痛恨自己無法得知。「有時候我會試著在克萊倫敦學院或牛津公共圖書館找我要的書，但未必會有。」

「妳應該試試小博，英國出版過的所有書，他們全都有。當然是不能借出來啦，誰都不行，但妳有興趣的書絕對都找得到。」

「請問『我』又怎麼進得去『博德利圖書館』呢？」

「仔細想想……」她露出心虛的表情。這不適合她。

「我不能進去是嗎？還真意外。」我說。

「妳需要適當的介紹人，如果是女性，至少也要有大學校長當介紹人才夠力。我不該亂提議的。」

「那如果是男人呢？」

「只要穿著學者袍，無論長短，都不需要介紹人。如果他們想要『借』書，就會去牛津大學辯論社圖書館。通過大學考試所需的任何一本書，那裡統統有。」

我笑了起來，卻引發一陣咳嗽。

「噢，小佩，妳實在太憤世嫉俗了。」小桂走過來，把湯匙浸入我床邊的一罐蜂蜜，然後遞給我含著。

「女性要進入牛津大學辯論社的圖書館，又不是什麼天方夜譚。」她說。

「妳倒說說女性怎樣才進得去？」

「這個嘛，她得對奧利爾學院某個小夥子灌迷湯，直到他答應當她的男伴，然後她得配合他的時間，不論她自己的論文什麼時候得寫完；當然他會期望得到某種程度的阿諛奉承，而她可能要忍受共進下午茶。這其實很公平，因為他要替她借書，而他得承擔很高的風險。」

「什麼風險？」

「她很可能邊泡澡邊看書，不是嗎？而書本可能從她的小手中滑落。但她會向這一切屈服，只求有機會讀到對的書，獲取對的知識。有朝一日她會拿第一名，而她那位奧利爾學院的男伴會拿第二名，於是她會當上某個委員會的主席，領取少得可憐的報酬，而他會掌管一間公司或一個國家，最後獲得爵位。還有其他問題嗎？」

我吸掉湯匙上最後一點蜂蜜。「沒有問題，只想指出一項事實。沒有哪個奧利爾學院的小夥子會為裝訂廠女工承擔風險的。」

她點頭。「大概是這樣沒錯。」她說。然後她坐到床上，攤開手中那一台書帖。「全都上下、前後顛倒了嘛。」她左轉右轉，最後選定一頁，大聲唸出來：

「他來了。人生早有定案，發生的事情再怎麼樣都並非、無法、也絕不會符合期待。那一整天他完全未找我搭訕。受挫的戀情啊，」她說，「一定是本小說。不過是哪一本呢？」她更仔細研究這台書帖。「第四百一十五頁。很厚的書啊。」

「《維萊特》。」我說，「印張才剛送進裝訂廠。」

「新書？太棒了！」

「並不是新書，小桂。這是『牛津世界經典系列』——我們每隔幾年就會加印。妳應該聽過這本書吧？」

「我應該聽過嗎？」

「夏綠蒂．勃朗特？」

「我當然聽過『她』，小佩，我又不是個沒文化的人。我確定《簡愛》是我最喜歡的小說前幾名。」

「妳確定？」

「嗯，我確定它『應該』要是。」

「小桂，妳在薩默維爾學院到底都讀些什麼書啊？」

「我的老師們叫我讀什麼，我就讀什麼。不過有時候我只是蜻蜓點水。」她把書帖摺回去，舉起來給我看。「等妳拎回整組以後會怎樣？」

「我會把它們裝訂起來。縫書架就在桌上。」

她走到我視線外，我聽到她指間翻頁的聲音。

「《英國散文選：敘事類、描寫類、戲劇類》。天啊，小佩，妳幹嘛花這力氣？」

「我不習慣蜻蜓點水。」我說。

她回到我視線內。「人各有志嘛。我的學術專長是模仿我的老師們的分析風格與論點。」

她嫣然一笑，像在分享祕密。「雖然我書讀得這麼少，有時候我成績還挺不錯的呢。」

「那當然——妳在吹捧她們。」

「沒錯，無論在什麼情境下，逢迎拍馬都無往不利。」
「她們勢必會質疑妳的說法吧。」
「那些老一輩的死硬派是會，但我現在的指導老師還滿嫩的。如果我附和她，她就不必捍衛自己的主張了，這樣我們兩人都開心。」
「可是那樣意義何在？」
「什麼意義？」
「如果妳不想學東西，去薩默維爾幹嘛？」我的嗓音略為提高，剛好夠讓我又開始咳嗽。小桂幫我拍背。
「我們的校長潘洛斯小姐在幾週前問過我一模一樣的問題耶。」
「妳怎麼說？」
「說我會用功一點。」
「妳會嗎？」
又是那個揶揄的笑容。「當然不會，我只是得更小心掩飾自滿而已。我會表現得夠好的。」
「做什麼事夠好？」
「與晚宴中的男人還有委員會裡的女人進行有趣對話。」
「妳快把我逼瘋了，小桂。我病到沒辦法應付這種事。」

她安撫我，誇張地對我說著「好了、好了」，彷彿我是個鬧脾氣的小孩。我撥開她的手。她打量我半晌。

「那麼『妳』會如何對付它呢，小佩？」

「妳是說如果我是薩默維爾的學生？」

「對。妳會用什麼策略撐過去？」

「我進去不會是為了『撐過去』。」

剛才一直在她臉上的笑意消退了，她變得正經而嚴肅，我感到不安。我閉上雙眼。當我感覺她的手按上我額頭，才意識到自己繃緊身體。

「還在發熱，」她說，「不過溫度好像有降下來了。」

我放鬆，睜開眼。「緹爾妲認為我得了『la grippe』。」

「La什麼？」

「那是傑克得的病，從埃塔普勒被遣回家的男孩有半數都得了。」

「幸運的傢伙，被遣回家時染上法國感冒，總好過少了一隻手腳，或者更糟的是——失去理智。」

第三十五章

有天傍晚巴斯提安來探望我。茉德接過他的大衣，然後握住他的手，帶他坐進媽媽的單人沙發。

「留下來吃晚餐吧。」她說完回到廚房，將牛奶加進燙熟的胡蘿蔔和馬鈴薯，將之搗成泥狀。

珞特稱這道菜色為「stoemp」。茉德也會做「frites」和「tartines」，那其實就是最上面沒放麵包的三明治，不過只要沒分心或出亂子，她可以做得完美無比。是珞特教她的，每道菜都有專屬歌謠，像兒歌一樣，讓茉德能保持專注。我看著她不停歇地唱著歌，同時伸手去拿裝有香煎韭蔥和包心菜的平底鍋。她將這兩樣東西加進薯泥，我內心湧上對珞特強烈的感激，慶幸她如此聰慧又有耐性。打從我恢復食欲後，幾乎每晚都吃「stoemp」，我真希望能吃點別的，但假如茉德只想做「stoemp」，我就願意繼續捧場。

我聽到甲板傳來小桂的腳步聲。茉德暫停唱歌。我們等著小桂熟悉的咚咚敲門聲，接著艙門打開，另一道氣流湧進來。

「真舒適。」小桂關上艙門時說，「巴斯提安，你的腿還好嗎？」

「我把手杖還回去了。」他說。

「太好了。」

茉德繼續唱歌和攪拌。我看著小桂望著我妹妹。茉德加進肉豆蔻、鹽、胡椒。「拿一個盤子，再湊個一雙，」她邊唱邊抬手搆向盤架，「給我來一份，你也不能忘。」

她遞給我一盤食物。

「謝謝，小茉，我快餓死了。」

「快餓死了。」她說，然後將一盤食物送到巴斯提安面前，他就不用特地從媽媽的單人沙發起身。最後，她帶著自己那一份坐在桌邊。

「我就自己動手囉，可以嗎？」小桂說。她到廚房裝了一盤「stoemp」，來到桌邊與我們同坐。「謝謝妳，小茉，」她說，「我也快餓死了。」

茉德望著她。

「嗯，也不能真的說快餓死啦，我才剛吃過晚餐，但所有菜色看起來都偏棕色，而且聞起來都像是肝臟。這個味道香多了，值得我冒險偷溜出來。」

「香多了。」茉德說，「好了，開動吧。」簡直像媽媽的語氣，效果也一樣好。小桂拿起叉子吃了起來。

吃完飯，小桂收拾我們的空盤拿到廚房。她將熱水壺放到爐盤上，在等水燒熱的時候，她靠在流理檯上。

「上次我跟布魯斯小姐一起喝茶。」她說。

以前的我對小桂談起薩默維爾的話題是百聽不厭，我會整個沉浸在她的小趣聞中，任由自己的幻想馳騁。但一場高燒下來，我的妄想症也同時被治好了。

「是布魯斯副校長還是潘蜜拉？」我問，幾乎未掩飾煩躁的情緒。

「難民委員會的潘蜜拉。她說了耐人尋味的話喔。」

熱水壺中開始飄出白煙，我希望水趕快沸騰，好引開她的注意力。我保持沉默。

「妳不想知道她說了什麼嗎？」

其實不想，我心想。「當然囉。」我說。

「她關心妳是否考慮過繼續升學。」

我動也不動地坐在原位，不確定當下這是什麼心情。小桂察覺自己的話造成了衝擊，儘管水還沒燒開，她卻轉身作勢要處理熱水壺。她根本是在玩弄我。

「小桂，」我的音量或許大了點，「布魯斯小姐怎麼會跟妳聊這種事？」

小桂從爐盤拎起熱水壺，將熱水倒進水盆。她加進肥皂片，用手撥一撥，彷彿從小到大早就做過無數遍這種活兒了。

「小桂！」

她轉身，再度靠在流理檯上，一臉淘氣樣。「她覺得妳的資質很適合就讀薩默維爾。」

我想拿東西丟她，也知道我的表情肯定洩漏出端倪，但她兀自說下去。

「我必須贊同她。」她說。然後她望著巴斯提安。「你也會贊同的，不是嗎？」

「我不知道怎樣算是適合就讀薩默維爾的資質，」他說，「妳擁有那種資質嗎？」

「嗯，那要看你問誰了。我不算是最認真的學生。事實上，我告訴布魯斯小姐說，小佩大概比我更適合念薩默維爾。」

「而布魯斯小姐聽了作何回應？」我咬牙切齒地說。

小桂笑了。「噢，她馬上附和，然後幫我把茶杯補滿。」

我望著小桂，彷彿跟她素未相識。我們朋友一場，難道她對我的生活境況竟是視而不見？

「小桂，我不喜歡被人談論。」

「胡說，每個人都喜歡被人談論。布魯斯小姐認為妳有學者的頭腦。」

「佩姬喜歡讀書。」茱德說，當別人問媽媽為何要蒐集這麼多書時，她就是這麼回答的。

「一點也沒錯。」小桂說。

「我該沾沾自喜嗎？」

「那當然，從來沒人這樣形容過我。」

「然而妳卻能在薩默維爾學院擁有自己的房間。」

「其實我的房間在奧利爾學院。」她實在令人火冒三丈。「至少暫時是如此。」

「我知道我有學者的頭腦，小桂，我早就知道了。雖然對薩默維爾的學生而言，這或許是加分的特質——我原本以為是必要的特質，但顯然不是——然而對裝訂廠女工而言，這卻是性格缺陷。是一個亂源。毫無吸引力。」

「見鬼的糟蹋了。」茉德說。

「可憐的小佩。」小桂說。

「別對我說什麼『可憐的小佩』，該死，小桂，妳哪裡會懂！所有東西都是別人幫妳準備得好好、送到妳手上的，即使包括妳根本不想要的東西，例如教育。」

「並不是所有東西，」小桂說，「我想要投票權，但沒人把那個送到我手上。」

「只是時間問題。」茉德說。她聽過緹爾妲這麼說，也聽過斯多陶德太太這麼說。她甚至聽過媽媽說這句話。總是同一套說詞，我心想。時間能夠輕易拉伸，這根本是一句空話。

「搞不好到我們作古之前，都拿不到投票權。」我說。

「噢，不會啦，我聽到傳聞說，已經非常接近實現了。」小桂說。

我無法再繼續繃著身體，頹然靠向椅背。我喪失提高嗓門的力氣了。

「對妳來說或許比較接近，小桂，但我們——」我朝茉德和自己比了比，「不會被含括在內。我們沒有土地，未受教育，因此，無需贅言地，也就不具備值得考量的經驗或意見。」我直視她的眼睛。「我們可以停止這話題了嗎？巴斯提安對這話題一點興趣也沒有，而且我的病還沒好呢，我可沒力氣罵妳是個被寵壞的小鬼，還能罵得鏗鏘有力。」

「我有興趣。」巴斯提安說。

「當然囉。」小桂說，「布魯斯小姐——潘蜜拉——認為妳非常適合申請薩默維爾的獎學金。」

她的資質足夠，我的老師曾說。資質未必是唯一的條件，媽媽如此回答。

「我查過了，我們有兩個全額獎學金名額，提供給有意願但缺乏財力的女性。換言之，就是像妳這樣的『可憐的小佩們』啦。」

她或許有開玩笑地鞠躬行禮，不過我沒在看小桂，而是看著茉德。她拿起幾張零散的紙，是聖經紙，從《新英語詞典》的印張拿來的。我還記得這些印張有多難操作，媽媽當初運用了多少耐心來教我們處理這種薄紙的技巧。現在茉德正將這些紙摺成她自己設計的作品。我認不出任何一樣，不過它們都對稱而美麗。柔軟的紙張賦予茉德的作品一股動感，彷彿每一件都長著花瓣或翅膀。紙張在我妹妹雙手間移動時，我試著捕捉隻字片語。

Trist（已廢用）：自信的，確定的。茉德摺完後，我拿起它，從一邊翅膀上側閱讀文字。這是源自一四〇〇年的引文：你可以對他有信心。

茱德的手變慢了，我發現她在聽小桂說話。

「布魯斯小姐建議我找妳談談這件事，」小桂說，「她要我評估妳對受教育的脾胃。」她措詞愈來愈做作：「妳是否能堅忍地挺過苦讀的艱辛。」

獎學金。給像妳這樣的「可憐的小佩們」。

「非常適合申請。」茱德說。我刻意盯著詞典的內頁。從我有記憶以來，裝訂廠就在印詞典。媽媽也是。她曾說過，要定義英文這種語言，若缺乏堅忍的耐力是辦不到的。為什麼？我當時問。因為有那麼多的詞啊，她說。但我們又不需要知道所有的詞，我反駁，我們永遠用不到。她一手撫著我的臉頰，當她想要喚起茱德注意的時候，也會對她做這動作。有些人會用到，小佩。知道他們說的話是什麼意思並沒有壞處。

「我要怎麼念書？」

「把書拿起來讀。」茱德說。

小桂從桌邊晃到媽媽的單人沙發旁，一根手指沿著媽媽的書櫃滑過，再彎腰看著地上那疊手稿和毛本。她從船頭到船尾，沿著「柯萊歐琵號」走完一遍。

「天啊，」她高呼，「連妳們的夜壺裡都有書頁耶。別告訴我妳們——」

「用它來擦屁股。」茱德喊回去。緹爾姐超愛講這句話。

巴斯提安笑了，小桂也在笑。她回到廚房。

「我敢說薩默維爾入學考所需的參考書，妳這裡已經有了大部分——即使沒有全部。」她看著茉德。「不曉得有多少金玉之言都進了……」她又轉向我。「我知道問這個很尷尬，不過妳們上完的東西都倒到哪裡去？」

「小桂！」我瞥向巴斯提安。他無法讓正常的那半邊臉維持嚴肅表情。

「運河。」茉德說。

雖然前一個話題讓我很不舒服，也總比現在的窘境來得強。

「那我這裡沒有的參考書要怎麼辦？」我說，「我沒能偷到手的篇章——我該如何取得？」

「我有牛津公共圖書館的借書證。」巴斯提安說。

「他們的館藏並不是很新。」我說，腦筋開始飛速運轉。「而且薩默維爾的入學考只是開始而已。我該怎麼應付學位初試？」

「老天，」小桂說，「妳這裝訂廠女工對牛津大學的考試還真是瞭如指掌。先前我可是上了一整套精心規劃的輔導課，來準備薩默維爾入學考的題目類型還有學位初試的內容呢。」

「那回事我再熟悉不過了。」我說。

「學位初試？」茉德問。

「就是『回應』的意思。*」我說，「那又是另一場考試，如果我想修學士課程，就得先通過它。」

「不過費勁地讀完之後，大學也不會給我們學位。」小桂說，「妳怎麼會這麼清楚啊？」

「我從很多年前就開始負責為試卷摺紙和配頁了。」我說。

「嗯，我想妳已經回答了『脾胃』方面的問題。布魯斯小姐應該樂壞了。」

脾胃，我心想。我已經餓了一輩子了。「布魯斯小姐知道我十二歲就沒再上學了嗎？」

「這在薩默維爾的學生中並不罕見，」小桂說，「我從沒去過學校。」

「可是妳有家教老師。」我說。

她聳聳肩，這只是個對她的論點無益的礙事事實罷了。她晃回媽媽的單人沙發旁，拿起一本書——是本未裝訂的書，應該說是一疊書帖。「我想薩默維爾的入學考是難不倒妳的——一般常識，外加一點法文翻譯。」她望向巴斯提安。「你可以幫忙加強一下。還有幾道題目是妳的自選科目。」

「她會需要『說』法語嗎？」他問。

「不用，感謝老天。她絕對過不了關的。」

「那學位初試呢？」

「妳以前在學校的初級課本就能當作入門的材料了。」

「小桂，妳以為我上的是哪種學校啊？我們學的是店員用得到的數學，而我唯一會的拉丁文是『Te Deum Laudamus』——『神啊，我們讚頌祢』，因為它寫在聖巴拿巴教堂的彩繪玻璃上。至於古希臘文，對一個在聖巴拿巴女子學校上課的小孩來說，這東西有什麼用？」

她一時間愕然無語，不過馬上急中生智。「古希臘文對任何人都沒什麼用啊，小佩。」

「然而要進入牛津大學卻非得懂它不可。小桂，古希臘文會不會只是刻意設計的另一道門檻，專門把我這種人擋在牛津大學門外？」

我爭辯得愈激烈，小桂似乎愈開心。「我真心希望妳考上，小佩。妳可以加入辯論社，妳會所向披靡。」

「我真心希望妳考上。」茉德說。

我突然感到慚愧。多年來我一直冀望能有不同的人生，現在卻找各種藉口不想改變。我總認為自己不只是裝訂廠女工，現在卻百般推託，不想超越這身分。我的表情肯定透露出恐懼，因為小桂再度坐到我身邊時，原本咄咄逼人的語氣變得柔和。

「如果申請者想要修習學士課程，牛津大學堅持薩默維爾學院的所有學生至少要懂得分辨希臘字母『eta』和『theta』的差別。所以妳要像在妳之前的所有薩默維爾學生一樣——勉強

---

* 譯註：牛津大學的學位初試（Responsions）原文來自拉丁文responsio，意思是「回答、回應」。

付出剛剛好的努力，背下能低空過關的內容，然後就把它徹底忘光。」

我深吸一口氣，握住小桂伸過來的手。「聽起來並不是太難。」我說。

「只要妳沒打算主修古典文學，就都沒問題。」

我抽回手。「可是我當然想主修古典文學啊。」

「真的？」小桂一臉震驚。

「騙妳的。」我大笑。

「那妳想主修什麼？我相信妳一定想過了。」

「英國文學。」我說。

第三十六章

小桂說對了：「柯萊歐琵號」上載滿或零散或成冊的書帖，而它們都有潛力為我作好應付薩默維爾入學考的準備。當然是如此。每隔幾年，出版社都會再版各項大學入學考所需的所有參考書，才能有充足的存貨提供給想進入牛津大學的年輕男人，以及愈來愈多的年輕女人。而災難無可避免地會發生——線沒對齊、摺的時候失手、書背捶背的程度不夠。縫線時可能太緊或太鬆，有時候很好的皮革裝訂卻敗在上頭有乾掉的黏膠。它們都沒資格獲得克萊倫敦出版社的章戳。*來瞧瞧妳有些什麼*，小桂期中放假要離開牛津之前，曾對我這麼說。後來她給了我一份清單，列出我該研讀的科目和參考書。

茉德和我開始重新整理。我們從船頭到船尾檢視亂七八糟的書本、手稿和毛本，挑出好幾疊或許在準備考試時派得上用場的東西。每天傍晚，從晚餐前到晚餐後，我都拚盡全力。有時候我就只是坐在書架前，用塗了馬麥醬的麵包果腹。我有好多習慣都改變了。我仍會在週一和週五去克萊倫敦學院找巴斯提安，但我不看報紙了，改成讀歷史，傍晚我們也鮮少出去散步，所以不太需要請路特陪茉德。星期天的時候，我在港口綠地幾乎還沒弄髒手，就會找藉口衝回家念書。

有些書我都忘了我們有——是艾伯送媽媽的書，或是媽媽帶回家的時候，我年紀還太小，不在意而沒注意到。我發現一本古舊的伊莉莎白．巴雷特．白朗寧的《奧蘿拉．李》，內頁有摺角標記，不過裝訂仍很牢固。我心想：這是她花錢買的，或是有人買的。而她深深喜愛它。我讀了有摺角的一頁：

該讀的書得先讀。我感覺它在
我枕頭底下怦怦跳動，在幽暗的清晨，
陽光還要再一個鐘頭才肯讓我看書呢！

我把這本書放在參考書那一堆，現在還是很小一堆——進度比我想像中要慢。我將任務交辦給茉德，要她搜尋小桂列的推薦書單上的項目：主要是歷史、古典文學、英國文學和文學批評這幾類。有一本哲學，還有一本經濟學理論的論說文（都不會太難，小桂說過。太難有意義嗎？）——全都是我們出版社印的。茉德找到幾本，我的書堆變高了，後來有一天她遞給我一本薄書，是用硬紙板裝訂的，看起來很眼熟。我記得讓媽媽的摺紙棒一滑，扯出小裂痕。裂痕大到讓這本書變成我的，又小到不致於毀掉它。

《女性用詞及其意義》，艾絲玫・尼克爾編。

我翻著書頁，每一頁都滿是被忽視的詞彙，以及被忽視的女性的名字。歐文先生說，她用紙片蒐集它們。

我環視「柯萊歐琵號」，看著一疊疊毛本和不完整的書。我看著已縫好但未裝訂的手稿，已有裝訂工的縫線但未裝上書殼的書。我心想：我們其實很相似。我蒐集零散的書本——對出版社或大學而言一文不值的瑕疵書帖。但它們對我而言有價值，對媽媽而言也有價值。我好奇媽媽是否曾打算拿它們作閱讀之外的用途。然後我想起她唸書給我聽，解釋內容，問我問題。好多回憶都交疊在一起。妳覺得特洛伊戰爭是海倫的錯嗎？簡愛若是嫁給聖約翰可說順理成章，妳覺得她為什麼沒嫁？妳能理解葛拉姆太太為什麼要逃家並住進懷德菲爾莊園嗎？我能否理解，對她而言是很重要的事。

有一天她說：將達爾文先生的理論套用在人的身上，可能很危險喔。我問為什麼，她看向茉德。小佩，我們該怎麼評斷誰適合生存，誰又不適合呢？該拿聰明才智或財富來當標準嗎？還是應該用你有多善良，你看待世界的獨特眼光，也許是你有多常勾起別人的笑容，來作為標準呢？說到這裡，她突然搔我癢，我就沒再多想了。

我再度看著《女性用詞及其意義》。這些是沒人重視的詞彙，說出這些詞彙的女性，若是未由她將姓名記在紙片上，根本不會有人記得。我把這本書放在待讀的書堆中。

✦✦✦

這種生活模式我們維持了兩週，或許是三週。然後珞特忍不住問我茉德是否生病了。

當時我們剛脫下圍裙掛到勾子上，收拾東西，準備下班離開出版社。

「她愈來愈瘦了。」珞特說。

我看著妹妹。她正對著門邊的小鏡子戴帽子。我們一向偏瘦，我心想，也差點說出口。但這時我瞥見茉德在鏡中的臉，注意到她下巴有多尖。我用拇指沿著裙子勒腰處滑一滑，意識到空隙變大了。

「妳們兩個都變瘦了，」珞特說，「妳們營養不良。」

她走到茉德那裡，一手搭在茉德肩上，對著她的倒影說話。我聽不到她在說什麼，但看得出她的表達方式很婉轉，我想叫她住口，叫她走開，別煩茉德。她是我的，我想要說。

茉德從鏡子前轉身，帽子戴歪了。「明天珞特要煮午餐。」

「太棒了。」我說。

✦✦✦

隔天是星期六。珞特在煮午餐時，我檢視一堆毛本，努力搞清楚它們來自哪些書，有沒有可能派上用場。我們坐下來用餐時，珞特問我們整理的進度如何。

「見鬼的亂七八糟。」茉德複述我的話，但少了我尖酸刻薄的語氣。

珞特點頭。其實一望即知。

「有進展了。」我說。

「我不覺得，」珞特回答，「而且妳應該把力氣花在念書，而不是整理書。」

接下來我們沉默地吃東西，吃完收拾餐具時真讓人鬆口氣。我在洗碗時聽到珞特向茉德解釋她能為我們的藏書編目，所有東西她都能記入本子——毛本、散頁、裝訂好的書和未裝訂的手稿。

「它們都很重要，對嗎？」

「都很重要。」我聽到茉德說。

「那它們都應該編入目錄。」

她帶了一本帳簿來，我看到她將帳簿放在她和茉德中間。我聽到她解釋如何使用它，如何將它分成幾個類別，然後記錄每本書的書名、作者、出版日期。

「最重要的是位置。」珞特說。接著她建議編一套簡易的代碼來代表每座書架和可能有書的邊邊角角。她好像把「柯萊歐琵號」當成圖書館一樣來管理。

圖書館。

對喔。

路特以前是圖書館員呢。帳簿，教學。她早就想好了。我聽到茉德一樣接一樣地複誦——把整個程序記在腦海中。

當天路特就把帳簿的項目列好了。她將我已經放在待讀書堆中的幾本書和毛本登錄到帳簿上，再看著茉德登錄更多筆。

「她做起事來一絲不苟。」我陪路特走到曳船道時，她說。天色已昏濛，我懷疑她能否趕在天黑前到家。「她應該全面檢視妳們的文本，」她朝「柯萊歐琵號」點點頭，「妳應該要知道妳們有哪些書。」

「很多都是廢紙啦。」我說。

她搖頭。「妳並不是這麼想的。」

✦✦✦

「喬治街電影院的《移民》還沒下片耶，」有一天在克萊倫敦學院時，巴斯提安邊吃三明治邊說，「或許可以請路特陪茉德，我們去看六點鐘那一場？」

我腦中浮現茉德和珞特在「柯萊歐琵號」上獨處的畫面，她們俯向帳簿，周圍滿是我們的書。媽媽的書，我的書和紙張。我心想：若是我能為所欲為，我要整天整夜都坐在書堆裡，不必去裝訂廠，不必照顧妹妹，不必討男友歡心。我只要看書、學習還有……

巴斯提安深吸一口氣，我注意到他將戰臉轉朝向我。這樣比較能掩飾他的情緒。

「你何不跟我們一起吃晚餐？」我說，「珞特要煮飯——她每次都煮太多。吃完你可以送她回家。」

他在椅子上換了個姿勢，讓我看到他的笑容。

接下來兩三週，只要珞特在，巴斯提安也會跟我們待在一起。我們培養出一套習慣模式，一陣子之後，我不禁慶幸自己不必單打獨鬥。我一路征服了占滿「柯萊歐琵號」所有牆壁的書本和紙堆，一一和小桂給我的文本及主題清單比對，若我覺得某樣東西有用，就遞給巴斯提安。他伸直受過傷的那條腿坐在媽媽的椅子上，將一疊疊書本依照科目整理好。如果有毛本無從判斷是出自哪本書，他就先擱在一旁留待標記。珞特負責餵飽大家，晚餐後她會協助茉德為我們的圖書館編目。她是這麼稱呼它的：柯萊歐琵號圖書館。她將這名字以優美字跡寫在帳簿封面。

媽媽蒐集的書比我記憶中還多，但她在出手時精挑細選，所以很多書都在小桂的清單上。我自己的收藏則雜亂無章，屬於投機取巧下的產物。我在原本秩序井然的船上製造某種混沌，但茉德設法為所有書都找到立身之處。整理工作完成、帳簿寫滿後，她變得很注意要維持「柯萊歐琵號」圖書館的秩序。

我開始把握所有機會讀書。早餐喝咖啡時，吃完晚餐時。我將傍晚的數小時投注在以前讀過但忘記的內容上，以及另一些從未讀過的內容上。有些書列在小桂的書單上，有些沒有——但我覺得媽媽可能會讀那些書，所以還是讀了。我這輩子都與「柯萊歐琵號」上的書很親近，但現在我想徹徹底底讀遍它們。每當我看完一本書或一台書帖，我就把它留在桌上。茉德禁止我把任何東西放回架上，她知道我可能會放錯位置。

✦✦✦

歐伯隆順路來了一趟，他的平底船載滿磚塊而不是煤炭，令人相當失望。他要留下來過夜，因此蘿西要他用倒放的水桶做了幾張湊合用的額外座椅，夠讓七人使用，排放在她的路緣圃裡，大夥兒聚在一起好好吃一頓。她戴上她的船家女便帽，因為七個人便算是盛大的場合了；她遞給我們一人一碗燉菜。

吃飽喝足後，她從口袋掏出一封信。是傑克寄的，還未拆封。她交給歐伯隆，他唸出來：

「我們還在法蘭德斯，但我最好別說確切地點，不然審查員會把句子全都塗黑。」

路特站起身收盤子，拿進「不動如山號」。我希望歐伯隆的嗓音不會傳到那麼遠。

「我們在一座小城鎮駐紮了三天，我猜當地人很慶幸我們在那裡。他們一直拿新鮮糕餅給我們——我的最愛是一種內餡包著凝乳、長得像小派餅的東西。老是吃牛肉罐頭配乾糧，能換換口味挺不錯的。」

半動半不動的笑容。「是『mattentaart』，」巴斯提安說，「很好吃。」

「但後來我們就接到命令了。」歐伯隆繼續唸，「德國佬占據著那附近的一座山頭，我們的目標是攻下它。但第一天的戰役有一半是要先穿越泥巴地和積滿水的砲彈坑。這裡真他媽的濕，也真他媽的泥濘——很抱歉我罵髒話了，奶奶。雙方人馬合力把這地方搞得一團糟。」

巴斯提安發出一個聲音。他低下頭，歐伯隆打住不唸，不過目光仍快速瀏覽字句。

「繼續唸啊。」年長的朗特里太太說。歐伯隆望向巴斯提安。

「繼續唸吧。」他頭也不抬地說。

「那些可憐的比利時人回來後，原本的家鄉也沒剩什麼了。簡直就像奶奶妳給我的那本書《世界大戰》裡的場景。我猜德國佬搞不好有『熱射線』武器呢。不管這裡原本有什麼——樹、樓房、貨車、馬——現在都只剩焦黑的骨架。枯樹朝灰色的天空延伸，我預期隨時都會有火星來的三腳戰機（Martian tripod）從昏暗中降落。」

歐伯隆唸完剩下的信，但我只是不太專心地聽。我在看巴斯提安。他繃緊下巴，一直垂著頭，直到歐伯隆唸完最後一個字，然後他站起身，沿著曳船道往前走。

我打算跟過去，但歐伯隆伸手按著我手臂。

「讓他靜一靜，小佩。一下子就好。」

我坐下來。

「而這個，」歐伯隆說，「似乎是給妳的，茉德小姐。」他遞給她一張對摺的信紙，上頭以傑克能寫出最端正的字跡寫著「茉德小姐」四個字。

茉德點點頭，接過去。我以為她會打開看，結果她起身走進「柯萊歐琵號」。

我在瓦爾頓井橋附近追上巴斯提安。

「這是不對的。」他說。

我知道他指的是什麼，無法給他一個答案。

「傑克應該在這裡，」他說，「而我應該在比利時。」

✦✦✦

一九一七年四月六日

親愛的小佩：

妳的消息真是個美妙的驚喜，同時又感覺是必然會發生的事。海倫肯定會非常……嗯，這是她以前夢想的事情。

說到美妙又必然會發生的事，美國方面的消息讓我們都快樂瘋了。我想遲到總比不到好吧。他們的到來勢必將開啟這場該死戰爭的完結了。

緹爾妲

✦✦✦

學人紛紛返回牛津，開始夏季學期的課程，小桂也是其中一員。

「柯萊歐琵號圖書館。」她唸出來。她一手舉起帳簿，雙眉挑得老高。她的語氣彷彿這是學校作業。

「怎麼？」我問，「我們家不夠氣派，當不成圖書館是嗎？」

小桂笑著看看周圍。「我擔心這些書的重量會害它沉下去。」

這下換我笑了。「『柯萊歐琵號』是工作船，小桂，它是設計成載運煤炭和磚塊的。區區幾本書根本難不倒它。」

「『區區』幾本書？」她打開帳簿，翻過一頁又一頁。「應該說是足足幾百本吧。這都是茉德登記的嗎？」

「珞特教她的。」我過去站在小桂身旁，再一次被茉德的工作成果佩服得五體投地。珞特曾說她「一絲不苟」。

「我都不知道。」小桂說。

我將茶壺端到桌上，開始倒茶。正在看帳簿的小桂抬起頭。

「妳的『圖書館』藏書相當豐富呢。妳們的大總管知道妳帶了多少書回家嗎？」

「並不是所有書都來自裝訂廠。」我說，不過大部分是。「有些是從書店買來的——大多是布萊克威爾書店，我媽很喜歡那家店。她會一直看書架上的書，直到茉德或我開始抱怨，那她就會找出『人人叢書』或『世界經典』系列的最新出版品，拿去櫃檯結帳。」我停頓：想起媽媽打開錢包，遞出硬幣，微笑等對方謹慎地用牛皮紙把書包起來。「我想媽媽喜歡看書本在那裡獲得的照顧吧，」我說，「還有尊重。」

「我媽從沒帶我去過書店。」小桂說。一時間我很同情她，接著又想像小桂和她母親走進服裝店、珠寶店，還有那種飯店裡的茶室，他們會用銀托盤送上小巧的蛋糕。

「可憐的小桂。」我說。

她微笑，放下馬克杯。「所以妳知道妳有哪些文本了，也知道它們放在哪了。現在要怎麼做？」

「努力念書。」

她搖頭。「妳現在最不該做的就是填鴨。」

我皺眉。

「小佩，妳對這種事沒經驗。如果妳顯然花了很大的工夫把這些書目整理出來，接著卻直接一頭栽進去死記硬背，還沒念完一半就會崩潰。聽我的良心建議：現在找一點樂子，會讓後頭的難關更容易克服。」

洛特和茱德從室內市集回來時，我請洛特留到傍晚再走。「我要和巴斯提安去看電影。」我說。

✦✦✦

我很早就醒了，早到天還是暗的。但我的腦筋很清楚，跟鐘聲一樣清楚，我心想。跟釘子一樣敏銳。「該開始念書囉。」我對著茱德的耳朵說。

「填鴨。」她口齒不清地說，翻身背對我。她還要再睡好幾小時呢。我親吻她臉頰，盡可能輕悄地溜出房間。

我點起油燈。桌上有一本醜怪的書等待著，是昨晚沒看完便留在原處的。看完電影巴斯提安送我回家後，我就開始讀了。「還不行。」我悄聲說。我到廚房泡咖啡。我跪在爐前重新點燃餘燼。清晨很寒冽，不過「柯萊歐琵號」一下子就會溫暖起來。這是空間小的好處，我心想。我關上爐門。

咖啡泡好後，我將滾燙的黑咖啡倒進馬克杯，雙手捧杯來取暖。我從窗口望向墨黑色的運河以及黑影幢幢的天空，看到聖巴拿巴教堂的鐘樓拔地而起，在其他影子的映襯下是一道更黑的影子。

我已享受了我的樂子，現在我祈求某種賜福。感覺挺彆扭的，因為我不知道該如何措詞，或是我發言的對象應該是上帝還是某位學習的守護聖人——如果是後者，我根本不知道是哪位——但總之我祈求自己對知識的脾胃不會消退，而我為研讀付出的堅忍耐力足堪重任。祈禱完之後，我啜了一口咖啡，表示就這麼說定了。

我坐下來看書，新的規律就此展開。幾乎在我渾然不覺之間，春天已轉為夏天。

第三十七章

我們從出版社走出來時，巴斯提安正在等我，他把外套掛在側背包上，上衣袖子也捲了起來。

「去散散步？」他問。

我想到今天早上看到一半，留在桌上未闔起的書。他注意到我的遲疑。「『柯萊歐琵號』應該熱到沒辦法念書吧。」

「去吧。」珞特說。她挽住茱德手臂，於是事情就這麼決定了。

我一下子就把那本未闔上的書拋到九霄雲外。巴斯提安的手臂感覺強壯有力，也只有輕微的跛腳。跟他一起在戶外散步感覺很棒，我納悶自己為什麼老是拒絕。

我們從瓦爾頓街彎進通往公墓的小巷。巴斯提安那群亡者到夢裡找他的時間變短了，聖墓公墓成為一個寧靜的場所，它的居民都成了熟人。傑里科的戰亡者並沒有埋在那裡，所以無法偷襲他。

「妳的讀書進度如何？」巴斯提安邊問邊將外套鋪在伍德太太的石棺上。

「我開始讀古希臘文了。」

我們坐下來，巴斯提安給我一個三明治。「我以為妳想讀英國文學？」

「是啊，但我得先除掉古希臘文這頭怪物，才能進到薩默維爾學院。」

「眾神會幫妳嗎？」巴斯提安問。

我微笑。「你也了解眾神，巴斯提安。他們偏愛出身高貴的凡人。我的出身一點也不高貴。」

「那妳就得加倍努力了。」他說。

我們坐得很近，把三明治吃了。巴斯提安從側背包拿出一瓶薑汁啤酒。

「我倒不排斥學習古希臘文這個概念。」我說。

「因為這是必要的，很好啊。」

「我挺樂意直接讀荷馬和尤瑞皮底斯的作品原文，能自己去解讀。」

他將瓶子遞給我，我啜了一口薑汁啤酒。然後我感覺他一手撫在我膝上，聽到他攥起我裙子時布料摩擦的聲音，感覺他涼涼的手指滑上我穿著褲襪的大腿。我預期他更進一步，找到我褲襪頂端，但他靜止不動好久好久。我腦袋一片空白，幾乎想不起剛才在聊什麼。

「荷馬。」我說。

「他怎麼樣？」

「我想直接讀他的作品原文。」

「妳已經說過了。」他的手又往上移動，我放下瓶子，身體微向後仰。巴斯提安調整姿勢，讓自己舒服一點。有一個我說不上來的念頭，接著他的手指便找到我褲襪頂端、我內褲邊緣、我赤裸的皮膚。

我轉頭直視他。「我一直在想，海倫到底是被帕里斯引誘了還是綁架了。」

「我們喜歡把她想成是被引誘了。」他說，他的手指找到我身上最柔軟的部位，我猛吸一口氣。「我們希望那是個愛情故事。」他說，挑戰般看我還能不能繼續跟他對話。

我強迫自己不閉上眼睛，勉強擠出話語。

「只要那是個愛情故事，」我用氣音說，「戰爭的罪名就能由她來扛。」

他沒再說話，我感覺自己在他指尖下動著身體。這是我們練習過的舞蹈，我閉上眼，但我知道他望著我的表情，注意著變化，調整節奏。生命的證明，我心想。

我的呼吸變沉重，我聽到自己發出低低的呻吟，我曾因此而難為情，但現在已經不會了。我弓起背，在寂靜的墓園裡，我的叫聲彷彿雌狐在呼叫。

我動手想解開他褲襠的鈕釦，但巴斯提安按住我的手，舉到嘴邊吻了一下。

「你確定？」我說。

他微笑。「這是深受翻譯之害的事物之一。」

「你指的是什麼？」

「『互幹是全天下最重要的事』這個概念。」

我超愛他說「幹」這個字。這是我最喜歡的英文字，他曾告訴我。「但那不是全天下最重要的事嗎？」

他搖頭。「我以前是這麼想的。」

「是什麼改變了你的想法？」

「妳的愉悅。那是我看得見，也能從皮膚感覺到的東西。我能聞到、嚐到、聽到。」

「可能很多人都聽到了。」

但他沒為我的笑話發笑。

「妳愉悅的叫聲，佩姬，也是痛苦的叫聲。第一次的時候，它感覺似曾相識，我還以為……」

第一次的時候，他整個人僵住，然後開始發抖。

「當時你哭了。」我說。

「在那之後，妳就安靜無聲。」

我用牙齒咬著嘴唇忍住叫聲，以免他的亡者出來作亂。

「那樣更糟。」他說，「不過現在，能給妳愉悅，感覺就像我在妳的肺裡灌滿空氣，溫暖妳的血液，使妳的心用力跳動。」

「生命的證明。」

「這很自私。」他說。

我微笑。「非常自私。」

巴斯提安拿起外套，將薑汁啤酒的殘渣倒在一個兒童之墓光禿禿的地面。威廉・普克特——摯愛的兒子——一八四三至一八五四年。很可能是染上霍亂吧。要是有人看到巴斯提安的動作，應該會大吃一驚，不過我現在已了解他是出於善意。他對我們腳下亡魂的關懷，超過五十年來的任何人，而他總是把薑汁啤酒倒給這個孩子，像是奠酒。我好奇他是否已為所有曾纏擾他的男孩都找到了安息之地。

✦✦✦

一九一七年八月六日

哈囉，小佩：

我們的事曝光了，我被調職了。不是調回國——艾莉森才不會放人——只是離那些「齷齪的德國佬」遠一點。胡果已經被送走了，我不知道送去哪。把那些詩收好，好嗎？他翻譯的那些詩？

緹爾妲

附註一：接替我負責德軍病房的是個薩默維爾學生，名叫薇拉。她的床位在我對面。艾莉森說她很認真，能力很強。我難以想像跟她有可能變成朋友，但我喜歡看她寫日記，會讓人以為她不寫日記就會活不下去。（或許真是如此吧，她寫東西的模式跟我有時候喝酒的習慣一樣，她非要寫到腦袋裡不剩下任何可能害她失眠的想法和畫面，才肯停筆。）她是其中一個寡婦，未婚夫陣亡了。據說她接到消息時，已經穿上最美的禮服，準備要走紅毯了。

附註二：書念得如何了？天啊，我想不到還有更慘的事。

薇拉。不知道是不是我在門外聽到有個女人告訴哈特先生，說要來牛津念英國文學的那個薇拉。在薩默維爾的茶會上，我也曾被正式引見給同一個女人。那時候我還滿心嫉妒她。

✦ ✦ ✦

我從睡眠時間中偷偷撥出一些來，在天亮前和深夜念書。茱德不再需要忍受我早晨的盯梢，甚至撿到額外好處——秋天帶來寒冷的早晨，但「柯萊歐琵號」總是很溫暖，而且她醒來時總是已經有泡好的熱咖啡。我會隨著五點的鐘聲起床，念書念到七點的鐘聲響起。然後我匆匆記下剛才讀過的重點，標示讀到哪裡，並闔上書本。我會叫醒茱德，接著就是跟平常一樣的早晨。

有天早上我沒聽到七點的鐘聲。茱德沒醒來，而我一直念書念到八點，蘿西跑來敲門，確認我們沒出什麼狀況。那天我們上班遲到了，隔天也是。再隔天，我連五點的鐘聲都沒聽見，兩人都呼呼大睡到蘿西叫醒我們。霍格太太罵得痛快淋漓，斯多陶德太太不得不向我提出警告。

「我知道妳在念書，佩姬，但我不能一直睜隻眼閉隻眼。」

隔天，她給我一個鬧鐘。

「真不知道這麼多年來，妳怎麼能不靠鬧鐘過日子。」她說。

「鐘聲。」我說。

「再加上一輩子養成的習慣吧，我猜。但最近妳的習慣改了。」她憂慮地望著我。「妳要懂得調整節奏，佩姬。如果妳繼續這樣下去，還沒到終點線就會倒下。」

「我有好多進度得補上。」

她點頭。「或許吧，但是蠟燭兩頭燒是補不上的。」她拿起鬧鐘，轉動機關。「我把鬧鈴設定在六點半，這是合理的起床時間，妳能有半小時看一遍前晚作的筆記，再叫醒茱德。我要強調：只看筆記喔。」她盯住我眼睛。「不准翻開任何一本書或拿起筆。這樣妳才能記住更多內容。」她將鬧鐘交給我。「妳聽明白我的話了嗎？」

「是的，斯多陶德太太。」我說，很感激她插手。

此後我們上班就沒再遲到過，不過我失去早晨的獨處時光了。茱德堅持要隨著鬧鈴聲起床，我也拿她沒轍。

「讓她做早餐吧。」我發牢騷時珞特說道。照顧她，小佩。媽媽的話說得吃力而絕望。在我腦海中早已響起過無數遍。

「但那是我的工作。」我說。

珞特嘆氣。「她不是孩子。」不過她不敢看我，或許是想起自己先前明明認為茱德就是個孩子。過了一下子，她又望向我。「她可以學著做早餐，我想她會很樂意照顧妳的。」

珞特用她教茱德做「stoemp」的方式，教茱德煮麥片粥。整個過程編成一首歌，在茱德背起來之前，我們吃了三天的麥片粥當晚餐。

於是我們的角色對調了。茱德成為我早晨的監督員——她負責設定鬧鐘的起床時間、更衣時間，還有上班時間。我真想把那個該死的鬧鐘丟進運河裡去。

晚上的時間免受鬧鐘騷擾，卻也不是完全屬於我。我們用完餐、洗完碗，茱德會按老習慣摺她的紙，不然就是拿著「柯萊歐琵號圖書館」帳簿，把我看完的書放回各個書架和整齊的書堆。她樂於自己先去睡覺，而我會熬夜念書，直到聽見午夜鐘聲。

✦ ✦ ✦

這天是星期天，我聽到前甲板傳來巴斯提安不穩的腳步聲。我心頭浮現一瞬惱火，接著是一波愧疚感。我在書上讀到的位置做了個記號。

「妳失約了。」他說。他繼續站著，微彎著腰。他太高了，無法在「柯萊歐琵號」內站直。我約好要去聖墓公墓跟他見面。

「我——」

「沒注意時間。」他說。

「沒注意時間。」茱德複述。

我太常說這句話了。未必每次都是事實，但這次是。我闔上書。

巴斯提安搖頭。「妳寧可念書。」

「並不是『寧可』。」

微微聳肩。茉德和我坐在桌邊，他走過來，打開側背包，拿出兩瓶薑汁啤酒和兩個切爾西麵包。他看著茉德。

「下午茶時間要強迫她休息一下。」他說。

她點頭，他便離開了。

✦✦✦

「我會害妳分心。」一星期後巴斯提安說。

我的手指撫著刻入石材的字母溝痕：*莎拉，亨利・伍德之愛妻*。我沒有反駁他。

✦✦✦

九月底的某一天，茉德和我從出版社回家時，看到緹爾妲坐在桌旁。我的書因為妨礙到她，而被闔上、堆疊起來。

「休十天假，」她說，她吃力地擠出笑容，那笑容都在顫抖，「讓我的神經能夠修復。」

是讓她能醒醒酒吧，我心想。我看著她往喝咖啡用的馬克杯裡倒威士忌，說服自己暫停一星期對我的念書進度沒有影響。她的手抖得幾乎和年長的朗特里太太一樣厲害。她很瘦。我頭一回覺得她看起來像中年人。她把威士忌放在書堆的邊緣，杯子晃了晃，然後灑了。我什麼也沒說。茉德遞給我一塊布，我把書擦一擦，擦完茉德把書接過去，放回正確的位置。她在帳簿裡記錄，再去告訴蘿西，緹爾妲需要好好吃一頓。

✦ ✦ ✦

蘿西餵飽她。茉德和我在旁邊聽。

「埃塔普勒像是某種地獄……

「在鬥牛場待個一星期，他們就渴望去前線……

「聽說是我們這一方的……紅帽子和金絲雀，比德國佬更糟……他們射死他……澳洲人。可憐的小夥子是在紐西蘭參軍的。傑克，他叫傑克。*」

* 譯註：此段話指的是一九一七年九月發生在埃塔普勒軍營的一連串反叛行動，紅帽子指的是英國皇家憲兵團（Royal Military Police），金絲雀指的是軍營中的教官，暱稱源自他們戴著黃色臂章。傑克指的應是約翰・布雷斯懷特（John Braithwaite, 1885-1916），傑克為其暱稱。

她聽到我猛抽一口氣的聲音了嗎？

「不是我們的傑克，不是我們的傑克。那是去年發生的事，不過只是開頭而已。」

她的腦袋左搖右晃。繼續灌威士忌。

「他們射死他。不是我們的傑克，是澳洲傑克。紐西蘭陸軍的澳洲傑克。可憐的小夥子。顯然我們是不能射死澳洲人的，但我們可以射死紐西蘭人。即使他們志願參戰。

「他們把水停掉了。他的眼睛裡進了肥皂，氣得跟一個軍官大小聲。他們幹得出這種事來，妳們知道吧。我是說大小聲。那些澳洲人喔。隨時都在大小聲。真是蠢蛋。」

她笑個不停。

「經常看到他圍著條小毛巾，小到都遮不住他的蛋蛋。他們把水停掉了。我說過了是嗎？他們狠狠揍他。但我照料了傷口，上一些碘酒，並不是太嚴重。我沖乾淨他眼睛裡的肥皂。然後他就被射死了。」

她哭個不停。

她把原本想壓抑住的所有東西全都吐了出來，話語和威士忌都是。不過日子一天天過去，她的話變少了。喝的酒也變少了。

蘿西餵飽她。茉德和我在旁邊聽。

✦
✦
✦

預計返回法國的前一天，緹爾妲為我們做了晚餐。是雞肉派。從香酥的派皮和柔嫩的雞肉可以明顯看出蘿西幫了忙，不過我們兩人都沒戳破。

「我要告訴妳們一件事。」她說。

桌上沒有威士忌酒瓶。她說話也沒有酒味。

「而我其實不該說的。」

我不禁好奇她是否沒意識到自己已經說過哪些事。

「埃塔普勒發生了某種反叛事件。紐西蘭人、澳洲人、南非人、加拿大人、英國兵，都參了一腳。一切的開頭是有個紐西蘭人從勒圖凱的沙灘回來後，被逮捕了。那是一座很漂亮的沙灘，專屬於軍官的沙灘——而他並不是軍官。事實上，事情大概在那之前就開始了吧，跟一個澳洲人有關，他叫傑克。」

她重複之前已經告訴過我們的事，我們讓她說。

「他們把我們鎖在門內，關了好多天。志願救護隊志工，還有護士，所有女人都關起來。他們說是為了保護我們，但我不覺得我們有任何危險。我覺得他們是不想留下人證。他們送食物來，也讓我們出去輪班，但往返病房都有人陪同。我們有些人必須照料被他們打傷的士兵，所以發現到底是怎麼回事。」

她雙手顫抖，望向廚房流理檯上方的架子。那裡什麼也沒有。

「我們被吩咐不准散播可能聽說的任何謠言，我們被吩咐不准透露曾經被限制行動。我們被吩咐若是在任何時候說出任何事，就等於觸犯《公務機密法》，會被送進大牢。」

「那妳為什麼告訴我們？」

她臉上漾開笑容。

「這不是第一次有人威脅我閉上嘴巴，否則就要坐牢。」

於是她回來了，瞬間年輕了十歲。那個我們為之著迷的婦女參政運動者。

✦✦✦

緹爾妲在行囊中裝進三罐好立克麥芽飲，準備帶回埃塔普勒。

「只要妳們努力不散布我散布的那些可怕謠言，我就努力克制不喝酒。」她對我們兩人說，「我想妳們都住不習慣大牢的。」

「努力。」茉德說。

不過謠言當然還是外流了。

他們射死他。
不是我們的傑克。
真是蠢蛋。
我的卡珊德拉。*
沒人放在心上。

* 譯註：卡珊德拉（Cassandra）是希臘神話中的特洛伊公主、阿波羅的祭司，擁有預言能力，但因觸怒阿波羅遭到降罪，而沒有任何人相信她的預言。

第三十八章

我們走出裝訂廠時遇到艾伯。

「這給妳。」他說。

是一本書：《狄更斯作品中的人物》。「你怎麼知道我需要它？」

「凡妮莎。」他說完就被我身後的某樣東西分散注意力。

我轉頭，看到是雀斑青蛙。我把書用力按在胸口，但霍格太太幾乎沒看我一眼。艾伯朝她走去，一手輕按在她手臂上，講了幾句話，聲音輕柔到我只聽見「遺憾」二字。她看他的眼神彷彿聽不懂他在說什麼，或是不想要懂。然後她便繼續往外走出出版社。

「弗萊迪失蹤了。」艾伯對我說。

弗萊迪。霍格先生。艾伯參軍失敗，他卻成功了。媽媽滿喜歡弗萊迪．霍格的，她說他們從小就是鄰居了。當初他與艾伯和歐伯隆合力把「柯萊歐琵號」修補好，也從未因為媽媽懷了我們而疏遠她。霍格太太是因為這樣才討厭妳嗎？我那時問。媽媽只是聳肩。

「但她還來上班。」我對艾伯說。

「這樣或許最好，」他說，「她家裡一個人也沒有。」

✦✦✦

茉德和我穿過出版社的拱門出來，看到小桂倚在鐵欄杆上看書。我們只是傍晚下班的數百名出版社員工中的兩人，因此我們站到她面前時，她都還沒有察覺。我伸手蓋住她在看的內頁。

「小佩，感謝老天，真不知道誰能記得住他們全部。」她闔上書本遞給我。

我唸出書名：「《狄更斯作品中的人物》。」

「顯然是引用他自己的說法。」小桂說，「充滿精闢的見解，探討他的角色是如何反映出人性。正是薩默維爾入學考很可能會問的那類題目。」

我決定別告訴她我現在已經有這本書了。「謝了，小桂。」

「用不著謝我，圖書館員相當讚許我在研讀本科之外的材料，尤其是我連本科的書都幾乎沒在讀。我在她心裡的評價或許有所提升吧。」

「或許喔。」我說。

「絕對有。她最近送來奧利爾學院的那疊書裡，還附上一張下午茶邀請函。這可是一項特權呢。我從來就不是常客，但我還挺懷念我們的圖書館。被禁止進入某個地方，會莫名讓人更渴望進去那裡，妳不覺得嗎？」

這叫我從何回答起才好呢？

「也許她只是想盤問妳怎麼會突然如此好學。」我說。

我們開始走回家，小桂與我們並行。每到一個路口，我都以為她會告別，結果都沒有。

「小桂，我們今晚只有麵包和人造奶油能招待妳。」我拿著書，內心湧上一陣罪惡感，竟然沒有更吸引人的食物可以向她表達謝意。

「連真正的奶油都沒有？」

「連真正的奶油都沒有。」茉德說。

「那我光喝茶就好了。」

✦ ✦ ✦

滿桌都是茉德的摺紙材料和撿回來的毛本，它們符合小桂給我的書單：《華茲華斯詩作全集》（只有一部分）、《諧擬及仿作世紀精選集》（只有一部分）、《牛津版薩克萊作品集》（只有一部分）、《德萊頓詩作全集》（完整且有布質封面）、《莎士比亞全集》（縫好但光溜溜的）。

我們吃麥片粥用過的碗，連同昨晚的髒盤子堆在水盆裡——我昨天累到沒去提水。我的咖啡杯顫巍巍地高踞在一疊毛本上。

我將大衣掛在門邊，包包放在它底下，再匆匆跑去收拾桌面，彷彿能趕在小桂跨進艙門前掩飾最不堪的一幕。

「真是見鬼地亂。」茱德宣布，複誦我今天早晨嚷嚷過的話。

我拿起咖啡杯，摸了摸它在華茲華斯其中一首詩上留下的一圈咖啡印。〈孤獨的割麥女〉。她獨自切割細紮著禾草……

「妳說得沒錯，茱德，」小桂說，「確實是見鬼地亂。」

我把咖啡杯放進水盆，拿一塊擦碗布將整堆髒碗盤蓋住。然後我回到桌邊，開始收拾書本、毛本和零散的筆記紙。我沒能照順序排好筆記紙，只好開始試著整理，讀一讀這頁的最後一行、那頁的第一行。「該死。」我壓低音量說。

小桂在翻弄仍散落桌面的東西。「填鴨的效果如何？」

「妳覺得看起來如何，小桂？」

「很混亂。」她說。

「很混亂。」茱德說。

小桂轉頭看她。「妳不是應該幫忙嗎？我以為妳會負責維持秩序。」

茉德拿起一本書。

「別動它。」我兇道。

茉德對著小桂聳聳肩，把書放回凌亂中，坐在放有方紙的餅乾盒旁，開始摺紙。

小桂看了一下封面的字。「《狄更斯作品的褒與貶》。」她看向我。「妳還需要其他書嗎？」

「妳看看這堆拼湊出來的破爛玩意兒，小桂，都只是人家不要的碎片罷了。我永遠都需要其他書。」我原本沒打算用這麼大的音量。茉德開始極輕微地隨著摺紙的節奏擺動身體。

我深吸一口氣，把書本、毛本、筆記紙都放回桌上，然後癱坐到椅子裡。「對不起，小桂，但一個主題又會導向另一個，而我沒有足夠的書能循著路徑追下去。克萊倫敦學院幾乎總是找不到我要的書，而我也總是沒辦法在公共圖書館閉館前過去。妳為我借到這本書真的很棒，但我感覺像在拼圖，卻根本沒有拼片可用。」我看著妹妹。「可憐的茉德，這些話她聽到都快吐了。」

「聽到都快吐了。」茉德附和，身體停止擺動。她點點頭，斬釘截鐵地表明她並不是在學舌。

小桂微笑，我繃緊神經準備迎接她的「可憐的小佩」嘲弄。結果她走到廚房，撥了撥爐中的煤炭，然後將熱水壺放到爐盤上。開始冒出熱氣時，她掀開我蓋在髒碗盤上的擦碗布，往水盆澆入熱水。她先把我的髒杯子沖乾淨，又從架上再拿了兩個杯子。

「我昨天跟我們薩默維爾的圖書館員一起喝茶了。」她說。

「是英式早餐茶還是大吉嶺茶？」我冷言道。

「大吉嶺茶。」小桂不在意我的語氣，「而且她用了她最好的茶具喔。」她拿起一個杯子，對著廚房窗戶透入的微光端詳。「那瓷器薄到都能透光了。」

「那這場小小的會面重點何在呢？」我問。

「這個嘛，我想想喔……」

「重點。」茉德說。

小桂轉頭看著她。「加奈爾小姐很好奇我怎麼突然這麼用功，這學期我借的書比過去三年加起來還多。」

「三年。」茉德說。她只是在複述，但小桂以為那是個人意見。

「是吧，而且以我現在的速度，大概還得再讀個三年才能畢業。」

「能夠悠哉閒混還真棒。」我說。

「還真的是耶。」她揶揄道。

「重點。」茉德又說了一次。

「重點就是妳姊姊。」

「我？」

「我冒著惹禍上身的巨大風險，把妳的事全告訴她了。她沒責備我將薩默維爾的書借給庶民，反而關心妳是否能取得需要的其他書本。」

「『柯萊歐琵號』跟見鬼的小博哪裡能比。」茉德說。她對我的牢騷如數家珍。

小桂環顧四周。「不過它確實力爭上游，」她說，「薩默維爾也比不上小博，但加奈爾小姐說我們擁有全牛津最好的大學圖書館。她還說如果小佩想要利用我們的圖書館，她相信她能找布魯斯小姐安排一下。這裡說的是副校長愛麗絲．布魯斯，不是她姊姊潘蜜拉，不過潘蜜拉確實有些影響力，而我相信她應該已向副校長提過妳了。」她搖搖頭。「這些未婚的姊妹喔——真容易搞混。」

熱水壺燒開了，小桂泡了茶。她給我們一人一杯，令人火大的笑容燦爛到極致。遊戲已結束，她對自己的表演洋洋得意。「妳覺得如何？等一月份新學期開始時，妳就能開始『利用』圖書館了。」

我沒說話。有人向我提供閱讀書籍的管道以及場所。

我望著亂七八糟的桌面，再看看茉德。她凝視我的眼睛，點點頭。然後她轉向小桂。

「好。」她說。

「好。」我複誦。

✦ ✦ ✦

將巴斯提安的亡者安置在傑里科墓穴中的工作仍在進行著。他說有些人很滿意，有些仍躁動不安。他們躁動的時候我都知道：巴斯提安會作噩夢，還有當我靜止不動躺太久時，他會來摸我的心跳。每次我們去聖墓公墓，都會一一探視每個亡者的安置處。然後我們會坐在伍德太太那裡。

巴斯提安開了一瓶薑汁啤酒，我拿出許久之前胡果翻譯的詩。原本我不太想給巴斯提安看，不確定他會有什麼感受，但現在我想分享了。

「〈玉米田中的死亡〉，」他唸道，「我知道這首詩。」

「希望你讀了不會覺得很難受，但緹爾妲說起胡果來……」我遲疑了一下，「他似乎不像是我們讀到的那些德國人。在魯汶的那些德國人。」

巴斯提安讀了一遍詩文。

「確實令人難受，」他說，「因為寫下這首詩的德國人知道與亡者共同生活是什麼感覺，而翻譯它的德國人偏好治療甚於殺人。他們跟魯汶那些人不是同一種人，但有時很難不去恨他們。」

沉默半晌。接著巴斯提安長飲一口薑汁啤酒，心情好轉一些。

「伍德夫人不喜歡我說這種話。」他說，將詩還給我，「順帶一提，用德文讀更美。」

「任何文章都是原文更美。」我邊說邊接過瓶子。

他聳肩。「只有讀原文才能真正探知原意。」

「我很遺憾完全不懂德文，法語也說得很爛。」我說。

「也許妳的孩子既會說德語也會說法語。」巴斯提安說。

我沒答腔。

「也許他們會說法蘭德斯語。」他繼續說。

「法蘭德斯語？」

他拿回薑汁啤酒，喝了一小口。「我想說，也許，這是有可能的？」他說。

「你說我有可能有孩子，還是說他們會說法蘭德斯語？」

他深吸一口氣。「我希望兩者都有可能。」

我懂了，並且不由自主地避開目光。

「我們回去吧。」我說。

我們沉默地走到瓦爾頓井橋。走在曳船道時，巴斯提安開口了。

「對不起，」他說，「我講的方式不對，一點情調也沒有。」

我希望他停止說話。結果他停止走路。

我沿著曳船道望去。月缺讓整條路十分幽暗，若不是「柯萊歐琵號」流瀉出違法的黃色燈火，我們的兩艘運河船應該只是黑影。茉德忘了把窗戶遮好，我們面臨被罰錢的風險。這是趕緊回家的正當理由，雖然我知道附近根本沒人會注意。

「我想娶妳，佩姬。」

我轉身面向他。

「巴斯提安，拜託——」

「我也想下跪，」他看著自己僵直的那條腿，「但我力不從心。」

我忍不住微笑。

「我想在妳手指套上戒指，但我買不起。」

「巴斯提安——」

「我想要我們生下會說英語和法語和德語的孩子。」

「還有法蘭德斯語。」我說，眼淚已撲簌簌落下。

「對，」他說，「還有法蘭德斯語。」

我們站在曳船道上，但良久良久，我們都不發一語。

「妳想要什麼呢？」巴斯提安終於問道。

「我沒料到這個。」

「但妳想要什麼？」

「我想要通過入學考試。」似乎很雞毛蒜皮，可是感覺好重要。

「通過入學考之後，戰爭結束後，妳要怎麼安排人生，佩姬。妳想要什麼？」

我心裡有答案，我馬上就想到了。我穿著學者袍，我在看書。

「我不知道。」我說。

「妳知道。」他說。

我一向以為，在戀愛時，軟弱的會是我的心。以為身為女人的我會被愛情沖昏頭，畢竟這是我在小說和詩歌中一再讀到的情節。然而為這小謊言心碎的人卻是巴斯提安，我親眼看見了，也在我胸口感受到他的心痛。

「我想要你，巴斯提安，可是……」

「那並不夠。」

「我想要寫書，巴斯提安。我想要我的思想被印出來，我想要我的經驗被當一回事。我想要分享一些東西——」

「但不是與我分享。」

「當然是與你分享，可我無法身兼妻子、母親和學者，實在太勉強了，而我也不能剝奪你實現這些願望的權利。」我的嗓音變得不穩定。我從未把這些想法說出口，甚至未明確地在心裡想過。「你提出的人生藍圖超出我的能力範圍。」

「妳認為妳得作抉擇？」

「噢，巴斯提安，我知道我得作抉擇。」

這是事實。我無法收回這句話，他也無法否認它。不過他等著我作些細部編輯，修飾一下用語或是釐清某些事，來改善我們的處境。我保持沉默。

「我可以留下來。」他說。

我一手貼著他臉頰，用拇指抹去他的眼淚。他曾告訴我，他想成為建築師，就像他父親一樣。他說過，等時機成熟，他就要回家鄉協助重建比利時。那是在他愛上我、在我愛上他之前說的。「修復」的想法令他精神奕奕，他在說的時候我就知道，他需要靠這件事才能徹底康復。

「我不確定留在英國是你想做的事。」我說。

「妳這是在拒絕我。」

「我這是在拒絕你。」

第三十九章

一九一八年一月，冬季學期開學第一天，我就到瓦爾頓街的警衛室報到。警衛仍穿著軍服，不過這次是年紀比較輕的人，他缺了左手臂。

「妳是來報名志工的嗎？」他在戰前大概身披學者袍，我從他的口音聽得出來。已經兩年多了。當時我以為自己再也不會回到這裡。

「我是來使用圖書館的。」我說。

他更仔細打量我。

「抱歉，小姐，但薩默維爾的學生不許進到圖書館。」他盡可能地展現禮貌。「妳得提出書面申請，而圖書館員會安排把妳要的書送去奧利爾學院。」

「我不是學生。」我說。

他皺眉。「那妳是？」

「我在馬路對面工作。」

「在出版社？」

「在裝訂廠。」

他揚起眉毛。「裝訂廠女工為何需要進到薩默維爾圖書館呢？」

「我要研讀古希臘文。」

「妳在尋我開心吧。」

「是就好了。」我說，「但事實是，如果我希望能不再是裝訂廠女工，我就得懂古希臘文，而我當然不懂，所以我帶著薩默維爾學院副校長愛麗絲·布魯斯小姐的字條來到這裡，她授權讓我進入薩默維爾圖書館。」

我遞出字條。警衛接過去，讀一遍，微微搖頭，還給我。

「祝妳好運。」他說，「我從十二歲起就開始學古希臘文——到現在也不敢說懂了多少。」

我走進校園，熟悉的期待感讓我皮膚發麻，我想起我的隱形人。他將他擁有的一切都獻給我，而我拒絕了他。保持理智，我心想。

我順著步道繞過小草地構成的方院，一些坐輪椅的軍官在這裡，膝上緊裹著毛毯，在一星期的爛天氣後享受片刻的冬陽。

走到大方院後，我小心翼翼地繞過那些醫療帳篷。我被固定帳篷的繩子絆到兩次，幸好沒跌倒。接近涼廊時，折返的衝動與繼續前進的渴望在我心中拉扯。我已這樣走進去數十遍，但那時的目的不一樣，是無私的，只是為戰爭奉獻一份心力。現在涼廊很有威懾感，它高出方院，被石柱與拱門給框起。涼廊的陰影中有一些穿著厚羊毛睡袍的男人——一條手臂用吊帶吊起，一隻眼睛被眼罩蓋住，一條腿打著石膏或截肢了。沒有包紮物的男人則穿著軍服和長大衣來禦寒，他們或坐在台階上，或倚著柱子站立。全都是軍官，沒有缺胳膊斷腿，沒戴眼罩或面具來藏住被戰爭損傷的臉。他們聊天、微笑、抽菸。我心想：不久後他們就會回到法國，或是義大利或巴勒斯坦。我在某處讀到，軍官比士兵死亡率更高。我發現這群男人才是最令我不忍直視的。

我低著頭爬上樓梯。

「有什麼事嗎？」是個女人。我還沒爬到最上面，不得不仰著脖子看她的臉。她身穿軍中護士修女的灰洋裝、紅披肩和白色長帽子。我不認得她。「妳是來當志工的嗎？」

「不是，修女，我是來使用圖書館的。」我把布魯斯小姐的字條遞上去。

「這裡說妳的名字是佩姬．瓊斯。」

「沒錯。」

「這裡說妳來自傑里科。」

我點頭。她朝下看著我——只是注視或有睥睨意味，我並不確定，直到她再度開口。

「而來自傑里科的女孩要去薩默維爾圖書館做什麼呢？」她的咬字還真是清晰無比。

她微微向前移動，我退了一階。

我意識到涼廊變得寂靜無聲，那些軍官在聽，在等待。大部分人都是大學學生或畢業生，他們能不經質疑地走進大學圖書館，光憑這項事實就使他們具備軍官資格，彷彿讀過奧德修斯的故事能使你成為士兵的領袖。

我努力想出回應她的方式。

「修女……」我開口，嗓音輕柔，有些猶豫，不過在變得寂靜的涼廊間清晰可聞。

她扠起手臂，裝作很有耐心的樣子。我們是身處於一群男人之中的兩個女人，我突然意識到她最大的目的莫過於當眾給我難堪，提醒我我的身分。我正索討著自己不該要的東西，而她自認有權否決我。

對她來說這是個遊戲，而她認為我該主動認輸。

姊妹，我心想，想起排字工排版的這個詞。他的女友定義過的這個詞。我奪回剛才輸掉的那一階。這女人的頭銜真夠諷刺，*我不禁冷笑。她有些退縮，我盡力回想那個詞的定義。女性因共同渴望改革而建立緊密關係。我意識到，想要自己並非天生就擁有的事物的，並不是只有我一個人。

我踩上最頂端的台階，迫使修女匆匆後退，以免撞到某位病人的椅子。

* 譯註：英文中「姊妹」和「修女」都是sister。

「雖然很奇怪沒錯，」我說，「但我想看書。」

我看到她猶豫，看到她臉上肌肉抽搐，透露出她在斟酌斥罵我出言嘲諷的利弊，衡量若是我無視於她，可能對軍官們帶來什麼觀感。我伸出手。

「如果妳不介意，請還我字條，修女。很可惜，妳不是我得說明來龍去脈的最後一人。」

我感覺軍官們的視線跟著我進到建築，我盡可能抬頭挺胸地走。我向右轉，沿走廊前進，彷彿什麼事也沒發生，可是當我來到通往樓上圖書館的樓梯時，卻發現自己喘到爬不上去。我的心重重地擂擊胸口，嘴巴也很乾。生命的證明，我心想；我倚在樓梯間冰涼的磚牆上，直到確定有力氣重複整個過程。

✦✦✦

圖書館員坐在一張書桌後，桌上堆滿一小疊一小疊的書，她正將那些書的詳細資料抄寫到一本帳簿上。我站在她面前，讀著那些書名、作者名，以及想必是預約借閱這些書的學生姓名。

她放下筆，我遞出字條。它讓我成功進到圖書館來，但她並不是非要聽命於它不可，我意識到圖書館員擁有護士修女所沒有的權力。我開始在心中編織一番希望能說服她讓我使用圖書館的論點，但她掃視字條時，我看到她漸生笑意。她抬起頭，花了點時間審視我的臉，然後笑得更燦爛。

「歡迎回來。」她說。

她把我誤認成別人了。我一陣心慌。

「妳當然認不出我了，」她摸了摸頭髮，「我們上次見過面後，我的頭髮全都白了。天啊，應該有兩年了，還是三年？出於某種理由，我讓妳借走一本書。」

她並沒有生氣，於是我的慌亂取代為關於巴斯提安的回憶，那時我還沒看過他的臉；還有魯德亞德．吉卜林的韻文。這下我想起她了。

「加奈爾小姐。蘇菲雅．加奈爾。」她很快地說。

「魯德亞德．吉卜林。」我衝口而出，圖書館員哈哈大笑。

「我猜妳指的是那本書，而不是妳的名字吧。如果可以的話，我直接叫妳佩姬好嗎？」

加奈爾小姐從書桌後走出來，順了順裙子、推高鏡架，然後伸出手，與我緊緊握手。我注意到她的手指染有墨漬，但她的手勁讓我頗為訝異。我以同樣方式回握，她露出笑容。

「從一個人握手的方式，總能看出某些特質。」她說話時沒鬆開我的手，「妳的適應力很強。」

彷彿我有選擇餘地，我心想，同時努力不動聲色。

「但又不是逆來順受。」她等了一下，期待我有所回應，只可惜我並無此打算，於是她又微笑。「我猜也有點倔強吧。」

她放開我的手，從桌上抱起一小疊書。「妳不介意吧？」她開始走向書架，我跟著她。

「我得坦承，我很期待再見到妳。」她說。

「真的嗎？」

「妳是小桂最愛的話題（subject）。」

「我以為她最愛的科目（subject）是歷史。」

加奈爾小姐笑了。「她說妳應該看書，而不是裝訂書。」

「是嗎？」

「她對話語挺有一套的。」

別人的話語吧，我心想。

「而且有良善使命時，她是相當熱血的聖戰士。」

我的腳步一個顛躓，加奈爾小姐停下來。

「噢，天啊，妳受到冒犯了。」

良善使命？我當然受到冒犯了。但我搖搖頭。

「妳當然受到冒犯了，但別這麼想，妳只是一長串良善使命中的一個而已。我敢說妳自己也有個良善使命。」她等我的反應，看到我臉上閃現的情緒。「我想也是。世上沒有幾個人能免於身為別人的良善使命並因此受益。妳朋友小桂比大部分人擁有更多優勢，她將優勢分享出去是對的。」她沿著走道繼續走，暫停一下將臂彎裡其中一本書歸回架上。繼續走。

「那小桂又是誰的良善使命呢？」

加奈爾小姐微笑，小桂有時候也會這樣微笑，那表示我的提問給了她進一步發揮論點的空間。

「要是沒有某位人脈廣的阿姨大力提攜，小桂也不會在這裡。」加奈爾小姐湊向前，壓低音量。「就學術方面，小桂更適合別的女子學院。她缺乏……」

「投入？」

她點頭。「但她的性情倒很適合薩默維爾。」

「那個阿姨——又是誰的良善使命？」

加奈爾小姐將另一本書歸架。「當然是她先生的，不過原因跟妳想的大概不一樣。她才是夫妻中有錢的一方，而且據說她的聰明才智遠優於另一半，但只有他在國會中有投票權。他的良善使命就是婦女投票權——尤其是他太太的投票權——而他清楚表明，凡是提供這項權利的法案，他都會支持。」

她點了一下頭作為收尾，我想像她參加小桂提到的那種大學辯論會。「加奈爾小姐，妳以前是薩默維爾人嗎？」

「噢，是的。」她說，「也永遠都會是。」

加奈爾小姐把最後一本書放到架上，然後帶我去圖書館中央的隔間。

「英國文學區，」她說，「或該說它的一部分。」

這裡和所有隔間一樣擺了張大桌子，大到能坐六個學生，高高的平開窗提供充足光線。

「這是我最愛的隔間。」加奈爾小姐說，「能透進午後的陽光，而且還隨時都有奧斯汀小姐和勃朗特姊妹作伴。」她看著我。「這是在我們目前的安排下，我唯一的慰藉——學生都不在，我可以帶著帳簿和茶壺來這裡，度過愉快的一小時。

「不過，並非每張桌子都和這張一樣舒適。」加奈爾小姐伸手將桌子中央的其中一盞檯燈打開，然後拉起藏在桌面內的一個小架子。「這是看書架。」她喜孜孜地轉頭看著我說。最後，她終於拖出一張沉重的椅子，用手一比。「坐吧。」她說。

我坐下來。

過去我想像薩默維爾時，實在太偷懶了。我設想了房間、書架和皮革封面的巨冊，還大膽地想像從架上拿下那些書，想像裝訂精美的它們該有多重。但我沒能想像坐在書桌邊，或是看到窗戶透入的光線，或注意到最近未上過膠的書散發怎樣的氣味，這些書有時間沉靜下來。

我坐在椅子上，加奈爾小姐幫忙將我塞得更貼近桌子。她走到書架邊，讓指尖沿著書背搜尋某個書名。要展示桌子的用法，她大可隨便選一本書就好，但她卻不疾不徐。最後她將一本小開本書籍撬出原位，然後遞給我。

《簡愛》。

這是「牛津世界經典系列」的版本，與我們船上那本很像，也同樣因為頻繁翻閱而陳舊。經常被翻開的書與乏人問津的書是有差別的，氣味、書背的阻力、翻頁時的順暢度。這本書感覺有點像我們那本，但我知道讓它自然攤開時它會呈現出另一個場景，書角有摺痕或邊緣磨損的頁數也不會與媽媽反覆閱讀的那幾頁雷同。

我心想：我們裝訂這些書的時候，它們全都一模一樣。但我意識到它們不可能維持那個狀態。只要一有人拗開書背，那本書便發展出專屬的個性了。令某一位讀者讚嘆或憂慮的內容，永遠都不會和所有其他讀者完全相同。因此，一旦被閱讀了，每本書都會自然攤開在不同的位置。我意識到，每本書一旦被閱讀了，述說的故事都會有微妙的差異。

我讓這本書隨它的意思攤開，然後把它放到看書架上。加奈爾小姐掃視頁面，並朗讀起來。

「我擁有獲得絕佳教育的工具，它就擺在我伸手可及之處。」她一手按在我肩上。「我覺得妳在這裡應該會很舒適的，」她說，「妳想待多久都沒關係，我都待到很晚。」

✦✦✦

我原本只打算自我介紹，沒要久留，卻發現不知不覺間已讀完那一章。

當我將目光從書頁往上移向檯燈光圈之外，才看到隔間已籠罩在陰影中。該回到茱德身邊了。我闔上《簡愛》，本想找到它在架上的位置，又改變心意。

加奈爾小姐已回到座位，低著頭在寫帳簿。她先把那筆紀錄寫完才抬頭。

「這麼快就要走了？照小桂的說法，我還以為等我要走的時候，可能還得把妳趕出去呢。」她望著她桌上的幾疊書，「我至少還要再待兩小時。」

「是我的良善使命在召喚，」我說，「我得回家了。」

她點頭，我猜小桂跟她說了茱德的事。

「嗯，告訴我妳需要哪些書，下回妳來的時候，我會先幫妳準備好。」她說。

我在側背包裡翻找，拿出書單。加奈爾小姐掃了一遍。

「大致上符合我的預期。」她抬頭，「不過妳漏了華茲華斯、德萊頓和莎士比亞的作品。」

「我已經有了。」我說。

「是喔？」

「我們家有複本。」我說，「大多沒有裝訂，不過大多算是完整。」

「我猜是克萊倫敦出版社的印刷品吧？」

我點頭。

「資源很豐富。」

「如果某本書看起來有問題，就成了廢物。有機會的話，我就帶它們回家。」

「廢物？」她揚起眉毛。

「一切都取決於觀點。」

她重讀書單。「這些應該沒問題。」她抬起頭。「妳的古希臘文程度如何？」

「可說不存在。」

「我建議妳用積少成多的方式去學它。我會在妳的書堆裡多放一本希臘文初級課本。」

「我不能把書帶回家嗎？」

我未經大腦便問出這問題，真希望能把它吞回去。

「很抱歉，佩姬……」她十分窘迫，「必須是薩默維爾的師生才能……」

我感覺自己的雙頰漲紅。

「如果妳妹妹願意，也歡迎她一起來。」加奈爾小姐提出。

「茉德對閱讀實在沒什麼興趣。」我說。

「我相信我能找到事情讓她做的。」

第四十章

茉德喜歡去圖書館這主意，所以隔週的週六，我們上完上午的班之後，她便勾住我手臂，我們從出版社過馬路到薩默維爾學院。

「從傑里科到牛津。」我們設法穿越繁忙的瓦爾頓街時，她這麼說。

我們進到警衛室，警衛的目光從我移向茉德，再移回我身上。「瓊斯小姐？」

「好眼力。」我說。他在簿子中記錄「瓊斯小姐兩位」。

我們繞過小方院，經過一些在享受中午陽光的軍官。

「雙倍的麻煩喔，兄弟們。」

「我好像出現幻覺了。」

「我倒覺得是雙倍樂趣。」

茉德向他們所有人打招呼。我低著頭拉她快步走。我們在登上涼廊台階時，有個坐在籐椅上的軍官伸出拐杖攔住我們。

「護士，」他說，目光在茉德和我之間遊移，「我看到重影了。」

他的鄰居也湊熱鬧：「趁效果還在時盡量享受。」

護士面露微笑，我狠狠瞪她，直到她笑不出來。

「男士們，」她終於說，「注意禮貌。」

但已經太遲了。

「雙倍的麻煩，雙倍的麻煩，雙倍樂趣但是雙倍的麻煩。」茉德開始唸起這形容雙胞胎的俗語，用唱歌般的口吻一再重複，我感覺每雙眼睛都盯著我們穿過涼廊下的一張張單人沙發和躺椅。真希望他們知道他們發表的高見有多麼平凡，多麼老套。進到建築後，我一手按在茉德手臂上。

「該停下來了，小茉。」

她咬住下唇，直到那股衝動消退。

加奈爾小姐和前幾天一樣——被幾疊書半掩住。我們走近時，她抬起頭，先看看我再看看茉德，猶豫一下，判定是我。

「瓊斯小姐，真高興又見面了。這一定就是妳妹妹吧。」她站起身，用沾滿墨漬的手帕擦了擦沾滿墨漬的手指。

「茉德，這位是加奈爾小姐。」

加奈爾小姐伸出手，茉德跟她握手。

「請叫我蘇菲雅就好，那我也能叫妳茱德、叫妳姊姊佩姬，我們就能避免館內有兩位瓊斯小姐而造成混淆。」

茱德微笑。「蘇菲雅。」

「我們已經習慣混淆了。」我說。

「這我相信，但我也相信妳們對此感到厭煩。」

我微笑，聳聳肩。

她點頭。「我有一對雙胞胎弟弟，就連我父母都分不清他們兩個。說起來其實挺嚇人的，不過他們大部分時間都待在寄宿學校，所以也就罷了。好了，妳應該急著想開始了。」

我點頭，她望向茱德。

「妳如果想跟佩姬坐在一起完全沒問題，不過要是覺得無聊，我隨時都需要人幫忙整理還回來的書喔。」

茱德考慮了一下。「跟佩姬坐在一起。」

我的心微微一沉，但我仍帶頭穿過圖書館到閱覽區的隔間。

「這是勃朗特隔間。」我對茱德說。

我們站在入口處，我用新的目光打量這空間。我試著想像茱德的視角：高高的窗戶，擺滿精美書籍的書架，在桌面舞動的光線。這桌子比我們「柯萊歐琵號」上的桌子大了兩倍甚至三倍。加奈爾小姐已經打開了檯燈，看書架上擱著一本書。它旁邊整齊地放著一疊書，等著輪到它們。

我感覺茉德緊握一下我的手，轉頭看到她的臉上呈現出我的喜悅。我帶她到勃朗特姊妹並肩排放的那個書架。跟我們一樣，我心想。永不分離。茉德拿下《簡愛》。

「媽媽的。」她說。

「幾乎一模一樣。」我說。

我取下《懷德菲爾莊園的房客》，安妮．勃朗特的書。比起《簡愛》，媽媽更愛這本書，但她始終解釋不出原因。我翻到我熟悉的一頁，媽媽喜歡在這一頁停留。我找到一個句子唸給妹妹聽。

「若是她更完美，就不會那麼有趣了。」

茉德點點頭。「對。」她說。

我們將勃朗特姊妹放回架上，走到桌邊。茉德坐在我對面，遠到我得用滑的把她摺紙要用的材料傳給她。這是緹爾姐最近寄給她的一套色紙，平滑而工整，被我這麼一送，就像魔術師手中的撲克牌一樣散開來。茉德看著它們，卻沒動手撿拾，所以我也望著它們——在她的雙手做出那些熟悉的動作之前，我是絕對無法專心念書的。

「萬花筒。」我說。

茱德微笑。她一手抹過那些色紙，然後再一次，每次都暫停一下欣賞視覺效果。最後她才終於收拾起色紙，開始摺紙。我注意力轉向看書架上那本書。亞伯特與曼斯菲德著，《希臘文法入門讀本》。積少成多，圖書館員上次這麼說。

✦ ✦ ✦

茱德的椅子向後刮過地板的聲音嚇了我一跳。我伸了伸背，左右活動脖子，揉著拇指和食指間的肌肉。我快速翻過筆記本，訝異地發現已寫滿五頁。我試著回想自己實際上學到了什麼，卻一片茫然。

茱德站起身，手裡捧著一個藍色紙盒。「整理還回來的書。」她說。

「要我陪妳去嗎？」我希望她說要，我想要有個藉口能闔上古希臘文課本。

「不。」她說完朝看書架點點頭，「看那本書。」

我乖乖聽話，讀著一頁又一頁幾乎無法理解的書，塗寫出自己都快看不懂的筆記。我的手抽筋時，我就揉一揉、甩一甩。我拉拉背，環顧隔間，提醒自己這樣的安排是多麼脆弱不定。有太多事可能構成妨礙：也許茱德不肯來，珞特又沒空，也許有人不滿而提出抗議，布魯斯小姐的字條只能作廢。我一手擱在加奈爾小姐準備的那疊書上。我需要它們，卻無權使用它們。

我是憑靠他人的恩惠才能在這裡的。我閉上眼，努力回想希臘文的句法規則——一致性、格位，還有跟語氣相關的什麼。我放棄了，翻開空白的一頁，試著從「alpha」到「omega」寫出希臘字母。我有四個字母寫不出來，還弄混了「pi」、「phi」以及「xi」、「psi」。我用力闔上筆記本，但忍住把希臘文讀本丟出去的衝動。我只是翻弄著頁面，感覺愈來愈焦慮。我連法文都是勉強學會的；我怎麼可能學會一種已經沒人在說的語言呢？怎麼可能有任何人學得會？靠家教老師，我心想；一時間我盤算起他們的時薪要多少，然後又判定我絕對付不起。

我正準備闔上書時，看到章節最後的空白處有人寫了眉批。那是用鉛筆寫的，字跡潦草，我得努力判讀：這在我眼裡都是希臘文，它說。底下有另一種筆跡寫道：我也是。在那下面有第三種筆跡寫道：意義何在？

✦ ✦ ✦

我沿著隔間慢慢走，回到圖書館員的櫃檯。她桌上的書已幾乎清空了，都移到一輛手推車上，準備放回書架。我把自己那一小疊書堆在茉德面前，她立刻翻開最上面那本的封面，露出借閱資料。然後她把書滑到加奈爾小姐面前。

「佩姬的書沒有離開過圖書館，茉德，所以不必記錄。」

茱德把書拿回去，闔上封面。加奈爾小姐轉頭看我。

「要不是妳妹妹已經有一份領薪水的工作，我會聘用她。」

「聘用她。」茱德表示，或是學舌——我不確定。

「茱德，妳比較想整理書還是裝訂書？」我問。

她聳肩。都好，都不想，她不確定。她轉向手推車，手拿著希臘文讀本，尋找對的位置把它放進去。

「佩姬，妳明天還會來嗎？」加奈爾小姐問。

「應該會吧。」我說。

「既然如此——」她望向茱德，「佩姬需要的書我們就不歸架了。」

「不歸架了。」茱德說，她將剛才放到手推車上的書又都拿回來。

「謝謝妳，茱德。」加奈爾小姐說。

「謝謝妳，茱德。」我說。

✦✦✦

只要路特沒空陪茱德的時候，她都很樂意跟我一起來圖書館，不過從第一次之後，她再也沒和我坐在一起過。她都在幫加奈爾小姐，加奈爾小姐也很感謝。她曾說過：她擅長看出秩序。

我漸漸在那裡愈待愈久：星期六下午、星期天下午、某幾天傍晚。到最後，我每星期一和星期五的午休時間都會過去。我忍不住想到巴斯提安在克萊倫敦學院教法語，而需要找事情壓制跑去見他、跟他說話的渴望。

✦ ✦ ✦

抵達圖書館時，我又累又餓。我們星期六的工班超時了，所以我沒回家吃午餐。離薩默維爾學院的入學考只剩幾星期，我連一刻也不想浪費。勃朗特隔間的窗戶透入微弱的二月陽光，因此我打開檯燈。輕扯一段短線，書頁就被照亮了。如此輕鬆，我心想，想起昨晚我們油燈那快要滅掉的火光，害我的眼睛看得好吃力。我再度滿心感激自己獲准坐在薩默維爾圖書館內。

我都沒發現小桂來了，直到她一屁股坐進桌子對面的椅子。

「巴斯提安上回帶妳去看電影是多久前的事了？」她問。

我漲紅臉。「薩默維爾的學生不應該進到圖書館的，小桂。妳不該來這裡。」

「我不是來圖書館，我是來探病的。」她望著我。「妳還沒回答我？」

「巴斯提安和我不會再去看電影了。」這句話讓她安靜了，但沒能安靜多久。

「嗯，看來那只好由我把妳從書堆裡拯救出來了。」

「我不需要拯救。」

「我覺得需要，所以我們走吧。」

我有點心動。「去哪？」我問。

「殉道紀念塔。很多女人聚在那裡慶祝呢。」

我醒悟到是為了投票權的事，前幾天法案通過了。我的興致大減。

「那不是我要慶祝的事，小桂。」

「噢，別這樣嘛。這可是朝對的方向跨出一大步呢。對所有女性而言都是。」

「當妳是跨步者的時候，很容易這樣看事情。身為墊腳石的我們就有點困難了。」

她用她「可憐的小佩」目光看我。

「為什麼是妳，小桂？為什麼妳有投票權，而我沒有？」

「我還沒有——我還不滿三十歲。」

「但妳會拿到的，不是嗎？即使妳一直拿不到學位，也會有財產。」

「就我所知，」她說，「這是人人為我、我為人人的概念。這事很重大，是某種事物的起點，而我要為它歌唱。」

「妳儘管去吧，」我說，「我要留下來念書。」

「好主意，」她站起身，「要是妳拿到學位，這法案對妳的意義就不亞於我。」

加奈爾小姐推著手推車進入隔間。

「小桂，我勸妳快走吧，不然佩姬要拿那本書丟妳了。」

小桂看了看我按在手下的書。「不會啦，加奈爾小姐，小佩才不會冒險傷到裝訂得那麼漂亮的書。」

說完她送我一個飛吻，轉身離開。

第四十一章

我選了後側的桌子坐下。我注意到它們都相同，完全一樣。每張桌子上都擺著三枝鉛筆、一塊橡皮擦、正面朝下的試題本，以及與試卷並置的筆記本。每張桌子都坐著個年輕女子，而每個女子無論在進入考堂前看似多麼氣定神閒，都緊張萬分。她們調整鉛筆的位置，用手指敲著自己大腿，腳踝一下子交叉一下子分開。

「妳們有十分鐘可以閱讀題目。」教授說，「大家可以儘管作筆記和構思答案，但在我宣布答題時間開始前，不要在試卷上留下任何記號。妳們會有三小時作答時間。」

一陣沙沙聲，大家紛紛翻頁。這試題本好熟悉。字體，紙張的觸感，頁面的尺寸。每本試題本都能拼到一張印張上：八頁，四張，兩摺——四開本。快速地裁完邊，它就完成了。從我十二歲起，已經摺過幾千本這樣的試題本。不過今年的我沒碰——斯多陶德太太確保這一點。她甚至要我簽了某份文件，說我「不會向出版社的同事徵求資訊，以直接或間接地取得試題本」。

這簡直就像《公務機密法》嘛，當時我打趣地說。所有人參加考試時都得簽這個嗎？

斯多陶德太太微笑以對。妳是第一個，她說。它能保護妳，要是有人破壞妳的機會，他們將面臨把試題洩漏給學人的同樣後果。

結果沒人破壞我的機會。

我讀了常識性題目。

我讀了那段要我們臨場翻譯的法文，想到巴斯提安，又將他趕出腦海。

我讀了我的自選科目的題目。英國文學。請勿回答超過四題。總共有二十個題目可以挑選——討論、比較、舉例、闡釋。相關人物包括莎士比亞、密爾頓、華茲華斯、史賓塞、狄更斯、薩克萊、德萊頓。我尋找艾略特、奧斯汀、勃朗特姊妹，卻遍尋不著。題目中一個女作家也沒有。我望向時鐘——還剩一分鐘就可以開始答題了。複述妳讀來的說法，別發揮創意，小桂這麼指導我。我挑選出要寫的題目：

討論莎士比亞和史賓塞處理十四行詩的手法有何差異。

舉例說明華茲華斯對自然是如何觀察入微。

「狄更斯和薩克萊都無法將『好』角色寫得有趣。」討論此說法。

「由男性演出女性角色，可能令莎士比亞的藝術之美受限。」討論此說法。

我認得這些題目的格式。我從多年前便開始思考這類問題；媽媽曾以各種方式向我提問，我本就讀過那些作品，現在也讀了它們的評論著作。

「妳們可以開始了。」

我開始寫。

常識性題目。法文翻譯。我的鉛筆在紙頁上飛掠。

自選題目第一題，第二題。我改寫、引用，將某個論點與另一個論點交織重組。這種作答方式沒什麼困難的，但突然間，我下筆維艱。

我放下鉛筆，揉了揉拇指與食指間的肌肉。我重讀一遍剛才寫的東西。正是他們預期中的內容，卻不是我真心的想法。

我望向時鐘；已經過了一個多鐘頭。我再讀一遍我的作答內容——都是在拼貼我讀來的東西，是當代男人對死去男人的作品提出的評論。年復一年，這些論調都會重新印製，以零散書帖或裸裝手稿的形式散落在「柯萊歐琵號」各處。我連在睡夢中都能隨口背誦出這些觀點，卻未必總是苟同。*妳未必總是得苟同，*媽媽曾說。

我在第一題已經寫完的答案，以及第二題剛開始寫的答案上，各畫了一條刪除線。然後重新作答。

✦✦✦

試題本都收走了，考堂的門打開了。

「妳考得怎麼樣？」

是個身穿高級羊毛外套的陌生人。另一個候選人。三小時之前，我們之間的差異感覺並沒有這麼大。

「說不上來耶，」我誠實地回答，「不過我喜歡自己寫的答案。」

「這種說法還真有趣。」

「是嗎？」

她偏了一下頭。「我的家教老師說，一切的重點都在證明——承認目前普遍流行的觀點，並且援用對的人士佐證你的地位，藉此展現你比別人優越。」

「妳就是這麼做的嗎？」我問。

她微笑。「我想是吧。不過我背了太多名言錦句，也許有搞混幾句。」有人在按喇叭。

「噢，我的車來了。」她轉身朝開車的年輕人揮揮手。那男人身穿軍官制服，我好奇他是她的兄弟還是男友。她倒是沒說，不過逕自抓起我的手握了握。「希望我們能一起進入薩默維爾。」她沒等我回答，但汽車開走時，她揮手道別，彷彿我們已經是朋友了。

我慢吞吞地走回傑里科，考題和我的答案在我腦袋中繞著彼此打轉。別發揮創意，小桂曾叮囑。

✦✦✦

「看來考得不錯喔。」小桂說。她與加奈爾小姐坐在一起，兩人中間擱著一壺茶。

「妳從什麼地方看出來的？」我問。

「一百個洩漏玄機的小線索。」加奈爾小姐說。

「而且妳顯然沒哭過。」小桂說。

加奈爾小姐朝一張椅子點點頭要我坐，然後往第三個杯子倒茶。「跟我們說說，」她說，「都有什麼題目？」

我告訴她。

「妳有複述讀過的內容嗎？」小桂問。

「大致上有。」我將茶杯湊到嘴邊。

她的臉色一黑。「妳說『大致上有』是什麼意思？」

我把茶嚥下去，再喝一口。她的不安帶給我奇異的滿足感。「我能自己判斷，小桂。我未必總是贊同我讀到的觀點。」

「噢，天啊，」她說，「獨立思考。」

加奈爾小姐一手按在小桂手臂上要她稍安勿躁，但小桂的憂慮只是讓我更有成就感。說實話，我簡直脫離不了考試的亢奮情緒。有人想知道我的意見——不對，是我「依知識判斷出」的意見——而我在答題的過程中傾盡所知。不光是拾人牙慧，也傳達我自己的智慧結晶。小桂覺得我搞砸了自己的機會，或許這是真的。但有人會讀到我寫的內容，而不論他們認為那是否符合薩默維爾學生的條件，在那當下都不是重點。重點是他們會讀，會去評估。

「佩姬，妳用的是什麼解法？」加奈爾小姐問。

「我承認目前有哪些普遍流行的觀點，然後指出它們可能有什麼缺陷。」

小桂發出哀鳴。

「別緊張啦，小桂。我引用的都是意料中的那些人，我只是點出他們的視角多麼驚人地相似，以及不同的視角為什麼可能有啟發意義。」

她們讓我暢所欲言，我們把整壺茶喝得精光。

「無論結果如何，兩三週後就見分曉了。」加奈爾小姐說，「在那之前，妳要如何打發時間呢？」

「我想我會繼續準備學位初試吧。」

她微笑。「有些人會等到確定通過入學考，才要開始那場耐力賽。別的不說，就算是為了暫時放鬆一下，讓妳的腦力能養精蓄銳，也是個不錯的理由啊。」

「我可不確定『放鬆』有助於蓄養我的希臘文存量。」我說，「目前存量仍然非常少。我必須假設我會通過入學考，否則我會失去這股衝勁。」

「那好吧，只是妳要保證，偶爾也從書本中抬頭看看。我一向認為春天的花朵對智力的刺激力量，不亞於任何文本呢。」

第四十二章

我聽從了加奈爾小姐和小桂的建議，傍晚時分比較少待在圖書館，而更常與茱德和珞特相伴。我對拉丁文有了點概念，也苦讀希臘文動詞，不過也和小愛還有小露去喬治街電影院看了喜劇片《療養》和《白痴富豪》，還和小桂到查威爾河上坐平底船。有個星期六下午，我和茱德搭公車出城去考利。軍營附近的田地不再遍布著想要從軍的男人，但我心驚地想到另一幅畫面，亦即我們當時看到的人現在都遍布在異鄉的田野間，永遠回不了家。

七葉樹開始開花的時候，我採了一小束白花送給加奈爾小姐。

她微笑接過花。「妳覺得放鬆了、腦力恢復了嗎？」

「嗯。」

「那妳收到消息了沒？」

我試著表現得不擔憂。「還沒。」

✦✦✦

我們走去上班時，我邊走邊看書；這條路我已太熟悉，不怕會跌倒。到了瓦爾頓街，茉德蹦蹦跳跳地率先跑進特納書報商。我聽到門上的鈴鐺聲，把書收進包包。

「特納先生，信？」我開門跟著茉德進去時，聽到她在問。

「妳也好啊，瓊斯小姐。」

我瀏覽特納先生架上報紙的標題。

英、法、澳聯合援軍於伊珀爾成功阻擋德軍攻勢。

「是的，特納先生。」茉德說，「薩默維爾的錄取通知？」

「紅男爵」*由澳洲空軍中隊以軍禮下葬。

「我哪能告訴妳呢，瓊斯小姐。我可不該翻看啊。」

他的口氣有些不尋常。我轉頭看到他倚在櫃檯上，朝著茉德從一堆信件中挑出的那只信封燦笑。

「希望是妳在等的東西。」他對著我說。

那是個素白的信封，正面用打字機打出我的姓名與特納先生書報社的地址，右上角則是薩默維爾學院字樣。我打開它。

讀了內容。

再讀一遍。

「薩默維爾的錄取通知？」茱德問。

我將信紙遞給她，讓她自己看。

✦✦✦

「而且是全額獎學金。」我告訴加奈爾小姐。

她從還回來的書山後走出來擁抱我。

我已漸漸習慣這種反應。茱德在裝訂廠到處宣傳我被薩默維爾錄取的事，結果小露、斯多陶德太太甚至是珞特聽了都擁抱我。斯多陶德太太眼中還蒙上淚霧。「妳媽媽她……」她說，但再也說不下去。艾伯聽說時（我猜是斯多陶德太太講的），他勇敢地跑來女工這一側祝賀我。他在擁抱我的最後一刻踩煞車，不過我主動湊上前，讓他沒有選擇餘地。「妳媽媽

* 譯註：「紅男爵」（Red Baron）指的是一戰時的德國飛行員曼弗雷德・里希特霍芬（Manfred von Richthofen, 1892-1918），他是德軍的王牌飛行員，擊落的敵機數無人能及。

她……」他說。但媽媽也讓他無法自已。

「妳妹妹一定很以妳為榮。」加奈爾小姐說。

「真的是呢。」

「妳好像滿驚訝的。」

我是很驚訝，但主要是鬆一口氣。「我原本擔心她可能會不高興。」我說。

「怎麼會呢？」

「事情會變得不一樣啊。」

加奈爾小姐微笑。「事情是會變得不一樣，但茉德似乎適應力滿強的。」

加奈爾小姐回到櫃檯另一側。「妳的書已經在妳的隔間的桌上了。」她說，「看來妳決定繼續埋頭苦讀是對的。」

這時我才醒悟一件事。我得通過學位初試，才能接受薩默維爾的獎學金。加奈爾小姐一定看出我的想法在整張臉上漫開。

「最後的關卡還在等妳，」她說，「現在可不是退縮的時候。」

✦ ✦ ✦

一九一八年五月三日

噢，小佩：

薩默維爾！見鬼的獎學金！我相信所有認識海倫的人，都已經跟妳說妳媽會有多光榮了。她當然會以妳為榮沒錯，但我要告訴妳他們沒辦法告訴妳的事。所以挺住囉——妳也知道我多不擅長委婉那一套。

要是妳媽還活著，她會做的第一件事就是把妳拉進她美麗的懷抱，在妳耳邊輕聲說她早就知道妳能辦到。她會做的第二件事是擔心。我能告訴妳她會擔心什麼，因為她還活著時就在擔心了，而我已經聽她用一百種方式表達過這項顧慮。其中一個版本是：「小佩花太多時間回頭察看茉德在哪裡，我擔心她永遠不會前進。」另一個版本是：「小佩花太多時間回頭察看茉德在哪裡，我擔心她永遠不會讓茉德前進。」

海倫始終沒原諒她自己未堅持讓妳繼續升學。事實是，妳離不開茉德能讓她的生活比較輕鬆。她不喜歡有朝一日妳會遠去的想法，卻也被妳不會遠去的想法給嚇壞了。

妳會在瓦爾頓街的另一側發光發熱的，小佩，但我擔心妳會找理由絆住自己的腳——請別讓茉德成為妳的理由。

緹爾妲

✦
✦
✦

傑克休假回家了。第一個星期，他經常在睡覺，話說得很少。醒著的時候，他就坐在「不動如山號」的廚房，唸莎士比亞的十四行詩給年長的朗特里太太聽。有時茉德會跟他們待在一起。她會帶一疊紙去摺，然後留下一把星星給傑克。

第二週時歐伯隆回來了。他待了七個晚上，而不像平常只待一晚，還讓傑克幫忙幹活兒。他們在「不動如山號」和「柯萊歐琵號」到處爬行，處理鏽蝕、漏水和黴菌。他們清洗水桶，檢查艙底泵，修補窗戶的密封材料。傑克修好了艙門的勾子，所以我們不需要用《西洋棋史》讓它保持開啟了。他也幫我們的黃銅五金都上了潤滑油，等一切完成，他拿了幾罐油漆坐下來，修飾「不動如山號」上的花朵圖案。

然後我聽到傑克在笑。那笑聲不像我記憶中那麼響亮和長久，但至少是熟悉的。那是傑克沒錯。隔天早上，歐伯隆便準備離開了。

蘿西戴上船家女的便帽負責掌舵，傑克站在她身邊。

「跳上來吧，茉德小姐。」他呼喚我妹妹。他牽住她的手，扶她在他們之間坐穩。

我看著「蘿西復返號」噴著蒸氣開走，但沒等著看茉德沿著曳船道走回來。光用想像的就夠了。蘿西和傑克，茉德在中間。

這樣就夠了。

✦✦✦

我坐在勃朗特隔間的桌子邊，整理《奧德賽》的頁面。然後我從側背包拿出媽媽的譯本。它是如此熟悉，皮革溫暖，彷彿她剛才還握在手中。我快速翻過前言，攤開在「卷一」的第一頁。我想拿它跟古希臘文對照著看，想理出一點頭緒來，但愈看愈迷惘。

加奈爾小姐經過隔間，注意到我在幹嘛。「直譯未必總是可行的。」她走到我身旁說道。她望向媽媽那本書的書頁。「而且老實說，要知道荷馬寫了什麼的唯一途徑，就是學會荷馬用來書寫的語言，否則妳勢必受到譯者本人、其時代背景、其觀點立場，還有其性別的影響。」她說，「就拿妳手邊這本布徹與朗恩譯本的前幾行為例好了。」她唸出來：

「繆思啊，對我說說那個拔刀相助的男人的故事，說說那個四處飄蕩的遊俠。」

不論接下來媽媽要說哪部分的故事給我們聽，她總是以這個句子起頭。她會說：繆思就是柯萊歐琵，但她的名字始終沒被提到。

「很流暢優美，」加奈爾小姐說，「但荷馬寫的內容是這樣嗎？其他人對希臘原文的詮釋各不相同。」

她走到另一個隔間，抱著好幾本書回來。她坐到我旁邊，翻開一本書唸道：「噢，歌曲女神啊，有位江湖上無人不知的英雄，請為我唱誦他的名聲。」然後她又翻開另一個譯本。「此人因諸般智慧之道而聲名遠颺，且長久行走於困厄中，噢，繆思啊！傳唱吧。」

加奈爾小姐深吸一口氣。「佩姬，有時候故事的述說方式不是重點，」她說，「但有時候我覺得它攸關重大。」這次她拿起一本原文書。她翻到接近最後面的位置，讀著古代的文字。我看著她的嘴唇唸出希臘文發音，懷抱敬畏與嫉妒交雜的心情聽著那些詞彙。

「好，來瞧瞧我們的現代學者們是如何詮釋它的。」

她在各譯本中找到對應的頁面，包括媽媽的譯本，將它們並列在桌上。「前情提要：奧德修斯過了二十年後回到珀涅羅珀身邊，發現自己家裡擠滿追求者，於是把他們都殺了。但他並沒有就此停手。」她邊說邊用手指戳著每行字，「他叫他兒子殺了曾和那些追求者上床的所有女人。不管妳讀的是哪個譯本，我們得到的訊息都是她們頸部被套索吊起，因此死得很痛苦，雙腳不停抽搐，直到斷氣為止。」她坐直身體，深吸一口氣，望著我。「我們該如何看待這些女人？」

我感覺像全班最笨的學生。我不確定答案。媽媽總是略過這段情節。

加奈爾小姐再度俯向書本。她的目光和直挺挺的手指都從一個譯本不停切換到另一個譯本。

「妳母親的布徹與朗恩譯本稱那群女人為少女。韋氏譯本則稱她們為侍女——他把她們類比為僕人。亞歷山大．波普的譯本叫她們妓女。」

「她們的稱謂有什麼重要呢？」我問。

她微笑。「用來描述我們的詞彙，定義了我們對社會而言有什麼價值，也決定了我們有多少貢獻能力。此外——」她再次戳向那些譯文，「它們也引導別人對我們的觀感和評價。」

「所以那些女人『應該』怎麼稱呼才對？」

加奈爾小姐拿起古希臘原文版，重讀一遍。「我認為最直接的譯法是『女性』，不過要我來說，這放在我們的時代並不是最適切的譯法。這些女人是奴隸，佩姬，在古希臘時代，這種情況實在太普遍了，以致於說故事的人都不需要特地解釋。但是要讓現今英國讀者充分看懂這個故事，我想我們需要使用別的詞彙，來讓這些女人的地位更加清楚明確。她們不只是少女——」

「她們是女奴。」我說。奴隸女孩。受契約束縛的僕人。受契約束縛必須服務到死亡為止的人。《女性用詞》裡有這個詞。

「一點也沒錯。她們不能『拒絕』跟著那些追求者走，就像她們不能『拒絕』洗衣服一樣。但讀者可能會更加輕視收了錢的妓女，或是自願與追求者私通的少女，而他們也就不會嚴厲批判在奧德修斯監督下所執行的懲罰。」

「於是他依然是英雄。」

「的確。」加奈爾小姐說，一一闔上每本書。「在我看來，翻譯荷馬的這些男人並沒能從頭到尾都公允地對待書中的女性。」

「因為妳能讀希臘文，才提得出這樣的意見。」我說。

「嗯，是啊。」

我拿起從裝訂廠帶回來的書帖。這些文字實在好陌生，感覺像一堵翻不過去的牆，一扇我沒有鑰匙的門。它是博德利圖書館，它是牛津大學，它是投票箱。我根本無法想像有生之年，我會有能力突破這道障礙。

「我好討厭不能產生自己意見的感覺，」我說，「不能像妳一樣思考，不能像妳一樣侃侃而談。」

「那妳最好繼續研讀了。把希臘文學會吧。」

✦✦✦

「邊走路邊看書很危險喔。」

是他的聲音。我的心跳變用力了，提醒我它未必總是贊同腦袋的決定。我抬起頭，看到他的戰臉、他戰前的臉，還有半動半不動的笑容。我好想他啊。

「妳連走路的時候都在念書。」他說。

「古希臘文。」我說，說不出別的話來。

「我懂。」

他半動半不動的笑容，我想吻它。我花了些時間才學會怎麼吻它。

「所以妳考上了？」

我點頭，知道他想要我多說點話，但我腦中一片混亂，充斥著墓碑、薑汁啤酒和他摸我大腿的畫面。

「我很高興。」他終於說。

我看著他走向住處，拚命忍著跟過去的衝動。

第五部

憂鬱的剖析

一九一八年五月至一九一八年十一月

第四十三章

這是一本老書。從紙頁邊緣變了色、那股有點像香草的黴味，以及奇怪的尺寸——特別窄的四開本——都看得出來。艾本尼薩已經將它從陳年皮革書封上割下來，正為它解除原本裝訂的束縛。我看著他把刀磨利，然後用刀刃劃過把每台書帖與麻繩固定在一起的縫線。我為想像中縫起這本書的女人感到一絲遺憾。她應該早已作古了，但是看到她的作品像這樣在眨眼間解體，還是令我駐足在門邊沒有進去。

他鬆開最後一根麻繩，感覺像書本喘了一口氣。

我走進修復室。「斯多陶德太太說今天下午我任你差遣。」

艾伯將眼鏡往鼻樑上推。「有妳幫忙真太好了，」他說，「我的助手上星期從軍去了。」

這我已經知道了。打從戰爭開始以來，艾伯已經換了五個助手，每個都拋棄他去從軍了。

「我不怪他，」艾伯說，「對小夥子來說，修復室大概是全出版社最無聊的部門了。沒有任何機器。」

「我覺得這個榮銜應該頒給女工區吧，」我說，「最近我們織毛線的時間都快跟摺紙的時間一樣長了。」

艾伯從工作檯退開，把我帶到裸露的書前。「所有部門都進度遲緩，」他說，「既缺男人也缺紙張，現在還有流感攪局。」

他遞給我一把刀，讓我剔掉每台書帖摺邊處的黏膠，然後再與下一台書帖剝離。等艾伯將任何受損的摺線都補強後，我會再把它們縫起來。

「要小心喔，小佩，它年紀很大了。」

「它是什麼書？」我問。

艾伯拿了舊封面來給我看。

書背最上面隱約看得出「伯頓的憂鬱」幾個字。最底下則印著它的裝訂地點與日期：倫敦一六七六。

「《憂鬱的剖析》嗎？」我說。

「就是它。」他將封面放到一旁。

「我們今年不就要再版這本書了？」

「現在正在印，應該可以讓大家都忙一小段時間——新版會超過一千兩百頁呢。」

「我才剛抓到一點打毛線的竅門耶。」

他朝那本書點點頭。「妳看一下。」

頁面很厚，呈現深褐色，上緣被染得很黑。我翻了幾頁，看到卷首插圖——是一些很精細的版畫，畫中是態度各異的男人，每人表現出一種憂鬱的成因，這是羅伯・伯頓將近三百年前的觀察結果。

「這是什麼啊？」我問。

艾伯越過我肩膀看，用他的話翻譯每幅版畫底下寫的拉丁文。「簡略來說：信仰、愛、嫉妒、孤獨、疾病和絕望。」

「似乎很齊全了。」我說。

艾伯湊近一些。「我想他漏掉了戰爭。」

第四十四章

一九一八年五月三十日

妳擔心是對的，小佩。實在太可怕了，難以置信。屋頂上的紅色十字本來應該可以保障我們的安全，但它也未嘗不能當作一個該死的靶眼。第一加拿大綜合醫院現在幾乎只剩斷垣殘壁了。死了三個護士。我認識凱瑟琳和瑪格麗特，但另外那個護士——她叫葛萊蒂絲——是空襲前幾天才剛來到埃塔普勒的。現在她永遠不會離開了。

緹爾妲

✦✦✦

雨水規律地敲打著勃朗特隔間的窗戶，我試著將那聲響想像成更邪惡、更致命的砲火聲。但我想不出來。聽起來就只是雨而已，我感覺與緹爾妲好遙遠。

「妳今天似乎心不在焉。」加奈爾小姐說。她的手推車上堆滿了書。「也許妳需要休息一下。陪我一起把書歸架吧。」

我們走到隔壁的隔間，我將加奈爾小姐要放到架上的書遞給她。接著我們走到下一個隔間，以此類推。最後我們來到全是醫學類書籍的隔間。只有一本書要放回架上，我拿起來看了一下書背。

「《憂鬱的剖析》。」我唸出來。

「我們最老的書之一。」加奈爾小姐說。

我想到艾伯和我修復的那本書。這本書尺寸不同，書殼包著布，需要修復。我翻開封面，摸了一下古老的布漿紙——很強韌，在我熟練的指尖下觸感有些粗糙，紙質仍然柔軟有彈性且未變色。我翻看頁面。

「怎麼了嗎？」

「卷首插圖不見了。」我說。

她皺起眉頭。「妳知道這本書？」

「出版社正在再版這本書，我負責摺頁。」我把書遞給她。「卷首插圖滿漂亮的——是一連串版畫，畫的是憂鬱的主因和療法。」

她臉色一亮。「要出新版本，而妳負責裝訂？好棒啊。」

「我只是裝訂程序中的一環——我摺紙、配頁、縫線。所有看得出來的部分都是男人那一區負責的。他們裝封面、把書修飾得漂漂亮亮。」

「男人那一區？」

「我們分得還滿清楚的，」我說，「即使是現在。只有兩個女工獲准操作男人的機器。要是不讓她們操作，我們終究要整個停擺，但有些人仍然對此感到不滿。」

她點頭。「平常的秩序有了變化，對某些人來說可能很不安，對另一些人而言卻是個機會。覺得這整件事可能也有好的一面，似乎是很可怕的想法。」

我記得自己曾希望有好的一面。

「我運氣很好，負責把卷首插圖加進去。」我說，「這個步驟是在書的其他部分都組合完成後，而如果我的工作做得夠好，就沒人看得出來它是另外黏上去的。」我朝她手裡的書點點頭。「妳那本書缺了最棒的部分——我想是有人把它割掉了。」

她打開書翻著頁面，彷彿第一次仔細看。她搖搖頭。「我從沒想過書是怎麼裝訂的。」她說。然後她看著我，目光一如剛才審視這本書。嶄新的眼神。過了半晌她才開口。

「恐怕這本書未被善待。」她給我看其中一頁，有人在頁緣寫字。「讀者未必總會想到裝訂的過程花了多少工夫，或是新買一本書要花多少錢。」她愛撫書封，我認得這動作。每次我拿著一台書帖或手稿或裝訂有瑕疵的書，要放到「柯萊歐琵號」的書架上之前，都會做同樣的動作。「妳讀過這本書嗎？」她問。

我想到從裝訂廠帶走的那些書帖，以及自己如何反覆閱讀它們。「主管不鼓勵我們在工作時閱讀。」我說。

「想必那阻止不了妳。」

我微笑。「即使我們能看懂不完整的文本，有些書也要耗費好幾週才能裝訂完，這一本就是，而一個裝訂廠女工可能只負責摺兩三個章節而已。」

「那麼就妳摺的部分而言，有很喜歡的內容嗎？」

「就目前來說，最喜歡的是『熱愛學習，或過度研讀，兼離題論學者之悲苦，以及沉思何以令人鬱鬱寡歡』。」我引述。

她大笑。「能用三十個字來說的話，何必只用三個字就講完！難怪這是本曠世巨著。」

「顯然他每編修一次都變得更長。」我說。

「妳覺得它實用嗎？」

「我覺得它很有趣。」

「有趣比實用要好上一萬倍。」她說，「伯頓說了什麼讓妳覺得有趣？」

「他說花太多心思學習會讓我孤獨、發狂且持續貧窮。」

「而妳仍堅持下去。」

「根據伯頓的說法，念書是詛咒，卻也可能是解藥。」我想到巴斯提安。「我如果念書就完蛋了，不念書也完蛋了。」

✦✦✦

隔天在裝訂廠，我仔細研究卷首插圖以及作者寫來解釋插圖的奇怪韻文。總共有七種憂鬱的成因，每種各配了一段韻文，我想像伯頓的羽毛筆刮過紙面，以及他獨自一人苦思著想法與文字。我參不透這本書，它與我讀過或看過的任何印刷品都不同。它很獨特，且具啟發性。

我再讀了一遍韻文，在「inamorato」這個詞停頓。艾伯先前稱之為愛，我想到的是巴斯提安。但現在我懷疑它指的會不會是對自我的愛，愛自己的野心與成就。伯頓說，「熱愛學習或過度研讀」是一種特定的悲哀來源——假如它堅定到沒有妥協餘地的話。我心想：他也是同道中人呢。

✦✦✦

「如果妳現在還沒準備好的話，永遠都不會準備好了。」

我抬起頭。小桂站在勃朗特窗戶前，在《希臘文法入門讀本》上投下一道陰影。

「妳來幹嘛？」我說。

「我要綁架妳。」

「別想。」

「妳以為我在開玩笑，不過全都安排好了。茱德和露意絲正在查威爾河船庫等我們，妳朋友小愛本來也要來，但她得了這可怕的流感病倒了。而珞特當然拒絕了，不過她人很好，幫忙準備野餐，用我們湊出來的配給品變出一頓盛宴。看來她倒贊同別人找樂子，只是她自己不想參與。」

「小桂，我不能去。兩天後就要學位初試了。」

「妳不是說斯多陶德太太明天放妳一天假——妳有一整天時間念書啊。」

「並沒有一整天好嗎，明天校長還要對候選人發表談話。」

「如果潘洛斯小姐能馬上對妳發表談話，她會叫妳跟朋友們去坐平底船。」

「她才不會。」

小桂一手蓋住我正在讀的文字。「我考考妳，妳剛才在看的是什麼內容？」

「別惹人厭好嗎。」

「說呀。」她說。

我嘆氣，回想，驚慌。它消失了，我完全不知道剛才都念了什麼。我想把她的手挪開，但她緊緊按住。

「對吧。」她說。然後她把書從桌上拿起來，看了一下頁面。「我給妳一點提示——動詞。」

我回想，然後搖頭。

「古希臘文的動詞有幾種語氣？」

我再度思考。文法中有語氣、語態、人稱、數量。要記住的東西好多，而這當下我什麼也想不起來。

「看吧，」小桂說，「妳的大腦罷工了。它需要來點休閒活動。」她闔上書本，收拾我的東西，放到我的側背包裡。

有幾種語氣？我心想。到底有幾種該死的語氣？

「妳要來嗎？」小桂說。

她背著我的側背包，手拿著課本，站在隔間入口外。她轉身開始走，我跟過去。

「小桂，」我用絕望的語氣說，「有幾種？」

「四種。」她回頭喊道，「總共有四種語氣、三種語態、三種人稱和三種數量。別問我它們都叫什麼來著，我曾經知道，但現在忘光了。不過我一向喜歡動詞有語氣*這回事，天知道每次念完希臘文之後，我的心情都會差到極點。」

她經過加奈爾小姐面前，將那本書擱在她櫃檯上，然後大步走出圖書館。

「把這帶走吧。」我匆匆追著小桂時，加奈爾小姐說。她把希臘文讀本遞給我。「只要妳不說出去，我也不會說出去。」

✦ ✦ ✦

我們到河邊時，小露正在買冰。

「小佩，妳要什麼口味？」

我完全沒有想法。

「跟妳一樣就好，露意絲。」小桂說。她把我交給茱德。「別讓她掉到河裡了。」她說。

茱德牽住我的手，帶我走向平底船。我像看陌生人一樣看著她——她顯然感覺很熟悉，但熟悉中帶著陌生。茱德望向小桂。

「不用擔心啦，」小桂說，「還在正常範圍內。她最近念書念得太累，以為她忘光所有內容了。當然其實並沒有忘光，但是等我們在查威爾河上吃冰時，她才會恢復原樣。」

彷彿接收到提示，小露拿著四杯調味過的冰回來，我們都坐上船。

「由我來撐篙，行吧？」小桂搶在大家都來不及回答前就拿起篙，自信十足地帶我們沿河而行。我們吃著冰，沒說什麼話，不過船的動態讓我感到放鬆。

半小時後我們停靠在岸邊，茉德拿出珞特準備的野餐。小桂幫每人倒了一杯檸檬水。再一小時太陽就要下山了，天氣仍然很暖和。填飽肚子後，我突然想起來了。

「直說語氣、命令語氣、假設語氣和祈願語氣。」我大聲說。

「她哪裡有問題啊？」小露說。

「一點問題也沒有。」小桂說。

「恢復原樣。」茉德說。

我的心情好多了。

✦ ✦ ✦

隔天我和茉德一起走到出版社，然後再繼續走到奧利爾學院，潘洛斯校長要在那裡對薩默

* 譯註：原文 mood 一詞在文法中是「語氣」的意思，但一般的意思是「心情」。

維爾學院學位初試的候選人發表談話。

禮堂座無虛席，這一點莫名地惹惱了我。對許多人來說，走到這一步似乎易如反掌。我環顧四周，希望在學人之中看到另一個城民，但我又怎麼看得出來？

「我就在想會不會見到妳。」

我轉頭。是考完試跟我交談過的那個女人。我意識到她通過了。希望我們能一起進入薩默維爾，她曾說。

她指向兩張椅子，我跟著她過去。我們坐在一群已經穿著學生的黑短袍的女人之間。

「大一生。」我的同伴說，「她們需要參加學位初試，才能修學位課程。並不是所有人都會花力氣走這條路，其他人樂於修完一般課程，畢業時帶著『更加光明的前景』走出校門。」

我的表情一定令她有些困擾。

「嗯，妳懂吧，修一點英文、一點歷史、堪用的法文，我們大部分人只需要這樣就能找到好姻緣，不會讓家族蒙羞。」

她是在嘲弄嗎？很難判斷。「妳不可能這麼想，否則妳不會在這裡。」我說。

「其實我就是這麼想。我很懷疑自己能通過學位初試，但就算通過了，又有什麼意義？再多的聰明才智也不會讓我拿到『這間』大學的學位。」

「那妳究竟為什麼來呢？」

她湊向前。「我得做做樣子。我媽是學者兼支持婦女參政者，真是讓人吃不消。」

嘈雜的禮堂變安靜了，我的同伴轉向講台。潘洛斯小姐在等大家肅靜。

她站得筆挺，一頭白髮大部分被三角帽包住，身形與衣服都被黑色長袍籠罩起來。加奈爾小姐告訴過我，她是在牛津大學符合古典文學一級榮譽學位資格的第一位女性。「比大部分男人都厲害，」她說，「但學校連『她』都沒給學位。」

然而她看到意義了，我心想——她認為有理由要通過學位初試並修習學位課程。她就站在台上，貴為薩默維爾學院校長。未婚，卻未令任何人蒙羞。她將我們望了一遍：學生和可造之材，每人都渴望著她曾渴望的事物（雖然我現在才發現也有例外）。我想，她見到禮堂內坐滿人是很欣慰的。

「歡迎。」她說。

我從包包拿出幾張白紙和一枝削尖的鉛筆。

「教育的重要，」她說，我寫下來。

「……徹底發揮潛能並用它來服務社群及國家的義務，」

「……學者的生活……」

「……當前的世界局勢……」

我的鉛筆停下來，我環顧四周，發現別人都沒在寫筆記。

「而陸軍部再一次要求我們最聰明、最有天賦的成員去擔任女侍、廚子、辦事員，去捲繃帶和清理便盆。這些都是必要的工作，我也知道妳們有些人認為，拿妳們的學養和潛能來換取這類誰都能做的戰爭工作，也沒什麼不對。」

台下有些騷動，身穿短袍的一些女人在竊竊私語。潘洛斯小姐嘆口氣，彷彿知道自己的演說已經講不到她們的心坎裡了。

「請將眼光放長遠一些。」她說，「課程已修完一半的同學，想想看一兩年後，等妳們受過完整的訓練，能如何報效國家。即將展開課程的新鮮人，想想等妳們的才華充分發揮，妳們將為國家帶來多大的貢獻。妳們有些人申請到助學金，少數人則獲得全額獎學金。妳們是我們國家的未來，最有天分的女性願意投向學術研究有重要意義——牛津大學的教育可不是粗製濫造的。」

我在座位上不安地扭動，漲紅了臉。全額獎學金。最有天分的女性。

「若是妳們沒能通過學位初試，」她繼續說，「那麼自然就去陸軍部報到吧。我很難找到正當理由說服妳們再花一年時間，等待擠進大學窄門。」

✦
✦
✦

學位初試應考當天，我很緩慢、很謹慎地更衣。茱德在旁邊幫我，我們都默不吭聲。

若是妳們沒能通過學位初試……

我用夾子將頭髮和帽子固定好。

我很難找到正當理由說服妳們再花一年時間……

茱德在我們床上方的櫃子裡探摸，找出緹爾妲的口紅。「抹一下添加自信。」她說。

「抹兩下讓人心情愉快。」我微笑。

我接過來，塗了。親吻茱德遞給我的手帕。她吹了聲口哨，就像緹爾妲把我們打扮得漂漂亮亮，然後叫我們轉圈時會吹口哨那樣。

「我又不是要去舞會，小茱。」

她湊近一些，拿走手帕輕拭我的嘴唇。她退開一步。「完美。」

✦ ✦ ✦

「演出順利。」我們站在瓦爾頓街時，茱德說。

「這又不是話劇，茱德。要是我忘詞了，我不能明天再演一次。」焦慮使我言詞刻薄。

這句祝福語是緹爾妲教茱德的，現在她費力地思考還能說什麼。我緊緊擁抱她。「謝謝妳，小茉，」我在她耳邊悄聲說，「謝謝妳讓我做這件事。」

她以我的方式回抱我。「演出順利。」她又說一遍。然後她鬆開手，走進出版社。

我望著她。想知道她是否開始感到彷徨無依。我希望她回頭看。

她始終沒回頭。

✦ ✦ ✦

數學，拉丁文，古希臘文。見鬼的古希臘文。

「女士們，請放下鉛筆。」

我的目光快速瞟向時鐘——不可能吧。但大家紛紛擱下筆。教授等了一下下，然後又說一遍。我放下鉛筆。

✦ ✦ ✦

我不知道自己在薩默維爾警衛室的外牆上倚靠了多長時間。我知道小桂和加奈爾小姐在等我，她們會準備好一壺茶和三個杯子，還有一盤餅乾。但我動彈不得。我剛才從奧利爾學院的考堂穿過牛津的街道走到這裡，慶幸路人什麼也不知道，慶幸沒人問我考得怎麼樣。我現在只迫切地希望永遠不必回答這個問題。

✦ ✦ ✦

小桂倒了茶，因為泡太久，茶變得很濃，而且和我的心情一樣苦澀。

「要加糖嗎？」她勇敢地提問。

我搖頭；這時候喝苦茶感覺正合適。

她啜了一口，做了個怪相。「天啊，它需要糖。」她在自己杯子裡加進一大塊糖，嚐了嚐，又加了一大塊。

加奈爾小姐往我手裡塞了一條乾淨手帕。

「我搞砸了。」我說完擤鼻涕。

「哪部分？」小桂問。

「我一向注定要搞砸的那部分。」

「見鬼的古希臘文。」她說。

第四十五章

我們彎到瓦爾頓街後，茱德率先往前走。

我聽到書報社店門上方的鈴鐺響，又聽到茱德高喊：「特納先生，信？」我並沒有急著跟上去。

「瓊斯小姐，妳在等這個嗎？」我走進店門時特納先生對茱德說。

「最後的關卡。」茱德說。

最後的關卡，我心想。

茱德遞出那封信給我。

我盯著它，有股衝動想抓起它然後撕爛。只要我不打開看，就永遠不必知道。這話是學來的：很多女人都這麼說，因為她們的兒子或丈夫失蹤了。我漲紅臉。我沒資格說這種話。我接過信。

「打開。」茱德說。

「現在不行，小茉，我們快遲到了。」我把它放進裙子口袋。

✦✦✦

「這可不成，瓊斯小姐。」霍格太太說，她舉起一台書帖展示它的邊緣，邊緣都沒對齊。

噢，茱德，我心想。

「瓊斯小姐，妳在聽嗎？」

我的手不由自主地又移向裙子口袋。被我一摸再摸，信封的邊角都變軟了。

「瓊斯小姐！」

這時我才驚覺——霍格太太在罵的人並不是茱德，而是我。瑪格莉特．瓊斯小姐，由特納書報商轉交。

「很抱歉，霍格太太。」我伸出空著的手索討，「我重摺一遍。」

她仍拿著不放。「妳可能自以為大材小用，但妳可還沒走呢。」

「大材小用。」茱德說，手上的工作未停。

「別鬧了。」霍格太太吼道。打從她丈夫在作戰時失蹤，她就隨時都在吼叫。

我看到茱德咬住嘴唇。

「她沒辦法控制，霍格太太。」說話的人是小露，因為我什麼也沒說。「妳也知道的。」

「我可不確定。」霍格太太說。

「可不確定。」茉德複誦。她的嘴唇逃獄了。她將摺得完美的另一台書帖放到完成品上，我祈禱霍格太太別再說話了。

「如我所說，霍格太太，我很抱歉。我馬上重摺。」

這時斯多陶德太太來了，挺立在我們的雀斑青蛙身後。

「謝謝妳，霍格太太。真是鷹眼。」她從監工手中取走那台書帖，仔細檢視內容。「我相信托爾斯泰會非常感激的。」然後她走近我們的工作檯，將沒摺好的書帖放在我面前。「瓊斯小姐，等妳把這個修整好，可以來找我一下嗎？」

霍格太太滿足了，她忘了茉德惹她不快，只是沿著工作檯繼續往前走。

我攤開那台書帖，用媽媽的摺紙棒撫平不規則的皺痕。這幾頁屬於《安娜．卡列尼娜》（卷一），不但上下顛倒，次序也都亂了。我重摺一遍，小心地對齊印紋。我將書帖放在書帖堆頂端；我絲毫沒有帶它回家的欲望。我知道她的故事如何結束。

✦ ✦ ✦

斯多陶德太太正在帳簿裡記錄著什麼。那姿態跟加奈爾小姐真像，我心想；她先轉頭看著樣稿的書名頁，再望向帳簿。她的手指被漏水的鋼筆染上墨漬，旁邊備好手帕隨時擦拭。我看著她寫下書名和作者，配頁完成的複本數量，還有作廢的數量。我在想兩邊的數字是不是經常對不起來，不禁站直了一些。她寫完這一筆後，抬頭看我。

「佩姬，妳還好嗎？」她問。

「我還好，斯多陶德太太。」我說。

她審視我的表情，並皺起眉頭。我知道我的臉像空白紙張。我「茉德化」了，我心想，要做到這效果可把我給累死了。我拚命祈禱她快放我走。

「有消息了嗎？」她說。

不妙。我的嘴唇在顫抖，我感覺到了，痛恨這種反應。我想要學茉德咬住嘴唇，我想咬到它流血。

「噢，佩姬。」她說。但她誤會了，而我還沒資格接受她的同情。

我從裙子口袋拿出通知信，信封的邊角都拗折了。我遞給她。

「妳還沒拆開嘛！」她的表情樂觀多了。

「今天早上剛收到。我不能。要是……我還怎麼上得了班……」

她微笑。「要我替妳保管嗎？暫時保管到今天下班就好，讓妳能專心工作。」

我深吸一口氣，慶幸她沒建議我當場拆開看。

「好啊，麻煩妳了。我忍不住一直摸它，今天我犯的錯比過去六年加起來還多。」

「妳說得誇張了，佩姬。」她微笑，「不過倒也沒差太多。」看到我放鬆，她壓低音量。「我們別讓霍格太太有更多煩心的理由。」

✦✦✦

霍格太太搖鈴宣布下班時間到，裝訂廠頓時充斥著嘈雜的椅腳刮地聲和聊天聲。

我沒管鈴聲，又拿了一份印張。我摺了第一摺、第二摺、第三摺。

「佩姬。」是斯多陶德太太。裝訂廠已安靜下來，女工們都離開了。

我望向茉德的工作檯，發現她沒坐在那裡時，感到熟悉的慌亂。儘管沒有必要，習慣仍迫使我快速掃視周圍。她正坐在領班辦公室的桌子邊，雙手忙碌地摺著自己設計的作品。

時候到了，我心想。但我仍然不急。我整理好我的工作檯，又整理好茉德的工作檯。我將我們的椅子靠進去，然後走向那封信。

「時候到了。」斯多陶德太太說。

「牛津的錄取通知。」茉德說。

「噢，小茉，」我說，「萬一不是呢？萬一我失敗了呢？」

她聳肩。「萬一。」她說。

斯多陶德太太將信封放到我手裡。「上帝知道妳值得考上，佩姬，而且妳已經獲得獎學金了。顯然妳夠優秀。妳這麼焦慮的原因何在呢？」

「古希臘文。」我接過信封說。

「見鬼的古希臘文。」茉德說。

我將信封塞進口袋，走出裝訂廠。茉德跟在我身後。

✦ ✦ ✦

茉德陪我穿過方院，走到瓦爾頓街上。我停住，她想帶我往左轉——朝運河方向走。回到「柯萊歐琵號」，回家，回到熟悉而平凡的一切。我大膽地想像自己會懷念的一切。但她改變不了我的方向。

薩默維爾學院一如往常地矗立在馬路對面。現在它離我好近，比以往都更近，但我盯著它瞧的時候，卻覺得它在後退。我感覺茉德拉我的手臂，這讓我怨恨她，我甩開她的手。

「走吧？」她說。

我轉頭說：「妳先走吧，小茉，我馬上就回家。」

但她沒走，她有話要說，她的臉吃力地抽搐著。「顯然妳夠優秀。」這是斯多陶德太太的話，語氣幾乎一模一樣。她的臉放鬆了，她點點頭，很滿意自己說出想說的話。然後她轉身回家。

✦✦✦

我從未單獨前往墓園，而有些預期會在那裡見到巴斯提安。我站在門房邊，朝伍德太太的石棺張望。巴斯提安不在，但我仍朝那個方向走去。我和伍德太太坐在一起，直到臀部感覺到石頭的冰涼。我想像這是她在說：妳還是換個地方吧，妳需要的人不是我。

所以我起身移動，穿梭在墓碑間，每遇到一個巴斯提安的亡者便暫停腳步。現在我對他們都很熟悉了——不論是比利時人或他們的英國東道主。我來到年幼的威廉．普克特的墓前，真希望我帶了薑汁啤酒。我向他致歉。繼續走吧，男孩說。

走過紫杉大道，經過小禮拜堂。

來到擠滿傑里科亡者的北牆。

光與影在姓名和日期上舞動。微風吹拂，頭頂的樹木呢喃低語。

海倫．潘妮洛普．瓊斯

翻開書本的雕刻畫。

我跪下來，撥開落葉，拔掉她墓旁的雜草。我用指尖滑過她的名字，感覺每個字母的形狀。我們為什麼得等到死了，才能把自己的名字刻在某個地方？我忍不住納悶。

我從口袋拿出信封。

「妳曾夢想擁有更多嗎？」我問。

我將指甲緩緩滑入封口下，我不想把它扯破，不想弄壞信封。我看得到裡頭的信紙——只有對摺而已。我將信紙抽出一半。親愛的瓊斯小姐。我把它塞回去。儘管我腦袋裡時時響起她的嗓音，其實我已有六年未對媽媽說話了。

「我好恨妳離開我們。」說出來真是讓人如釋重負。

我望向她墳墓上方的樹冠。它盈滿空氣、動態和幻變的光線。

「妳為什麼不逼我待在學校？」但我說出口的同時，就想起她確實試過了。

「妳應該更努力嘗試才對。那時候我不知道跟茉德分開後我會是誰，所以我很害怕。我想像妳跟她並肩坐在裝訂廠，而我感覺……」

我有什麼感覺？

「被排除了，被排擠了，好像是多餘的。」媽媽總說茉德很特別。

我吸了口氣，鎮定情緒。過去我感覺像複本，像回音。脆弱到無法獨處。我預見了獨立後有多寂寞，於是和媽媽爭辯，直到她妥協。

「我後悔了，媽。每過一年都更後悔一些。後來妳去世了，一切都無可挽回。」

我抽出信紙，全部抽出來。

「妳是不是知道？」我問，在這一刻我醒悟到，她勢必是知道的。「所以妳才帶這麼多書回家？」

我展開信紙。

親愛的瓊斯小姐，它說。

底下的文字多到我記不住，但重要字句留下的印記讓我刻骨銘心。

未能通過。

本次無法獲准接受獎學金。

光與影轉瞬間就被暗影取代，墓園變冷了。我將信紙收回信封，壓下封口。它當然並未黏住，一切都覆水難收。我把信放在媽媽墓碑前的地上，拿一塊石頭壓住。

✦✦✦

聖瑪格麗特路那棟房子有三層樓高，每層樓都有高窗戶。我還記得曾假裝那是我們的房子。

我拉開柵門，繞到房屋側邊，踏下台階來到地下室入口。我敲門。

無人回應。

我再敲門，然後坐在台階上等待。

米蘭先回來。

「他快到家了，」他說，「他在幫我們的學生複習英文考試，不過他們得停下來吃晚餐。」他為我拉開門。

「我不該來的。」我說。

他微笑。「他會希望妳等他。」

我坐在一張單人沙發，看著米蘭在熱水壺裝水，然後放到他們小小的煤油爐上。

「妳要喝茶嗎？」

「麻煩你了。」

樓梯傳來不穩定的腳步聲，我勉強克制住衝動，才沒從單人沙發中跳起來狂奔。是想奔向他還是奪門而逃，我也不確定。

巴斯提安還沒來得及開門，米蘭就搶先幫他開了。我看到他伸手按著巴斯提安的肩膀，用力握了一下，然後側身讓巴斯提安進屋。

「她想喝茶，我的朋友。」米蘭說，「弄得甜一點，她心情好像不太好。」我發現他一直沒脫大衣和帽子。「我和學生們在威克里夫學堂吃晚餐。」

然後我們便獨處了。

巴斯提安從頭到腳打量我，眉頭緊蹙。我想起他每次把手放在我心口的時候。

「我沒受傷。」我說。

他放鬆了，卻把臉轉向小爐子。他伸手要拎起熱水壺時，我看到他的手在抖。不過他遞給我茶杯時手很穩定。

茶有點太燙，也有點太甜，但我喝下去，始終感覺巴斯提安在盯著我。

「我失敗了。」我說。

「怎麼可能？」

他從未懷疑過我的能力。

我起身朝他跨出一步，但他沒有任何迎向我的動作，讓我突然尷尬地停住。

「我不知道我為什麼來這裡。」我說。

巴斯提安沒說話，一動也不動。

「我該走了。」我說。

靜止，靜默。

「巴斯提安，我不知道該怎麼做，我不知道你要什麼。」

「我不能指導妳要怎麼做，佩姬，但妳不是不知道我要什麼。」

我確實知道。我能在他的皮膚裡看到，從他的呼吸裡聽到。我並沒有忘記。他也沒忘。我拒絕他了。

「決定權在妳，佩姬。」

✦✦✦

我們躺在他的床上，我們的呼吸尚未緩下來。他的手已經擱在我的心臟上方。

「你會留在英國嗎？」我問，「等一切都結束後？」

停頓。「如果妳要我留下。」他說。

「還有茉德要照顧。」

「我知道。」

✦✦✦

一九一八年八月六日

親愛的佩姬與茉德：

我是伊索．雷，相信緹爾妲曾向妳們提過我，而我的一些畫作也送到了妳們位於牛津的運河船上。我感覺認識妳們，希望寫這封信不會太唐突。

緹爾妲接到了可怕的消息。她弟弟比爾去世了，他在馬恩河受了腹部的傷，被送到埃塔普勒來治療。我不確定妳們能否想像這裡有多大，這裡的人比牛津還多──我們有將近二十間醫院，隨時都有幾千名士兵在接受治療。緹爾妲直到比爾去世後，才知道他被送來這裡。他是在聖約翰醫院，離緹爾妲現在工作的隔離病房並不遠。感覺好殘酷。

她現在不是原本的她（也或許她更像原本的她，如果妳們能體會的話──所有惡的部分都被凸顯出來了）。我不確定她有沒有寫信給妳們，但我猜沒有。

如果妳們也認識她弟弟，請節哀。

對我來說，這個營區令人無法忍受，是緹爾妲讓它稍微好一點。我會守著她。

伊索．雷
敬上

更像原本的她。我完全能體會。

第四十六章

霍格太太由我肩後俯下，這樣就只有我會聽到她說的話。

「妳應該短時間內都不會再忘記自己的身份了吧，瓊斯小姐？」

她不是唯一這樣的人。我在裝訂廠走動時，其他人看我的眼神，彷彿我並不是在傑里科住了一輩子；彷彿我沒和她們本人或她們的女兒或她們的孫女一起就讀聖巴拿巴女子學校；彷彿我母親或我外婆都不是裝訂廠女工；彷彿我外公不是鑄字工。對某些人來說，我出現在裝訂廠裡就是一種冒犯。我和她們一樣深切地感覺到了。

我是那個該摺紙時卻被逮到在看書的女孩；我不想當城民而想成為學人。要是我通過考試，她們會祝福我。但我失敗了。我自以為優越，卻是往臉上貼金。她們不會原諒我做這件事，而且除非我能忘，她們也不會忘記。鮮少有人如同霍格太太那般直截了當，但不止一個人問我是否會留下來，而我看到她們嘴角的冷笑。這下妳可學到教訓了吧，她們心裡說。妳不比我們其他人強。

我原先真有這種想法嗎？

然而不久後，她們就失去興趣了。亞眠戰役的消息帶來希望與悲傷。接著西班牙流感造成的死亡人數愈來愈驚人。一輛公車的司機在馬路上停車，跌跌撞撞地走到人行道，倒在地上氣絕身亡。有個休假返鄉的士兵，早上還身強力壯，傍晚就一命嗚呼。每個人都有認識的人病入膏肓，或是住進雷德克里夫醫院。而每過一天都有更多人聽說認識的人去世了。我那受挫的野心變得無關緊要。

我回到裝訂廠女工的生活。我反覆摺著同樣那幾頁紙，並沒有費心去讀上頭的字。我只是讓紙張的聲響填滿腦袋：從整疊印張抽出一張時的沙沙聲，翻頁聲，媽媽的摺紙棒快速掠過紙張壓平皺褶的聲音。它們淹沒了古希臘文的「alpha、beta、gamma」；動詞的完成式、過去完成式和未完成式。

我現在當然都背得出來了。

斯多陶德太太搖鈴時，紙張聲安靜下來。

「各位女士。我要再次請求行有餘力者，接下來稍微加一會兒班。」她望向裝訂廠周圍，我們看見她所看見的景象：只坐滿一半的工作檯，一堆堆未摺的印張。「我們又因為軍火工廠而流失四名人力，還有十二人染上流感而病倒了。如果各位有意願且有餘力，今天下班前請來找我。」

這不是什麼特別的要求；自從小愛那時候起，就一直有女工離開裝訂廠而跑去軍火工廠。

但最近這幾個月，我都不想加班。上次我主動說要留下來幫忙趕《憂鬱的剖析》時，是為了逃避古希臘文，而不是協助出版社。不過斯多陶德太太拒絕了我。「妳有更重要的事該做。」當時她說，眼中閃著希望的光采。

這次，她的眼神和我一樣暗淡。「謝謝妳，佩姬，」她說，「我把妳和茉德還有珞特一起列入名單。」然後她趁我們兩人都還沒變得感傷前，望向下一位女工。

隔週，又有兩個女工跳槽去軍火工廠，還有更多人得了流感而病倒。斯多陶德太太又搖鈴了，但不是要求加班，而是替紅十字會招募。

「志工，」斯多陶德太太說，「單身女性，以及未生育的已婚女性。」

戰爭工作，我心想，想起潘洛斯小姐的演講。現在我沒有理由把眼光放長遠了。我不是「未來」之類的，我不是「最有天分的女性」之類的。若是妳們沒能通過學位初試，她當時說，那麼自然就去陸軍部報到吧。我很難找到正當理由說服妳們再花一年時間，等待擠進大學窄門。如此這般，如此這般，如此這般。

我與珞特和茉德一同參加說明會，專心聽一位護士告訴我們該做什麼、不該做什麼。我簽了名，說我每週有三天傍晚有空，週六下午也都有空。我領到名牌和布口罩，向她保證我的針線活夠好，能再做一個。

「謝謝妳回應我們的呼求。」她說。

✦✦✦

巴斯提安陪我一起去家訪，茉德則和珞特一組。我們的任務主要是安慰病人、掃地、整理房間、加熱鄰居送的湯湯水水。第一週的時候，我們被派去幫一個丈夫在法國、有四個孩子的婦女。她喘到幾乎下不了床，請我們幫孩子洗澡並哄他們入睡。其中一個孩子看到巴斯提安的臉就嚇哭了，其他三個馬上也有樣學樣。他把孩子全丟給我，忙著去洗堆在水槽裡的碗盤。

在那之後，我們把這一家人交給珞特和茉德，換取她們負責的老年人。於是新的常規就這樣建立起來了。

茉德和我醒來後，會在裝訂廠工作一整天，然後巴斯提安和珞特與我們一起走到「柯萊歐琵號」喝晚茶，再前往我們紅十字會名單上的人家。我們的工作量超出當初所登記的：三天傍晚變成四天，而且並非每個星期天都能休息。但情況愈來愈糟。男孩們紛紛由法國、義大利、馬其頓返國。他們在戰爭中倖存，卻被「西班牙女郎」擁入懷中。我看到第一個自己負責的士兵死於流感時，心想：真不公平啊。我們比救護車先到，他母親要我們替他換上軍服。他的手腳仍是軟的，巴斯提安一直確認他還有沒有脈搏。我不得不把他的手從男孩手腕上拉開。

「他是在法國染病的，」男孩的母親說，「他會被列為陣亡將士嗎？」

「當然了。」我說。但我事後得知其實不會。

感謝上帝有蘿西。她只能隨侍在年長的朗特里太太左右，但她餵飽我們，也幫了大忙。而在其他人都沒有煤炭可用時，歐伯隆設法讓我們的煤炭箱始終都是半滿的。夏季漫長的白晝也有幫助。天氣未必總是乾爽，或甚至溫暖，但明亮的光線讓一切都更足堪忍受一點。傑里科沒有幾戶人家有電力可用，而煤油也變得很昂貴。白天很長表示如果有人需要我們，我們就能待到晚一點再回家。而似乎總是有人需要我們。

✦✦✦

每逢週六，我們總試著在晚茶前結束家訪，好把漫長的傍晚留給自己。有時候巴斯提安會帶我去看電影，而如果米蘭外出了，我們會帶乳酪、醃黃瓜和半條吐司回他們地下室的房間享用。我們會先做愛，再吃東西。我們任由麵包屑撒在他的床單上，我樂於被刮得發癢。這證明了我全身赤裸，他也是。這證明我們的身體不是只會工作、流血和吃力地呼吸。我們會假裝這是我們的房間，假裝戰爭已經結束，米蘭帶著學生回塞爾維亞去了。我會想像茉德擁有自己的生活。

「但你可能會回去比利時。」有一次我說，一邊切著乳酪，配上醃黃瓜鋪在吐司上，彷彿我不在意他怎麼回答。

他聳肩。我裝作沒看見。

「我可能非回去不可。」他說，「妳的政府希望在戰爭結束後把我們全送回家。」

「如果我們結婚，你就能留下了。」我說。他沒再向我求婚，不過我有在考慮。

「如果我們結婚，妳也可以跟我走。」他說。

「去比利時？」

「會有很多要重建的東西。」

「茱德怎麼辦？」

「她也可以來。」

我聳肩。他裝作沒看見。

這是一盤遊戲，像是西洋棋，而結果總是僵局。

第四十七章

一九一八年的夏天一瘸一拐地走入尾聲，然後三個傑里科女人死了，都是曾為病患家訪的志工。我是午休時間在魚販那裡等魚時，聽湯森太太說起這消息的，她是巴斯提安和我負責家訪的女人。她哭個不停，因為是她將感冒傳染給前一個漂亮女孩。湯森太太皮膚鬆垮、瘦骨嶙峋，她在短時間內流失肌肉，我不禁納悶她怎麼還有力氣哭泣。我端了一碗肉湯坐到她身邊；她別開頭。「妳走吧，」她啞聲說，「否則妳也會被我害死。」

三個回應了呼求的女人。不知道她們之中有沒有誰挑戰學位初試失敗，或是把潘洛斯小姐和她的長遠眼光當耳邊風。斯多陶德太太說過，紅十字會要找的是單身女性和沒有孩子的已婚女性。他們早料到會發生這種事；當然料到了。他們不希望留下孤兒。

三個女人。我搜尋本地報紙，但沒有刊登陣亡名單。當我問起特洛伊的女人下場如何時，媽媽曾說：她們的人生都幾乎沒留下任何紀錄，所以她們的死亡也不值得著墨。

那些詩人這麼認為，我心想。握筆的男人。

我們的新生活規律讓我們精疲力盡，根本無力處理仍散落在「柯萊歐琵號」各處的成堆書本、手稿和書帖。忙完裝訂廠和志工的工作後，茉德已沒時間查看她的帳簿，而我也不忍心把那些書永久封存到某個角落去。於是有幾星期的時間，我們跨越、繞行，把書搬過來搬過去，將馬克杯放在書上，拿書來揮趕在濕熱夏季一直騷擾我們的蚊蟲。但我們都沒提到書，我們都開不了口。

✦ ✦ ✦

後來，九月底的某個星期天，茉德拿出她的帳簿，開始把散落的書歸架。她沒要求幫忙，我也沒主動說要幫忙。

我端著喝完的咖啡杯站在那裡看我妹妹幹活兒。她自信十足，也很快樂。要是天氣好一點，我可能會和巴斯提安去查威爾河畔散步，絲毫不擔心留她一個人在家。

我原本以為戰爭改變的人會是我，但我漸漸醒悟到蛻變者是茉德才對。

我收拾乾淨我們的早餐用具，再泡一壺咖啡，然後放了一杯熱咖啡在妹妹面前。我越過她肩膀看著那些整齊的欄位，心想：她真的能當圖書館員呢。

我走開了。我去鋪床，然後坐進媽媽的單人沙發，從她的書櫃抽出一本書。《懷德菲爾莊園的房客》，安妮．勃朗特著。我想到我的圖書館隔間。它已不屬於我了。我把書放回去，站起身，從船頭看到船尾。「柯萊歐琵號」好逼仄，我覺得快要窒息了。還有茉德在。她跪在地上，替某本書找到一個位置，然後是另一本。那些書、書帖和手稿，都使「柯萊歐琵號」更小、更擠。它們會讓妳的世界更寬廣，媽媽曾說。但如果我沒讀過它們，我不會知道自己的世界有多小。

「我們應該丟掉它們。」我說。

「不。」茉德說。

她回到桌上那疊書本前，拿起一本，在帳簿裡搜尋它的紀錄。她寫了幾個字，然後走向我。

「《憂鬱的剖析》，」她說，「艾伯給的。」

我曾提出暗示。於是當摺紙、配頁和縫線都完成，書本都裝上書殼，大功告成送進倉庫後，艾伯將它送給我。書背捶背時沒弄好，他說，它會變形。但當下它看起來完美無缺。

「艾伯給的。」她又說一遍，並瞥向「柯萊歐琵號」周圍，瞥向裝滿書本、書帖和手稿的書架。她是想告訴我：它們都是禮物。禮物或是得來不易的戰利品。而且它們不是我說丟就丟的，它們屬於我們。

我翻開《憂鬱的剖析》前幾頁。一首詩，是作者獻給他的書的詩——我的作品啊，公開亮相吧。這首詩長達兩頁。接著是描述卷首插圖的那些韻文。再來則是插圖本身。我翻著剩下的頁面，直到翻到那張零散的整頁插圖。我告訴艾伯薩默維爾的館藏缺了插圖，而他就給了我一張去補上。

我將《憂鬱的剖析》緊壓在胸口。「好吧。」我說。

茱德將所有書本和手稿放回架上，所有零散的書帖和紙頁放回邊邊角角，桌上只剩下一本書。

《希臘文法入門讀本》，亞伯特與曼斯菲德著。

只要妳不說出去，我也不會說出去，加奈爾小姐把它遞給我時這麼說。

茱德看著我，皺起眉頭。「還回去。」

✦✦✦

巴斯提安陪我一起去薩默維爾。

修女院，醫療帳篷，涼廊上坐在躺椅或籐椅上休養生息的軍官們。只有臉孔改變了。但修女仍是九個月前我出示字條的那個對象。來自傑里科的女孩要去薩默維爾圖書館做什麼呢？當時她問。沒要做什麼，現在我心想。完全沒有該死的事可做。

加奈爾小姐在她的櫃檯內，被幾疊書擋住，低著頭在寫借還書帳簿。我很想念她。

「小佩！」欣喜迅速轉為憂慮。「噢，小佩。」

她從櫃檯後走出來擁我入懷。真希望她沒這麼做，若是她沒有，我還會像沒事人一樣。

她給了我一條手帕，巴斯提安站近了一些。或許是為了接住我，但我感覺自己已然墜落。

「這位是巴斯提安。」我說，慶幸能把焦點從我的失敗轉移。

「魯德亞德．吉卜林。」加奈爾小姐說。

他露出半動半不動的笑容，微微欠身行禮。「很榮幸與妳見面，加奈爾小姐。妳是佩姬的貴人。」

「我希望還有這個機會。」

我從側背包拿出希臘文讀本。「謝謝妳讓我借這本書。」

片刻間，她和我同時握著那本書，我們都沒準備好做該做的事。

「妳確定嗎？」她說，「妳可以先留著，再試一次。」

「這是一場艱苦的戰役。」我說。

「若是我們逃避艱苦的戰役，還能有什麼成就可言？」她說。

「我確定。」我說。我放開書。

她回到櫃檯，翻著借還書帳簿，手指沿著左側欄位往下滑，直到找到那筆紀錄。接著她用尺抵著那一行，我的目光順著尺往右移。右側欄位中以她漂亮的字跡寫著「佩姬．瓊斯」，就寫在這本薩默維爾圖書館借閱登記簿上。她在上頭畫線刪除。

「那現在呢？」她問。

「回到正常秩序中。」我說。

「很多事都在改變，小佩。」

「是嗎？」

「像是投票權。」

我微笑。「我可沒有。」

「另一場艱苦戰役，但只是時間問題。」

媽媽也曾這麼說，說了很多年。後來她的時間用完了。

「我有東西要給妳。」我換個話題說道。

加奈爾小姐拿著《憂鬱的剖析》卷首插圖的模樣，彷彿它是一張金箔，隨時可能不小心摺合起來，然後就毀了。

「增色，」她說，「美。」澎湃的情緒使她詞不達意。

✦✦✦

隨著印刷工、排字工和機械操作員紛紛病倒，裝訂廠這邊的作業也慢了下來。

我們穿過方院時，別人都會刻意保持距離。都有誰報名參加了紅十字會志工的消息已經傳開了，而由於傑里科有愈來愈多人生病，他們也更加視我們為瘟神。霍格太太向斯多陶德太太建議把志工的活動範圍限制在裝訂廠某一側。志工共有九人，全都單身，沒有孩子。斯多陶德太太並沒有直接採納她的建議，但確實讓我們坐得更分散一些，而且如果有人要求換座位到別的工作檯，她也會答應。

她們和我們之間隔出一段空間，不久之後，我們都稱之為「無人區」。斯多陶德太太發了不止一次脾氣，因為原本剛摺好或配頁好、完好無缺的書帖，卻因為「她們」中的某人不小心離「我們」中的某人太近，而「跳起愚蠢的迴避之舞」時，不幸成了犧牲品。

「妳們大家是怎麼搞的？」她有一次大聲叫道。

我在這裡工作這麼多年，還沒聽過她大吼大叫。

「如果妳有小傢伙，也會跟我們一樣啦。」其中一人回道。

這句話像一記耳光打回來，斯多陶德太太愣住了。她不發一語地回到座位。

但「無人區」並沒有維持空曠多久。原本生病的女工康復了，她們回到裝訂廠後，帶著某種得意洋洋的解放感坐在「無人區」。她們比「我們」和「她們」更常笑、嗓門也更大，穿梭裝訂廠時從不會弄掉手裡的書帖。她們大病了一場，而我陪伴過夠多病人，知道即使她們很快就退燒、肺中也未充滿痰液，她們每個人肯定都受到很大的驚嚇。她們看了報紙，照顧過從法國被送回來的兄弟，或是聽說朋友的朋友早上醒來時還一切正常，太陽下山前卻已死去。她們害怕流感的程度更甚於德國佬，不過現在她們得過了，感覺自己刀槍不入。

有更多女工生病然後復工，兩個女工病死，三人始終未完全康復。

我們不再稱它為「無人區」了。

✦✦✦

一九一八年九月十九日

哈囉，小佩：

妳在給伊索的信裡向她報備我素行不良，可真是聰明。她對自憐自艾的忍耐力極低，而且堅持人人都該善盡自己的義務——顯然妳們就是我的義務。我不知道她這想法是打哪兒來的。

當她發現妳寄的信我都沒回時，她把我罵了一頓，拿了幾張她最高級的信紙給我，叫我別白白糟蹋了。我不確定她以為我會拿來幹嘛，也許是用來擤鼻涕吧，或是撕碎後丟在她臉上（我是很想啦，不過如我所說，那是她最高級的信紙）。她等我拿起筆才願意讓我獨處，而現在她就坐在我的小屋外面。她不相信我會把寫下的內容寄出去。

伊索或許希望我道歉，告訴妳一切都會沒事的。但那只會白白糟蹋她最高級的信紙——謊言和宣傳。我想現在我們都知道這場戰爭是什麼樣子，它會對人造成什麼影響。我不會把妳當笨蛋。

事實是，送來這裡的男孩，有太多人都長得像比爾了。我把他們當作他一般地照料，而當他們死去，感覺就像又讀了一遍那封電報。若是我能撫去他們臉上的驚恐，或是握住他們的手，或在他們耳邊輕訴天堂的幻想故事，感覺就會好一些。我每次都想像有某個漂亮的護士為比爾做一樣的事，而每次我都暫時放下悲傷。以及憤怒。

噢，小佩，我感覺像自己遭到敵軍占領，而趕走他們的唯一方式就是把自己摧毀。妳必然不會訝異，我用的武器是酒精，不過到今天我已經整整一星期沒碰酒了。一星期前，伊索發現我睡在自己的嘔吐物裡。她說我搞不好會被嘔吐物噎死。她說他們會稱之為「意外身亡」，以免我的家人顏面無光。「什麼家人？」我對她嘲弄道。「住在妳提供給陸軍部的地址的人，不管是誰。」她不甘示弱地說。

順帶一提，那個人就是妳。雖然我留的地址是特納書報商，但信封上寫的會是妳的名字。

緹爾妲

附註一：這裡的人像蒼蠅一樣成批死去。他們根本還沒端起槍桿瞄準德國佬，已經先躺上病床了。情況比去年要糟得多，所以妳去探訪病人時千萬要小心。記得戴口罩。

附註二：我覺得海倫會喜歡妳那位加奈爾小姐的——妳確定妳確定嗎？

✦ ✦ ✦

午休鈴聲響起，我把手上的書帖摺完。珞特也摺完她的書帖；我們等茉德摺完。

「佩姬，妳們去吃午餐前，我可以先跟妳聊一下嗎？」是斯多陶德太太，她雙手扶著茉德的椅背，低頭望著我。

我轉頭看茉德。

「我可能會回家找妳們，」我說，「也可能就在方院吃個三明治解決了。」

「就在方院吃。」她說。

我看著珞特；她點點頭。我起身親吻茉德的額頭。等我終於站在斯多陶德太太的辦公桌前時，裝訂廠已空無一人。

「我向浩爾先生推薦妳擔任新職務。」

「什麼新職務？」

她微笑。「初級檢閱員。」

我過了半晌才會過意來。

「有空缺出來了，」她說，「其實還不止一個。我在一陣子之前向大總管提起妳，而他要我負責安排。」

「空缺？」

「我本來以為我還有多點時間，不過事情明擺在眼前。在戰爭和流感的夾擊之下，我們一直在趕進度。浩爾先生頗為堅持妳盡早開始。」她神色慌亂。「如果妳想要這個職位，他希望妳今天下午就開工。」

「今天下午？」

「我知道很突然。」

「我需要讓茉德能適應這個想法。」我說。

斯多陶德太太皺起眉頭，一手按在我手臂上。「佩姬，茉德並不需要妳牽著她的手。」

我沒答腔。

「有時候我覺得她想要一點……」

「什麼？」

「嗯，獨立自主。」

「誰不是呢。」我沒好氣地回道。

我們沉默著，氣氛尷尬。

「這兩三年來她成長了很多。」斯多陶德太太繼續說道。

「自從珞特來了之後。」我說，語氣不帶任何善意。像個鬧彆扭的小孩子。我掐了自己一把，很用力。

「也許吧，」斯多陶德太太說，「也可能茱德只是利用了剛好出現的機會。珞特是一個機會，不過還有別的。」

茱德為「柯萊歐琵號圖書館」編目。為緹爾妲摺星星，幫忙加奈爾小姐，煮「stoemp」和麥片粥。杏色洋裝和櫻桃紅唇膏。照顧傑克，照顧我。

「她相當能幹，佩姬。」

我搖頭。斯多陶德太太看起來大受打擊。

「妳不願意接受這職位？」

「不，我是說，我願意。」她現在要我看書，而不是裝訂書。我想大笑，又想大哭。

「妳在擔心什麼呢？」斯多陶德太太問。

「妳一直都認為我可能會失敗嗎？」

她過了一會兒才回答。

「我希望不會，」她說，「當妳取得獎學金資格時……」她低頭望著帳簿。

「妳為什麼要鼓勵我？」我突然很氣她，也氣小桂和加奈爾小姐。她們都需要一個良善使命，但是當那個良善使命落空時，她們也不痛不癢。

「因為那是妳想要的，」她說，「我知道那有多難，但我也知道若是試都不試，妳會後悔的。」

「妳哪裡會知道？」

她的表情一癱，我突然懂了。

「斯多陶德太太，妳參加過牛津大學的入學考試嗎？」

「從來沒有。」

「有想過嗎？」

該如何描述她的微笑呢？如果我把它畫下來，我會名之為憂鬱。

「那是我最想做的一件事。」她說。

✦✦✦

大總管給了我一本《哈特規則》。

「任何體例方面的問題，都先從這裡面找。」他說。然後他帶我去檢閱部門——位於樓上的好幾間小辦公室。

「恐怕只能算是個掃帚間。」他說。

「我很習慣小空間了。」然而他一打開門，我才發現他並不是謙稱。有個舊洗衣槽現在被用來存放參考書。

「妳是一長串檢閱員中的最後一關。」他說，「妳會拿到一份樣稿，看完之後就要大量印刷，然後送去裝訂。妳只需要檢查有沒有明顯的印刷錯誤。」

「我不負責校對？」

浩爾先生微笑。「妳拿到的稿子應該早就過了校對階段了。」

「那幹嘛還給我這個？」我舉起《哈特規則》。

「我們固定發給每個檢閱員。」

✦✦✦

當上檢閱員後，我的工作不再受到早茶、午餐、午茶的鈴聲還有雀斑青蛙的管控。有位奉茶女每天會來兩趟，因此我儘可以把時間消磨在印張上，這是以前在裝訂廠做不到的事。但我懷念女工區，因此調職第一週，我每天都找藉口跑回去串門子。

「茉德狀況如何？」每次我都問斯多陶德太太。

「她沒犯任何錯誤。」第一天她這麼說。

後來則是：「挺好的。」

最後她說：「老實說吧，佩姬，我覺得妳想茉德的程度，可能超過她想妳。」

在那之後我就幾乎沒回去了，而是開始期待下班時間，因為可以在方院跟茉德會合，讓她挽著我手臂。

「我好想妳，小茉。」有時候我會說。她並不是每次都會複誦。

第四十八章

這天是秋季學期的第一天；九月的最後一天。曳船道鋪滿落葉——黃的，橘的，亮紅色的——但大部分色彩仍掛在樹上，松鼠在彩葉間蹦跳奔跑。牠們忙著趁天氣變冷前多蒐集些食物，這是每年秋季牠們都要做的事，即使戰爭也改變不了這規律。

我們走過傑里科的街道，打從十三年前我們開始在裝訂廠工作，幾乎天天都走這條路。我們會一直走在這條路上，直到雙手發抖、視力模糊。走到瓦爾頓街時，我很慶幸薩默維爾仍是醫院而不是大學，進出校舍的多半是身穿白袍或軍服的男人。自從成為檢閱員後，我幾乎沒想到過加奈爾小姐，只偶爾想像她待在勃朗特隔間。我很慶幸傑里科不會有秋季學期剛開學的興奮騷動。

但這時茉德把我的手臂勾緊了一些。「學人。」她說。

我沒看。我在想我正在檢閱的手稿，想那些與印刷完全無關的錯誤：鬆散的文法，偷懶的論調。我會放它過關進入裝訂程序，讓別人去批評它。

但我能聽到她們的聲音，一群年輕女性同時在嘰嘰喳喳，不時有個文雅的口音從眾音中凸顯出來。她們很興奮，又努力克制。這是她們見鬼的家教使然吧，我心想。

茉德一手撫著我臉頰，凝視我眼睛。她能輕易對我做出這樣的舉動，我一向好奇是否因為她看見了自己，而不是陌生人。她盯住我的視線，於是那批大一新生的嗓音感覺起來沒那麼羞辱人了。她盯住我的視線，於是我感到更加平靜。她盯住我的視線，於是我沒那麼孤單。我在她眼中尋找自己的倒影，看到小小的我，我一直都在那裡。然而當我調整焦距再定睛一看——不是看我自己，而是看向茉德——我想起她的眼睛跟我從來就不一樣。它們從未映射出我的憤怒或我的失落，它們從未顯露對於被剝奪事物的渴望，或是對剝奪者的惱怒。

真要說起來，茉德擁有媽媽的雙眼。現在茉德正以同樣的溫柔、同樣的關懷眼神望著我，而這一刻我想起媽媽。多年前她是怎麼說的？這是妳唯一的機會，小佩。拜託妳，拜託妳把握住吧。

茉德仍繼續撫慰著我，我又想起當我拒絕回到學校時，媽媽憐憫的眼神。為什麼？她問。沒錢，我撒謊。我們會湊出錢的。她微笑，彷彿贏了辯論。茉德，我大叫，結果媽媽畏縮一下，然後緩緩搖頭。茉德不需要妳，小佩。

但我知道她在說謊。

茉德知道她沒說謊。現在我在茉德眼中看見媽媽的憐憫。茉德不需要妳，我們上完最後一天課、離開聖巴拿巴女子學校時，茉德就曾複誦這句話，我們走進裝訂廠開始上班時她又說了一遍，當我們分別坐在媽媽兩側時，她再說了一遍。媽媽開始教我們摺紙前，傾向我妹妹低聲說：夠了，小茉。厚道一點。小佩需要妳厚道一點。

站在出版社與薩默維爾之間，我對我們有了不同的理解。茉德從未把我誤認成她——那純粹是我的錯誤、我的焦慮、我的負擔。茉德是獨立個體：獨一無二，媽媽總是說。就像一本泥金裝飾的珍本書，我心想。在我們的雙人組合中尋求庇護的人其實是我，她是我的藉口，她一直都是我的藉口。

茉德將我的臉輕輕轉朝瓦爾頓街另一側，強迫我看著自己錯過的事物。那些穿著黑色短袍的薩默維爾新生就在那裡，在警衛室周圍徘徊，試著瞥見等戰爭結束就會還給她們使用的校園。她們現在未獲准進入是我唯一的安慰。

「她們看起來像一群烏鴉。」我對茉德說。

「烏鴉。」茉德微笑。彷彿受到提示般，有位軍官從警衛室大步走出來，驚擾了那群人。她們慌忙退後讓他通過，又慌忙前進。最後她們意識到自己很礙事，這才三三兩兩地散開，走回牛津和她們位於奧利爾學院的暫時住所。

我應該轉身背對薩默維爾，穿過拱門進入出版社。然而我卻一直望著那群女人，直到瓦爾頓街的彎道吞沒她們的身影。儘管陽光炙烈，我仍打了個冷顫。我胸口緊縮，傑里科的喧囂化作一片模糊。我費力地吸著氣來供應我的悲傷，感覺茉德靠近我。她的肚子貼著我的背，完美符合我脊椎的弧度。她摟住我胸膛，下巴擱在我肩上。

「跟她們任何人一樣好。」她在我耳邊說。

媽媽曾對茱德說過同一句話，說過上千遍。回想起這件事令我肺部充滿顫抖的空氣，因為茱德一向相信她的話。

但我從未當真。

✦✦✦

蘿西帶了一鍋燉羊肉來。

「年長的朗特里太太病情好轉了。」她說，把鍋子放在桌上，然後到廚房拿碗。

「湯森太太也是。」巴斯提安說。

「你們覺得她們有什麼祕訣嗎？」我掀開燉羊肉的鍋蓋，「柯萊歐琵號」頓時瀰漫著多香粉的氣味。

蘿西聳肩。「茱德和珞特快回來了嗎？」

「快了，」我說，「她們在希爾布魯克太太家。」

「她還好嗎？」

「沒有更糟，謝天謝地，不過大部分時間都在昏睡。她主要是需要人幫忙照顧她兒子。聽茉德說，那孩子精力充沛。」

「這是麻煩鬼的代名詞。」蘿西說，我知道她想到傑克了——他總是很會惹麻煩。

「有新消息嗎？」我問。

「收到一封信，才寫了不到一面，」她說，「茉德唸給我聽了。」她搖頭。「那種內容任何人都寫得出來。」她裝滿我們的碗，遞給我一碗。「不過一如往常，有一封給茉德的信。而一如往常，她把它收起來了。」蘿西遞給巴斯提安一碗。「她有讓妳看那些信嗎？」她問。

我想告訴她一個句子或笑話或想法，讓她能確認那封信出自傑克之手，但茉德從未分享他的信。

燉羊肉很好吃，我們飽餐一頓後，聽到有人沿著曳船道跑來。

茉德衝進艙口，上氣不接下氣。她鎖定我的目光，點著頭，她有時會這樣，那表示她無法用言語表達，希望我知道她在想什麼。我一頭霧水。

「小茉，怎麼了？」

大口喘氣，全身顫慄。不只是因為跑步的關係。

「是珞特嗎？」巴斯提安說。我們兩人都站起來了，像哨兵一樣分立在她兩側。

茉德轉頭看他；他猜得很接近了。她又望向我求助。

「是希爾布魯克太太嗎？她病情惡化了？」

話語被一堵情緒之牆擋住，她忍不住跺腳。

「她兒子，」我說，「是她兒子嗎？」

如釋重負。她點頭：對。「她兒子。」她說。

「他受傷了？」巴斯提安問。

「病了，」茉德說，「病了。」

「小茉，他需要救護車嗎？」

她點頭，巴斯提安拿起我們的大衣，幫我套上，再穿上他自己的。「我去聖巴拿巴教堂打電話。」

✦ ✦ ✦

茉德沿著曳船道狂奔，再跑過橋。等我們跑到瓦爾頓街時，已經氣喘吁吁。我們慢下腳步緩口氣，戴上口罩。我們拐進克蘭漢姆街，我感覺被這裡的排屋擠壓——它們是由裸磚建成的狹窄建築，被煤煙染黑。

原本在門階上聊天的兩個女人躲回家裡去。有個老先生碰了碰帽沿致意，但避到馬路對面。全是因為我們行色匆忙，且戴著口罩。我們已經成了感染源。

茱德推開一扇跟周圍雷同的門，咚咚咚地跑上陡峭樓梯直奔臥室。我應該跟著她跑上去，可是這氣味……有點甜，有點酸，還有另一種我認不出的味道。我受不了這氣味，不禁開始反胃。我跑進廚房。窗戶只開了一點點，不過冷空氣灌進來，我大口吸著新鮮空氣。我回到樓梯口開始往上爬。

巴斯提安和我先前探訪了一些老人家，他們家裡散發陳腐的菸味、油耗味，有時還有尿騷味。*你們的工作*，紅十字會護士說過，*是幫忙餵貓，硬是勸他們喝一點肉湯，協助他們恢復健康*。而他們全都恢復健康了，連湯森太太都是，儘管她自己並不是很願意好起來。但沒有任何一個人的家聞起來是這樣的。

我的手太過用力地握著扶手，我的腿感覺重如鉛塊。等我爬到樓梯平台，氣味變得更可怕，我真希望曾在口罩上噴消毒劑。*主要是為了擋臭味，倒不是奢望它能預防妳染上什麼病*，緹爾妲曾這麼寫。

兩間臥室內的情況我都能看見。希爾布魯克太太躺在其中一間，汗濕的金髮鋪在枕上，胸腔發出粗濁的呼吸聲。床邊擺了個水桶，床單上有乾掉的嘔吐物，痕跡沿著床墊往下延伸。

我納悶她們怎麼沒把被單換掉，怎麼沒把水桶清空，珞特怎麼沒拿冷毛巾擦她的額頭。這些疑問瞬間掠過我腦海，不過我馬上就知道為什麼了。

另一個房間。

我轉朝向另外那個房間。金屬味，像月經，像太久沒換的吸血布。太可怕了，惡臭難忍。它染汙了他的睡衣，染汙了他的嘴角。我聽到它咕嘟咕嘟地冒上來，看到它化作沫狀湧出他鼻孔。

那男孩。像母親一樣是金髮。他的臉變成薰衣草色。

珞特抱著他。她靠著床邊坐在地上，好像把他當成很小的孩子一樣抱在懷裡。十歲，茉德說過。精力充沛。他細瘦的雙腿橫在珞特大腿上，她把男孩的身體緊摟向自己，他的頭貼伏在她脖子的凹處。黏液，粉紅色的沫狀黏液從他的鼻子和嘴巴流出來。她的臉頰、下巴、嘴唇都沾到而變得濕滑。她怎麼沒戴口罩？她前後搖晃，對著男孩頭頂說了一串話。我意識到她說的是法語。她只有在親吻他時才停止說話。

我跨入室內。茉德退到牆邊用背抵住，瞪大眼盯著珞特和男孩。他應該躺在床上，我心想。用枕頭支撐起上半身，我心想。這樣才能呼吸，我心想。

我朝他們移動。

「Nein（不）！」她凶惡地說，眼神狂亂，一腳伸出踢到我小腿。

我開始理解狀況了。

「她不認得我們了。」我說。

「害怕。」茉德說。

嚇壞了，我心想。珞特嚇壞了。

巴斯提安來找我們時，我們就處於這種狀態。他站在門口，看著珞特搖晃那男孩。他仔細聽她在說什麼，然後坐到地上，坐得離她很遠。他用低沉柔和的嗓音對她說話。他說的是法語，珞特聽進去了。

我不知道他說了什麼，但他的話帶著一種節奏感。因為我剛好在旁邊，他曾說過。他說話時像父母在哄小孩，那安撫了珞特，也安撫了茉德，也安撫了我。等珞特停止搖晃，巴斯提安拖著受過傷的腿爬向她。她把男孩摟緊一些，巴斯提安停住，但持續講著柔和而舒緩的法語。她顫抖地呼出一口氣，看向周圍的房間。她的眼神不再狂亂。她知道我們是誰，也知道她身在何處了。她望向懷中的男孩，悲傷得整張臉一垮。巴斯提安到了她身邊，摟住她和男孩。

或許過了一分鐘，或許過了一小時，我不確定。但是等巴斯提安從珞特懷裡抱起男孩放在床上時，他已經死了。

第四十九章

斯多陶德太太說珞特昏睡了整整兩天。

在那兩天中，希爾布魯克太太的燒退了，胸腔的呼吸聲也變乾淨了。她悲泣時茉德陪著她，我則忙著燒水洗床單。我們並沒有預期珞特會回到克蘭漢姆街，但她回來了。最後一批洗好的毛巾都還沒全乾，她已走進前門，對我說這裡沒我的事了。她朝我剛放在托盤上的茶和吐司點點頭。

「那個我拿上樓就好。」她說。她看起來又跟以前一樣了，我因此感到緊張不安。

「珞特，妳該來這裡嗎？」我問。

「當然啊——為什麼不該？」

我不敢回答原因。我端起托盤，她伸長雙手。我們默立片刻，各自堅守立場。我知道她是不會退讓的，所以將托盤交給她，然後拿起大衣和包包。

珞特送我到門口，端著托盤站在樓梯底部。她不會讓我爬上樓梯。

「沒事的，佩姬。」她說，「我沒事。」

我朝樓上呼喚妹妹。「小茉。」

她走到樓梯平台往下看。

「珞特來了，我先回家準備茶點。」我說。

她點頭，滿不在乎。

我一個人走回家，憂心忡忡。不過一小時後，茉德就坐在家中的桌子邊摺著紙，而我煮了兩個蛋。

當我問她在摺什麼時，她說：「星星。」

「給誰的？」

「希爾布魯克太太。」

✦ ✦ ✦

自從我們開始為紅十字會進行家訪後，茉德就很少摺紙了，但珞特回到希爾布魯克太太家之後那一個星期，她重拾了舊習慣。早上我泡咖啡、傍晚我泡茶時，她都在摺紙。我要她負責煮飯時，她會照做，邊做邊唱出珞特教她的步驟，但一吃完飯她就會推開盤子，把她要摺的紙拉到面前。她只摺星星，而且不到要去家訪或該睡覺的時間，是不肯停手的。要是煤炭剩得少了，我們會早點去睡覺，即使是這樣，茱德也會把紙張帶上床，充分利用我拿來閱讀的燈光。

我闔上書，沒費事標記頁數。我們的床罩上有三個星星，茱德已快摺好第四個了。Stelliferous，我心想，想起在《新英語詞典》看過的詞彙。我想像這些星星掛滿克蘭漢姆街的那棟排屋。「小茱，希爾布魯克太太怎麼樣了？」

「好些了。」

「但妳還是需要去？」

「傷心。」她把那個星星摺完。

傷痛，我心想。它是憂鬱的母親也是女兒。「她的傷心永遠好不了，」我說，「那是要給她的嗎？」

茱德搖頭。「珞特。」她說。

✦ ✦ ✦

我聽到她們踩上梯板時，天色已經暗了。臘腸周圍凝了一圈油脂，所以我把它們放回爐盤上，將豆子重煮一遍，並加熱馬鈴薯。這東西珞特肯定吃不下去的，我心想，想像她癟嘴的模樣。我取下三個盤子。

茉德拉出一張椅子，扶珞特坐下，我則把食物裝入盤中。豆子是土黃色的，我自己的嘴巴都難以克制地扭曲了。我硬著頭皮將盤子放到珞特面前。她望著盤子，未顯露一絲嫌惡。應該說是認不得了，我心想。

「Merci（謝謝）。」她用呆板的口氣低聲說。又是法語。

我坐下來，看著茉德切臘腸——一下、兩下、三下。四等份，老習慣回來了。然後我看到她對另一根臘腸重複一樣的動作。

我把我的豆子全吃了，只因為它們最礙眼。我的胃不太舒服。

「希爾布魯克太太還好嗎？」我邊切馬鈴薯邊問。

珞特望著我，但沒回應。馬鈴薯煮過頭了，爛爛的。

「希爾布魯克太太？」我重複一遍，將馬鈴薯送入口中。努力忍著不吐掉。這是可以吃的食物，小佩，別浪費了，媽媽總是這麼說。「她怎麼樣了？」

「Disparu。」她說。

我得想一想才知道意思。Disparu。走了。我嚥下去。味道怪怪的。「去醫院了？」我說。

珞特搖頭，但她的表情未提供任何額外資訊；她的眼睛呆滯無神。我意識到她其實完全沒在看我。我望向茉德。

「可是她病情不是好些了嗎？」我故作鎮定地說。

茉德點頭。「好些了。」她看起來很害怕。她排列著自己盤中的臘腸塊。

我又望回珞特。「珞特，怎麼回事？我以為她退燒了。」

珞特搖頭。「Pas possible。」

「什麼叫『不可能』？」

珞特的眼神暫時聚焦，她彷彿大夢初醒。「她不能。」她說，很難用英語表達。

「不能幹嘛？」

「Vivre。」

「Vivre？」

「活。」茉德小聲說，雙手不停地忙著，重新排列臘腸。

「妳有叫救護車嗎？」

沒反應。

「茉德，妳有去找救護車嗎？」

她點頭。

「他們幫不上忙？」

她搖頭，把一塊臘腸送到嘴裡，然後將剩下的調整位置，填補盤中的空缺。我看著她一塊塊吃掉，每次都修補圖形。

她把豆子和馬鈴薯剩下了。「不好吃。」她說。

「我知道。」我說，把盤子收一收。珞特什麼也沒吃，什麼也沒喝。她完全沒有要幫忙收拾桌子的意思。等碗盤都洗好擦乾，她仍維持原本的坐姿，瞪著眼卻沒在看任何東西。她臉色蒼白，比平常更蒼白。我摸了摸她額頭。

「燙？」茉德問，臉上仍帶著甩不掉的恐懼。

「不燙，」我說，「但她不太對，是吧，小茉？」

「不對。」她說。

時間已太晚，天色已太暗，又沒有巴斯提安能陪她回家，所以我們帶珞特去媽媽房間。我們脫掉她的裙子、上衣、束胸。我們扶她坐到床上，脫掉她的鞋子，剝下她的褲襪。茉德在她左邊，我在她右邊。當茉德坐到她後方，開始拔出她髮髻裡的髮夾時，珞特動也不動。我找出媽媽的梳子交給妹妹，然後退到隔開媽媽和我們的床的布簾邊。我看著茉德把珞特髮尾打結的部分梳開。珞特髮色極淺，媽媽髮色極深，但畫面是相同的。幫媽媽梳頭一向是茉德的工作。

當她開始梳珞特的頭髮時，我拉上布簾。

✦
✦
✦

茉德躺到床上，我順應她身體的輪廓貼向她。我們聽了一會兒珞特的鼾聲。

「幾乎跟緹爾妲一樣大聲耶。」我說，試著在低迷的氣氛中說點輕鬆的話。

茉德不吭氣，我真希望緹爾妲在這裡。我挪近一些，肚子頂著她的背。我發現她的手緊抓著蓋到下巴的毛毯，於是握住她的手。

「我要怎麼活？」我妹妹悄聲說。

「小茉，這話什麼意思？」

「失去他。」

她的兒子。精力充沛，茉德如此形容他。他的膚色像薰衣草。

「小茉，妳聽到希爾布魯克太太這麼說嗎？」

點頭。

「珞特也聽到了？」

再點頭。

我握緊她的手，心想或許有些事我們真的應該別去深究。有些問題我們不該問，因為真相令人太難承受。但我感覺茉德繃緊身體，知道她在等我問下一個問題。真相對她來說是太沉重的負擔。

「小茉，希爾布魯克太太傷害自己了嗎？」

她的頭緩慢移動。沒有。我們動也不動地躺著，聽著珞特打呼。

「小茉，珞特對希爾布魯克太太說了什麼？」

深吸一口氣，我感覺她整個身體都脹起來。

「Pas possible，pas possible。」茉德說。

「一直重複？」

「一直重複。」

「那珞特『做』了什麼，小茉？」

那口氣呼了出來，她的肌肉開始放鬆了。她暖和起來了，我心想。我問的問題是對的。

「一件事。」她說，「不。對。」

「小茉，珞特做了一件不對的事的時候，妳也在場嗎？」

她搖頭，我感覺她的眼淚滴在我們的手指間。我記得那男孩的頭髮，像他母親一樣是金髮。顏色幾乎和珞特一樣淺，和另一個男孩一樣淺。Pas possible，珞特這麼說。對她而言，生活是不可能過得下去的。

「她派妳去找救護車，是不是，小茉？」

茉德點頭。

「雖然希爾布魯克太太已經好些了。」我說。

茉德點頭。

「而妳回來的時候呢？」

「Disparu。」茉德說，珞特當時應該就是這麼告訴她的。

「走了。」我說。

「她不能活了。」茉德小聲說。

「這是珞特說的？」

「一直重複。」

✦✦✦

隔天我們醒來後，發現珞特發燒了，我們無法讓她退燒。

✦✦✦

到了第三天，斯多陶德太太帶了一位醫生來。他鑽進艙口時撞到頭，然後他停下腳步，打量了一下「柯萊歐琵號」。「起碼還算乾淨。」他不知道是對誰說道，我懷疑藏在他口罩後的表情是憐憫還是輕蔑。他聽到珞特粗啞的呼吸聲，便逕直朝她走去。

「妳們只要一個人過來就好。」醫生走到床邊後說，於是斯多陶德太太打算走開。「斯多陶德太太，麻煩妳留下，不過女孩留一個就綽綽有餘了。」

茉德已經坐在床上了，她在擦珞特臉上的汗，並唱著法文兒歌〈傑克修士〉。我走遠一點以免礙事。

我看著斯多陶德太太和茉德扶珞特坐起來，讓醫生能聽診確認她胸腔狀況。我看到醫生將聽診器從她背部一側移到另一側。她們讓她躺下，他檢查她眼睛、耳朵、嘴巴。他抬起她的手檢視手指，然後又撩起被單檢查腳趾。薰衣草色。

「流感。」我聽到他說，好像我們不知道似的。然後他看著茉德。「她這狀態已經三天了？」

茉德點頭。

「她缺氧了，」他對斯多陶德太太說，「妳說她是難民？」

斯多陶德太太點頭。

「我會盡我所能找到病床。」他轉朝茉德，「妳做得很好，年輕女士。她在任何地方都不會比在這裡更舒適了。」

斯多陶德太太陪他走到曳船道上，我從廚房窗戶看他們。她問了他什麼，而他搖搖頭。他看起來很累，我心想。真的好累。

✦✦✦

茉德唱歌給珞特聽，直到她嚥下最後一口氣，如果那還能算呼吸的話。她好好地把那首兒歌唱完。那是一首法語歌，她唱的全是法語歌。珞特一定是在她們兩人獨處時唱給茉德聽過。

我站在一旁，看著斯多陶德太太拿走原本讓珞特撐坐起來的枕頭，並且與茉德合力將她的身體平放在床上。茉德親吻珞特的指尖，然後將她的雙手疊放在胸前。

這場景似曾相識。我不是第一次待在布簾的另一邊。上次是緹爾妲而不是斯多陶德太太，但茉德沒變。她能安然面對死亡。在那一刻，她不會追憶過去或設想未來。她沒有對死亡發怒的衝動，不會想尖叫並強硬地將生命攢回所愛之人的身體裡。她在乎珞特，就如同她在乎媽媽，我在旁邊看，直到再也承受不了。

醫生一定跟斯多陶德太太說了珞特撐不過今天，所以她才會留下來。她還會再待一陣子。她會協助茉德處理遺體，就像當初茉德協助緹爾妲那樣。她們會為珞特清潔、更衣，處理好之後，斯多陶德太太會再去找醫生，或也許就直接找葬儀社吧。現在醫生還有什麼用呢？茉德會坐在珞特身邊陪她，一點也不怕。就像她當初陪著媽媽一樣。

我讓她們專心工作。

✦✦✦

我渾身汗濕發抖地來到巴斯提安的住處，米蘭來應門。

「他好些了。」

我都不知道他病了。

「我不打擾你們了。」他拎起掛在門邊的大衣離開了。

我抖得更厲害了，雙腿不肯帶我前進。我盯著他的床腳，想像他的腳趾末端泛著藍色。

這時他下床了。他脫下我的大衣，然後用毛毯裹住我。他在我耳邊說話，他的氣息從話語間平順地吹出來。他呼在我脖子上的氣很溫暖。

他的氣息。他呼吸的節奏。生命的證明，我心想。

我癱坐到地上，他與我一起陷下去；我告訴他珞特的事。

「她不能回去。」他說。

「什麼意思？」

「回比利時。她跟我說，要是她被送回去，她沒有力量承受。她說對她而言，那裡沒剩任何東西可以重建了。」

第五十章

一九一八年十一月七日

哈囉，我的兩個小可愛：

妳們經歷了多麼可怕的事啊，我真的對珞特的消息很遺憾。不過我很慶幸聽說傑克回家了，而且歷經戰爭後還保有全部的手指、腳趾和大部分的理智。我很懷疑他能恢復成妳們一九一四年認識的那個傑克。我們有誰能恢復成當時的自己呢？他回去出版社工作是好事——舊的生活規律或許有幫助。就目前而言，我建議避免讓他聽到很大的聲響，還有就是重新認識他。

好了，說到戰爭結束，叫得出名字的人都在說戰爭隨時會結束。德國佬當然會一直開槍到簽停戰協議為止，而我們也會堅持開槍反擊。因此妳們的戰爭跟我的不會在同樣時間結束。我會待到我派不上用場為止——至少還要六個月吧。

緹爾妲

附註：比爾的老婆拒絕我說要幫忙養育男孩們的提議了——她已經另作安排，即將嫁給在索姆河失去一條手臂的男人。

我們怎麼樣才能恢復成當時的自己呢？我思忖道。我將信紙摺起，與她所有的信收在一起。

✦✦✦

我們試著慶祝。我們加入人群，他們提供什麼飲料我們就喝什麼，而巴斯提安著實被請了不少飲料。現在我們打贏戰爭了，他的臉便等同於榮譽勛章；他們灌飽一肚子酒，什麼都嚇不倒他們。「你做到了。」有個老頭拍著他的背說。其他人跟他握手。有個女孩跑過來親他凹陷的臉頰，親那羊皮紙般的皮膚，然後回到她那群朋友身邊，一邊擦嘴一邊咯咯笑。

「值得嗎？」有人說。

我轉頭看到一個女人，她的目光從巴斯提安臉上逃開，身體佝僂，但不是因為衰老或殘疾。她的提問沒有特定對象。也可說是在問所有人。我感覺這問題她已問了一陣子了，而她的肩膀是被「失去」的重量給壓彎的。

「我們去找個安靜的地方待吧。」巴斯提安說，提高嗓門來蓋過狂歡者的喧鬧聲，他的口音很引人注意。

「我們替你們打完該死的仗了，現在快滾回家吧。」這是某個男人嗆的話，有一批人鼓掌附和。我們心照不宣地沿著高街離開，一路貼著店面走，避免遭人推擠。

✦✦✦

「柯萊歐琵號」黑漆漆的，不過「不動如山號」流瀉出一道溫暖的黃光。我彎腰朝裡窺看。

茉德和傑克在下西洋棋，蘿西在打毛線，年長的朗特里太太在椅子上睡著了。

巴斯提安點點頭，我知道這個傍晚剩下的時光會如何結束：我會敲門，蘿西會應門，茉德會跟我們一起到曳船道上，我們會從「不動如山號」走幾公尺到「柯萊歐琵號」。巴斯提安會確保我們安全地回到船上，然後他會道別，我會與茉德一起上床睡覺，並且希望她是他。

過去十二小時內，一切都改變了，但不包括這個場景。我敲了門，蘿西應門，茉德收拾她的東西。

「結束了。」茉德到曳船道與巴斯提安和我會合時說道。

回到「柯萊歐琵號」，巴斯提安站在開啟的艙門邊，配合船的弧度而微低著頭。他仍穿著大衣。他牽起我的手湊到他唇邊。

「結束了。」他說。

他應該要回去了，應該在曳船道上揮手，跟我約定隔天或是再隔天什麼時間要見面。這是我們的習慣，是我們建立起來的生活模式。它讓我們能一邊過日子，一邊等待結束，就像每個人都在等待一般。然而戰爭終於結束了，他沒有離開，而是把我的手貼在他臉頰上。

他動也不動地站在那裡，我貼在他皮膚上的手愈來愈熱，在他緊閉的眼睛後頭，他的思緒我無法看透。在巴斯提安與我之間的沉默中有某種情緒。憂鬱。我想起來，人生在世，沒人能逃過它。

「留下來。」我說，音量大到茱德能聽見。

他睜開眼。

「拜託，留下來。」

巴斯提安望向我後方，望著坐在桌邊的茱德。要顧慮的永遠不是只有我。

「留下來。」她說。

我抬起頭。

「妳確定？」巴斯提安說。他可能在問她，也可能在問我。我們異口同聲地回答。

「留下來。」

✦
✦
✦

我們全身赤裸，面向彼此躺在媽媽的床上。我伸手握住他肩膀的輪廓，順著手臂線條撫過去，讚嘆毛髮生長的模式——上臂很稀疏，到了前臂卻變得又黑又密。我繼續摸到他擱在大腿上的手腕和手掌，描畫每根手指，撫觸每個指節，注意到拇指指甲上有凸紋。他還有好多我尚待發掘的細節，我心想。我與他十指交纏，將他的手抬起來貼在我臉上。我想感受它的質地，手心與指尖與我臉頰相觸時的差別。我一直睜著眼，不想隱藏任何情緒。他的指尖粗糙，傷疤留下了紋路。我將他的指尖移向我的嘴，用嘴唇更能鮮明地感覺到他的疤痕。我用舌頭探索它們的形狀，彷彿它們會留下印記並述說故事。整個過程中，我都盯著他的眼睛，但這時他目光閃爍，垂下眼皮。我感覺他深吸一口氣，胸膛鼓了起來。

「看著我。」我說。

他看了。他讓那口氣緩緩呼出，讓呼吸恢復成穩定的節奏。然後他的手伸向我下巴，手指把玩我的耳垂，纏繞我的髮絲。我起了雞皮疙瘩，彷彿有一陣微風掠過我的皮膚。但我幾乎沒眨一下眼。我不願錯過任何事。

我的手回到他身上，手指掠過他濃密汗濕的腋毛。我聞得到停戰的興奮——喜悅與焦慮，沿著運河快步行走而出的汗。我能聞到他身上的酒味，在這些氣味之下，我還聞得到他的欲望。我嚐它的味道，從我的指尖舔它。鹹鹹的，又帶一絲甜味。我的手撫過一條隆起的肌腱，以及每根肋骨間的凹痕。他身上布滿金屬、火、石頭、醫生手術刀所留下的疤痕。我好整以暇，數算、測量。它們很小，會褪色，會撫平，我心想。但它們永遠都會存在。然後我撫摸他凹陷的腰部以及凸起的臀部，訝異於那裡的皮膚有多麼光滑。多麼脆弱。

「你這裡的皮膚，跟女人一樣。」我悄聲說。然後我的手往上掃到他胸口，那裡的毛髮變得稀疏。我繞著一邊乳頭畫圈，再換另一邊，他的乳暈好柔軟，我的指腹相形之下都感覺粗糙。「而這裡，好像少女。」

從他的胸口到肚臍到陰毛。陰毛比腋毛粗，也更捲。我感覺他在蠕動身體。

他的手原本擱在我頸背處，現在那隻手阻止我再往下。「好了，換我了。」他說。

這是地圖師的工作。我們在繪製彼此身體的地圖，以後才能找到路回去。

✦
✦
✦

我醒過來，茫然無措。我的腦袋發脹，口腔發乾。光線很不對勁，一時間我忘了自己在哪裡。然後我才想起我們睡的是媽媽的床。

留下來，我們說，於是他留下來了。

我挪動我的手，感覺壓彎的床墊以及被單的溫度。我摸他的皮膚——他凹陷的腰部以及凸起的臀部。我閉上雙眼，回想我描過的輪廓，我所畫的他的地圖。整個過程很緩慢，超越了我們平常把握機會匆匆滿足的欲望。我們將欲望壓抑了好幾個小時。對，有好幾個小時；我能從眼珠與眼皮乾澀的摩擦中感覺到就是有那麼久。我們拚命撐開眼皮，直到幾乎瀕臨極限。唯有當我們熟知每個弧度和疤痕和瘢點，摸過每個表面，嗅過我們的渴望與焦慮的本質，我們才閉上眼睛。而直到我們閉上眼睛，我們才做愛。

他從柔軟的那一側嘴唇呼出氣息。節奏規律，維持不變。我擱在他腰上的手並未驚動他，而我也不急著喚醒他。我心想：等他甦醒，「生活」這回事就要恢復了。這正是大家歡慶的原因，很多事要恢復原狀了。彷彿那是可能的。

或是值得追求的。

我躺在那裡，想著其他躺在床上，醒來時頭昏腦脹、口腔發乾的女人。想起昨天晚上那些女人在某個廳堂跳舞，直到啤酒消耗殆盡，她們擁抱陌生人，任由別人親吻她們。或是她們站在沿著高街行駛的卡車車斗，邊揮手邊大喊：「結束了！結束了！」

她們是否像我一樣，醒來時耳中迴盪著「結束了」三個字，卻納悶這到底代表什麼？她們會想到當那些兄弟和情人和丈夫返家後，她們可能會失業嗎？她們會想到她們必須放棄，或是奮力爭取才能保住的自由嗎？那個親吻巴斯提安臉頰的女孩是跟朋友打賭才這麼做，我想像其他女人冷眼旁觀，懷疑自己能否愛著一週或一個月或一年後走進她們家門的那個男人。她們醒來的時候，是否深信她們會愛他，儘管他的臉毀了，腿廢了，或是有不肯被埋葬的亡者纏著他不放？

結束了，她們或許這麼認為。但她們錯了。

憂鬱，我心想。憂鬱的氣味應該像巴斯提安，嚐起來是鹹的。我將永遠擺脫不了它。

我聽到熱水壺在爐盤上燒滾的聲音。珞特也教了茉德燒開水的兒歌。我靜靜地躺著，等著聽到兒歌，但茉德安靜無聲。現在她都在心裡唱了，不過有時候會不小心蹦出一句。

我聽到有個馬克杯從掛勾被取下，放在流理檯上。然後再一個。接著是第三個，她真是可人。咕嘟咕嘟，水滾的聲音——我聽到水注入茶壺，涮了涮，再倒出來。錫製茶葉罐的蓋子。每杯加一匙，茶壺也要放，熱水倒進去，全都熱燙燙。她會記得加茶壺保溫套嗎？有時候她會忘記。

我溜下床，披上掛在媽媽衣櫥側邊的睡袍。然後我聽到叮鈴聲。茶泡好了，鐘也響了，我心想。我望向床鋪，但巴斯提安仍在睡。

一夜好眠讓茉德雙眼明亮有神。她嫣然一笑，上下打量我。「緹爾妲的。」她說。我張開雙臂轉了一圈。「太長了。」茉德說。

我拎起衣襬以免絆倒，然後過去與茉德一同坐在桌邊。她幫我倒了杯茶，再幫她自己倒。

她加了糖——一人兩塊，難得的放縱。她望向媽媽的臥室。

「我們要讓他多睡一會兒嗎？」我說。

她點頭，讓第三個杯子空著。

「結束了。」茉德說。

我不知該如何回應。

「比利時人會回家？」她在複述聽來的句子，不過我知道她拿來當疑問句。

「有些人可能有留下來的理由。」我說。

她再度望向媽媽的臥室，然後看著我。她雙手捧著杯子，用來暖手。她在等一個答覆。

我啜著又熱又甜的茶，想著巴斯提安和我昨晚做的所有事，以及我們未說出口的所有話。

杯子空了的時候，我望著妹妹。

「我不知道，小茉。我真的不知道。」

她幫我又倒滿一杯，加糖。「留下來的理由？」她說。

他有留下來的理由，也有離開的理由。我們兩人都是。

「我愛他，小茉。我感覺……」我本來想要說：像自己。每當和他在一起，我能完全做自己。但那不太真確。「我感覺矛盾到被撕裂的地步。」我說。

她點頭，眼中的光采因為微低下頭而變暗淡了。

「不是因為妳，小茉。」

她抬起頭。

「妳不需要我牽著妳的手。」

這是我第一次嘗試把事情講出來，我擔心自己表達得不好，害怕詞不達意。

「我想是因為薩默維爾的關係。」

我停住。茉德舉起杯子啜飲，直到杯底朝天。她幫自己再倒了一杯，然後掀起茶壺蓋子往裡看。她不記得套上茶壺保溫套（cosy），這時我想起路特曾說，她怎麼也想不出適合的押韻字。我建議「好管閒事」（nosy）和「花束」（posy）。根本說不通嘛，她說，而且其實茶壺保溫套也沒那麼重要。我面子有點掛不住，但她說得沒錯，茶壺保溫套不太重要。茉德離開桌子，將熱水壺放回爐盤上。

「水還夠嗎？」我說。

她拎起熱水壺掂了掂重量，點頭，然後回到桌邊。

我在她的茶裡加糖，只加一塊。我替她攪拌。

「薩默維爾。」她說。

薩默維爾，我心想。該死的薩默維爾。我搖頭，茉德按住我手背，這是她見過上百次的表示理解的動作。「我一直夢到薩默維爾，小茉。我夢到我還在念書，考試時間還沒到。」我說。

水燒開了，咕嘟咕嘟。巴斯提安拉開媽媽臥室的布簾。

他穿著昨天那身衣服站在那裡，我想是在等我們邀請他過來一起坐。我並沒有開這個口，而是研究著他的表情。我們沒作出任何結論，沒研擬任何計畫。他有夠充足的理由留下來，還是需要回去重建、療癒？我讀不懂他，我知道他也讀不懂我。感覺就像我們又把昨晚卸下的層層外衣都穿了回去。是為了遮掩抑或保護，我不確定。

茉德將剛回沖的一壺茶端上桌，巴斯提安看著她幫他倒茶，然後他坐到我對面的座位。茉德沒問就加了兩塊糖——我沒說他喝茶是不加糖的。她將杯子放在他面前，然後坐下。我們看著他喝，我心想：他倒是很小心沒表現出不喜歡甜味。

巴斯提安把空杯放在桌上。「謝謝妳，茉德。好茶。」

她偏著頭看他。她看的時間久到讓人不安，巴斯提安換了個姿勢，將毀傷的臉由她的方向別開。不過他誤會了。

「結束了。」她終於說。

「確實。」他回答。

她持續盯著他，我明白了她想要進行什麼對話。我有股干涉的衝動，想轉移話題來解救他。然而我卻起身走到我和茉德共用的房間，並將布簾拉起。

「結束了，」我聽到她又說一遍，「比利時人會回家。」

巴斯提安默不作聲，但茱德比大部分人更有耐心。我屏住呼吸，又想起昨夜。現在我熟知他身體每一吋了，我們卻沒能談話。刻意選擇不談。我並不知道他的想法為何。

「很多人會回家。」他說。

「有些人可能有留下來的理由？」她說。這是學舌，也是提問。

「他們有千百種理由，」巴斯提安說，我的氣哽住了，「但他們或許沒有選擇。」

我轉身面向我們的衣櫥，拿出一條乾淨裙子、一件乾淨上衣。這不算回答，我心想。

然後她又在說話了。她將詞彙和短語連綴起來時，聽起來很生硬。

「佩姬。」她說。

「我愛她。」巴斯提安說，但我知道那不是她想問的。

「留下來的理由。」茱德說。

「這我知道。」他說。

我穿上衣服，將頭髮挽成髮髻，用髮夾固定好。然後我到媽媽房間拿回我的褲襪和鞋子。

巴斯提安把床鋪好了。

看起來就像我們沒在上頭睡過。我在地上望了一圈——沒留下任何他的東西。留下來，茱德明明說過。

留下來，我明明說過。

第五十一章

對茉德和我這類人而言，停戰日隔天仍必須工作，不過出版社未能免於前一天殘留的歡慶與傷痛氛圍。「和平」以及「天佑吾王」等字樣以煤氣燈打亮，高掛在出版社入口上方，裝訂廠有三分之一的女工缺席。

「妳是來幫忙的嗎？」上午休息時間我去裝訂廠串門子時，斯多陶德太太說。

我搖頭。「只是打個招呼，」我說，「我們檢閱員也人手不足，這我倒很開心，因為他們給我真正的校樣要我檢查真正的錯誤，而不只是印刷瑕疵。」

「也該是時候了。」斯多陶德太太說。

「只可惜維持不了多久。」

「為什麼這麼說？」

她跟我一樣心知肚明。「我只是暫時墊檔用的，斯多陶德太太。他們很快就會統統回來了，我會回到工作檯，跟茉德一起摺紙，就像四年前一樣。」

她無法反駁我。

《牛津簡明英語詞典》的校樣在掃帚間裡等著我。我只需要檢查序言，由於這已是第七刷了，大概不會有什麼錯誤。我將媽媽的摺紙棒擺好，沿著頁面往下滑，掃視每一行。我發現一個多餘的空格，但除此之外就沒有了。我翻著其他頁面尋找印刷問題。一個都沒有。工作完成。

但我沒把它擱到一旁。我搜尋那個似乎能總結過去四年的詞彙。

失去。

《簡明詞典》單純地將它定義為：損傷，損失。參見「失去」〔動〕，這個名詞條目寫道。我往回翻了幾頁。失去：被剝奪，因疏忽而終止，災禍，分離，死亡。

這不太能說明我的感受。自從放棄薩默維爾，我就覺得失去了一部分自己，失去了本來可能成為的人。當我想到未來，會出現一塊不該有的空白。

我站起來伸展背部。斯多陶德太太的健康操已成為我檢閱員工作常規的一環，就像以前我在摺紙和配頁時一樣。我認為這個條目的定義是否充分並不重要，我的任務是確保每個字都印得清晰可見。妳的職責是讀書，不是思考書的內容，霍格太太可能會這麼說。

我將校樣送出去，然後到裝訂廠看看茱德——不是因為她需要人盯著，而是因為我想她。

霍格太太在摺紙檯後方走動。我心想：她以前會悄悄靠近你，偵察打混摸魚的跡象。但她現在一點都不鬼祟。她幾乎沒看少數幾個來上班的女工的工作情況。她丈夫的名字登上報紙了：陣亡，F．J．霍格下士。他不再下落不明，而她的焦慮也結束了，但她的悲傷才剛剛開始。

這時候我突然想到，她對「失去」的意義可能有她自己的意見。但我知道如果我問她的話，她會說什麼：我的意見不重要，瓊斯小姐。

✦✦✦

我及時趕上午休的鈴聲。

「因為停戰日的關係，浩爾先生將午休時間延長半小時。」斯多陶德太太在椅腳刮地聲中高聲說道。

我與茉德一起走進方院，傑克在池塘邊等待。

他有點駝背，有點神經緊張，不過看到我們時，他便挺直身軀。他揮揮手，對我們露出他最燦爛的微笑。我們走到瓦爾頓街上，發現傑里科又開始慶祝了。傑克躲避著噪音，他最燦爛的微笑有些動搖。

「傑克，你要來嗎？」有人喊道。那是個排字工助手，年紀還太小，沒上過戰場。他們有一群人，都在等傑克回答。要不是他中斷了四年，也許就是他們的主管了。

我看到他的手指開始躁動。他只想要回到安靜的運河邊，我心想。

「傑克，」我說，「可以讓茉德跟你和蘿西一起吃午餐嗎？我跟小桂約好要見面。」

「當然可以。」他說，表情放鬆了。「我被交辦任務啦！」他朝等他回應的小夥子們喊道，然後一時興起，殷勤地伸出手臂。「茉德小姐，我可以當妳的護花使者嗎？」

以前的傑克暫時回來了。茉德挽住他手臂。

「跟蘿西說我會到室內市集買點好東西，」我說，「晚餐後大家可以一起吃的東西。」

「好東西。」茉德說，將傑克摟緊一點。

「好東西。」他複述，看著她，又看看我。「我一點半會把她帶回裝訂廠。」

牛津滿是獲得一天假或是決定放自己一天假的人。其中半數仍酒醉未醒，我懷疑小桂是否記得我們的約定。她是昨晚搭一輛汽車駛過高街時，從後座大聲向我喊出邀約的。那輛車上滿載著學生——有薩默維爾的女生，也有奧利爾的男生。當時我好奇潘洛斯小姐或布魯斯小姐知不知道。她們勢必是睜隻眼閉隻眼吧。

小桂坐在殉道紀念塔的台階上。她看到我時便站起身，身體微微搖晃。

「噢，天啊。」她說，「我喝太多香檳，還有點暈呢。」她挽住我手臂。「或也許我有宿醉吧。總之，我需要來一壺濃茶。」

我們走到穀物市場街，小桂在克萊倫敦飯店外停下腳步。

「真的假的？」我說。這裡應該很貴。

「有何不可？」她說，「我們在慶祝啊。」她想必會付帳。

門衛有些熟稔地朝小桂點頭致意，我跟著她穿過大廳進到咖啡廳。她要求坐窗邊的座位。

「我們想看人們喜悅的表情。」她說。

服務生協助小桂入座。我趕在他能對我做同樣舉動前坐下。「他們並不是全都帶著喜悅表情。」我說。

服務生為我們倒水，然後在我們面前擺了兩份小小的菜單。小桂朝他的方向點點頭，他便領會那是要他先退下的意思。

「大部分人是，」她對我說，「而我選擇看他們。」

我揚起眉毛。

「噢，少來了。都已經愁雲慘霧這麼久了，我們總該有權利沉溺在淺薄的喜悅裡兩三天吧。」

我垂下眉毛，彎起嘴角。「那是當然了。」

小桂看著她的菜單。我也做同樣動作，但我的焦點全擺在價格上。她作好了決定，將菜單擱到一旁。

「而且也只會持續兩三天，小佩。在那之後我們就得利用自己的優勢了。」

「什麼優勢？」

服務生回來了。他身穿漿過的雪白襯衫，打領結，配西裝外套。已有些稀疏的髮絲用髮油定型，皮鞋映射出見鬼的水晶吊燈的光芒。小桂似乎沒注意到這一切，因此他聽命的對象是小桂。

「來一大壺早餐茶，濃一點。還要一盤司康，附果醬、凝脂奶油還有黃奶油，如果你們有的話。」她說。

他擠出笑容，我懷疑若有機會的話，他會怎麼慶祝。

「我剛才說到哪了？」小桂說。

「利用優勢。」我說。

「噢，對。這就像破蛹而出一樣，過去四年是孵化期，而我們女人會蛻變為更鮮豔、更強健的蝴蝶。」她皺眉。「不對，完全不是這麼回事。」

我判定：沒錯，她仍然有點醉。

「孵化期聽起來好像我們一直都躲起來，」她接著說，「等待改變降臨。但這是胡扯。我們受到考驗，而我們也向那些需要被說服的對象證明了自己，妳不覺得嗎？我們完成了他們該死的工作，製造他們的炸彈，駕駛他們的公車……」

「妳何時做過這些事了？」

她沒理我，逕自說下去。「我們替他們擦去額頭的汗水，而當他們要求我們勇敢走向死亡，我們也照做——擋在我們與敵人之間的只有口罩一片。」

我吸了一口氣。吸得很急很猛。

「噢，小佩，真對不起。」

我說不清楚自己是什麼心情。有悲傷，但也有別的，源自於遺憾。我希望小桂繼續說話，那我就能停止回想，但珞特懸在我們之間。珞特確實心甘情願地走向死亡，她未遮住面孔，好讓死亡能夠認出她。

「應該要為珞特這樣的女性立一座紀念碑才對。」小桂終於說，她的嗓音壓低了些，語速也放慢了些。餐點送來後，小桂在她的杯子裡加了牛奶，在我的杯子裡放一片檸檬。她察看茶的濃淡。「每座城鎮都會為男人立一座紀念碑，」她舉起茶壺倒茶，「但我不認為女人也會有。」

我看著自己的杯子注滿茶水，注意到檸檬片浮起來，像木筏一樣漂在水面。熱氣升起，我朝杯口輕輕吹氣。

「她們的犧牲既不光榮也不高尚，」小桂繼續說，「那是女人的工作，本來就在大家的意料之內。」她啜了一口茶，然後放鬆地靠向椅背。她對自己的觀察很滿意，但她並不明白珞特發生了什麼事，我也不忍心解釋。

「總之，」沉默半晌後小桂又說，「我有令人興奮的消息喔！根據可靠來源指出，最近要舉行普選呢。隨時都會公布了，這是我阿姨說的。」

「真是恭喜妳阿姨了。」我說。

「妳這話是什麼意思？」

「妳認為她投票時會考慮到我的權益嗎？或是蘿西和緹爾妲的權益？」

「我以為這話題我們已經辯論完畢了，」小桂說，「它會發生的，小佩。一眨眼之間，我們就會手牽手去投票了。」

「那要怎麼發生，小桂？下一次選舉時妳或許還不能投票，不過等妳滿三十歲，妳的權利就獲得保障了。我可沒有。天啊，妳說這是女性爭取來的，一點也沒錯，報紙上也這麼寫。但是製造炸彈還有駕駛公車的那些女人，又有多少人擁有財產或學位？她們是爭取到了，但只有妳們這批人能投票。」

「小佩，妳為何要這麼生氣？」

她怎麼能不懂呢？「我想要妳理所當然擁有的東西，而在短暫的期間，我以為我有機會得到，但我沒得到。我闖不過所有該死的關卡，現在我才醒悟，把我擋在外頭的不只有薩默維爾而已，全部都是。」

她朝我伸出手，努力擺出類似同情的表情。我抽開手。

「妳的小計畫失敗了，顯然對妳而言無關緊要，但我的處境一點都沒有改善，小桂，而我氣炸了。」

「我的小計畫？」

「很殘忍。」我說。

「噢，在我灌輸妳這個想法之前，妳非常樂天知命——妳是這個意思嗎？妳從未對薩默維爾有任何非分之想？我猜妳在船上裝滿書，是因為冬天可以保暖，而不是因為妳喜歡閱讀，或是在乎書裡的內容。」

當下我好恨她，恨她的特權和優勢，恨她善辯的伶牙利齒。

「它們是能讓船艙比較溫暖沒錯。」我說，語氣毫不退讓。

「我知道，」她說，「我不是隨口胡謅的。」

我們瞪著彼此，兩人都繃著臉，各自握著茶杯，準備舉到嘴邊喝茶。但這動作算是示弱，先動的人等於輸了爭執。

她的嘴唇抽搐一下，我沒有。

「妳贏了。」她說，抽搐轉為大大的笑容。她舉起杯子喝茶。「快喝吧，小佩，不然就要涼了。」

我並不覺得我贏了。我看著小桂再倒一杯，看著她掰開一塊司康，黃奶油和凝脂奶油惹惱了我。多麼奢侈。她吃夠了以後，會把剩的糕餅留在瓷盤中。我還記得在考試學院第一次見到她的情景。她走在前面，沒敲門就把門推開。而我跟在後頭，慶幸能拿她的自信當屏障。我有一點怨恨感，但後來就好了。她讓我難以怨恨她，而且戰爭也起了輔助之效——大家都掛在嘴邊的一句話是：我們都在同一條船上，而且多數時候也確實感覺如此。但現在戰爭結束了，小桂這種人不該再和我這種人攪和在一起。小桂這種人會排隊去投票，因為我這種人證明了我們能勝任男人的工作。

感謝上帝我們並未如想像中憎恨彼此，吉伯特．莫瑞在他的「牛津小冊」中這麼寫道。感謝上帝，當時我心想。

但我現在憎恨小桂。

我任由茶水變冷。「我得走了。」我說，推開椅子站起來。

「妳還沒吃妳的司康耶。」

我看著堆得高高的豐盛司康，想像配上黃奶油、凝脂奶油和果醬它會有多美味。在那瞬間，我只想坐回椅子上哈哈一笑，看著小桂臉上的焦慮一掃而空，讓她為我補滿熱茶。我只想品嚐那個司康，原諒小桂的一切。

但我做不到。我穿上大衣、圍上圍巾，確認帽子戴好了。「我得在回出版社之前去一趟室內市集。」我說。

她看了看手錶。「妳真的非回去不可嗎？」

「那是我的工作，小桂，可不是該死的嗜好。」

✦✦✦

走向室內市集時，我任由淚水奔流。別人注意到的時候，我沒把眼淚抹掉，也沒低下頭。我厭倦了裝作滿足。我想要的其實遠遠更多，而我感覺我的東西被人騙走了。

「親愛的，妳還好嗎？」是個老太太，龜裂的雙手提著個滿滿的籃子，最上面擱著瘀傷的水果。我想像底下大概是廉價肉品和已經擺了一天的麵包。

「我想要更多。」我說。

她微微搖頭，空出一手按在我手臂上。「感謝上帝，」她說，「我以為妳剛得知妳失去某個人。有些人是這樣，妳知道吧。很糟糕的時間點，好像讓事情更悲慘了。」她朝我哀傷地笑了一下，便繼續前進。

我往室內市集裡望去。裡頭裝飾著旗幟和彩旗，我能聽到一個洪亮的嗓音在叫賣勝利麵包。不曉得報上滿是和平的訊息時，悲傷是否更加難忍。我滿心羞愧。

我擦乾臉，尋著洪亮嗓音穿過室內市集。我買了六個勝利麵包，然後走回茶館。

真希望我待在小桂身邊吃司康；光是那餐花費就應該讓我黏在座位上了。妳想要什麼？她可能會問。而我會聳肩，她可能會叫我別再鬧彆扭了。但她會鍥而不捨；她會想辦法逼我吐實。我心想：要是我留下來吃司康的話，我會讓她逼我。我稍微加快腳步，以免她在等。

等我趕到時已氣喘吁吁。水晶吊燈將店內像舞台般打亮，我看到兩個老太太坐在小桂和我原本的座位。司康已被收走——果醬、凝脂奶油、黃奶油都沒了，改放上三明治。我繼續走到傑里科，低著頭，思索要是我留下、要是她等我的話，能如何回答小桂。但是我每轉一次彎，我想要什麼的真實答案都會改變。等我走到出版社，我唯一確定的就是我想要的遠遠超出我可能擁有的。

「誰不是呢？」我大聲說。

✦
✦
✦

忙碌的一天結束後，我們聚在「不動如山號」。蘿西讓我們飽餐一頓，吃完飯，我拿出那些麵包。

「十字麵包。」茉德眉頭微蹙著說。

「是勝利麵包。」我說。

蘿西拿起一個麵包掰開。「聞起來就是十字麵包啊。」她餵年長的朗特里太太吃了一小塊。「媽，妳覺得如何？」

我們等著年長的朗特里太太說出話來，現在每次都必須等一陣子。她開口時，聲音幾乎聽不見。「吃起來像十字麵包。」她說。

茱德拿起她的麵包掰開，遞給傑克半個。

「結束了。」她說。

傑克沒說什麼，卻凝視她的眼睛，她也讓他看。過了一會兒，她很慢地點點頭。「結束了。」她又說一遍。他似乎無法移開視線，也無法贊同。

「每人都有一個麵包。」我說。

我們邊吃邊喝茶，聊著出版社員工的八卦。

「下星期小愛要回來上班了。」我告訴蘿西。

「那挺好的嘛。」她說。

「她並不開心。」

「不能再穿連身服了，該死的薪水也變少。」茱德模仿小愛的語氣說。她伸手想拿最後一個麵包，我把盤子抽走。

「巴斯提安要來嗎？」蘿西問。

並沒有。我們已經說好了，兩人都需要幾天時間好好思考。我搖頭。

「誰？」茉德問。

「小桂。也許吧，我也不知道。」但天已黑了，又下著毛毛雨，這麼晚了她得賄賂門房才能溜出來。現在她是不會來了。

我們把麵包吃了，茶也喝光了。最後一個麵包醒目地留在那裡。我們回到「柯萊歐琵號」之後，我用餐巾把它包起來，放在麵包盒裡。

✦
✦
✦

隔天我很早就醒了，我讓茉德多睡一會兒，自己泡我們的咖啡。我聽到梯板上傳來腳步聲，踩得很重，很有自信。毫無疑問是小桂。我從麵包盒拿出勝利麵包，灑上一點水，放進爐子。

她的臉頰凍得紅撲撲的。她身後的天空才剛濛濛亮，我意識到她從奧利爾學院出發時勢必還是黑夜。

「小桂，」我說，「我很抱歉。」

「我知道，」她說，「所以我來了，讓妳能道歉。」她看到我的表情，趕緊補上一句：

「我也很抱歉。好了，這事就到此為止吧。」

我將她迎進門，接過她的大衣掛在我的大衣外頭。我看著她脫下手套和帽子，放在桌子一端。她應該知道我在盯著她，所以故意慢吞吞地做每個動作。跟緹爾妲真像，我心想。這是一個不恨她的好理由。

「妳知道嗎，小佩，」她環顧「柯萊歐琵號」，嚴肅地皺起眉頭，「妳應該弄更多書來。」

「更多書！我為什麼需要更多書？」

她望著我，我看出她一本正經的表情下有一抹快要藏不住的笑意。

「因為這裡冷得要命。」

✦✦✦

麵包熱好了，它讓「柯萊歐琵號」充滿香料味。我把它放在媽媽的好盤子上，然後擱在小桂面前。

「復活節到了嗎？」

「這是勝利麵包，我昨天買的。」

「特地為我買的？」她故作嬌羞狀。

「其實是的。我不該把妳丟在飯店。」

「妳不該丟下那些司康的——真的很好吃耶。」

「那是我許多懊悔的事中最重要的一項。」

「我討厭懊悔。」她從包包拿出一樣東西放在桌上，我認出那個餐巾。餐巾攤開，露出一個司康。「把它放進烤爐吧。」她說。

我照辦。「只可惜妳沒偷一點黃奶油。」

小桂在我們之間的桌上放了個紙盒。那像是茉德會做的東西，我想起小桂問過她怎麼做。

「我並沒有不食人間煙火到不懂得黃奶油的珍貴。」她說。

我打開紙盒。兩小坨黃奶油。「噢，小桂。」

她擺擺手。「幫我倒點咖啡。」

然後有個回音。「幫我倒點咖啡。」

茉德來了，她裹著我們睡覺時蓋的毛毯。我倒了三杯咖啡，她來桌邊和我們坐在一起。我遞給小桂一杯，茉德將勝利麵包給她。然後茉德朝司康伸手。我讓她吃，當她伸手去拿黃奶油時，我也讓她吃。全都給她。

✦✦✦

小桂陪我們走到出版社。

「今天學校空蕩蕩的，」她說，「半數女生都回家了，有些是為了規劃迎接親人歸國的活動，有些是再度哀悼。這星期接下來的課都取消了。」

「妳要回家嗎？」我問。

「我們沒什麼好規劃也沒什麼好哀悼的，這表示，」她挽住我手臂，「我們可以天天吃司康當午餐。」

「吃司康當午餐。」茱德說。

「妳也一起來吧，茱德。」小桂說，她用力握了一下我手臂，彷彿知道我可能想反對。「不過妳可不能拋下傑克不管啊——有可靠消息來源告訴我，他很期待每天跟妳吃午餐呢。」

這倒是真的。是蘿西告訴我的，我告訴了小桂，而現在她又告訴茱德。我觀察妹妹是否顯露在乎此事的跡象，但她沒臉紅或微笑或放慢腳步。不過她點點頭。

「我不認為浩爾先生會再讓我們延長午休時間了。」我說。

「噢，我們不去克萊倫敦飯店，太貴了。我們就待在傑里科，或許去小克萊倫敦街上的茶館吧。既然戰爭結束了，他們又得習慣我們薩默維爾人囉。我們會是先遣部隊。」

「『我們』薩默維爾人？」

「怎麼了嗎？」

「我又沒考上，小桂。」

小桂聳肩。

「夢到薩默維爾。」茉德說。

「我想也是。」小桂說。

我抽回被小桂挽住的手臂。「妳們可以別像是我不在場似的談論我嗎？」

小桂停下腳步。

「小佩，是真的嗎？妳仍想去薩默維爾嗎？」

茉德停下腳步。「真的。」她說。

我停下腳步。「如果妳還記得的話，我可不是只會作夢。而做了比作夢更多的事之後，我失敗了。」

「一次。」小桂說。

「什麼？」

「妳失敗了『一次』，『我』失敗了『兩次』。」

「什麼？」

「現在妳講話頗有茉德之風。」她轉頭看茉德。「抱歉，茉德。」她轉回頭看我。「我一定跟妳說過吧。」

「沒有，小桂，妳從來沒說過。」

「我一定是希望妳認為我比實際上更聰明。」

「我從來沒認為妳比實際上更聰明。」

挑起雙眉，佯裝震驚。她挽住我手臂，我們並肩前進。

第五十二章

聖誕禮物。

我送他的禮物用一台未裁切、未摺過的書帖包起來。

「很無趣啦，」他開始讀包裝紙上的文字時我說道，「直接打開就是了。」

他拉開細繩，書帖散開。

他露出半動半不動的笑容。「圍巾嗎？」

「很明顯吧？」

他拎起來。我用的是矢車菊藍的毛線，鬆緊度近乎完美。小露逼我拆掉重打三次。失敗對妳是好事，小佩，我給她看最後成品時她說。

「戴上吧。」我對他說。

他將圍巾遞給我。「我想要妳幫我戴。」

他低下頭讓我戴。繞過脖子一圈，在前面打一個結。長度剛剛好。我將他拉近。

他送我的禮物用白報紙包起來，但顯然是一本書。我試著猜是誰的書。

「魯德亞德・吉卜林？」

他搖頭。

「波特萊爾？」

「妳的法文程度不夠。」他說。

「但你會繼續教我啊。」

他偏了一下頭。「打開吧。」

書很舊，紅色布質封面已褪成褐色，邊角磨損。書背的字幾乎難以辨識。

荷馬

史詩

奧德賽

卷一至卷十二

希臘原文版。我有股將它丟到房間另一頭的衝動，所以反而用力按在胸前。但我無法掩飾尖銳的口吻。

「我看不懂。」我說。

「妳會學會的。」他說。

片刻間我愣住、生氣、困惑。再試一次，我將希臘文讀本還回去時，加奈爾小姐說。不，這是一場艱苦的戰役。然後我看著她把我在薩默維爾借閱登記簿中的名字畫掉。

我摸了摸繞在巴斯提安脖子上的圍巾。他戴起來很好看。

「我比較想要收到波特萊爾。」我說。我的語氣變得比較柔和、憂傷。

「送妳波特萊爾就只是安慰了。」他說。

之後

一九二〇年十月五日

親愛的佩姬：

美國人大獲全勝了！九十五面獎牌，其中四十一面是金牌。開戰以來他們就變得更為迅猛，我們其他人只能奮力追趕。不過在這場奮戰中，我們並不在意輸贏。對比利時而言，奧運是一劑強力補藥。賽事的最後幾天，他們開放讓學生免費入場。我特地跑去安特衛普，看到帕沃·努爾米贏得一萬公尺田徑賽。他們稱他為「芬蘭飛人」。我不羞於承認我哭了。我看到來自世界各地的人一起列隊，並肩奔跑。他們並不是都像「芬蘭飛人」那麼會跑，有些人累到腳步踉蹌地撲向終點線。其中一人倒在離我很近的位置，我能聽見他喘氣的聲音。接著另一人彎腰扶他站起來，我看著他們擁抱。我很難不想到僅僅幾年前，也有別的人做過同樣的舉動。我努力保持理智，佩姬，但我做不到。

報上稱之為「和平賽」，感覺確實如此，不過參賽者不包括德國人，也沒有匈牙利人、奧地利人和土耳其人。不曉得我們何時才會原諒他們。

我的畢業考相當順利。我聽從妳的建議，在考前一天租了條船遊運河。我說服兩個同學同行，我們划船亂逛了一個小時，不但妨礙到工作的船隻，還差點翻船害自己掉到水裡。我們一致贊同，比起水手我們更適合當建築師，所以我們就互相考對方畢業考的題目當作遊戲。我們比自認為的懂得更多，結果我們都拿到學位了！

現在正是成為建築師的好時機——有些比利時城市看起來仍然像小孩的玩具箱：充滿蓋到一半的結構和散落的積木。但是該如何重建有一些爭議，所以進度緩慢。有些人希望每棟建築完整復刻被摧毀前的樣貌；其他人想要揮別過去，創造新的比利時。我想這是紀念與希望之間的矛盾掙扎吧。我不認為這兩者必然是互斥的。

說到這裡，我又要把話題帶回美國人身上了。他們在幫忙重建魯汶大學的圖書館。珞特的圖書館。有位美國建築師畫了設計圖，它會比原本更大更漂亮。有很多工作等著剛畢業的學生，我的教授們鼓勵我去申請。但我暫時還做不到。

是因為我的亡者，佩姬。魯汶的這個機會驚擾了他們。一想到新圖書館，我就忍不住要想像舊圖書館焦黑染血的殘骸。我的亡者並沒有全部回來（大多數似乎在聖墓公墓待得挺好的），但有個男孩幾乎夜夜來訪。還有個女人，她有時長著珞特的面孔。我判定是我的猶豫使他們難以安息。魯汶並未癒合，而大學圖書館或許就是它最大的創傷。

因此我申請職位，剛收到通知說我通過了——我寫信給妳時，那封信正擺在我面前呢。它說我將加入鐘樓細部設計的團隊。我並不期望這足以令我的亡者完全安靜，但總是個開始。圖書館要蓋上很多年，佩姬，但我已開始想像它裝滿書了——有法蘭德斯文、法文、德文，也有很多英文書。是妳的那些大學捐贈的。我希望當它蓋好時，會成為妳前來的另一個理由。

代我問候小桂並致上祝賀。正如妳在上一封信中所說的，也該是見鬼的時候了。

妳的，

巴斯提安

附註：妳下次去聖墓公墓看我們的朋友時，請代我向伍德夫人致意，並向男孩們獻上一輪薑汁啤酒。或許有幫助，或許沒有，不過我喜歡想像妳在那裡。

✦✦✦

我小心翼翼地摺起信紙。信是上星期收到的，現在摺痕已經有點磨損了，捕捉在紙上的文字也已開始褪色。我將信紙收回信封，夾在我那本荷馬《奧德賽》裡。這本書因為頻繁翻閱而愈發破舊，又夾滿信件而整個鼓脹起來。有的信是用英文寫的，有的是法文——巴斯提安仍持續在指導我。我將《奧德賽》放回床邊的位置，走去站在窗邊。

人們匆匆穿過瓦爾頓街上出版社的拱門，將近兩百年來他們都這麼做。傑里科的男男女女，才不過幾個月前，他們還是坐在聖巴拿巴學校教室的學生。父子，母女；就某些傑里科家庭而言，是傳了三代的衣缽。他們是印刷工、排字工、鑄字工和裝訂廠女工。

我挑選了素面深藍色裙子搭配白上衣，方形領口有酒紅色緞面鑲邊。沒有衣領，沒有刺繡圖案。我的床尾擺著一雙黑色雕花皮鞋，室內瀰漫著鞋油的氣味。我穿著褲襪踩在地上，正在等茉德。

她身穿杏色洋裝出現在街上，裙襬變短了一點，領口重新設計成能秀出她鎖骨的彎弧。她走在蘿西和緹爾妲前方，但緊牽著傑克的手。真是郎才女貌。

她在我每次駐足的位置停下來，抬頭望著薩默維爾學院二樓窗戶。我揮手，但她沒有揮手回應——玻璃將我隱形了，隱身在晨光、瓦爾頓街和傑里科的倒影後頭。不過她仍繼續凝視我的窗口，當她嘴唇蠕動，我輕聲與她同步說出：「看書，而不是裝訂書。」

有些事必須周而復始地講出來，必須分享和理解，必須歷經時光的淘洗而持續複誦，直到它們成為真理，而不只是幻想。

緹爾妲和蘿西趕上了。她們順著茉德的目光看過來，緹爾妲微笑。那是戰前的笑容，媽媽會認得的笑容。已經好久沒看過了，我都忘了她有多美。我轉身背向窗戶，坐到床尾。彈簧發出抗議，我腦中浮現其他女人坐在這裡穿鞋的畫面。我綁好鞋帶，起身走到門口。我伸手要拿掛在勾子上的黑袍時，心情不禁雀躍。這是學者袍——比大部分自費生穿的一般袍要長和寬。這是我爭取到的。我學會了希臘文，而我二度被授予獎學金。妳靠看書從傑里科來到牛津，小桂揶揄我。應該說從瓦爾頓街這一邊過馬路到對面，我回答。從裝訂廠女工成為學者，我心想。我將黑袍披在城民的衣服外。

我領到黑袍已經一週了。一週前，門房打開這個房間的門，帶著歉意說這張床有點太軟，而且壁爐的火比較難生起來。他說房間緊靠著瓦爾頓街，可能會有點吵。出版社員工毫不顧念學生的需求。

室內唯一的鏡子掛在壁爐上方。它的尺寸勉強夠我看到臉和黑袍肩膀處的褶襉。我撫順頭髮——這景象仍然很新奇。我剪了個新髮型，長度只到耳下。每個人都說很適合我。妳看起來完全不一樣了，緹爾妲發表評論。

我回到窗邊。她們還在，茉德仍仰望著，嘴巴不斷重複同一句話。將它編成歌來唱。緹爾妲和蘿西不約而同地在馬路對面為茉德和傑克助陣。我轉身離開房間。

「這一天她們等了很久囉。」我進到警衛室時，年邁的門房說道。

「有的人等了好幾十年呢。」我說。

「我第一次見到她們時，她們像妳一樣是年輕漂亮的女孩，結果今天早上跑來打招呼的大媽，有些我簡直都認不出來了。其中三人都當奶奶了！」

「奶奶。」我複述。我醒悟這代表什麼意義。

「妳一定很慶幸自己不必等那麼久吧，瓊斯小姐。」

我不確定用「慶幸」來形容算不算貼切。

✦✦✦

女人愈聚愈多。

「一群烏鴉。」茉德說。

「我們自己這隻烏鴉可別介意啊。」緹爾妲說，摟住我飄逸的黑翅膀。

我們走向謝爾登劇院時，他們挨近我身邊，彷彿我的黑袍能讓他們進得去。他們時常經過那裡，卻沒什麼理由從那些蓄鬍哲學家的胸像底下走過去。那些石像是守門人，而對我們這類人而言，大門一向是關閉的。

「小桂。」茉德說。

她果然在那裡，正被副校長愛麗絲・布魯斯敦促著排好隊形。小桂身穿黑色長袍，它附著鑲有白邊的帽兜，頭上戴著方形軟式畢業帽。她一看到我們就脫隊跑來。

「太棒了對吧？」她用她的翅膀裹住我的翅膀。

「一群烏鴉，」茉德又說，「太棒了。」

「這倒提醒我了，」小桂說，「我改變心意了，不想找個金龜婿什麼的。我要從政。」

「這是什麼時候發生的轉變？」我問。

「幾分鐘前，布魯斯小姐叫我們排好隊的時候。」她握住我雙手。「妳是對的，小佩。我有該死的責任——對妳們這群人。」她看著蘿西、緹爾妲和茉德。「我的一票憑什麼比妳們的重要？」

「蘭姆利小姐！」布魯斯副校長中氣十足地喊道，「妳認為我們等得還不夠久嗎？」

小桂放開我的手，退後一步。她上下打量我。「學人其外，城民其中。」她說，「要不了多久，妳就會走進謝爾登劇院了，小佩。」

小桂在薩默維爾學院、聖希爾達學院、聖休學院和瑪格麗特夫人學堂的女人間找到她的位置。站在博德利圖書館與謝爾登劇院之間的女人必定有超過一百人。潘洛斯校長就定位，布魯斯副校長、加奈爾小姐與聖希爾達學院的校長也各就各位。她們整齊地排列成行——學生、教授、校長，全都滿心期待要接受她們的學位。

這兩棟古老建築之間的中庭，突然讓我聯想到出版社的方院。成群遊走的女人與六年前成群遊走的男人如出一轍。

我環顧排列成行的女人。有些已白髮蒼蒼，臉上刻著歲月的紋路。有的還年輕，畢業考於她們記憶猶新。有多少人曾為父親和兄弟和情人哀悼？有多少人曾為兒子哀悼？有哪些女人曾好不容易才在照料之下痊癒？哪些人曾埋葬母親、姊妹、摯友？有多少人缺席了？

我心想：她們都是倖存者，由戰爭和流感中倖存。而現在她們又戰勝了傳統。她們面帶微笑，對於自己爭取而來的未來興奮期待，知道那是她們應得的。

隊伍某處傳來一道指令，所有女人動作整齊地轉朝謝爾登劇院敞開的雙扇門。她們安靜下來，抬頭挺胸地站好。我看著她們大步走進劇院領取她們的學位。

作者的話

我是在牛津大學出版社的檔案庫裡，得到這個故事的靈感的。當時我在為手邊撰寫的另一本小說《失落詞詞典》查詢資料，希望讓它更具真實性，它的主題是《牛津英語詞典》。我查到豐碩的結果，包括照片、剪報、官方紀錄，以及《克萊倫敦人》雜誌，這是一九一九年創刊的美妙內部出版品，用意是讓牛津大學出版社的員工能在為期四年的戰爭後，與這個出版社大家庭以及更廣泛的傑里科社群重新建立連結。

出版社員工在這本刊物內追憶逝者，也被鼓勵分享自身的戰爭經驗，不過很少人這麼做——看起來在一九一九年的時候，大部分人只想將那種經驗拋諸腦後。他們反而宣傳起社內的戲劇社團、樂隊和合唱團的表演活動；或是報導體育隊伍的出色表現；有一篇公告是即將登場的花卉及蔬果展，現場將陳列在港口綠地種植的農產品；也有建造戰爭紀念碑的工程進度報告，紀念的對象是出版社四十五名為國捐軀的員工。但是《克萊倫敦人》裡多數頁面是用來放出版社員工傳記的，包括過去與現任的員工。從排字間到鑄字廠的助手和領班，都寫了關於他們自己和別人的有趣、流暢又有感情的軼事。這就是我最愛檔案庫的地方了——這裡能聽見史書中絕對不會留名的那些人的聲音，向我述說歷史是什麼樣貌。《克萊倫敦人》是我中的頭彩，但仍然少了什麼；總是會少了什麼。

我知道在一戰期間，裝訂廠的「女工區」有數十名女性員工，但她們既非《克萊倫敦人》中的作者，也不是傳記書寫的對象。我在檔案庫其他區域搜尋她們的聲音，所獲非常有限。我找到兩張黑白照片，畫面中是許多女性坐在排列整齊的長形工作檯旁邊，摺著印刷好的大型紙張。我還找到一部英國產業聯合會於一九二五年拍的默片，主題是牛津大學出版社印製書籍的過程——影片中可看到，女工在配頁時的節奏感和優雅的身段，就像是在跳舞。我還找到一篇獻給出版社大總管哈特先生的送別辭，是在他退休時寫給他的。當我翻看那長達數頁的送別辭時，看到了裝訂廠女工的名字——有四十七人，包括凱絲琳・福特和漢娜・道森等。她們各以其獨特的筆跡簽下自己的姓名，這是她們存在的證據。

我找到的就這些了，不過已經足夠。我開始想像有個女工沿著配頁檯舞動。我好奇她將什麼書帖疊放到手臂上，然後我又思考她是否會暫停動作去讀那些書。突然間，有個角色出現在我眼前。

這是個虛構故事，所有主要角色都是出自我的想像，但他們居住、工作、當志工和讀書的地點都是真實的。牛津大學出版社和薩默維爾學院仍屹立在一戰時的原址，我的故事中亦描寫到一些該機構的代表性人物。具體而言，包括牛津大學出版社的查爾斯・卡南先生、霍拉斯・

哈特先生和費德瑞克．浩爾先生；以及薩默維爾學院的潘蜜拉．布魯斯小姐、愛麗絲．布魯斯副校長和艾蜜莉．潘洛斯校長。佩姬在小說中聽到的校長演說，幾乎是直接取材自當時潘洛斯校長發表的談話。薩默維爾入學考的考題，則是參考戰後幾年舉辦的一場考試。

位於法國埃塔普勒的陸軍基地營區也是真實存在的地點。當時有多達十萬名士兵駐紮在那裡，總數將近二十間的醫院能夠醫治兩萬兩千人。該營區以粗暴對待部下著稱，而基層士兵在不堪嚴厲懲罰之下，於一九一七年九月起而反叛。其中一條導火線是有個士兵在淋浴時被停水了，引發一場爭執，最後有四名士兵遭到軍法審判。我在小說中將此事件的細節與別的事件結合在一起，不過確實有個士兵因為涉入此事件而遭到處決。他名叫傑克．布雷斯懷特，是在紐西蘭遠征軍第二營奧塔哥軍團服役的澳洲人。時至今日，埃塔普勒陸軍基地營區只留下陸軍公墓這個遺跡，在平整無瑕的草地上，森然的紀念碑與一萬一千五百零四座白色墓碑整齊地排成大道；其中一萬零七百七十三座墓是一戰時留下的，而大部分都屬於後來的大英國協國家軍隊，包括英國、加拿大、澳洲、紐西蘭、南非和印度。不過埃塔普勒也是二十位女性的最後安息之地，她們在空襲中喪命或染病而逝，包括加拿大護士凱瑟琳．茂德．瑪麗．麥唐諾、葛萊蒂絲．默德．威克和瑪格麗特．羅威。另外六百五十八座墓碑是紀念德國士兵的，許多人都曾以戰俘身分待在德國病房接受照顧。

來說明一下書中提到的女性文學以及視覺藝術。就同一時期而言，以一戰為主題的評論、文學作品和藝術表現，絕大部分都出自男性之手，而且無可避免地聚焦在上戰場和陣亡者的身上。就算鏡頭移向女性，也往往強調苦守寒窯和悲痛喪親的形象。我寫這個故事是想轉而凸顯出那些努力工作以及被迫逃離家園的女人。除了鑽研檔案庫和史書，我也爬梳從戰爭中倖存的女性所作出的評論、文學和藝術。這些作品的作者幾乎全都是中上階層、受過良好教育的女性——唯有她們才有時間和金錢寫作和繪畫。儘管這批作品本身勢必含有對特權階級女性有利的偏頗之見，但仍有許多可取之處。

其中幾件作品值得特別一提：薇拉．布里頓的回憶錄《青春誓言》讓人深入了解志願救護隊在埃塔普勒的工作情形，佩妮．史塔恩斯的《索姆河的姊妹：一戰戰地醫院的真實故事》也是。凱瑟琳．萊利匯編的一戰時期女性創作詩選集《我心上的傷痕》，揭露了女性的戰爭經驗是多麼分歧且往往很複雜——而一戰的詩選集多半都忽略了這樣的經驗。《吳爾芙日記，卷一：一九一五年至一九一九年》為我奠定了一項重要的認知，亦即戰爭一旦已成為確切的事實，並未直接作戰或逃難或悼喪之人就會適應它——它存在背景之中，但生活會繼續運作。最後一點要提的是，我發現澳洲畫家伊索貝兒．雷以埃塔普勒陸軍基地為主題的畫作，傳達出一種令人難以抗拒的情感體驗。雷的許多畫作現在都收藏在澳洲戰爭紀念館的檔案庫中。它們倒非聲嘶力竭，而是輕聲細語，捕捉到唯有站在前線後方與病床畔的女人才有的視角——然而這視角卻被視如敝屣，因為當雷申請成為戰爭藝術家時，她因為性別緣故而遭到拒絕。她其中一幅畫描繪出埃塔普勒的反叛事件。薇拉·布里頓的回憶錄中也提到這起反叛事件，但當時它未獲得報導，而且屬於《公務機密法》的保密項目。伊索·雷和薇拉·布里頓似乎都違反了這條法律。我猜想伊索·雷應該會喜歡與我筆下的角色緹爾妲·泰勒為伍，所以把她們寫成朋友——我希望伊索·雷會滿意這以創作為出發點的決定。

說明一下故事中提到的書籍。我並非出於深謀遠慮或精挑細選才將它們放入故事中，說起來，它們是在我寫作的過程中自己冒出來的，正如同它們在佩姬工作的過程中出現在她面前。我在翻閱歷史檔案庫的文獻時，這些書名就自然地變得眼熟了。就每本書而言，都各有其引起我興趣之所在，有某種特質能呼應我已著手述說的故事。

這些書飾演的就是它們自己。無論只是客串還是領銜主演，你都能在博德利圖書館的架上真的找到它們。牛津大學從一五八六年以來就取得印刷書籍的權利，儘管牛津大學出版社從那之後到現在印刷和裝訂過的完整書籍清單並不存在，但我從不同來源找到充足的參考資料來撰寫本書中所提到的部分，那些來源包括蓋德、艾略特和路易斯編輯、二〇一四年出版之《牛津大學出版社的歷史》，以及一九一六年由亨弗瑞·米爾福發行的《牛津大學出版社總目錄》，不過實際上整理出內容的人是梅·薇德波恩·卡南，她是詩人，也是查爾斯·卡南的次女。儘管她付出相當大的心力，卻未能因成果而獲得認可與感謝。簡言之，若是佩姬經手了那些書籍，那麼實際上那些書籍差不多就是在那段時期，由牛津大學出版社印製裝訂的。

其中有五本書值得特別關注。我用它們的書名當作故事每一部的標題，而且打從一開始它們就登場了。我在寫作的時候，想像佩姬摺疊頁面、組合書帖或是將毛本縫成完整的書。然後我想像她閱讀這些書。

我和佩姬一樣，是全然無知地遇見這些書籍的。然而進一步接觸它們之後——包括形式與內容，並了解它們在那個時空可能代表什麼意義——我不由自主地受到它們影響，因此佩姬也勢必連帶受到影響。在這種情況下，佩姬的故事可說是以它們為軸心鋪展開的。如果你也想多了解它們一些，以下是這五本書的簡短介紹。

《莎士比亞的英國：屬於他那個時代的生活及風俗》

為了配合莎士比亞逝世三百週年，而在一九一六年出版的雙冊版本。《莎士比亞的英國》蒐羅了眾多散文，作者全是男性學者，所屬的專業領域五花八門，包括法律、醫學、科學、宗教、人文、民俗學、農業以及書籍產業。各篇文章的作者都以伊莉莎白女王時代的英國生活為前提，來分析莎士比亞的書寫內容。《莎士比亞的英國》一書的構想最初是一九〇五年由華特·羅里爵士提出的，後續的製作落到席尼·李爵士身上，最後由查爾斯·安寧斯接手（他當時是《牛津英語詞典》的共同編輯）。關於此書進度的憂慮始終未曾間斷，許多人懷疑它能及時在「吟遊詩人」的三百週年紀念日前出版。

《論世界大事之牛津小冊》

一九一四到一九一五年之間，牛津大學出版社發行了一套共八十六本的小冊子，立意在於針對戰爭相關的辯論提供資訊、動機和影響力。政治人物、學界人士和有名氣的知識分子（就我所知全是男性）寫下與戰爭扯上關係的各種主題，包括戰爭的起因、衝突的是非、地緣政治學的影響與結果、貿易相關議題、神學與戰爭、歐洲人對比利時的義務、德國開戰的動機，還有詩歌。佩姬接觸了其中四本小冊子：Ａ・Ｄ・林賽寫的《為反戰而戰》（一九一四年）、吉伯特・莫瑞寫的《戰爭談》（一九一四年）、吉伯特・莫瑞寫的《世上焉有正義之戰？》（一九一四年），以及華特・羅里爵士寫的《強權即公理》（一九一四年）。

《德詩選集》

牛津大學出版社會定期出版英國與國際間的詩選集。一九一六年的時候，《牛津德詩選集》的新版產生了爭議。正當滿坑滿谷的英國男兒死於德國的槍管之下，英國出版社怎麼能發行德文詩集呢？有些人或許認為這種事不道德、不愛國、沒格調。牛津大學出版社沒有動搖其出版決定，然而他們拿掉了書名中的「牛津」二字。最後的結果就是由Ｈ・Ｇ・菲德勒所編的

《德詩選集：從路德到李利恩克龍》。

《荷馬史詩：奧德賽，卷一至卷十二》（湯編本三版）

從一八九〇年代晚期開始，牛津大學出版社就持續出版「牛津古典文本」系列叢書。這個系列包含原文版的古希臘和拉丁文學，主要是為主修古典文學的學生而印製的，序言和註腳都遵循傳統以拉丁文呈現，沒有附加任何英文評論或翻譯。在這個故事中，佩姬摺的是《荷馬史詩：奧德賽，卷一至卷十二》（湯編本三版）的第二個版本，此版本於一九一七年出版，編者為湯瑪斯．W．艾倫。

《憂鬱的剖析》

《憂鬱的剖析》作者為羅伯．伯頓，於一六二一年首次出版，它是一本奇書。此書的完整書名是《憂鬱的剖析，它是什麼：兼論其所有種類、起因、症狀、預後以及數種療法。三大類之下又有數個中類、小類和小小類。哲學面、醫學面、歷史面，層層剖析，一覽無遺》。

這本書談的是憂鬱，但它也談文學、哲學、神學、心理學和神話。從冗長的書名可略窺作者的個性。伯頓是牛津大學的研究員，他窮畢生之時間將他的特質和他的學問都灌注在這本書裡——「我藉由忙著書寫憂鬱，來逃避憂鬱。」他在前言中如此寫道。伯頓為了奮力應付自身的憂鬱，重複修訂書帖達五次之多，總是新增內容而未曾刪減一字，因此牛津大學出版社於一九一八年出版的那個版本，厚達將近一千五百頁。這本書的核心觀念是，身為人類即免不了憂鬱：「人生在世，沒人能逃過它。」伯頓寫道。當然也包括女人在內。

謝詞

我要感謝加爾納族和佩拉曼克族，這本書是在他們並未自願交出的祖傳土地上寫出來的。在這個我稱為家鄉的地方，他們是最早的說故事者，而他們的故事在這個國家悠久的歷史中始終迴蕩不絕。我們只要打開耳朵，就能夠聽見。

對於讓我的文句更加出色的人，感謝似乎是不夠的。Affirm Press這邊，謝謝Ruby Ashby-Orr，感謝妳的高EQ，妳身為編輯的冷靜、穩重和才智。感謝Martin Hughes理解我想要說什麼故事。感謝Vanessa Pellatt明察秋毫又一針見血；感謝Helen Cumberbatch查核參考資料的正確性；感謝Emma Schwartz、Julian Welch和Armelle Davies負責校稿。非常感謝英國Chatto & Windus出版社的Clara Farmer和Amanda Waters，以及美國Ballantine Books出版社的Susanna Porter和Sydney Shiffman，提供編輯方面的意見。妳們慷慨又深刻的回饋全都絲絲縷縷地成為全書的養分了。

感謝所有協助將這本書迎入這個世界，並使它賞心悅目的夥伴——包括Keiran Rogers、Laura McNicol Smith、Bonnie van Dorp、Stephanie Bishop-Hall以及Affirm Press的所有人，還

有封面設計師Andy Warren（澳洲版）、Kris Potter（英國版）、Belina Huey（美國版）。

我特別感激一些人願意讓我書寫特定生活經驗，包括自閉症和模仿言語，以及身為同卵雙
胞胎的體驗。謝謝Carol Peschke、Eli Cohn和Olivia Nicoll。

非常感謝本書的初期讀者，尤其是Tegan Bennett Daylight——妳對作者與作品的洞見真是
令人嘆為觀止。感謝Shannon McCune雖然關懷備至，但從不吝於給予必要的批評。給我封城
期間寫作群組的好友們一個熱情擁抱——Alison Rooke、Tee O'Neill、Amanda Skelton、Gabri-
elle Coslovich和Sally Bothroyd。還有感謝Affirm Press所有偷看過我尚未潤飾的初稿，並且給
予超棒回饋的好人——Grace Breen、Susie Kennewell、Wendy Sutherland和Laura Franks——謝
謝妳們。

特別感謝Kaplan/DeFiore Rights的Linda Kaplan將我的作品推上國際舞台。

若是沒有下列人士提供的知識與慷慨相助，這本書是不可能寫得出來的。感謝南澳州州立
圖書館書籍裝訂師及資深善本維護員Peter Zajicek——謝謝你分享回憶與專業，並示範給我看
老式的書籍裝訂程序，還有耐心地教我摺印張。謝謝你找到一九一三年出版的瑪麗．凡．克
利克所作的《書籍裝訂業中的女性角色》一書的ＰＤＦ檔案，這個主題有人研究並寫成書不
說，作者還是女性，以那個時代來說真是太了不起了。而你用硬紙板和布將它裝訂起來，讓
我更方便閱讀，使它成為一件厚禮。另外也要感謝阿得雷德大學超厲害的線上展覽「從封面到

封底：書籍裝訂師之古老技藝探微」策展人Lee Hayes——謝謝你蒐集這麼豐富的資料，然後親自從頭解說。感謝牛津大學出版社的檔案管理員馬丁・茂爾博士（Dr Martin Maw）——這是你第二度協助我弄對史實了。謝謝你總是回我的電子郵件、（再一次）歡迎我進到瓦爾頓街那棟宏偉建築的檔案庫，謝謝你為《牛津大學出版社的歷史》貢獻了一章，也謝謝你推薦我讀米克・畢爾森（Mick Belson）美妙的著作《印刷廠的生活》，以及梅・薇德波恩・卡南（May Wedderburn Cannan）的書《灰色的鬼魂與噪音》。也謝謝你陪我對坐暢談牛津大學出版社的歷史和人物，以及你連帶提供的背景資料——傑里科、戰爭還有種種令歷史活起來的細節。最後要感謝牛津大學薩默維爾學院的檔案管理員Kate O'Donnell——謝謝妳提供超棒的網路資源，鉅細靡遺地呈現出一戰時期薩默維爾學院的歷史，還邀請我實地走訪校園。與妳共遊校地並參訪圖書館是我莫大的榮幸，妳費盡心思找到考卷、講稿、信件和地圖，更是令我銘感五內。

儘管我無法一一列出其名，然而還有很多檔案管理員、圖書館員、策展人和愛好者，以他們的熱情和知識讓這個故事更為豐富多彩，而他們低調卻重要的工作之所以能實現，背後也要感謝若干機構和資金的挹注。感謝牛津大學出版社；薩默維爾學院；博德利圖書館；牛津郡歷史中心；「傑里科中心」網站（jerichocentre.org.uk）；復古運河船俱樂部（hnbc.org.uk）；倫敦運河博物館；倫敦帝國戰爭博物館；埃塔普勒陸軍公墓；南澳洲州立圖書館；澳洲戰爭紀念館；以及阿得雷德大學的巴爾史密斯紀念圖書館。

特別感謝（我超愛的表姊及優秀的譯者）Donna Adkinson確保我沒有迷失在法文中，還幫我翻譯菜單以及埃塔普勒英軍基地的遊客解說板。也要感謝Carly Adkinson協助進行一般的資料查詢（尤其是在牛津坐平底船這部分）。

就陌生人的善意這部分，我受恩於牛津運河的數位運河船船主，他們十分樂於向一個東問西問的陌生人分享水上生活。特別感謝Lorraine以及Maffi慷慨地邀我到他們的運河船上，還讓我寫筆記和拍照。也要感謝朱利安．達頓（Julian Dutton）精采的書《水上吉普賽人：英國河川及運河之生活史》。

下列人士和地點對本書的寫作所提供的支持，包括提供寫作空間、進行研究之旅時的休憩場所、討論、確認、慶祝和轉移注意力：國家作家之家Varuna、Sazón and Lady Luck裡讓咖啡源源不絕的好人、Nicola Williams、Jo and Don Brooks、Lisa Harrison、Ali Elder、Suzanne Verrall、Andrea and Krista Brydges、Anne Beath、Lou-Belle Barrett、Vanessa Iles、Jane Lawson、Rebekah Clarkson、David Washington、Jolie and Mark Thomas、Margie and Greg Sarre、Suzie Riley、艾略特港的Karen and Doug。

感謝我的父母Peggy和Islwyn Williams，謝謝你們始終相信我做得到。感謝我伴侶最棒的媽媽Mary McCune，謝謝妳聆聽我所有的想法並給我睿智建言。感謝Aidan和Riley，謝謝你們把書寫素材視為理所當然，每天都認真過生活——我愛慘你們兩個了。

還要感謝Shannon，我信賴的讀者、個人助理、司機、心理治療師，負責種出讓人心情愉快的花朵還有讓人營養充足的食物，我最深的愛，也是我的頭號書迷。若是沒有你，我大概也能做到這件事，但我不會想做。

最後，感謝曾為書籍摺紙、配頁、縫線的所有女性。我要向妳們致敬。

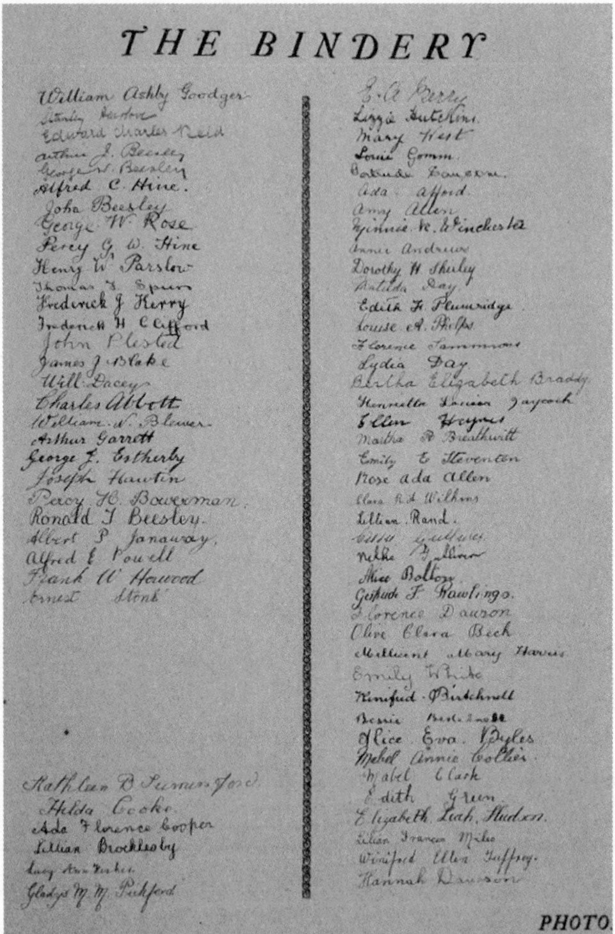

一九一五年霍拉斯．哈特先生退休時，裝訂廠員工留下的簽名。
經牛津大學出版委員會幹事同意翻印。

讀書會討論題目

1.「在無聲中，我被屏退了。」你認為「階級」在佩姬與書和知識的關係中扮演了什麼角色？

2. 加奈爾小姐說：「（戰爭）對某些人來說可能很不安，對另一些人而言卻是個機會。覺得這整件事可能也有好的一面，似乎是很可怕的想法。」想想看對一戰時期的女性來說，她們的處境可能有什麼光明面。對中產階級和勞動階級的女性而言，這個答案會有所不同嗎？

3.《傑里科的書籍裝訂工》的每一部都由佩姬協助裝訂的一本書串起來。你覺得作者為什麼選擇將小說寫成這樣的結構呢？

4. 你覺得這個故事裡有反派嗎？如果有，是誰或者是什麼呢？

5. 巴斯提安和珞特都是從魯汶的大屠殺逃出來的比利時難民，不過他們在牛津的生活有了截然不同的走向。你認為他們的故事能給我們什麼啟示，更了解創傷對個人的影響？

6. 我們知道佩姬一向夢想讀書，那你認為當機會送到她眼前時，她為什麼又有所抗拒呢？

7.「珞特嘆氣。『她不是孩子。』不過她不敢看我，或許是想起自己先前明明認為茱德就是個孩子。」我們對茉德的認知如何隨著故事的進展而改變了？

8. 佩姬在爭執間如此說到她富裕的朋友小桂：「當下我好恨她，恨她的特權和優勢……」你認為佩姬對小桂的惱怒是合理的嗎？

9. 你覺得緹爾妲·泰勒在這本書以及在這對姊妹的生活中扮演什麼角色？

10. 「在我看來，翻譯荷馬的這些男人並沒能從頭到尾都公允地對待書中的女性。」你覺得佩姬苦讀古希臘文的經驗，能讓我們對知識與權力的關係多一些了解嗎？

國家圖書館出版品預行編目資料

傑里科的書籍裝訂工/琵璞．威廉斯（Pip Williams）著；聞若婷譯. -- 初版. -- 臺北市：商周出版，城邦文化事業股份有限公司出版：英屬蓋曼群島商家庭傳媒股份有限公司城邦分公司發行，2024.01
面；　公分
譯自：The Bookbinder of Jericho
ISBN 978-626-318-980-5（平裝）
887.157　　112020661

傑里科的書籍裝訂工

原著書名／The Bookbinder of Jericho
作　　者／琵璞．威廉斯（Pip Williams）
譯　　者／聞若婷
企畫選書／梁燕樵
責任編輯／林瑾俐
版　　權／吳亭儀、林易萱

行銷業務／周丹蘋、賴正祐
總 編 輯／楊如玉
總 經 理／彭之琬
事業群總經理／黃淑貞
發 行 人／何飛鵬
法律顧問／元禾法律事務所 王子文律師
出　　版／商周出版
城邦文化事業股份有限公司
台北市中山區民生東路二段141號9樓
電話：(02) 25007008　傳真：(02)25007759
E-mail：bwp.service@cite.com.tw
發　　行／英屬蓋曼群島商家庭傳媒股份有限公司城邦分公司
台北市中山區民生東路二段141號11樓
書虫客服服務專線：(02)25007718；(02)25007719
服務時間：週一至週五上午09:30-12:00；下午13:30-17:00
24小時傳真專線：(02)25001990；(02)25001991
劃撥帳號：19863813；戶名：書虫股份有限公司
讀者服務信箱：service@readingclub.com.tw
城邦讀書花園：www.cite.com.tw
香港發行所／城邦（香港）出版集團有限公司
香港九龍九龍城土瓜灣道86號順聯工業大廈6樓A室
E-mail：hkcite@biznetvigator.com
電話：(852) 25086231　傳真：(852) 25789337
馬新發行所／城邦（馬新）出版集團【Cite (M) Sdn. Bhd.】
41, Jalan Radin Anum, Bandar Baru Sri Petaling,
57000 Kuala Lumpur, Malaysia.
Tel: (603) 90578822　Fax: (603) 90576622
Email: cite@cite.com.my

封面設計／萬勝安
內　　頁／陳瑜安
印　　刷／卡樂彩色製版印刷有限公司

經 銷 商／聯合發行股份有限公司
電話：(02)2917-8022　傳真：(02)2911-0053
地址：新北市231新店區寶橋路235巷6弄6號2樓

■2024年1月初版
定價620元

Printed in Taiwan
城邦讀書花園
www.cite.com.tw

 ISBN 978-626-318-980-5

商周出版

廣　告　回　函
北區郵政管理登記證
北臺字第000791號
郵資已付，免貼郵票

104　台北市民生東路二段141號11樓

英屬蓋曼群島商家庭傳媒股份有限公司城邦分公司　收

請沿虛線對摺，謝謝！

商周出版

書號：BL5095　書名：傑里科的書籍裝訂工　編碼：

請於此處用膠水黏貼

商周出版

讀者回函卡

感謝您購買我們出版的書籍！請費心填寫此回函卡，我們將不定期寄上城邦集團最新的出版訊息。

不定期好禮相贈！
立即加入：商周出版
Facebook 粉絲團

姓名：________________　性別：☐男　☐女

生日：西元________年________月________日

地址：________________

聯絡電話：________　傳真：________

E-mail ：

學歷：☐ 1. 小學 ☐ 2. 國中 ☐ 3. 高中 ☐ 4. 大學 ☐ 5. 研究所以上

職業：☐ 1. 學生 ☐ 2. 軍公教 ☐ 3. 服務 ☐ 4. 金融 ☐ 5. 製造 ☐ 6. 資訊
☐ 7. 傳播 ☐ 8. 自由業 ☐ 9. 農漁牧 ☐ 10. 家管 ☐ 11. 退休
☐ 12. 其他________

您從何種方式得知本書消息？

☐ 1. 書店 ☐ 2. 網路 ☐ 3. 報紙 ☐ 4. 雜誌 ☐ 5. 廣播 ☐ 6. 電視
☐ 7. 親友推薦 ☐ 8. 其他________

您通常以何種方式購書？

☐ 1. 書店 ☐ 2. 網路 ☐ 3. 傳真訂購 ☐ 4. 郵局劃撥 ☐ 5. 其他______

您喜歡閱讀那些類別的書籍？

☐ 1. 財經商業 ☐ 2. 自然科學 ☐ 3. 歷史 ☐ 4. 法律 ☐ 5. 文學
☐ 6. 休閒旅遊 ☐ 7. 小說 ☐ 8. 人物傳記 ☐ 9. 生活、勵志 ☐ 10. 其他

對我們的建議：________________

____

____

【為提供訂購、行銷、客戶管理或其他合於營業登記項目或章程所定業務之目的，城邦出版人集團（即英屬蓋曼群島商家庭傳媒（股）公司城邦分公司、城邦文化事業（股）公司），於本集團之營運期間及地區內，將以電郵、傳真、電話、簡訊、郵寄或其他公告方式利用您提供之資料（資料類別：C001、C002、C003、C011 等）。利用對象除本集團外，亦可能包括相關服務的協力機構。如您有依個資法第三條或其他需服務之處，得致電本公司客服中心電話 02-25007718 請求協助。相關資料如為非必要項目，不提供亦不影響您的權益。】

1.C001 辨識個人者：如消費者之姓名、地址、電話、電子郵件等資訊。
2.C002 辨識財務者：如信用卡或轉帳帳戶資訊。
3.C003 政府資料中之辨識者：如身分證字號或護照號碼（外國人）。
4.C011 個人描述：如性別、國籍、出生年月日。

請於此處用膠水黏貼